ケルト神話ファンタジー

炎の戦士クーフリン／黄金の騎士フィン・マックール

ローズマリー・サトクリフ
灰島かり 金原瑞人 久慈美貴 訳

筑摩書房

【ケルト神話ファンタジー＊目次】

炎の戦士クーフリン　灰島かり訳

黄金の騎士フィン・マックール　金原瑞人・久慈美貴訳

炎の戦士クーフリン

アルスター
エウィン・ヴァハ
クェルグニー
コナハト
クルアハン
シャノン川
(ミード)
ターラ
レンスター
マンスター
ブリタニア

古アイルランド（エリン）

主な登場人物

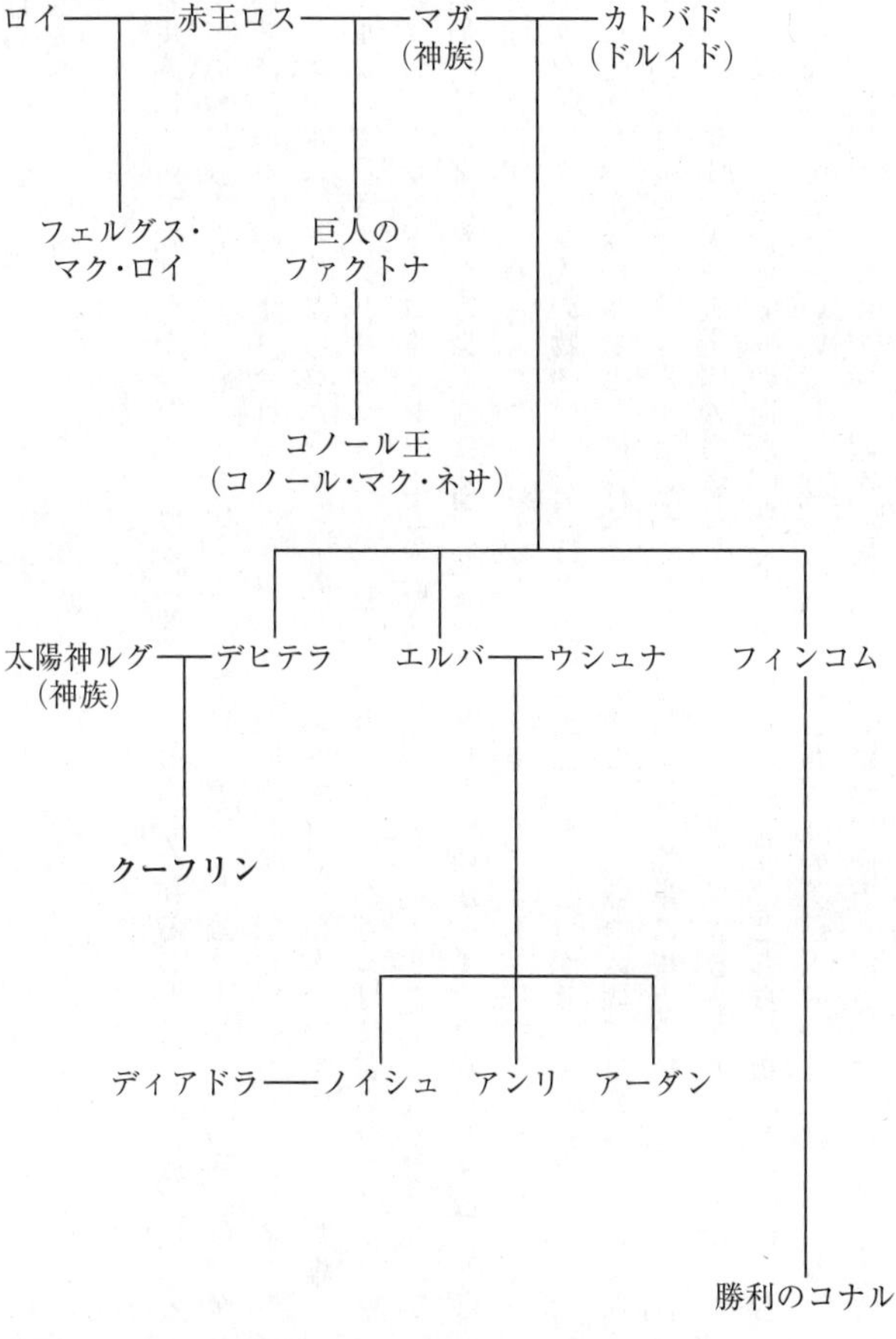
ロイ
赤王ロス
マガ（神族）
カトバド（ドルイド）
フェルグス・マク・ロイ
巨人のファクトナ
コノール王（コノール・マク・ネサ）
太陽神ルグ（神族）
デヒテラ
エルバ
ウシュナ
フィンコム
クーフリン
ディアドラ
ノイシュ
アンリ
アーダン
勝利のコナル

はじめに

ある民族について知りたかったら、その民族に伝わる物語を知ることとです。民族に伝わる物語は、その民族の考え方、感じ方を伝えてくれるからです。英雄クーフリンの物語は、ケルト民族に伝わるものです。今日《こんにち》、このケルト民族の血を濃厚に伝えているのは、アイルランド、ウェールズ、そしてスコットランドのハイランド地方に住む人々です。一方、英雄ベーオウルフの物語はアングロ・サクソン民族のもので、ごくおおざっぱに言えば、イングランドとスコットランドのローランド地方の人々は多くがアングロ・サクソン人です。このふたつの物語は非常に異なる世界観に基づいており、ケルト民族がベーオウルフを産むことはありえず、逆にアングロ・サクソン民族がクーフリンを産むことも、絶対にありえません。

アングロ・サクソン人の物語は、どれほど大胆に見えても、しっかりと地面に足がついています。だからベーオウルフとその仲間たちは、英雄という大きな人間ではありますが、あくまで人間の範疇《はんちゅう》を越えません。ところがケルトの物語は、簡単に現実を飛びこえ、空想世界へと飛躍します。赤枝戦士団の勇者たちの血管には、神々と妖精族（アイルランドに伝わる妖精とほぼ同じ種類です）の血が、熱くたぎっているのです。どちらの物語を読む場合も、この違いを知っておくといいでしょう。そしておおむね、今の英国人の御先祖は、クーフリンを産んだ民族かベーオウルフを産んだ民族、あるいはその両方が混ざった人々であることも知ってほしいと思います。

土地の名前はほぼ英語の発音を採用しました。たとえば、赤枝戦士団の時代には、アイルランドは五つの小国に分かれていました。アルスター、マンスター、コナハト、レンスター、そして上王の治めるターラですが、これは英語の地名です（古代アイルランドのゲール語ではウラド、ムウ、コナハト、ラギン、テウィル。なおコナハトの英語形はふつうはコノートだが、サトクリフはコナハトを採用している）。また人の名前も英語化された名前を使っているため、元のゲール語の発音とは異なるものがあることをお断わりしておきます。たとえば『(栄光の) ライリー』は、ゲール語では『ロイガレ（・ブアダハ）』です。

また禁戒《ゲシュ》とは、呪力《じゅりょく》を持った束縛《そくばく》とか禁止のことで、タブーに近いものです。たとえばクーフリンにとっては「犬の肉を食べない」ということ、フェルグス・マク・ロイにとっては「宴会《えんかい》への誘いを断わらない」ことですが、「タブー」という言葉でほぼ言い表すことができるでしょう。しかし説明が必要な言葉とはいえ、これはゲール語の「ゲシュ」を残しておきたいと思いました。「ゲシュ」に関して大切なことは、どんなものであってもそれは掟《おきて》であって、破ることは許されないということです。

ローズマリー・サトクリフ

第一章　デヒテラ姫の贈り物

アルスターの英雄、クーフリンの物語を始めよう。いずれ劣らぬ兵《つわもの》ぞろいの『赤枝戦士団』だが、最も偉大な英雄と言えば、それはクーフリンをおいてほかにない。さあ皆の衆、心して、聞くがよい。

はるか昔の輝かしい時代のこと、アルスターに『赤王ロス』と呼ばれる王がいた。妃の名はマガ。マガは、常若《とこわか》の国、ティル・ナ・ヌォグに住む、神々の一族シーデの娘だった。ふたりのあいだに生まれた息子が『巨人のファクトナ』。そして、ファクトナの息子がコノール・マク・ネサ。赤王ロスの亡き後、この息子と孫とが跡を継いで、アルスターの王となった。

さて、王妃マガが赤王ロスに飽きる日がきた。神々の一族は心の思うままにふるまうものであり、誰もそれを止めることはできない。王妃マガは赤王ロスのもとを去り、ドルイド神官カトバドの妻となった。カトバドはまだひげに一本の白いものさえ混じらぬ若輩だったが、じつは賢者のなかの賢者、もっとも知恵あるドルイドだった。いっぽう赤王ロスは、二番目の妻をめとった。神族はもうたくさんだったので、今度はロイという名の、人間の娘を妻とした。赤王ロスの二度目の結婚で生まれた息子が、フェルグス・マク・ロイである。

ところで元王妃のマガはカトバド神官とのあいだに、三人の娘、デヒテラ、エルバ、フィンコムをもうけた。フィンコムの息子が『勝利のコナル』で、エルバとその夫ウシュナのあいだにできた三人の息子たちが、ノイシュ、アンリ、アーダン。デヒテラの息子こそが、ほかならぬクーフリンだ。

今あげた名前と続き柄を、よく心に刻んでおくがよい。彼らは皆、赤王ロスか、王の最初の妃の血につながる者たちであり、彼らこそが『赤枝戦士団』の中核を成すもの。彼らのほかに、仲間や従者、そして後に続く息子たちが赤枝の戦士となっていった。

コノールが王になって間もないある年の、夏至の日の午後のことだった。一族の姫デヒテラが五十人の侍女をつれて、エウィン・ヴァハ（古代アルスターの首都）にある王の砦の下方を流れる小川に、洗濯にでかけた。ところが夕方になり影が長くなっても、洗濯物を持って、丘を上ってくる女たちの姿が見えない。小川ぞいやハシバミの巨木のあたりを捜索したものの、一本の金髪すら見つけることができなかった。

何日ものあいだ、コノール王と戦士たちはアルスターじゅうをくまなく探しまわり、果てはアイルランドのずっと南まで探しに出かけたが、得たものはなかった。とうとうカトバド神官が、こう語った。「あの者たちは、銀枝族の楽《がく》の音《ね》を聞いたとみえる。そのため、彼方《かなた》にあるという『中空の丘』を通りぬけて、常若の国《ティル・ナ・ヌオグ》へと渡ってしまったのだろう。デヒテラは、小鳥の群れを率いるように侍女たちを引きつれて、自分の母の一族のところにもどったにちがいあるまい」

やがて三年の月日が過ぎ、デヒテラ姫と侍女たちのことはすっかり忘れ去られてしまった。ところが、またもや夏至の夕べのこと。色あざやかな小鳥の群れが、エウィン・ヴァハの大麦の畑にやってきた。小鳥たちは、野生の果樹を石垣で囲った果樹園に入りこんで、熟した果実をせっせとついばみはじめた。この知らせがコノール王のところに届くと、王は作物を守るためにも、鳥打ちをしたらおもしろかろうと考えた。そこで投石器用の小石を袋に詰めさせて、戦士の一団を引きつれて出発した。フェルグス・マク・ロイと『栄光のライリー』と『二枚舌のブリクリウ』らが従った。ところが何度やっても、一羽の小鳥さえ、打ち落とすことができない。りんごの枝に止まったきれいな小鳥たちは、石がくるとパッと飛びたつが、すぐにまた別の枝の実をついばみはじめる。戦士たちが新しい小石を投石器につがえて、追いかけると、小鳥たちは少し遠くへと飛び去る。小鳥の羽ばたきが、まるで笑っているようだ。戦士たちは思わず深追いをした。とうとう日が暮れてしまい、とがった小石を飛ばそうにも、もうなにも見えなくなった。王と戦士らがふとわれに返ると、そこはなんと、ブル・ナ・ボイナにある妖精の土塚の近くだった。

「ずいぶん遠くまで来てしまったな。今夜のうちにエウィン・ヴァハに帰るのは難しかろう」コノール王が言った。「牛を小屋に入れる時間も、とっくに過ぎている。城ではもう門を閉じ、番犬も放したことであろう。今から帰ると、城じゅうの人間を起こすことになり、女たちがあれこれ騒ぎたてて、めんどうだ。えーい、ここで焚《た》き火を囲んで、野宿をするとしよう。ひと晩ぐらい喰わずに寝ても、どうということもあるまいて」

そんなわけでサンザシの枯れ枝を集めて火を燃やすと、みんなは火の方に足を向け、マントにくるまって眠った。火を絶やさないよう、必ずひとりは寝ずの番をしたが、夏至の時期にはオオカミさえ、とりたてて恐ろしいものではなかった。

フェルグス・マク・ロイだけはなんとも落着かず、眠れないので、ひとりごとを言った。「おれが落着かないのは、月の光が足に当たっているせいにちがいない」。そこで立ち上がると、川ぞいに妖精塚のほうへと歩きだした。塚に近づくにつれ、薄い霧が低くたちこめてきた。真夏の満月の光を受けて、妖精塚は銀のカタツムリのように光っている。そのとき突然霧の色が、銀色から金色に変わった。まるで霧そのものが発光しているようで、これは月光とは異なる妖かしの光。霧の奥で、何百もの松明《たいまつ》が灯っているようだ……。このままでは禁断の地へ迷いこむ、とフェルグスが足を止めたとき、頭上でカッと光がはじけ、妖精塚の門が大きく開いた。目の前に見えるのは、もう塚ではなく、なんとも壮麗な宮殿だった。アイルランド全土を統べる上王の城、タ―ラの宮殿でさえ、これほどきらびやかではあるまい。潮に引き寄せられるように、フェルグスの足は自然に前に向かった。あたりにはぼうっとした人の形の影があり、人間の世界の王宮では聞くことのできない、清らかな竪琴《たてごと》の音が聞こえてきた。そのとき光り輝く境《あわい》から、こちら側へと渡ってくるものがあった。金色に輝く美しい姿で、光はその姿から発している。晴天の太陽の下では松明がいらないように、ここではどんな松明も必要ではなかった。そうだ、神族のなかでも、これほど光り輝くのは、ただ御《お》一方《ひとかた》だろう。この方こそ、『長い槍のルグ』太陽神御自身にちがいない。あまりのまばゆさに、フェルグスは目を腕でおおった。ところが、ルグ神とともに進み出てきた女性を見ると、とたんに目が涼しくなった。その女性は太陽のうしろの影のよう……。まるで野生の桜の木が落とす影のように、なんとも優美で繊細な姿をしていた。

やがてフェルグスは気がついた。これは、あの、消えたデヒテラ姫にちがいない……。

そのとき太陽神ルグが口を開いた。「よくぞまいったな、フェルグス・マク・ロイ。きょうは特別な晩ゆえ、そなたの参上は、まことにめでたい」

デヒテラ姫も言葉をそえた。「乾いた夏に、エウィン・ヴァハの果樹園に降る雨を待つように、おまえを待っておりました。だれか人間の身内が訪ねてきてくれるのを、待ち望んでいたのです」

「わ、わたしだけではありません。この近くに、コノール王御自身はじめ、赤枝の戦士一同うちそろっております。われら一同は、小鳥の群れを追いかけているうちに、エウィン・ヴァハにもどれなくなってしまいました。焚き火をたき、皆そのまわりでマントにくるまって眠っております。どうか、御前を離れることをお許しください。わたしはみんなのところにもどり、ここに連れてまいりましょう。姫様にまたお会いできれば、みな涙を流して喜ぶことでありましょう」

デヒテラ姫は小鳥の群れと聞くと、秘密を知るもののように微笑《ほほえ》んだが、首を振って言った。「おまえはわたしを見たのだから、わたしが元気で幸福でいることがわかったであろう。さあ焚き火のそばにもどって、みんなといっしょに眠りなさい」

するとあたりにまた霧がただよいはじめ、フェルグスはいつのまにか、焚き火をめざして走っていた。焚き火がかすかにまたたくのを見つけると、戦士たちが驚いて目を覚ますのもかまわずに、コノール王のかたわらへと走り寄った。王は頭までおおっていたマントをはねのけると、片ひじをついて起きあがった。「何事だ、フェルグス叔父上？オオカミの群れにでも追われたか？」眠い目をしばたいて、王が聞いた。

フェルグスは王のかたわらにひざをつくと、必死で走ってきたためゼイゼイとあえぎながら、話しはじめた。話がまだ終わらないうちに、若い王は立ちあがり、まわりに集まってきた戦士たちのなかから何人かを選んで命令した。「ただちに妖精塚におもむき、デヒテラ姫を連れもどせ」

狩りの獣《けもの》を追うように、戦士たちは音もたてずに速やかに走り去った。残った者は、サンザシの枝を焚き火に投げ入れ、腰をおろして待った。しばらくして戦士たちがもどってきたが、デヒテラ姫の姿はない。フェルグスは苦々しそうに言った。「聞くまでもないぞ。塚には月光が射しているだけで、地をはう霧のほかには、なにも見つからなかったのであろう」それからそばの草を土ごと引っこぬいて、ザンブと川に放り投げた。

「なにもかも、フェルグス殿の言ったとおりであった」『栄光のライリー』は言い、さらに王に向かって続けた。「わが王よ、われらはデヒテラ姫と、姫のかたわらのあの御《おん》方《かた》にお目にかかりました。王にこう伝えよ、との姫のおおせです。姫は今お加減が悪いゆえ、御前にまかりでぬことをお許し願いたい。そしてしばし、お待ちいただきたい。お加減がよくなれば、こちらにお出ましになり、アルスターのための贈り物を下されるとのことです」

コノール王は辛抱強い人間ではなかったので、むっとして濃い眉毛を寄せた。しかしほかに、打つべき手はない。しかたなく焚き火のまわりに集まって、待つことにした。

そのうちにひとり、またひとりと、まるで大地の神ダグダの魔法の竪琴を聞いたかのように、ぐっすり眠りこんでしまった。

あかつきのみずみずしい光が射しそめ、舞いあがる千鳥の鳴き声で、戦士たちは目を覚ました。そして自分たちのまんなかに置かれたものを見つけると、びっくりして目を丸くした。錦の布のなか、柔らかなまだらの鹿皮にくるまれているのは、生まれたばかりの男子の赤ん坊ではないか。赤ん坊は千鳥に負けまいと、全世界に向かって声をはりあげて、泣いていた。

これこそデヒテラ姫からの贈り物にちがいない。姫はやってきて、アルスターへの贈り物の約束を果たし、そしてまた去っていったのだろう。

フェルグス・マク・ロイが盾を持つ腕に赤ん坊を抱いて、エウィン・ヴァハの城へと連れ帰った。赤ん坊は、デヒテラ姫の末の妹、フィンコム姫に預けられた。フィンコム姫にはコナルという名の三カ月の赤子がいたので、ふたりの赤ん坊はいっしょに育てられた。命名の日がくると、拾われた赤ん坊はセタンタと名づけられ、相続財産としてダンダルガンから南のミースまで広がるムルテムニーの野が授けられた。もっとも幼いセタンタはそんなことを気にかけるはずもなく、王の間の出入り口で、コナルと猟犬の子犬たちといっしょに転げまわって遊んでいた。

七つの夏を迎えたころには、セタンタとコナルは、いとこで乳兄弟《ちきょうだい》というばかりでなく、いちばん親しくて頼りになる友だち同士となっていた。やがてふたりが少年組に入る時がやってきた。アルスターの族長や貴人の息子たちは皆、少年組で学び、戦士になる訓練を受ける。セタンタは生涯を通じて三人の大切な友を持つことになるのだが、そのふたりめの友と少年組で出会った。ふたりめの親友、それがロイグだ。ロイグは牛争いで殺されたレンスターの貴族の息子で、自分の身に何が起こったのかわからないほど幼かったころに、人質としてコノール王のもとに連れてこられた。この地で育つうちに、自分がアルスターの生まれでないことなど忘れてしまったらしい。ロイグはセタンタより一歳年上で、背が高く赤毛で、頬にはジギタリスの花のようなソバカスがあった。わずか八歳だというのに馬の扱いが並はずれてたくみで、猛《たけ》り狂った雄馬も、ロイグが耳元でなにかささやくだけで、おとなしい雌の子馬のようになるのだった。

セタンタの少年組での訓練が終わりに近づいたある日のこと、コノール王と貴族たちが、アルスターで一番名高い刀鍛冶《かじ》のクランの館へと招かれた。コノール王は若いセタンタにも、この宴席へのお供を命じた。この若者もそろそろ、武芸だけでなく礼法も学ぶ時期だろうと思ってのことだった。ところが当日、セタンタは時間を忘れており、出発するというのに仲間とハーリング（アイルランドの国技で、ホッケーに似た球技）に夢中になっていた。セタンタは手にスティックを持ったまま、王の戦車の脇に立って言った。

「今おれが行ってしまうと、おれの組は試合に負けてしまいます」

コノール王は、まっ黒いあごひげの顔をほころばせた。コノール王は厳格なうえに癇《かん》癪《しゃく》持ちでもあったが、この小柄で浅黒い、シャモのような少年がお気に入りだった。それで少年組の他の者なら許されないことも、セタンタだけは許された。「では、どうしたいのだ？」

「このまま先に行ってください。おれは試合に勝ってから、後を追いますから」セタンタは言った。

王は笑って戦士たちを引きつれて出発し、セタンタは仲間のところにもどった。

夕暮れどき、コノール王と戦士たちが刀鍛冶のクランの館を囲む土砦《ラス》に到着すると、そこには心からの歓迎が待っていた。館のなかに迎え入れられ、新鮮なイノシシの肉や、野生の蜂蜜をつけて焼いたアナグマの肉が供《きょう》せられた。自家製の見事な青銅や銀の杯には、はるばるギリシアから運ばれてきたワインが注がれた。ところが刀鍛冶のクランの家の者は、セタンタが後から来ることを知らなかったか、あるいは忘れてしまったかしたらしい。門をサンザシの矢来《やらい》でふさぎ、庭には猛犬を放した。強くすばらしい番犬で、クランの自慢の犬だ。クランは庭にこの愛犬さえ放しておけば、敵の軍勢が攻め寄せてきても恐れるに足らぬと、豪語していた。

宴《うたげ》もたけなわとなり、竪琴《たてごと》の音があたりを満たした。松明に輝いている垂木《たるき》さえ、竪琴の音にあわせて、今にも鳴りだしそうだった。その折りも折り、外の暗闇《くらやみ》で恐ろしい物音がした。犬の唸り声と人の叫び声で、宴席の男たちはすわ一大事と武器をつかんで立ちあがった。「物音から察するに、敵の襲撃か」コノール王は叫んで、入口に走った。館の主人がかたわらを走り、戦士たちが後を追った。しかし松明を持った男たちが門に着いたときには、唸り声も叫び声もピタリと止んで、あたりは恐ろしいほど静まりかえっていた。めらめら燃える松明のもと、コノール王と戦士たちの目は、血しぶきが飛んだ門柱をとらえ、矢来がどかされぽっかり口を開けた門の中央に、セタンタが立っているのを見つけた。セタンタは濡れたような月明かりの夜を背景に、競技の後のように荒い息をして、足元で死んでいる巨大なまだらの犬を見おろしていた。

「いったいここで、なにがあった?」コノール王がたずねた。

セタンタは、みんなのほうを見あげて、答えた。「こいつに殺されそうになったんで、おれがこいつを殺したんです」

刀鍛冶のクランがきつい声で訊ねた。「どうやってだ?」

するとセタンタは、まるで初めて見るように自分の手をながめて言った。「こいつが

飛びかかってきたんで、のどを締めあげて、門柱にたたきつけました」

「いやはや、あっぱれ見事だ。一人前の戦士でも、めったなことでは勝ちえぬ功名だぞ」王はこぶしで自分の太ももを叩いて、誉めたたえた。まわりの男たちからも、賞賛と笑いのどよめきがあがった。

刀鍛冶のクランだけが、黙ったままじっと猟犬の死骸《しがい》を見おろしていた。悲しみのあまり、まるで刀で切ったように顔が削《そ》げている。その姿を見て、まわりもおし黙ってしまった。静まりかえったなかに、夜風と松明のはぜる音だけが聞こえる。セタンタが沈黙を破り、刀鍛冶の顔をゆっくり見あげて口を開いた。「刀鍛冶のクラン殿、おれに同じ血統の子犬を与えてください。こいつの代わりになるように、おれが仕込みますから。犬が育つあいだ、おれに盾と槍を貸してください。おれがあなたの番犬になって、あなたの家を守ります」

刀鍛冶は首を振り、少年の細い肩に、おだやかに手を置いた。「見あげた申し出だが、わしはまだ自分の犬は自分で訓練できるぞ。おまえは帰って、自分自身の訓練にはげむがいい。おまえを見込んで言うのだが、時がきたればおまえこそ、アルスターの国全体を守る番犬になるだろう」

「そういうことなら」と、フェルグス・マク・ロイが誇らしげに言った。セタンタが生まれた日に、盾を持つ手に抱いて帰ったのは自分だということを、フェルグスはけっして忘れなかった。「この少年を『クランの猛犬《クーフリン》』と呼ぶことにしよう。この子の初めての戦闘と、戦闘の後の、見あげた申し出の記念となるように！」

そんなわけでみんなはセタンタを担ぎあげ、「クーフリン！　クーフリン！」と新しい名前を連呼しながら、火の灯る大広間へと連れていった。

こうしてクーフリンは、夕陽の向こうへと去るその時まで、この名前で呼ばれることになった。

第二章　武者立ちの儀

刀鍛冶《かじ》クランの猟犬を殺してまもなく、最初にロイグ、次にコナルが、武者立ちの儀を迎えた。『武者立ちの儀』とは、少年組に別れを告げて、一人前の戦士として武器を身につけることだ。こうしてクーフリンだけが少年組に残り、訓練の最後の数カ月をすごすこととなった。

ところが、クーフリンの残りの訓練は、思いのほか短いものとなった。それというのも、ある穏やかな秋の日のこと……。その日は世界全体が、つややかなコケモモのような深い色合いを帯びていた。クーフリンは槍の訓練を終えて、小川のそばの古いハシバミの木のあたりを通りかかった。ハシバミは小川の浅瀬に枝を伸ばし、下の小川にさかんに実を落としている。木の根本に、まわりを少年組の少年たちにとり囲まれて、カトバド神官が座っていた。カトバドは少年たちに、一族を治める掟について講義していた

——掟だけでなく、星占いやヤナギの木片に刻むオガム文字を教えるのも、カトバドの役目だった。学びの時間は終わっていたが、クーフリンが浅瀬の水を跳ねとばして近づくと、笑い声に混じって熱心に頼む声が聞こえた。少年たちはみな、近々武者立ちの儀を迎えることになっており、その日をいつにすれば幸運を得るのか、カトバドに占ってほしいとねだっていた。カドバド先生は掟《おきて》やオガム文字なんかより、もっとすごいことを知ってるじゃないか、と少年たちはつめよった。

「たっぷり話をしたから、わたしはもう疲れた」カトバドは言った。

「掟のことならたっぷり聞いたけど、こっちはまだだよ」少年たちが声をそろえて言った。そのうちのひとり、王の次男のコルマク・コリングラスはひざにひじをついて身を乗りだすと、ニヤリとした。「いい星まわりの日を教えてくれて、そのおかげでおれたちが立派な戦士になれれば、先生だって得意なはずだ。ねえ、ちがいますか、先生？」

カトバド神官は長いあごひげに顔を埋めるようにして、微笑《ほほえ》んだ。カトバドの頭髪はまるで白鳥の羽のように純白だったが、あごひげには金色の幾筋かがまざるだけで、黒々としていた。神官は、純白の眉を寄せて言った。「まったく、おまえたちにはかなわん。わしの占いは、銀の杯とりんごでするお手玉のような芸当とはちがうということが、わからんのか。いいか、一度だけやってやるが、一度だけじゃ。今日武者立ちをする者には、いったいどんな定めが待ちうけているものか、それだけ占ってしんぜよう」

カトバドは目の前のむきだしの地面の一画を平らにすると、腰帯のふたつの角《つの》の容器から赤い砂と白い砂をこぼした。それから長い指で、砂に占いの奇妙な曲線を描きはじめた。カトバドの孫にあたるクーフリンは、足を止め、すぐ近くのハシバミの幹に手を当てて、じっとながめていた。カトバド神官は真剣な面もちで、砂の模様の上にかがみこんでいたため、クーフリンには気がつかなかった。カトバドは占いをするときにはつねに、まるで全アイルランドの命運を探るかのように、全身全霊をささげた。眉を寄せたまま、また線を描き、それをじっくりと読んだ。少年たちの半数の息がカトバドの首に当たるほど、みんなはひしめきあっていた。ほどなくカトバドはすべての線を消し、ゆっくりと顔を上げ、今見たことを消そうとするかのように、両手を動かして目を払った。

「今日、戦士の槍と盾を手にする少年こそ、アイルランドのすべての戦士のなかで、もっとも偉大で、もっとも誉れ高き戦士となるであろう。その者の命令とあらば、人々はこの世の果てまでもついていくだろう。その者の戦車のとどろき《か》は、敵を震えあがらせるだろう。緑のアイルランドが海に呑まれぬ限り、彼の者を讃える歌が止むことはない。だが……。だが彼の花どきは、短い。まるで朝開き、夜が来る前にしぼむ白いヒルガオの花のようじゃ。こめかみに白髪の一本すら数えることなく、命を終える定《さだ》め……それ以上は見えん」

クーフリンは、浅瀬の水にさかんに実を落としているハシバミの茂みを去った。険《けわ》しいヒースの坂を上ると、頂は芝土と丸太の柵で囲まれた城塞であり、エウィン・ヴァハの大門が迎えてくれる。クーフリンは門を入って、コノール王を探した。王はちょうど狩りから帰ったところで、大広間の前の長椅子でくつろいでいた。脚を投げだし、お気に入りの猟犬をひざのあたりにはべらせている。

クーフリンは王のそばへ行って、前に立った。一日の狩りを終え、満足した気分のコノール王は、顔を上げて言った。「どうした、なにが望みだ？　いやに怖い顔でつっ立っているではないか。おまえの仁王立ちのせいで、わしの上に影が落ちているのに気がつかんのか？」

「わが王よ、きょう、おれに戦士の武器を授けてほしいとお願いにきました。少年組で教わるべきことは、みんな学びました。だからきょう、おれを戦士の仲間に入れてください」

「まだ半年も先のはずではないか」コノール王はびっくりして言った。

「わかっています。でもこれ以上待っても、もう学ぶことはありません」

コノール王は眉の下から、クーフリンを長いこと見つめていたが、首を振った。実際クーフリンは華奢《きゃしゃ》でほっそりしており、同じ年の少年と比べても小さかった。とうてい一人前の男と呼べる体格ではない。「それでも半年待てば、息のひと吹きぶんくらいは力がつき、爪の長さくらいは背も伸びるだろう」

少年は赤くなった。「身体が大きければいいというものではないはずだ。力というなら——わが王にして、わが親族《うから》よ、あなたの狩猟用の槍を貸してくれ」

こう言われてコノール王は、オオカミ猟用の大槍を二本渡した。刃にはまだ血糊《ちのり》がついていて、赤錆が浮いたように見える。クーフリンは軽々と受けとると、ひざでへし折った。大槍はまるで乾いたハシバミの棒のように、さっくりと折れた。クーフリンは折れた槍を投げ捨てて、言った。「こんなものではなくて、もっと強い槍をくれ」心の奥で火花が散り、小さいが激しい炎が上がっていた。

コノール王は槍持ちの係を手招きし、戦闘用の大身《おおみ》の槍を持ってくるように命じた。しかし槍が来ると、クーフリンは頭上でクルクルと回したあげく、オオカミ猟用の槍と同じように、簡単にへし折ってしまい、残った残がいをポイと投げ捨てた。このころになると、あたりに人だかりができていた。クーフリンは人々のまんなかに立ち、もっとよい槍が来るのを待った。さらに槍が届き、あげくに太刀まで持ちこまれたが、そのつど、はじめと同じように簡単にへし折っては、ばかにしたように投げ捨てた。とうとう前庭に戦車が持ちだされた。クーフリンは革ひもを編んだ床を足で踏みぬき、トネリコの骨組を両手でひねりつぶして、槍と同じようにやすやすと壊してしまった。前庭じゅうに残がいが散らばり、まるで戦闘でもあったかのようなありさまだ。ついにコノール王が荒々しい笑い声をあげた。王はひざを叩いて、叫んだ。「止めい！　尊き神々の御名にかけて、これまでだ。でないとエウィン・ヴァハには、槍の一本、戦車の一台すら、残るまいて！　この子にわしの武器を持ってきてやれ。王のために、あのゴバン自らが鍛えた剣と槍だ。それから、わしの戦車に馬をつないでやれ。このとんでもない壊し屋も、あれだけは壊せなかろう！」

そこで王の槍持ちは、コノール王自身の武器を持ってきた。黒光りする鉄の穂を持ち、青緑のサギの羽で飾られた戦闘用の恐るべき槍と、霜降る夜の流れ星のように、風を切るたびに火花を散らす秘剣だった。御者は王の戦車を御してきた。車輪の中央には磨きあげた青銅の飾りが付き、網代《あじろ》編みの側面は赤と白の牛革で被《おお》ってある。戦車のくびきにはまだらの雄馬が二頭つながれていたが、馬はコノール王自身かその御者の手綱以外は、けっして受けつけなかった。

クーフリンはその剣と槍とを取り、ひざで折ろうとした。首の筋肉が綱結びのようにふくれあがるまで力をこめたが、どうしても折れなかった。とうとうクーフリンは「これは折れない」と言った。

王が応えた。「それでは、その武器をおまえに授けよう。他のものでは、おまえの役に立ちそうもないからな。さて、戦車が役に立つかどうか、試してみるがよい」

そこで、クーフリンは御者の横にとび乗った。馬は見知らぬ人間が乗ったのを感じて、振り落とそうと後ろ足で立った。激しく蹴りたてるので、御者もどうすることもできない。今度はクーフリンでなく、馬のほうが戦車をぶち壊しそうな勢いだ。クーフリンは笑い声をあげた。風に吹かれた松明《たいまつ》のように、心の奥で炎が燃えていた。御者から手綱を奪いとると、大嵐と戦うように、二頭の馬と戦った。馬はなんとしても乗り手を振り落とそうと、庭じゅうを暴れまわった。しばらくのあいだ見物人には赤い土煙しか見えず、馬のいななきとひづめの音、戦車の車輪がきしむ悲鳴のような音しか聞こえなかった。ついにクーフリンが手綱を御し、あえいでいる馬を王の前に進ませた。これで騒ぎはおさまったが、見あげるとなにひとつ壊れていない戦車に乗っているのは、クーフリンだけだった。御者は混乱のさなか、とっくに戦車から振り落とされていたのだ。クーフリンは浅黒い顔に笑みを浮かべて、人々を見おろしていた。勝ち誇ったようでもあり、少し悲しそうでもあった。まるで、おもしろいことはすべて一瞬のうちに終わってしまう、と自分に言い聞かせているかのように。手綱をつけられた馬はわき腹を波打たせており、最後の赤い土煙が車輪のわきに舞いおりてきた。

「きょうからおまえを戦士と認めよう。武者立ちをしたおまえには、もう少年組に居場所はない」王が言った。

これを聞いてクーフリンは、戦車を飛びこえ、ひらりと馬の前に下りた。自分の肩をくびきにもたせかけ、両方の馬の首に腕をまわして言った。「おれが戦士で、自分の戦車を持てるというなら、王は、おれに御者も持たせてくれますよね。どんな人間も戦車を御しながら、戦うことはできない――いくらクーフリンでも」

「御者なら、おまえが自分で選ぶといい。戦士の権利だからな」王が言った。

クーフリンはまわりを見まわし、居並ぶ戦士たちのなかから、つい二、三カ月前まで少年組でいっしょだったロイグの、赤毛とソバカスだらけの面長《おもなが》な顔を見つけた。ロイグは一歳年上だし、貴族の息子だから、誰の御者にもなるはずがないのだが、そんなことはおかないなしに大声で叫んだ。「ロイグ！　おーい、ロイグ！　馬に関しておまえほどすごいやつは、ほかにはいないぞ。こっちにきて、この戦車を御してくれ。そうすれば、戦いの角笛が鳴ったとき、おれたちはいっしょに戦えるぞ！」

ロイグはソバカスだらけの顔を、少女のように赤らめた。目と頬をキラキラさせて、戦士たちのあいだをかきわけ、クーフリンのかたわらにやってきた。「御者の席はおれのものだ。おれ以外、ほかの誰も座らせるなよ、狩りの兄弟！」ロイグは、コノール王ではなく、クーフリンが王であるかのように、クーフリンに頭を下げた。

十六歳になるころには、クーフリンは自力で、戦士たちのあいだに地位を築いていた。年かさの戦士たちも、文句のつけようがなかった。髪は黒く、細身の身体で、少女のように華奢だったが、女たちは彼に熱をあげた。クーフリンが行くところ、娘たちばかりか夫のいる女たちの目までが追いかけるので、アルスターの戦士や族長たちは気が気ではなく、クーフリンに早くどこかの家の炉ばたから娘を連れだして、妻にするようにとせきたてた。

　クーフリンも十分その気だった。ところが女たちを好もしいとは思うものの、心がときめくような女は見あたらなかった。それがある日のこと……。タークで三年に一度行われる大盛典に参列した折りに、上王コナレ・モールの大広間で、クーフリンの目がひとりの娘をとらえた。その娘はセグロカモメにまじった、たった一羽の白鳥のように、ほかの娘たちとはちがって見えた。

　クーフリンと同じような黒い髪で、肌は乳のように白い。彼が可愛がっているフェデルマという名のハヤブサの目のように、娘の大きな目は、誇らしげにきらきらと輝いていた。丘のビャクシンの葉のように濃い緑の衣装をまとい、長い三つ編みの先に、赤味のある金色の珠をつけている。蜜酒を注ごうと、戦士たちの席のあいだを動くたびに、その珠がかすかに揺れていた。クーフリンは隣りに座っているフェルグス・マク・ロイの手首をつかみ、ひとつの杯を分かちあおうとするかのように身を寄せて、小声で尋ねた。「あの娘はだれです？」

　フェルグスはクーフリンの視線の先を見て、答えた。「あれはエウェル姫だな。ルスカの領主フォルガルの娘だ」

「きれいだな」

「フム、たしかに美人だ。だがあれはやめておけ。イバラの塀に囲われておるわい」

「それはいったいどういう意味です、老オオカミ殿？」

「あれの父親は『抜け目のないフォルガル』といってな、力のあるドルイドだ。娘を欲しいとやってくる男たちを、かたっぱしからひどい目にあわすので有名だぞ」

クーフリンはそれ以上なにも言わなかったが、娘のことが頭から離れなかった。

もしエウェルが、道ばたのスイカズラのように簡単に手に入る女だったなら、クーフリンも簡単に忘れてしまったかもしれない。しかし彼女を得るのは難しく、場合によっては危険と知ったとたんに、アイルランドじゅうにどれほど女がいようと、他の女は欲しくなくなった。自分に生きる喜びを与えてくれるのは、あの娘のほかにはいない……。

その夜じゅう、混みあった席のあいだを行き来する娘の姿を、じっと見つめていた。彼女が仲間の娘たちといっしょに女の住まいにもどってしまうと、今度は視線を、陰険で誇り高いルスカの領主に移した。そしてどうしたら父親の炉ばたから娘を奪いとれるものか、思いをめぐらしていた。

クーフリンは、ターラに滞在中はエウェルに話しかけようとはしなかった。娘に言い寄っていい場所は、彼女の実家だけだ。それが礼儀であり、習慣だった。エウェルのほうがこの黒髪の若武者を気にとめたかどうかは、たとえ気にとめたとしても、そんな素振りはつゆほども見せなかった。

さて三年に一度のタ－ラの大盛典が終わり、王や族長、貴人たちは皆、帰路をたどりはじめたが、ク－フリンは三日の間、ただじっとしていた。彼女が旅の疲れから回復し、ふだんの生活にもどるのを待っていたのだ。三日が過ぎたころ、旅に出たいから戦車を用意してくれと、ロイグに頼んだ。

「どこへ行くんだ?」ロイグはたずねた。

「フォルガルの館だ」ク－フリンと御者は目と目を見交わし、それからふたりとも笑いだした。笑いながらも意図は通じた。

フォルガルの館の、芝土を盛った防壁のなかで、エウェル姫はリンゴの木立の下に座っていた。侍女たちといっしょに、父の広間に飾るための絢爛《けんらん》とした壁掛けに、せっせと刺繡《ししゅう》をしているところだった。暗い色合いの布地に、不思議な動物や鳥が描かれている。広げた翼やからみあった尾が渦巻きとなり、葉を茂らせ花開いて、めくるめく夢のような文様《もんよう》を織りなしていた。

そこに、遠くから轟音《ごうおん》が響いてきた。ひとりの少女がすばやく顔を上げて「雷かしら?」と言った。

「壁掛けを持って、急いでなかに入りましょう。濡れると大変だから」別の少女が言った。

ところが空は晴れあがっており、りんごの枝の影がくっきりと色鮮やかな刺繡の上に落ちている。エウェルは耳をそばだてて言った。「早とちりだこと！　あの音は、全速力で走る戦車の音だと思うけれど。クリーナ、おまえの目はタカのように利《き》くんでしょう？　防壁に登って、誰が来るのか見ておくれ」

　クリーナは針を布地に刺すと、サッと立ちあがり、芝土の土手のてっぺんに登って、手をかざして北をながめた。そのあいだにも遠くの雷鳴のような音はどんどん近づき、馬のひづめと、戦車のガラガラいう響きとわかるようになった。

「いったい、なにが見えるの？」エウェル姫は笑いながら、せっついた。

「確かに戦車です！　アルスターの王の馬に似た、二頭のまだら馬が引いています。どう猛で強そうな馬で、頭を振りあげて、火のような息を吐いています。土煙の筋を後ろにあげて、まるでツバメのようにこちらへと飛んできます」

「戦車と馬のことはもういいから、誰が乗っているのか見ておくれ？」エウェルが言った。

「わかりません――背の高い、赤毛の男です。額に青銅の輪をつけています――いっしょにいるのは――」

「だれ？」エウェルは刺繡を止め、針を布地に刺して、聞いた。

「華奢な人――少年――いえ、男です。暗い悲しそうな顔。でもアイルランドじゅうを探しても、これほど美しい男はおりますまい。深紅のマントを、肩のところで金のブローチで留めています。ああ、マントが風になびいて、まるで炎みたい。深紅の盾を背負っています。銀の縁取《ふちど》りがあって、金色の動物の絵が描いてある……」

「どうやら、アルスターのクーフリンらしい」エウェルは言った。「タ―ラの上王様の大広間で、見かけたことがある。笑うとき以外は、いつも心のなかの悲しい音楽に耳をすませているようだった。……さあ、行って出迎えなければ、父上はお留守なのだから」

エウェルはスカートをたくしあげて、大広間へと急いだ。侍女たちは華やかな刺繍の壁掛けをたたんで、その後を追った。走っているうちに、城門の前でひづめの音がして、急ぎの足音、男たちの声、犬の吠える声が聞こえた。

馬の引く戦車が前庭に飛びこんできた。庭の中央には、戦《いくさ》のときに戦士が刃を砥《と》ぐ、灰色の武器研ぎ石が立っていたので、ロイグはそのまわりを大きく旋回し、それから馬をピタリと止めて足踏みさせた。クーフリンが、背中の盾を鳴らして、さっと戦車から飛びおりた。大広間の入り口に、エウェルと侍女たちがそろっていた。エウェルが杯を手に、前に進みでた。長い年月のうちに黒ずみ風格をおびた、青銅と銀の象眼《ぞうがん》模様の客用の杯に、なみなみと飲み物を注いで、エウェルはにこやかにクーフリンに差しだした。

「父はこの館を留守にしております。父に代わってわたしが、飲み物を差しあげましょう。ようこそおいでくださいました、見知らぬお人」

クーフリンはエウェルの指にそっと触れて、杯を受けとり、杯の縁越しに彼女を見た。「わたしは見知らぬ者でしょうか？　前には一度も会ったことはないと？　『抜け目のないフォルガル』の姫、エウェルよ」

エウェルはなでしこの花のように頬を染めたが、クーフリンから目をそらしはしなかった。「たぶんターラの大盛典の折りに、お見かけしたかもしれません」

「わたしも、あそこであなたを見かけた」クーフリンは言い、ふたりは見つめあったまま立っていた。エウェルは客に飲み物を出したものの、館のなかに入るようには言わなかった。少し離れたところに立った侍女たちも、馬と並んだロイグも、じっとふたりを見つめていた。

ついにクーフリンが言った。「なかに入れてはくれないのですか？」

「父は留守です。いつ帰るのか、わかりません」

「おれが会いたいのは、お父上ではありません。少なくとも今は、ちがう」

「ではだれに？」はっきりさせようと決心して、エウェルは聞いた。

「あなたのほかのだれだと言うんです、エウェル？」

「それではなおのこと、なかにお入れするわけにはいきません。もし留守中に娘に会いにやってきた、よその部族の若い戦士たちを、娘が館に入れたとわかったなら、帰宅した父がどうするか、考えもつきません」

「ここにいるのは、戦士がただひとりです」クーフリンの暗い悲しそうな顔が突然明るくなって、笑いだした。「そのうえこの戦士は、父上のフォルガル殿がもどられたら、話をしたいと願っています」

「話ですって？　その戦士は父になにをおっしゃるつもりなのです？」

「美しい姫エウェルを、わが炉ばたに連れて帰りたいと」クーフリンは言った。

エウェルは彫刻のある柱を後ろ手で探った。息が止まりそうで苦しかった。「その美しい姫とやらが、なにか自分自身で言いたいことがあるかもしれません」

クーフリンは彼女をはさむように、壁の両側に手をついた。こうして娘に触れることなく、娘を捕えてから聞いた。「なんです？　なにを言いたいんですか、エウェル？」

エウェルはしばらく黙っていたが、やがて口を開いた。「お聞きください、クーフリン様。父はそう簡単には、わたしを手放しはしないでしょう。この館の戦士のなかには、あなたをひざで折れるほど手練《てだ》れの者がおります。もちろん、あなたがアルスターの王の大槍をひざで折った話は知っておりますけれど。そのうえ、わたしには姉がおります。姉のフィアルのほうが、わたしより先に結婚する権利を持っております」

「だが、わたしは姉君のフィアルを愛しているわけではない」クーフリンが言った。

「それはそうでしょう、まだ姉に会ったことがないのですから」

「だがわたしはあなたと会った」クーフリンは言った。その声は柔らかく、ハヤブサの胸毛のように、暖かくてやさしかった。

　エウェルは言った。「そう言っていいのは一人前の男だけで、まだ戦ったことのない少年が言うべきことではありませんわ。このエウェルの心を捕らえ、自分の炉ばたに連れて行こうという者は、それに見あうだけの強い戦士でなければなりません。何百人もの敵を切り倒し、あなたの手柄を竪琴弾き《たてごとひ》きが王の大広間で歌うようになってから、またおいでくださいな、小さな猛犬さん。そのときには、なかにお入れいたしましょう」

　クーフリンは壁から手を離し、彼女を自由にしてやった。それから一言も言わずに後ろを向き、戦車にもどった。

第三章　跳躍の橋

エウィン・ヴァハの城へと帰る長い道中、そしてその次の日も、また次の日も、クーフリンは黙りこくっていた。エウェルが求める大手柄をいったいどうやったらたてることができるか、考えつづけていたのだ。

そこへ、耳よりな話が聞こえてきた。影の国というところに、おそろしく強い女戦士スカサハがいる。もしこの女戦士スカサハに弟子入りして武術を学べば、並ぶ者なき最高の戦士となれるというのだ。影の国はスカイ島にあると語る者もいた。そこで帰城後三日目に、クーフリンは乳兄弟《ちきようだい》のコナルに別れを告げ、御者のロイグにこう言った。「これから女戦士スカサハを探しに、海の向こうにある影の国というところへ行ってくる。スカサハだけが知るという武術を学ぶためだ」

ロイグはいっしょに行こうと言ったが、クーフリンは断った。「いくらおまえでも、ウミツバメに戦車を引かせて海を渡ることはできないだろう？　おれは求めるものを得るために、海の向こうへ行かなくてはならない。おまえはおれが帰ってくるまで、ここで馬のめんどうを見ていてくれ」

こうして、クーフリンは旅立った。

クーフリンは影の国とスカサハを探して、長いことさまよい、何度も死にそうな目にあった。そして、とうとう広大な沼地へとやってきた。沼地は見渡すかぎり茫漠《ぼうばく》と広がっていて、迂回《うかい》することもできなければ、先へ進むこともできなかった。さすがのクーフリンも、自分の旅ももはやここまでかと心がくじけた。ここから先はもう固い地面はないという突端に、吸いつくような黒い泥にもももまでつかって立ち、あきらめることもできず、ただはるか彼方《かなた》を絶望的な気分で眺めていた。目の前に広がるのは、イグサの波とゆれる沼地の草。ズブズブした泥に浮く、汚れた緑色の水草の迷路。聞こえてくるのは、風のざわめきと、自分の足元の泥がたてる小さなビチャビチャという音だけだった。だがそのとき、若い男がこちらへとやってくるのが見えた。軽やかな足どりで、水草の一枚すら揺らさない。その姿は炎か、あるいは嵐の雲のあいだから射す陽の光のようだった。

「おまえの行く道に太陽の祝福があるように、クーフリン」若い男は近づいてきて、友人に言うように言った。

そのときクーフリンは、相手がなぜ自分の名前を知っているのか、不思議には思わなかった。「ほんとうに太陽がこの沼地を乾かして、道をつけてくれるといいんだが」クーフリンは疲れきったように言った。「どう考えても、ここ以外に道はないんだ。まいったな。いったいどうしたらいいのか、おれにはもうわからない」

「おまえはどうしても、この『災《わざわ》いの沼』を越えて行かねばならんのか？」見知らぬ男は、微笑《ほほえ》みながら聞いた。

「これまでの人生で最大の難関だが、どうしても行きたい」

すると見知らぬ男は突然、車輪を差しだした。戦車の車輪のようだが、少し小さかったかもしれず、あるいは大きかったかもしれない。そしてこう言った。「それではこれを転がしていけ。恐れずに、この後をついていけばよい」

このときクーフリンは、太陽の光を直接目に受けたかのように、まぶしさのあまりまばたきをした。まばたきをすると、太陽は雲の陰に隠れたようになり、今、クーフリンは広大な沼地の縁《ふち》に、ただひとりで立っていた。手には、戦闘用の丸い盾のような不思議な車輪があった。

ただちにクーフリンはその車輪を沼地へと転がし、勇敢に後に続いた。車輪は回ったとたんに、太陽が光を発するように火を吹き、その熱で沼地に固い道ができた。おかげでクーフリンは泥にひきずりこまれることなく、ついに沼地を渡りきった。渡り終えたとたんに、さっき見知らぬ男が消えたのと同じように、車輪はあとかたもなく消えさった。このときになってようやく、クーフリンの心に、あの男はいったい誰だったのだろうという疑問が浮かんだ。

クーフリンの冒険は続いた。危険や災難に見舞われ、もう前進できないと思うこともあったが、二度と絶望することはなかった。おかげでとうとう、絶壁の海岸から深く切れこんだ、とある入江へとたどり着いた。海はこの入江の奥深くまで入りこみ、入り海のまんなかには島がひとつそそり立っている。島はわずかに緑におおわれていたが、あたりを黒い岩々が、まるで牙をむいたようにとり囲んでいる。寄せる波が、しぶきをあげて砕け散っていた。島のてっぺんには、三重の灰色の石壁に囲まれた険《けわ》しい砦が、まるで頭に載せた王冠のようにそびえている。島のどこかで、かまどの煙が上がり、青銅の武具に当たって陽がきらめくのが見えた。一方、崖の手前の窪地には、粗末な芝土屋根の小屋や馬用の囲いやらが立ち並んでいた。小屋の壁には戦車が逆さまに立てかけてあり、ワラで作った槍投げ用の的《まと》もある。大きな猟犬が数頭、日に当たって寝そべったり体を掻《か》いたりしている。小屋の前の草地では、若い男や少年たちがハーリングをやっていた。

クーフリンは男たちのほうに歩いていった。男たちはクーフリンに気がつくと試合を中断し、リーダーらしい若者がハーリングのスティックを持ったまま、こちらにやってきた。背が高く、銀に近い金髪を日焼けした首のあたりまで伸ばしている。ほかの者たちが、後にぞろぞろ続いた。

「ようこそ、見知らぬお人。あなたもわれらの仲間だろうか？」

「ここがどこかによるな」クーフリンが言った。

　年下の少年たち何人かが、クーフリンがこの場所を知らないことを、ひじでつつきあって笑っていた。しかしリーダーらしい者は礼儀正しく、ハーリングのスティックで方角を指して言った。「あれが女戦士スカサハの砦だ。われわれは彼女に武術を習いにきており、入江のこちら側に寝泊まりしている」

「ああ、それなら、おれも仲間だ。おれの名はクーフリン。アルスターのコノール王の親族《うから》の者だ。女戦士スカサハから武術を学びたくて、やってきた」クーフリンは大喜びで話した。

「それはけっこう！」銀色の髪のリーダーが大きな声で言った。「ここにいる者たちはほとんど皆、アイルランドから来ている。おれの名はフェルディア。ダマンの息子で、コナハトの出身だ。さあ、こっちに来て、食事をするといい。それから旅のほこりを落として、故郷の話をしてくれ。クルアハンの山がまだ去年と同じところにあるのかどうか、聞かせてほしいな」

　ハーリングの試合はすっかり忘れられ、みんなは大喜びで、クーフリンを中央の大きな小屋に連れてきた。そこでは奴隷たちが夕食の準備をしていた。

クーフリンはみんなといっしょに飲み食いした後で、フェルディアと外に出た。入り海のなかの険しい絶壁の島に、砦がそびえている。夕陽を反射してまた刃《やいば》がきらめき、遠くから馬のいななきと、竪琴《たてごと》の音色らしいかすかな音も流れてきた。「女戦士の砦へは、いったいどうやって行くんだ?」クーフリンが尋ねた。

フェルディアは笑って、首を振った。「毎朝、スカサハのほうから、われわれのところへ来てくれる。だがおれたちのなかで、あの島へと渡ったものはいない」

しかしクーフリンは、まぶしい夕陽に目を細めながらも、深淵をまたぐ橋らしいものがあることを見取っていた。「なぜだか、わけがわからないな。女戦士が渡ってくる橋があるなら、その橋を反対に渡れば、われわれだって向こうへ行けるだろう?」

「あれは『跳躍の橋』と呼ばれる橋なんだ。いっしょに見に行こう」フェルディアが言った。

ふたりはいっしょに歩いていき、橋の前に立った。それは細長く伸びた岩のような橋だった。表面は、油を塗った刃のようにつるつるしており、幅も剣よりわずかに広いだけだ。断崖をのぞくと、はるか下で波が逆巻き、黒い岩にぶちあたって砕けている。岩の上では巨大なハイイロアザラシやら、白い牙のセイウチやらがはいまわっていた。

「スカサハが弟子に最後に教えてくれるという、武術の奥義《おうぎ》がふたつある」フェルディアが言った。「ひとつはガー・ボルグという槍の使い方だ。この槍は別名『腹の槍』と言って、どんな鎧《よろい》も突き通すことができる。もうひとつが、この橋を跳び越える『英雄の鮭跳び』の術だ。実はこの橋は、だれかが一歩でも足をかけると、橋のまんなかが暴れ馬のように跳ねあがり、足をかけた者を振り落としてしまうんだ。たとえまんなかより先まで飛べる者がいたとしても、この狭さではすべって岩場に転落し、海の餌食となるのが関の山だろう」

　ところがクーフリンは、翌朝スカサハが橋を渡ってくるのを待つ気になれなかったので、こう言った。「旅の疲れを取るのに、一時間休ませてくれ。一時間休んだら、おれが橋を渡ってみせる」

「羽もそろわぬヒヨコのくせに、大口をたたいたな。だいいちあと一時間したら、日が沈んでしまうぞ」フェルディアが言った。

「かまうものか。代わりに月が上るじゃないか」クーフリンが言った。

　こうしてふたりは小屋にもどったが、それぞれが頭のなかで、せわしなく考えをめぐらせていた。

　クーフリンは中央の小屋に入ると、マントにくるまって火のそばに横たわり、しばらく眠った。狩人《かりゅうど》にはおなじみの、耳をそばだてたままの軽い睡眠だった。やがて闇がやってきて、太陽を呑みこみ、代わりに月を吐きだした。クーフリンは目を覚まし、起きあがって伸びをした。旅の疲れは、もうすっかりとれていた。そこで小屋を後にして、『跳躍の橋』へと向かった。自分の挑戦を内緒にするつもりはなかったので、後ろを大勢が、笑ったりふざけたりしながらついてきた。

月明かりのもと、入り海は暗黒の裂け目となり、幅の狭い橋はいっそう滑りやすそうに見えた。まるで巨大なカタツムリが這ったあとの銀色の筋のように、てらてらと光っている。クーフリンは橋の真正面に来ると、マントを脱ぎ捨て、走りはじめた。どんどんスピードを上げ、峡谷の寸前で全身の力をこめて、橋のまんなかめざして思いきり跳んだ。だが着地したのはまんなかよりわずか手前だった。橋は跳ねあがり、暴れ馬のようにクーフリンを蹴りあげて、見物の若者たちのどまんなかへと跳ね飛ばした。クーフリンは怒りに燃えて立ちあがると、再び橋に向かって走り、また跳んだ。今度も橋は跳ねあがり、ばかにしたように挑戦者を放り返した。クーフリンはさらにもう一度挑戦したが、三度目もまた仲間の上に投げ返された。クーフリンは身も心も打ちのめされ、傷ついていた。よろよろと立ちあがったクーフリンを見て、若い戦士たちはどっと笑い声をあげ、フェルディアが叫んだ。「思い知ったか、チビ犬め。朝になってスカサハが来るのを、おとなしく待つんだな！　スカサハに赤ん坊みたいに抱っこして、向こう岸へ渡してもらうといい」

クーフリンは激怒したが、歯を喰いしばってこらえ、叫び返した。「もう一度やってやるから、見てろよ。チビ犬でも噛みつくことを、教えてやる。もう一度跳ね飛ばされるものかどうか、ちゃんと見届けるがいい！」四度目に走りながら、クーフリンは渾身《こんしん》の力をふりしぼった。激しい気合いが入ったあまり、それまで自分にあるとは知らなかった力までがわきあがってきて、めりこむばかりに崖を蹴った。目のなかで月光が深紅に染まり、頭のなかで大海がどくんどくんと音をたてたが、クーフリンの足は『跳躍の橋』のちょうどまんなかを、しっかりと踏んだ。そこでもう一度跳ぶと、一挙に橋を飛びこえることができた。それから岩場やら潮をかぶった地面やらを駆けぬけると、そこはもう表門の前だった。

クーフリンは門を短剣で叩いた。番犬が吠え、それをなだめる声がした。大きな木製の扉が待っていたかのように開くと、門のなかに、ひきしまった顔の赤毛の女が立っていた。女の髪はまるで赤駒のたてがみのようなこわい毛で、そば仕えの戦士が掲げる松明《たいまつ》の灯を受けて、燃えるように輝いていた。古びた革の胴着と、ひざ丈ほどのサフラン色の毛のキルトをまとい、青銅の腕輪をはめた腕には、戦士らしく白い傷跡が何本も走っている。まわりを大きな犬に取り囲まれ、大身《おおみ》の槍に寄りかかってクーフリンを見つめていたが「夜の明かりが灯るこんな時刻に、スカサハの砦を訪ねてきたおまえは、いったい何者だ？」と言った。

「『クランの猛犬』、クーフリンと申す者。あなたの教えてくれる武術を学びたくて、見《けん》参《ざん》しました」

「塁壁《るいへき》からおまえを見ていたが、おまえは『バッタ大王』とでも呼んだほうが似つかわしいな」女はのけぞって、カラカラと笑った。馬のように大きな四角い歯が、白く光った。「さあ、向こうへ帰るがいい――帰りはずっと簡単だ――それからひとつ言っておくが、わたしがちゃんとしたやりかたを教えるまで、二度とさっきのようには跳ぶなよ。やりかたを知らなくても成功するのは一度だけで、二度目はないからな。何十年に一度の逸材かもしれぬものを、むやみと死なせたくないんでな！」

こう言われて、クーフリンは族長にするように、額に槍を押しあてて敬礼をすると、さっと踵《きびす》を返して、『跳躍の橋』のほうへ歩いてもどった。いつのまにか橋は丸い盾ほどの幅に広がっており、エウィン・ヴァハの堀を渡るときのように、簡単に渡ることができた。

橋の向こうでは、さっきの若者たちがまだ群れていた。クーフリンはすぐにフェルディアに気づいた。フェルディアは背が高いうえに、銀に近い金髪が月明かりに輝いて、ひどくめだっていた。すでにクーフリンの手は、腰の狩猟用短剣の柄《つか》にかかっていた。

「これでわかったか、ダマンの息子のフェルディア？　ついでに教えてやるが、アルスターでは新参者をよってたかって笑いものにするようなことはしない。コナハト人には、礼節というものを教えてやる必要があるようだな」こう言うと、ほかの連中にどなった。

「下がれ、場所をあけろ！」

だが白い月明かりのもと、フェルディアは岩に腰を下ろしたまま、クーフリンを見あげて笑っていた。腰の短剣には触れてさえいない。

「立て！　立つんだ、コナハトのフェルディア！　おまえはでかくて強いくせに、チビ犬がこわいか？　もっともこのチビ犬には歯があるが」クーフリンはさらに近寄り、短剣を構えてフェルディアの前に立ちふさがった。あとの者はふたりを囲んだまま、黙って見ていた。

フェルディアは、尻の下の岩に貼りついたようにじっとしていたが、矢のような早技で立ちあがったかと思うと、クーフリンのひざめがけて突っこんだ。

クーフリンは命がけの跳躍に力を使い果たしていたうえ、油断もしていた。足を下から取られ、もんどりうって倒れた。次の瞬間、フェルディアはクーフリンの体に長い脚を巻きつけて馬乗りになり、大きな手で、短剣を握ったクーフリンの手首を草地に押さえつけた。取り巻いていた若い戦士たちの輪が、少し縮まった。クーフリンはハーハーと息を荒げて、歯を食いしばり自由になろうともがいた。ところが突然、敵の体がおかしな具合に震えるのを感じた。なんとも悔しいことに、金髪長身のコナハトの戦士は笑っているのだ。「じっとしてろ！」フェルディアは笑いを押さえて言った。「おい、チビの黒シャモ、暴れるなよ。おれは死ぬには若すぎるし、美しすぎると思わないか？　だいいち愛する母上を泣かせることなど、まっぴらごめんだ」

クーフリンはびっくりして、抵抗を止めて言った。「死にたくないなら、からかう相手を選ぶんだな」

「わかってるって。いいか、おれを殺そうとする前に、ちゃんと思い出せ」最後の言葉を、フェルディアはクーフリンの耳にささやいた。「いいか、おまえは三度、橋に跳ね返された。もしおれが怒らせなかったら、最後の一滴まで力をふりしぼることができたか？　おまえは怒りに燃えたから、跳べたんだ。ちがうか？」

クーフリンは崖の草に横になったまま、ハッとして思いをめぐらした。すると短剣の柄を握っていた指から力が抜けて、笑いだした。じきにふたりは起きあがり、たがいに相手の肩を抱きあって、小屋にもどった。そこにいた兄弟弟子たちが後ろにつきまとって、いったいなにがおかしかったのか聞きだそうとしたが、ふたりともとりあわなかった。

第四章　女領主アイフェ

その後の何カ月かで、クーフリンは、女戦士スカサハから学べるものをすべて学んだ。ただし、あの恐ろしい『腹の槍』ガー・ボルグの使い方と、『英雄の鮭跳び』の術だけは、まだ早いと言われた。

クーフリンが影の国に来て半年たったとき、スカサハと、となりの国の女領主アイフェのあいだに戦争が起こった。アイフェはまだ若いが、スカサハに負けないほどの強い戦士であり、彼女が率いる戦車と戦士の数はスカサハよりずっと多かった。ずいぶん以前からアイフェは、山のすそ野にあるスカサハの豊かな牧場に目をつけており、最近では国境《くにざかい》を越えて、アイフェの若い戦士たちが牛の略奪にくるようになっていた。アイフェが戦《いくさ》の準備をしているという知らせが、逃亡奴隷によって影の国にもたらされた。スカサハは、ここは敵の準備が整う前に急襲する以外、勝ち目はないと考えた。そこで殺物の収穫が終わったとたんに配下の戦士を呼び集め、戦車を用意させた。スカサハは、武術を習いにきている若い弟子たちを参戦させるつもりはなかったのだが、みんなはかまわずに、フェルディアとクーフリンを先頭に、武器をとって出陣の準備を整えた。

戦わなければ部族がまるごと奴隷にされるとわかってはいたが、スカサハには勝利の確信はなかった。そのため若い弟子たちの出陣を受け入れたように見えて、実はクーフリンだけは連れていくまいと固く心に決めていた。クーフリンにかなう者といえばダマンの息子フェルディアがいるだけで、力はずばぬけている。だがまだまだ未完の大器であって、その大事な弟子をこんな勝ち目の薄い戦争で、危険にさらしたくなかったのだ。今ではスカサハは、自分のふたりの息子よりもクーフリンを大切に思うようになっていた。そこで出陣の朝、酒に眠り薬を混ぜ、それを夜明け前の食事のときに、自らクーフリンに与えた。こうして食事が終わり焚《た》き火が踏み消されて、戦士たちがいざ出陣、と戦車に乗りこんでも、クーフリンは盾を枕に眠りこけたままだった。

フェルディアが陣営を突っきって、『クランの猛犬』が起きないと報告にきたので、スカサハは言った。「そのまま寝かせておけ。一日と一晩のあいだ眠っているが、その後で何事もなく目を覚ます」

フェルディアは仲間のところにもどり、このことを話した。みんなはスカサハのたくらみに憤《いきどお》り、クーフリンのために腹を立てた。しかし、どうすることもできない。すでに戦士たちは戦車を駆って戦場に向かっており、その後に続くしかなかった。

　ところが、ふつうの男なら一日と一晩眠らせるはずの薬草が、クーフリンにはわずか一時間しか効かなかった。目を覚まして、自分がまだ温かい焚き火の熾《おき》のかたわらにいるのがわかると、スカサハになにをされたか思いあたった。腹立たしいが、怒っているひまも惜しい。クーフリンは盾と二本の大槍をひっつかむと、皆の後を追いかけた。担いだ盾を揺らして、獲物を追うオオカミのように戦車のわだちを追い、長いこと疲れも見せずにひた走った。丘の小川にたどり着くと、軍勢が昼の休憩をとった跡があったので、浅瀬を渡った。そして影が長くなる前に、はるか前方で、しんがり部隊の上げる小さな土煙を見つけた。獲物を見つけたオオカミのように、クーフリンは猛然と走った。

　しばらくの間、戦士と馬と戦車の長い隊列が、まるで黒々とした雁《かり》の群れのように続くのを追いぬいていった。戦士たちのあいだから声がかかり、激励が飛んだ。とうとうクーフリンはスカサハの戦車に追いついた。スカサハは先頭部隊を率いて戦車を駆っていたので、その横に並んだ。「わが女族長殿に申しあげるが、あんな酒では弱すぎます。たった一時間で目が覚めました」

　スカサハは戦車からクーフリンを見おろし、ため息をついた。「われながら、ぬかったな。戦のにおいを嗅ぎつけたら、クーフリンに来るなと言ってもむだなことくらい、わかっているべきだった」

翌日の正午に、スカサハとアイフェの軍勢が顔を会わせた。広い谷間の、黒い岩が露出したヒースの原で、両軍は激突し、白兵戦となった。盾がぶつかる雷鳴のような音に、あたりの丘さえぶるぶると震えた。その日は一日中、血で血を洗う戦いが続いた。クーフリンとフェルディアは、スカサハのふたりの息子と肩を接して戦い、多くの敵を殺したが、そのなかにはアイフェのそば近くを守る親衛隊の、最も強く勇敢な六人の戦士が混じっていた。

日が暮れ、傷だらけとなったふたつの軍勢は、ともに引いた。谷の両側で焚き火がたかれ、疲労困憊《こんぱい》した戦士たちに食べ物や飲み物が配られた。そのときになってから、スカサハはグラリとよろめき、焚き火のそばにひざをついた。クーフリンが走りよって支えたが、スカサハのマントの黒ずんだ重いひだに触れると、血の染みが手についた。スカサハの剣を持つ腕は、骨までざっくりと斬られていた。

息子やほかの戦士たちが、まわりをとりまいた。ひとりは自分の兜《かぶと》に酒を入れてきた。傷の手当てが巧みなドルイドのエオガンは、包帯とツンとした臭いの軟膏を持って、スカサハのかたわらにひざまずいた。酒を飲ませようとしたが、スカサハはほとんど口をつけないので、ドルイドはその酒で傷口を消毒した。

「きつく縛れ」スカサハが言った。「明日も戦いが続くぞ。戦車に体を縛りつけてでも、わたしが陣頭指揮をとる」

ドルイドは無言だった。暗雲がただようなかで、戦士たちはたがいに顔を見合わせた。ところがこの時点で、翌日の戦闘はなくなっていたのだ。

というのもその晩の夜更け、焚き火を守っていた寝ずの番の戦士たちは、「なにものだ?」と問いつめる見張りの声を聞いた。彼らはいっせいに武器をつかんで立ちあがったが、そのとき二名の見張りが、灯りの下へ現れた。見張りたちはあいだに、兜にアイフェの親衛隊のしるしである白鳥の羽根飾りをつけた男をはさんでいる。男は武器を持たず、伝令の緑の枝を手にしていた。見張りの戦士が「女族長スカサハ殿へ、敵の使いがまいりました」と声をあげた。火のそばで眠ろうと苦心していたスカサハは、他の者とともに飛び起きて、毛皮を重ねた上に背筋を伸ばして座った。傷が見えないように、マントで身体をしっかりとおおっている。伝令は女族長の前に連れてこられると、緑の枝をひたいに押し当て、口をきく許しを待った。

「アイフェ領主からのことづてか?」スカサハが言った。

「御意《ぎょい》。わが領主より、次のとおりを申しあげるよう、仰せつかってまいりました。すなわち、『偉大な女族長にして、わが敵のスカサハよ。われらの軍勢はたがいに傷つき疲れ果てた。きのうのように今日も戦い、また翌日も、さらに翌々日も戦うなら、どちらが勝つにせよ、なんの得るものがあろうか。傷つき弱れば、横になってその傷を舐めているあいだに、どこかの飢えた部族が侵入してくるは必定《ひつじょう》。そこで全軍をぶつける代わりに、ここはわれらふたりの一騎討ちで決着をつけようではないか。時間は夜明けの一時間後、場所は両軍のあいだの空き地。双方から戦士を出し戦場を決めさせるが、そのほかの手出しはいっさい無用という条件で、いざ果たし合いを申し入れる』」

伝令が話し終わると、長い沈黙があり、やがてスカサハが言った。「アイフェ領主のことづては聞いた。だがそれがいいか悪いか、自分の心に問うてみなければならぬ。おまえはここを離れ、あちらの焚き火のそばで蜜酒を飲み、半時間後にまたもどってくるがいい。そうしたら返事をしてやるから、おまえの主人に持ちかえるがよかろう」

「わが領主は待たされるのを好みません」伝令が言った。だがスカサハは怒りで顔を染めて、左手で火のほうを指した。「女族長スカサハはせかされるのは、まっぴらだ。市場に引かれていく雌ブタではあるまいしな!」

こうして伝令が離れると、スカサハは戦士たちを見渡して言った。「どうしたものか?　いったい、どうすべきだろう?　わたしのこの腕では剣を持つこともできない。といって戦をすれば、たとえわが軍が勝ったにしろ、アイフェの言ったとおりとなるだろう。それにわが軍が負けるかもしれぬ」

他の者に口をきく機会を与えずに、クーフリンが言った。「わが師匠スカサハよ、絶好の機会だ。師匠の教えが役に立つかどうか、おれに試させてください」

スカサハは苦痛に満ちた目で、クーフリンを見つめた。「おまえの考えそうなことだが、絶対にだめだ。ひげも生えそろわぬ少年に、わたしの代わりをさせてたまるか」

「それでは、自分で戦うというのですか？　ほとんど上がりもしないその腕で？」クーフリンが迫った。

するとと戦士たちががやがやと、スカサハに代わってアイフェと戦うのはこの自分だ、と主張しはじめた。

しかしクーフリンは言った。「あいつらに耳を貸さないでくれ。最初に声をあげたのは、このおれです。だからあなたに代わって、戦上手な女領主の相手をする権利は、おれにあります」それから身を乗りだし、スカサハにひざまずくようにして言った。「わが師匠スカサハよ、あなたはおれに借りがあります。おれに一服《いっぷく》盛ったじゃないか！」

スカサハはしばらく考えてから、ついに口を開いた。「たしかに、おまえには借りがあるな。ここは、おまえにまかせるしかなさそうだ。だが夕陽の向こう側から泣きついてきても、わたしは知らんぞ」

「では、ひとつだけ教えてください。教えてくれさえすれば、心配御無用。アイフェが最も大切にしているのは、いったいなんですか？」

「アイフェがなにより大切にしているのは」スカサハが答えた。「自分の馬と戦車と御者だ」

これを聞いてクーフリンは笑い声をあげ、自分の武器を取りにいった。

こうして伝令は、自分の女主人のところへともどって、スカサハの返事を伝えた。「影の国のスカサハより、アイフェ領主に挨拶をおくる。剣を持つ腕をいささか痛めたゆえ、残念ながら、そなたと一戦交《まじ》えることはできぬ。だがわたしの代わりに、わが最強の戦士、アルスターのクーフリンを遣《つか》わす。したがってそなたも代わりの戦士を選ぶか、あるいはわたしがそなたならそうするように、自身で出向くがよかろう……」

日の出から一時間後、クーフリンは両軍の隊長によって選ばれた一騎討ちの場所で、スカサハの戦車からヒラリと降りた。それから御者兼武器持ちとしてついてきたフェルディアのほうをふりむくと「馬たちをうんとうしろへ下げておいてくれ」と言った。そうして背負っていた盾を下ろし、投げ槍をかまえて前進した。ヒースとコケモモの茂みのなかを、朝日に輝く人影がこちらへとやってくるのが見えた。一騎討ちの場所は、黒っぽい山肌から突きでた平地で、両軍からよく見晴らせるところにあった。平地の向こうの山あいは、急に深い渓谷となり、その底に蜂蜜色の小川が走っている。小川はまるで雄馬のたてがみのように弓なりに曲がって、キラキラと流れていた。

敵の戦士は平地のずっと向こうで、戦車と御者から離れた。上る朝日が、戦車と御者と興奮した馬の輪郭を、燃えあがらせている。暗い山肌を背景に近づく人影を、クーフリンはじっと見つめ、戦う相手がだれかを知ろうとした。人影がさらに近づいたとき、それはクーフリンの望みどおり、女領主その人であることがわかった。

　アイフェの輪郭も、朝陽に燦《さん》と燃えていた。兜からは黄色い雲のような髪があふれて、ハシバミの木から三月の風に舞いあがる花粉の雲のようだ。戦闘用の胴着の上の青銅の鎧《よろい》が、動くたびに音を立てる。重い鎧をまとい、さらに重い盾と槍を二本携《たずさ》えているというのに、アイフェはまるで雌の赤シカのように、軽やかに丘をやってきた。

　クーフリンが走りだすと、見守っている軍勢から嵐のような雄叫《おたけ》びがあがった。アイフェも走りだし、ふたりは平地のまんなかで出会い、槍の先を合わせて、一騎討ち開始の礼をした。とたんに戦いが始まった。たがいに相手のまわりを回り、太陽が自分の背に、相手の目に入る位置を得ようとする。見守る軍勢は、ふたりの槍の先にかかった運命を、固唾《かたず》を飲んで見守っている。まずは離れて槍を投げあったが、どちらも盾で受け流した。次にふたりは、接近戦用の広幅の突き槍を持って近づいた。だが盾に当たって槍の刃がこぼれ柄《え》も曲がったので、双方とも槍を投げ捨て、今度は剣を抜いた。長い長い時間、ふたりはヒースの野をめぐり、野にもぐって戦った。斬っては突き、突いてはかわし、あらん限りの秘術を尽くした。ともに傷口から血を流していたが、それでも勝負はつかなかった。そのときついにクーフリンがヒースのもつれに足をとられ、よろめいた。すかさずアイフェが野獣のように飛びかかり、電光石火で剣を打ちおろした。クーフリンの剣が受けとめたが、コノール王の戦闘用だった無敵の名剣も、一瞬に百個の光る破片となって砕け散った。

　クーフリンは無用の柄《つか》だけを握ったまま、サッと飛びすさって、アイフェに飛びかかられるのを避けると、わざとアイフェの背後を見て、叫んだ。「馬だ！　太陽神にかけて！　おまえの馬が戦車ごと崖を落ちていくぞ！」

　アイフェは大声をあげ、狂ったようにうしろをふり返った。その瞬間クーフリンは盾と剣の柄を両側に投げ捨てて、アイフェに躍りかかった。女の胴をがっしり締めあげ、自分の青銅の鎧で押しつぶそうとした。アイフェは怒りの叫びをあげ、とっくみあいでは役に立たない剣を投げ捨てて、腰の短剣に手をかけた。だがクーフリンはすばやく女の手首をとらえて、うしろにねじった。とらえられた女領主はまるでヤマネコのように暴れた。殴るかわりに、自由な手で敵の顔をひっかき、鎧から出ているクーフリンの首に噛みつこうともがいた。クーフリンは笑い、ますます強く押さえつけ締めあげたので、アイフェはもう息ができず、それ以上戦うことができなくなった。そこでクーフリンは女を肩の上に担ぎあげ、戦車へと向かった。

　フェルディアが戦車を走らせて出迎えにきて、笑いながら手綱を引いた。「すごい獲物だな」

「ヤマネコを捕らえた。爪が鋭いぞ！」クーフリンが這いあがったとたんに馬は走りだし、戦車もろともスカサハの陣営へと疾走した。いっぽうアイフェの御者は戦車が傾くほどのスピードで、轟音《ごうおん》をあげて追ってきた。両陣営からの怒号は耳をつんざき、馬のひづめの轟《とどろ》きも、戦車のきしむ音も圧するほど高まった。

クーフリンの戦車は自軍の陣地にたどり着き、飛びだしてきた戦士が入口を固めて、敵の追っ手を断った。陣地のまんなかには、スカサハのために木の枝を編んだ天幕が張られていたが、その前の空き地で、フェルディアは馬を止めた。クーフリンは力つきた人質を肩に担いだまま飛びおり、地面に下ろした。そしてその瞬間ひざをついて、アイフェ自身の短剣を引きぬいて、彼女の喉元《のどもと》にピタリと押し当てた。陣営は静まりかえり、人も馬も、最年少の武器持ちからスカサハその人まで、身じろぎひとつしなかった。スカサハは天幕の入口で、落ちくぼんだ目をして、敵を見おろしていた。

アイフェはクーフリン越しにスカサハの顔を見あげて言った。「女族長スカサハよ、もしそなたが全速力で馬を駆ることを愛し、槍の手応えを愛するものならば、わたしがもう一度それを味わえるように、命を助けてくれ。わたしは戦場で死ぬことを恐れぬが、捕われの身となると話は別だ」

スカサハが答えた。「アルスターのクーフリンに頼むがいい。そなたの命は彼のもので、わたしのものではない」

クーフリンは突然、女領主が自分を見あげているのに気づいた。このとき初めて、クーフリンはアイフェを美しいと思った。戦う男の魂を揺さぶる、抜き身の刃のような、飛ぶ矢のような美しさだ。アイフェは言った。「わたしの命がおまえのものなら、強いだけでなく寛大なところを見せて、命を返してくれ。武運めでたき戦士なら、贈り物にも気前がいいはずではないか」

「命は返してやろう」クーフリンは言った。「そのかわり貴い《とうと》タータラの石にかけて、誓え。二度とスカサハに戦争をしかけたり、牛馬を盗みに押し入ったりしないと。スカサハの国と争うことなく、平和を守ると誓え」

「貴いターラの石にかけて、誓う」まだ喉元に短剣を突きつけられたまま、アイフェが言った。

それでクーフリンは短剣をひっこめ、それを天幕の入口に立ったままの女族長スカサハの足元へと転がしてから、言った。「もうひとつ条件があるぞ。われらは死者を埋葬しなければならないし、戦車に乗せていけないほど重傷の負傷者もいる。したがって夕日の向こうへと去った者たちのために、ここで弔《とむら》いのかがり火をたき、負傷者が動かせるようになるまで、この地に留まらねばならない。そこで夜は枕を高くして眠れるように、おまえの戦士たちは国に帰し、おまえだけが人質としてこの陣営に残るんだ。われらがわれらの狩猟地、故郷へと帰る日までのことだ」

「その条件をのもう。だがそれを自分の口から伝えるために、わが軍の陣営まで行かせてほしい――わたしが裏切らないように、見張りをつければよかろう――そうすればスカサハ軍がこの谷に留まるあいだ、わたしは人質としてここに残る」アイフェが言った。

そういうわけで、その晩日が沈み、弔いのかがり火がたかれたとき、スカサハの天幕からあまり遠くないところに、緑の枝で第二の天幕が編まれた。女領主アイフェは、クーフリンが敷いた彼自身の深紅のマントにくるまって、そこで眠っていた。

第五章　クーフリンの初めての襲撃

何日ものあいだ、スカサハの軍勢は峡谷の一方の端に留まった。アイフェの軍勢は去ったが、彼女の親衛隊の生き残りだけは、峡谷のもう一方の端に居残っていた。こうして何日ものあいだ、アイフェは人質として敵中に留まっていた。ところがクーフリンにとって、敵だった女領主は人質以上の存在となっていた。咲きほこっていたエリカの花が散りはじめたころ、そして小川が樺の落ち葉で黄色に染まりだしたころ、クーフリンは、フォルガルの砦のりんごの木の下で刺繍《ししゅう》をしているエウェル姫のことをすっかり忘れて、代わりにアイフェを愛するようになっていた。

ついに、深手を負った戦士も移動に耐えられるまでに回復したので、スカサハ軍は戦車に馬をつなぎ、影の国に向けて帰国の途についた。アイフェも土煙を上げる戦車の後ろを、クーフリンとともに、武術を学ぶ若者たちに混じって進んだ。アイフェの親衛隊は、片側に槍のひと投げぶんの距離をあけて、忠実につきしたがっていた。真昼どきにふたつの国の国境の川に到着し、そこで一行はひと休みした。クーフリンとアイフェは、全軍が注視するなかを、手を取りあって川沿いの道へと下りた。

ふたりはリンボクの茂みの影で、足を止めた。春がくればこの茂みにも、一面にくすんだ白い花がふうわりと咲くだろう。クーフリンは自分の指から金の指輪を抜きとると、アイフェに渡して、こう語った。「ふたりのあいだにこの川が流れているかぎり、おれたちは二度と会うことはあるまい。だがアイフェ、おまえはおれの心に咲いた花だ。もしおまえがおれの息子を生んでくれたら、その子が大きくなってこの指輪がはめられるようになったときに、アルスターにいるおれのところに寄こしてくれ」

「わたしに言うことはそれだけか、アルスターの猛犬?」とアイフェが言った。戦士としてでも、女領主としてでもない、運命を受け入れたひとりの女の言葉だった。

「その子をコンラと呼んでくれ。そして、おれのところに寄こすときには、三つの禁戒《ゲシュ》を課してほしい。ひとつ、途中で名を聞かれても、答えてはならない。ひとつ、誰に命令されようと、進む方向を変えてはならない。そして最後のひとつは、おまえとおれとのあの一騎討ちにかけて、戦いを挑まれたなら、けっして断ってはならない」

「覚えておこう」と言うとアイフェは、クーフリンの両頬を、青銅の兜《かぶと》の頬当ての上から一瞬両手ではさんで、男の目を深くのぞきこんだ。「そのときまで、おまえも覚えているだろうか？」

　そして手を下ろすと向きを変え、一度もふり返ることなく、親衛隊が槍に寄りかかって待っているところへと去った。クーフリンもきびすを返し、すでに浅瀬をバシャバシャと渡りだしたスカサハの軍勢に合流するために駆けていった。


　一年と一日が過ぎていき、クーフリンはスカサハが教えられる限りのすべての技と術とを習得した。『英雄の鮭跳び』も魔法の槍ガー・ボルグの使い方も、例外ではなかった。ガー・ボルグは敵の腹に刺さると、死の棘《とげ》が飛びでて、敵の体じゅうを刺すという槍だった。別れの日が近づくとスカサハは、アイフェとの戦いで失った剣の代わりだと言って、自分の剣をクーフリンに与え、さらにガー・ボルグも与えた。スカサハはクーフリンに会うまでは、この槍にふさわしい戦士がいるとは思いもよらなかったのだが。ダマンの息子フェルディアでさえ、この槍を使いこなせるとは思えなかったのだ。

　こうしてクーフリンが、影の国とスカサハの弟子たちに別れを告げる日がやってきた。それは、最強の競争相手であり、ロイグや乳兄弟《ちきょうだい》のコナルよりも近しい者となっていたフェルディアと別れる日でもあった。そのときが来るまで、クーフリンは別れがこれほどつらいものだとは知らなかった。

「コナハトへ来て、コナハトの戦士になるつもりはないか？」クーフリンの肩を重い腕で抱いて、フェルディアが聞いた。

「おまえこそ、アルスターの戦士になるつもりはないか？」

これが最後という夜に、ふたりは『血の兄弟』の証《あかし》をたて、命があるかぎり、たがいに忠誠を尽くすことを誓いあった。こうしてふたりはそれぞれの道を歩きだした。ふたたび会うことがあるかどうか、ふたりとも知るよしもなかった。

ついにクーフリンはアルスターへ、エウィン・ヴァハへ、ふたたび帰ってきた——そして、乳兄弟のコナルが赤枝の間の炉のかたわらに横になっているのを見つけた。コナルは大小さまざまな傷を負い、そのうえ利き腕は切り落とされかかったため、ここで養生をしていたのだ。コナルはクーフリンに、アイルランドの上王、コナレ・モールが死んだことを話した。上王がダ・デルガの豪勢な宿舎に一晩滞在した折りに、ブリテン島からやってきた海賊に襲われて、上王と親衛隊のほぼ全員が殺されたのだ。どうやら海賊のなかに、以前、強盗と牛泥棒を働いたかどで追放された、上王自身の乳兄弟が加わっていたらしい。

「おまえはいったいなぜ、上王の親衛隊にまじっていたんだ？」

コナルは肩をすくめた。「ケルティア・マク・アティカとちょっとした争いを起こしたんだ。ささいなけんかだったが、コノール王は、落ちつくまでアルスターの外に出ているようにと、おれを上王コナレ・モールに仕えさせることにした」

「おまえは上王を守って、立派な働きをしたようだな！　宿舎が燃え落ち上王が死んだというのに、おまえときたらなんだって、この赤枝の間で、のんびり炉にあたっているんだ？　多少傷を負ったくらいでおめおめ帰ってきたのか？」

「同じ質問を、生き残ったもうふたりの親衛隊にするがいい。上王が死んでから、生き残りの三人だけが必死で外に出て、落ちのびたんだ」コナルは怒りだした。

クーフリンは今度は、自分がダ・デルガの宿舎にいなかったことに腹を立てた。「太陽の光にかけて、もしおれがいたなら、上王の命をそうやすやすと奪われはしなかった！」

「親衛隊のなかに、おれたちの寝首を掻《か》こうと待っていた裏切り者がいたんだ」コナルは歯を食いしばって言い、痛みをまぎらわそうと腕をさすった。「おれたちだって海賊を少しは懲《こ》らしめたぞ。『アルスターの猛犬』がいなくてもな」

だがクーフリンは大広間を飛びだした。それまでクーフリンの胸は、フェルディアとの別れがつらくて冷たい風が吹いていたので、怒りの炎に焼かれたことが、かえってありがたかった。

だがやがて怒りが治まりコナルと和解すると、別れの痛みと寂しさがもどってきた。年長で賢いフェルグス・マク・ロイは、クーフリンの心になにか悲しみがあるのを見てとった。クーフリンのような者を癒《いや》すにはどうするのがよいかよく分かっていたので、彼の帰還後三日目に、こう言った。「おまえはアルスターじゅうで一番強い戦士になったようだが、それなら強いところをみんなに見せてやらなくてはいかん。ひとつ、コナハトの国境を襲撃してみてはどうだ？　コナハトとアルスターの国境はいつも不穏で、小競り合いやら牛の強奪やらが絶えんのを知っているだろう」

「なるほど、秋の何日かの退屈しのぎにはなるな」クーフリンはそう言って笑った。そしてロイグに馬をくびきにつかせるように言い、戦車を準備させた。「これから出かけていって、コナハトの邪魔なハリエニシダを燃してこよう。やつらもおれたちに感謝するさ！」こうしてクーフリンは最初の襲撃へと出発した。

「アルスターの山のなかでも『山の王者』と名高い、あのモーン山の白いケルンに向かってくれ。あそこならワシの高巣から見るように、遠くまで見渡せるだろう」

目的地に着くと、クーフリンはロイグに馬を止めるように命じ、戦車の上に立ってあたりを見渡した。アルスターの丘と谷、広大な湿地と波立つ湖が広がっている。それを彩るのは、名残《なごり》の紅葉のシダ類、嵐の雲のように黒々と枯れたヒース、そしてエウィン・ヴァハの白く輝く王城。さらに南と西にうねっているのがムルテムニーの野で、キラン山とファド山というふたつの山がまるで兄弟戦士のように、アルスターに入る本道である北の峡谷を守っていた。「アイルランド一の戦士になったあかつきには、おれはあそこに自分の砦を築く。防壁に囲まれた砦のなかに館を建てて、炉のかたわらにエウェル姫を座らせる」クーフリンが言った。

それから真南に向きを変え、ブリギアの広大な草原のかなたを眺めた。「ここから見える場所の名を、全部教えてくれ」

そこでロイグは、上王を失ったタ－ラと、テルティンと、ブル・ナ・ボイナと、ネフタンの息子たちの大きな要塞を指さした。

「ネフタンというのは」その名を聞いて、クーフリンが言った。「今生きているアルスター人間よりも多くのアルスター人を殺したという、あのネフタンの息子たちか?」

「そうだ」ロイグは答えた。

「それでは、ネフタンの息子たちのところへ行くとしよう」

ロイグは砂色の眉をひそめて、クーフリンを見た。「コナハトのハリエニシダを燃すのに、あまり危険なまねはするなよ。こっちはふたりだが、ネフタンの息子たちは大勢いるんだ」

「だが、どうしても行きたくなった」クーフリンは手にした大槍をちょっともてあそんで言った。

それでふたりは嵐の雲が飛ぶ速さでムルテムニーの野を駆けぬけ、ブリギアに入った。

クーフリンの馬でなかったら、また御者がロイグでなかったら、三日はかかるところだった。
ネフタンの息子たちの館の前には広い野原があり、常日頃から若者たちが戦車を走らせ、武術の訓練に励んでいた。野原の中央には、武器を研《と》ぐための高い石柱があったが、使いこまれてすっかり磨り減っていた。この石柱には青銅の輪がはめてあり、オガム文字でなにか書いてあった。クーフリンは戦車から降りて、近づいた。文字は外からやってきた者に対する禁戒《ゲシュ》で、これを読んだ者は、この館の主である七人の兄弟のひとりと一騎討ちをせずにここを去ってはならぬ、とあった。

クーフリンは笑った。「なんという役立たずの石だ。言われずとも、おれはまさにそのためにここに来たんだ！」クーフリンはまだ笑いながら、大きな石に腕をまわし、あたかもそれが生き物であるかのように四つにとり組んだ。そして石柱を押したり引いたりして、とうとう地面から引っこぬくと、砦の下を流れる川に投げ捨てた。

ロイグは戦車から飛び降りて、馬の頭の近くに立って叫んだ。「なんてばかなことをするんだ、クーフリン！　冒険を求めるのはいいが、むやみに激烈な死を求めてどうする！　ほら、おまえが求めたものがまちがいなくやってきたぞ！」

その言葉が終わるか終わらないうちに、ネフタンの一番上の息子フォイルが城門から大股でやってきた。いつものようにヤギ皮をまとい、金の留め金で腰のあたりを止めていたが、武器は持っていなかった。「無礼者め！　わが家の石柱を川に捨てるとは、いったいどういう了見だ？」

「石にあった言葉にしたがって、挑戦したまでだ」

「挑戦したければ、あの石に槍の刃を当てるだけでよい。そんなことも知らんのか」フォイルはばかにしたように言った。「だがおれは、子どもは殺さん。たとえうちの石柱を川に捨てるような、馬鹿力のあほうなガキだろうとな！」

「うそを言うな。おまえが人殺しなのを知っているぞ――アルスターじゅうの男たちの背中を、おまえは槍の的《まと》にしたではないか！　さあ、武器を取ってこい。おれは、御者だの、伝令だの、武器を持たぬ者だのは、殺さないことにしているんだ！」

　これを聞くと背の高いフォイルが、いっそう大きくなったように見えた。あごひげの茶色い毛が、まるで一本一本が怒ったかのように、もじゃもじゃと逆立った。「それだけのへらず口を叩いたからには、おれはほんとうに武器を取ってくるぞ。腹をくくって待っておれ！」フォイルはオオカミのうなり声のように、ドスのきいた声で言うと、門へともどった。

「いったいどうするつもりだ？」フォイルが消えると、ロイグがどなった。「おまえの乳母がおまえをひざであやしながら、話してくれなかったか。ネフタンの息子のフォイルには魔法がかかっていて、どんな刃で切ろうが突こうが、あいつは平気なんだぞ。太陽神ルグの光る槍でさえ、あいつの皮膚は突き通せないんだ」

「それなら、これだ」クーフリンは言い、懐《ふところ》から手になじんだ投石器を取りだし、銀を混ぜた鉄の玉を込めて待ちかまえた。しばらくしてフォイルが盾を高く掲げ、武具を鳴らしてやってきた。クーフリンは湿地の鳥を撃つ少年のような叫び声をあげて、フォイルに向かって玉を撃った。玉はフォイルの額《ひたい》に、見事命中し、兜《かぶと》と頭蓋骨を貫いた。その勢いでフォイルの体は空中に舞い上がり、あげくに顔から地面へと墜落した。ガチャリと鎧《よろい》が鳴った以外は、グウの音も出なかった。

そこでクーフリンは剣を抜いて飛びだし、ネフタンの息子フォイルの太い首を一刀のもとに切り落とした。そして兜から首を外すと、ネフタン自身の長い頭髪を縛って、自分の戦車の枠からぶらさげた。

首をぶらさげたとたんに、ネフタンの二番目の息子が、剣を手にしてやってきた。兄の不運を防壁から見ていたのだ。今度はクーフリンは剣で戦い、相手を斬り殺した。落とした首をフォイルの首と並べて戦車の枠にぶらさげたので、馬が血の臭いに興奮して、足を踏み鳴らした。こうして七つの首が戦利品としてクーフリンの戦車にぶらさがるまで、戦いは続いた。ついにネフタンの息子はひとりもいなくなり、戦う相手がいなくなったので、クーフリンは血に染まった刀を草で拭いた。それからロイグに火壺から火をおこさせ、枯れたハリエニシダやヒースの枝を引き抜いて火をつけ、門のなかへと投げ入れた。こうして、館がまるで大きな松明《たいまつ》のようにごうごうと音を立てて燃えあがるのを尻目に、クーフリンの戦車は駆け去った。

夜どおし、戦車は月と黒いヒースの間の闇を駆けた。明け方、白鳥の大群が頭上にやってきたので、クーフリンは軽い玉を投石器に込めて、十六羽を生け捕りにした。生け捕りにした白鳥は、自分の胴着の裾《すそ》を割いた長い絹のひもで、戦車に結びつけた。おかげで駆けている戦車の上空を、白鳥がバタバタと飛びまわった。このころにはクーフリンは、戦いとその勝利に高揚し猛《たけ》り狂っており、そのせいでふつうの人間ではとうてい届かない、力と技の極地にあった。ちょうど遠くにシカの群れが見えたので、シカを追って馬を全速力で駆るようロイグに命じた。だが自分の馬ほどの駿馬《しゅんめ》でもシカには追いつけないとわかると、戦車から飛び降りて、自分の足で追いかけた。そしてついに素手で、群れの頭《かしら》の二頭の大きな雄ジカを捕らえた。雄ジカを、馬をつなぐ予備の綱で戦車の両側につなぐと、戦車は奇妙な四頭立てと化した。ロイグは馬に鞭を当て、戦車は雷鳴のような音を轟《とどろ》かせて、エウィン・ヴァハへと向かった。

その日の夕方、城壁の上で見張りについていたコノール王の戦士が、王のもとへと飛んでいった。あまりに急いだので、槍を額に当てて礼をすることさえ忘れて、一気に言った。「わが王、城に向かって戦車が一台やってきますが、あんなものは見たことがありません。白鳥が上空を飛びまわり、二頭の雄ジカが馬といっしょに戦車を引いています。そのうえ戦車の枠じゅうに、血の滴る生首をぶらさげています！」

コノール王はむんずと槍をつかんで城壁に上り、そんな奇怪な戦車でエウィン・ヴァハに来るのはいったい誰なのかを、確かめようとした。燃える夕日に目を向けると、戦車に乗っているのはクーフリンであり、貪婪《どんらん》に闘いをむさぼったあまりの昂《たかぶ》りを初めて体験しているのが見てとれた。この、クーフリンの昂《たかぶ》りについては、年月が経るにつれ知らないものはいなくなり、誰もが震えあがるようになった。どんなものかと言えば、それはこんな具合だった。クーフリンの頭の先からつま先までが、流れの早い小川の蒲の葉のように震えだし、首の筋肉がのたうつヘビがとぐろを巻くように盛りあがる。片方の目は深く落ちくぼみ、もう片方の目は飛びだす。体から火炎を発し、口からは子羊の綿毛のような泡を吹く。心臓の音が、獲物に飛びかかるライオンの吠え声のようにあたりにとどろき、額からは閃光《せんこう》が出て、毛髪はサンザシの茂みのようにからみあう。そして頭のてっぺんからは黒い血が吹きだし、木の高さほど高々と上がってうずまく霧となり、クーフリンの姿を影でおおってしまうのだ。

さて、そのすさまじい戦車が近づいてくるのを見て、コノール王はクーフリンは猛《たけ》り狂った雄牛と化していると思った。あれでは敵であろうが味方であろうが、止《と》めようとする者を皆殺しにしかねない。こういう場合止めることができるものは、ただひとつ、強烈な羞恥心をもよおさせることだけだ。そこで王は大急ぎで、エウィン・ヴァハの娘たちに申しつけた。急いで着ている物を脱ぎ捨て、門が開いたら、クーフリンの行く手に裸で立つようにと。

最も敏捷《びんしょう》で最も勇敢な娘たちが二十人以上、ただちに王の命令に従った。おかげでクーフリンがまるで稲妻のように城門に飛びこみ、扉が押し倒されたとき（扉を押さえることなど、とうてい無理だった）、娘たちがズラリと道に並んでいるのが、目についた。娘たちは母親の胎内から生まれたときそのままに素っ裸だ。おおいかくすもののない素肌に夕陽が差して、秋のスイカズラのようにバラ色と金色に輝いていた。止めようがなく逆上していたクーフリンだが、羞恥心につらぬかれたおかげで、ハッと自分をとりもどした。自分のせいで、エウィン・ヴァハの娘たちはこうしているのだ！　ロイグが暴れる戦車を止めようとやっきになり、白鳥は頭上でバタバタしていたが、クーフリンは戦車の枠に顔を伏せた。

それでもまだ身体はポプラの枝のように震えており、頭を赤い閃光がとり巻いていた。そこへコノール王の戦士たちが大勢で走ってきて、力をあわせてクーフリンを戦車から引きずりおろし、かねて用意してあった冷たい井戸水をはった大桶に突っこんだ。

その瞬間、まるでまっ赤に焼きを入れた刀を浸けたかのように、水がジュージューと音を立てて沸騰した。さらに大桶のたががはり裂け、桶板が飛び散った。クーフリンは壊れた桶から引きあげられ、ふたつ目の桶に突っこまれ、さらに三つ目の桶に突っこまれた。ここでようやく、身を焼いていた灼熱《しゃくねつ》の闘争心が冷やされた。今、桶のなかにいるのは、ひどく疲れた様子の、ほっそりした黒髪の若者だった。

クーフリンはすぐに、赤枝の戦士たちの住まいである自分の小屋に行き、焼け焦げ、血で汚れ、そしてびしょぬれの服を脱いで、新しいものに着がえた。それからコナハトの国境を襲撃したことなど、まるでなかったかのような顔をして、王の大広間へと、夕《ゆう》餉《げ》に向かったのだった。

第六章　クーフリンの結婚

今やクーフリンが栄《は》えある勇者であることを、疑う者はいなかった。これでいつでも好きなときにエウェルのところに出向くことができ、今度は彼女に追い返されることもないだろう。だがクーフリンは、かつて追い払われた腹いせに、今度は彼女を待たせて、焦《じ》らしてやりたくなった。それで日々が過ぎゆくままに、仲間と狩りやら鷹狩りやらに興じていて、フォルガルの砦には近づきもしなかった。時間はたっぷりある。もしくは、あるものと思いこんでいたのだ。

ところがある日のこと、ライリーの妻フェデルムが女の庭の入り口で、子どもたちが遊んでいるのを見ていたところへ、クーフリンが通りかかった。クーフリンは話をしようと足を止め、挨拶をしかけたのだが、フェデルムはそれを無視して、冷たい一瞥《いちべつ》を投げかけると、さっさと立ち去ろうとした。

クーフリンはびっくりして、半分笑いながら呼びかけた。「おーい、フェデルム。裾《すそ》についたゴミムシでも払うように、おれをふり払うつもりかい？」

フェデルムが足を止めて、振り返った。「誰と話して、誰と話さないかは、わたしの自由じゃないこと？」

「今まで、おれと話さなかったことなんか、なかったじゃないか。おれのなにが気に入らないんだ、フェデルム？」

フェデルムの目がキラリと光った。「なにが気に入らないか、ですって？　あなたは忘れっぽすぎると思わないの？　スカサハのところへ武芸を学びに行く前は、エウェルを父親から奪うんだと、火のように熱くなっていたでしょうに。それが今では、狩りだの鷹を飛ばしたりだの、そればっかり。マンスターの王が彼女に求婚しているのを知らないの？　エウェルもあなたと同じくらい忘れっぽいようにと、そう願わずにはいられないわ。そうでなければ彼女はあなたを求めて、泣きくらしているでしょうからね。父親にそむくのだから、父親になぐさめてもらえるはずもないし。それなのにあなたときたら、彼女をすっかり忘れてしまって」

クーフリンはフェデルムに殴られたように感じたものの、笑い声をもらした。「マンスターの王だって？　なんてことだ！　そんなことになっているとは知らなかった！」

「人の話を注意して聞いていれば、わかったはずよ。誰もが知っているうわさなんですからね」

「だが、おれは知らなかった！　こっちも待たされたんだから、むこうも少しは待ってもいいと思ったんだ」クーフリンはそれ以上なにも言わずに向きを変え、厩舎《きゅうしゃ》と戦車小屋の方へと大股で歩いていった。そこでは御者たちが秋の日差しを受けて、ナックルボーン（羊の足先の骨を使ったお手玉のようなゲーム）をしていた。

　クーフリンは自分の御者のロイグに、すぐに馬をくびきにつけるようにと大声で言った。「御者の王ロイグよ、狩りはしばらくお預けだ。『抜け目のないフォルガル』の砦へ、花嫁をつれに行くぞ」

「花嫁をさらいに行くなら、花婿の付き添い役が必要だな」ロイグがナックルボーンを止めて、言った。

　クーフリンはまた笑って、ちょうど厩舎を通りかかったコナルを呼びとめた。「これから花嫁をさらいに行くんだが、おまえ、花婿の付き添いになって、いっしょに来てくれるつもりはないか？」

　コナルは言った。「まかしとけって。もっとも傷が治っていないから、たいした役には立たないがな。それでおれのほかには、誰が行くんだ？」

「誰でも来たいやつが来ればいい」

「そんなことを言うと、アルスターの軍勢の半分が、おまえの戦車の後をついてくることになるぞ」

「それなら、まずフェルグス・マク・ロイだ。あの人はおれにとって父親代わりなんだから、ついてきてもらうべきだな。それから、本人にその気があればライリー。ほかには、ウシュナの三人の息子。それぞれの御者を入れれば、これで十分だろう。みんなに武器を持ってくるよう言ってくれ」

クーフリンとコナルは、興奮した目と目を見交わせた。


しばらくして城壁の影が短くなったころ、クーフリンは六台の戦車の先頭を切って、エウェルを父親から奪いに出発した。実はエウェルはマンスターの王に嫁がせると、もう十回も約束が交わされていたのだが。クーフリンと付き添い役の赤枝の戦士たちは、全員が緑と黒と赤のサフラン色の鮮やかな格子縞《こうしじま》のマントをはおり、婚礼の宴《うたげ》にふさわしい金と青銅の飾りをつけていた。また戦車の枠には、きれいな布が結びつけられ、はたはたとなびいていた。だが色鮮やかな布の間には兜《かぶと》がかけてあり、戦士たちは派手なマントの下に戦闘用の胴着を着こみ、手にした武器を投げあげては気勢を上げていた。

次の日の夕方、晩秋の冷たい霧がうっすらとかかるなかを、一行は雷のように駆けぬけて、フォルガルの砦へと到着した。館のまわりを、がっしりした木材と芝土の防壁が囲んでいる。あたりには牛小屋の臭いが立ちこめ、薪《たきぎ》を燃やすいがらっぽい煙が、夕方の空に低くたなびいていた。まだ日は落ちていないというのに、すでに門は塞がれていた。クーフリンは戦車から飛び降り、槍で盾の縁《ふち》を叩いて、なかの人間に門を開けるようにと合図した。霧のなかから戦士がひとり、門の脇にある見張り台の上に姿を現し、槍に寄りかかって、クーフリンを見下ろした。

「閉じた門を開けろというやつは誰だ？」

「牛を小屋に入れる時間でもないのに、閉めたやつは誰だ？」クーフリンは大股を開いて、上に向かって叫んだ。

「フォルガル殿は、自分の砦の門を好きな時間に閉じることにしている。して、入りたいというのはどこの誰だ？」

「アルスターのクーフリンが、花嫁をいただきに参上した」

そのころには防壁から、多くの顔が覗いていた。男は目をむいて笑うと姿を消し、ややしばらくして、今度は別の男が顔を出した。クーフリンは頑丈な防壁のてっぺんを、まだ見あげたままでいた。今度顔を出した男こそ『抜け目のないフォルガル』その人で、長身に高位のドルイドであることを示す長い黒衣をまとい、胸に聖なる金の三日月を下げていた。だが、手には抜き身の剣があった。

「アルスターのクーフリンとか、とっとと帰るがいい。青二才《あおにさい》めが娘をもらいにのこのこやってくるとは、笑止千万《しょうしせんばん》じゃ」

「マンスターのルギド王は別らしいな？」クーフリンは問い返した。

フォルガルは唇をゆがめて笑った。「それがおまえとなんの関係がある、ちびの番犬め？」

その時には、クーフリンは侮辱をぐっとこらえた。「関係あるとも。一年前に、おれとエウェルとは約束を交わしたんだ。だいいちマンスターの王といっても、頭の上にかろうじて載っかっている王冠以外は、おれに勝てるものなどありはしないぞ。アルスターの赤枝の戦士クーフリンの炉ばたほど、エウェルにふさわしい場所はないということがわからないのか？」

「片腹痛いやつめ。エウェルに炉ばたを選んでやるのは、このわしだが、アルスターを選ぶつもりなどないわ」フォルガルが言った。

「彼女の心はすでにおれのところへ来ているのに、彼女自身を寄こすのはいやだと言うのか？」

「そのとおりじゃ」

「それでは勝手に入って、連れていくまでだ！」そう叫ぶと、クーフリンは肩ごしに味方に合図をおくった。それから神経を集中させて『英雄の鮭跳び』の術で、堅固な壁を跳び越え、なかにいる戦士たちのまんなかに着地した。戦士たちがワッと飛びかかってきたが、クーフリンは白刃を一振りするたびに八人の戦士をなぎ倒し、三回振っただけで、そこにいた敵を全員うち倒した。しかし、フォルガルの戦士は大勢いて、新手が次々くりだしてくる。こうしてクーフリンが、激突する武器の音さえしのぐほどの雄叫《おたけ》びをあげて、戦っているあいだに、まだ外にいた仲間は、ロイグの火壺から松明《たいまつ》に火をつけ、門を塞いでいる巨大なサンザシの矢来《やらい》めがけて、何本も投げつけていた。クーフリンのうしろで、パチパチと火のはぜる音がしたかと思うと、やがてメラメラと炎の燃えさかる轟音《ごうおん》に変わった。ロイグはじめ御者たちは、馬の頭をマントでおおい、くびきの上に身を伏せると、炎も黒煙ものともせず、砦のなかへと突入した。戦士たちは戦車から飛び降り、クーフリンのそばに駆けよった。御者と半狂乱の馬とは、そのまままっすぐに敵のあいだにつっこみ、フォルガルの戦士たちをさんざんに踏みつけた。今やフォルガル自身が、クーフリンの相手となって斬りかかってきた。フォルガルは目と鼻から赤い怒りの炎を発し、まるで山に棲《す》むどう猛な黒い雄牛のように巨大な恐ろしい姿と化していた。だがクーフリンはひとっ飛びで向きを変えると、敵の一撃をハッシと盾で受けとめた。一撃があまりにもすさまじかったため、剣の切っ先が牛皮の盾にめりこんだまま離れない。盾と剣を両方取り押さえたクーフリンは、剣を敵の手からもぎとって、盾ごと相手の顔に投げつけた。そして飛びかかっていき、今度は自分の剣で敵の盾を深く切りつけた。

フォルガルは土塁の階段まで後退すると、さっと短剣を引きぬいた。こうして敵は盾と短剣、クーフリンは長剣を手に、斬りむすんだまま階段を上り、防壁の上に出た。頑丈な防壁のてっぺんを激しく攻めあって移動していくうちに、とうとうフォルガルの背中が、生木の柵にぶつかった。追いつめられた敏捷《びんしょう》な野獣のように、フォルガルは身を折って旋回し、窮地を脱しようとした。だがアルスターの英雄の鋭い剣先は四方八方すきなく迫って、逃れる術《すべ》がない。ついに絶望したフォルガルは、クーフリンの顔めがけて盾を投げつけると、身をひるがえして柵のてっぺんから飛びおりた。

フォルガルは血も凍る悲鳴もろともまっさかさまに落ちていき、頭から防壁の礎石に激突して、空堀《からぼり》のなかへ投げだされた。ピクリとも動かぬ体が、空堀の底のハリエニシダの茂みのなかで手足を広げているのを、燃えさかる門の炎が照らしだした。

館の前庭では、戦いがすでに下火となっていた。クーフリンは前庭を走り抜け、抜き身の剣を持ったまま、女たちの住まいへと急いだ。女たちはコウモリのように暗がりに身を寄せ、悲鳴をあげて部屋の奥へと逃げた。だがエウェルだけは別で、戸口に出て、クーフリンを待っていた。燃え落ちる門の最後の炎を映して、瞳が燃えている。

「あなたの求めに応じて、おれは戦車を率いる者のなかでも、きわだった地位を得た」クーフリンはあえぎながら言った。「何百人もの敵を殺し、今では王の大広間で、竪琴《たてごと》弾《ひ》きがおれの歌を歌っている。そしてこれもあなたの求めに応じて、再びここへやって来た。だがあなたがなかに入れてくれるのを、待てなかった」

「あなたの勲《いさおし》は、わたしの望みをはるかに越えておりました」エウェルは言った。「お父上の望みには従えなかった。おれはマンスターの王ではないから」「もしあなたがマンスターの王だったら、わたしはここでこうして待ってはおりません。マンスターのお妃になる気などありませんから」

「では、おれといっしょに行こう」クーフリンは言い、エウェルを肩にかつぎあげると、向きを変えて外庭へと走った。庭ではアルスターの戦車が、門に向かって並んでいた。死者や負傷者が地面にごろごろ転がっており、敗残のフォルガルの戦士たちはすでに気力を失い、庭の中央の武器研《と》ぎ石のまわりに、陰鬱《いんうつ》にただ立っているだけだった。そして秋の霧を金色に輝かせている松明の炎が、各戦車に山積みされた金銀の杯や、見事な武具や、宝石をちりばめた腕輪などを照らしていた。花婿の付き添いたちは時をむだにはしなかったのだ。もどってきたクーフリンを、仲間が歓声をあげて迎えた。クーフリンは自分の戦車のところへ行き、エウェルを革編みの床に乗せると、その脇にヒラリと飛び乗って「出発だ」とロイグに叫んだ。「こんな結婚をした者は、ほかにはいるまい！　それに、これほど持参金を持ってきた花嫁も、ほかにはいない！」

クーフリンは六台の戦車を従えて、サンザシの矢来がまだあちこちでくすぶっているのを踏みしだいて走り去った。その横では、戦車の枠にしがみついたエウェルの黒髪が、乱雲のようにたなびいていた。

だが、これでことが終わったわけではなかった。なぜならフォルガルには姉がいて、その夜ミースで自力で兵を挙げ、クーフリンの後を追ってきたのだ。クーフリンは背後に馬のひづめの音を聞き、追っ手の槍が月光に輝くのを見た。少人数の疲労困憊《こんぱい》した味方に対して、敵は数では比較にならないほどまさっている。だがそう思っても、灼熱《しゃくねつ》の闘争心が沸きあがるのを押さえることができず、戦車を旋回させて、敵に立ちむかった。この戦いで、踏みつけられた地面は赤い泥と化し、グロンダートの浅瀬は赤く染まって流れた。クーフリンは何度も敵に立ちむかい、オルニーからボインへ至る浅瀬ごとに、ミースの戦士を百人以上も斬り殺した。

こういうわけで、その後何年にもわたって、とくに血なまぐさい激戦の話をするとき、人々は「ああ！　まるでクーフリンの結婚のようだ！」と語り伝えたのだった。

第七章　ブリクリウの大宴会

クーフリンの結婚から一、二年がたったころ、『二枚舌のブリクリウ』が自分の館で宴会を開くことになり、コノール王と赤枝の戦士全員を、その宴席へと招待した。

コノール王は考えをめぐらした。配下の族長のなかでも、ブリクリウは有力者だったから、招待は断れない。もし断ったりすれば、アルスターの人々の眼前で相手を侮辱したことになり、いつか目一杯、いやそれ以上の仕返しをされるにちがいない。だがブリクリウはもめごとを起こすので有名な男で、招待を受けるのも危険なのだ。なにしろ他の男たちが戦《いくさ》や狩りや、娘たちを追いまわすことで得る喜びを、この男ときたら、仲間うちに争いや敵意を引き起こすことで得るのだから。そこでコノール王は、ブリクリウの目をまっすぐ見て言った。「ブリクリウよ、おまえのことをよく知っているので聞くのだが、今度そなたが敵対させたいのは、わしの若い戦士の誰と誰じゃ？」

「めっそうもありません、わが王よ。そんなことは露ほども考えてはおりませぬ」ブリクリウは肩をすくめて、笑みを浮かべた。「もしも赤枝の戦士のあいだにもめごとを起こしたいのなら、わざわざ宴会を用意するまでもありませんぞ。わが王の大広間でも、ちょっとしたいさかいなど、いくらでも起こせるのですからな」

「だがな、そなたの館で肉をゆっくり味わい、安心して酒を飲むには、そなたが席を外してくれたほうがありがたい」王は言った。

「宴席の主催者が席をはずしては、皆が不審がりましょうぞ」

「病気ということにすればよい。それでかっこうがつくだろう」

ブリクリウは、ここは知らぬふりをして、コノール王に同意するしかないことをさとった。

だがエウィン・ヴァハから自分の館へともどる前に、ブリクリウは『栄光のライリー』に出会うようたくらんだ。赤枝の主たる戦士のひとりのライリーは、ちょうど訓練から馬を連れて帰ったところだった。「太陽と月があなたの道を照らしますように、栄光のライリー殿。おお、これは見事な馬だ。これこそ、アイルランド一の戦士にふさわしい！　これほど力強い駿馬《しゅんめ》は、エウィン・ヴァハといえども、ほかでは見あたるまい——ああ、そうそう、なんでもクーフリンの灰色と黒の馬は別格とか。どうやらクーフリンは、あれは神族《シーデ》の馬だと言っているそうだな……」

それほど前のことでなく、クーフリンは、ファド山の麓《ふもと》にある灰色の湖から、一頭のそれはそれは見事な灰色の雄馬が、水をしたたらせて岸へと上がってくるのを見た。その馬を、ファド山をひっくり返すほどの大乱闘のすえについに捕らえたのだ。それから三日もしないうちに、今度はセイングレンド湖で、見事な黒い雄馬が水から上がってきたところを、同じようにして捕らえた。この二頭が黒のセイングレンドと灰色のマハで、このときからクーフリンの死ぬ日まで、主にこの一組がクーフリンの戦車を引くこととなった。

「いつか、クーフリンの馬とおれの馬を競走させて、どちらが速いか決着をつけてやるとも」ライリーは自分の馬を愛していたので、ほかの馬のほうが立派だなどと言われるのは、不愉快だった。

「けっこうけっこう。だがそれよりも、クーフリン本人に挑戦してみてはいかがかな。どうもクーフリンは、影の国へ行きエウェルを娶《めと》ってからというもの、鼻息が荒すぎますな。つけあがるな、と誰かが教えてやるとよいのだが。我こそアイルランドの英雄なり、とクーフリンが豪語しているのも耳にいたしましたぞ！」ブリクリウは戦車の枠に手をかけて、おだやかに笑った。

「それについては、別の意見を言う者もあるぞ」栄光のライリーは言った。

「おそらく三つの意見があるであろうな。じつは、フィンコム姫の息子のコナルも同じことを言っていると聞いたものでな――三人と言っても練達の戦士はそこもとだけで、あとのふたりは青二才《あおにさい》だが。ああ、そうそう、わが家で供《きょう》する肉の『英雄の取り分』は、これはもう、口に入れるだけの価値のある肉でしてな。明日、イノシシの丸焼きが運びこまれたら、そなたの御者に、立ちあがって、それは自分の主人のものだと言うよう、伝えておくがよろしかろう。それでどうなるかは、お楽しみということで」

ライリーはブリクリウのほうに体を寄せ、にわかに激しく言った。「もしおれの権利を否定する者がいたら、そいつの肉をカラスにふるまうことになるぞ！」

だがブリクリウは、さあ、どうだかとでも言うように、皮肉っぽく笑っただけで、行ってしまった。いっぽう頭に血がのぼったライリーは、青銅の先がついた突き棒で馬の尻を突いたため、戦車は雷のような音をたてて、エウィン・ヴァハの城門に向かう急な坂道を上っていった。

ブリクリウは目を細めてニヤニヤしたまま、コナルを探しにでかけた。コナルは、新しい鳥打ちの弓を試していて、しなやかなハシバミの棒の先につけた、ひらひらするカワセミの羽毛の房を射落とそうとしていた。矢が一本の青い羽を射抜いたとき、ブリクリウが言った。「いやはや、お見事。アルスターじゅうを探しても、これほどの弓の名手はおりませんな。さすがに『勝利のコナル』と呼ばれるだけのことはある。『勝利のコナル』に戦いを挑もうという者なぞ、きょうび、どこにも見あたらぬでしょうな。頭のまわりを栄光の光に取りまかれた、あのクーフリンでさえ、おじけづくのも無理はござらぬ」

「おれたちは、敵対したりしない」コナルは短く言うと、かがんで、地面に並べた矢のなかから次の一本を取った。「肩を並べて敵と戦うときに、あいつの肩ほど頼りになる肩はないからな。だいいちおれたちは乳兄弟《ちきょうだい》だ。盾をはさんで戦ってたまるか！」

「勝利のコナルほど忠実な乳兄弟ばかりなら、なんの問題も起こらぬがな」ブリクリウはけだるそうに言った。コナルは矢を弦《つる》につがえたまま、ブリクリウのほうにふり向いた。「それはいったい、どういう意味だ？」

「いやいや。クーフリンの言ったことなど、どうでもいいではないか。アイルランドの英雄の名を得るべきはコナルだと、今やみんなが思いはじめておるのだから」

「その名はおれのものになるさ、そのときが来たらな。それで、クーフリンはなんと言ったんだ？」

「コナルは明日『英雄の取り分』を得たがっているのだが、『猛犬』が恐くて、そうできないのだと」

コナルの矢は遠くまで飛んでいき、防壁の土手に突き刺さった。コナルの顔には血が上って、ふさふさした金髪の下が赤黒く変わっていた。「たしかにあいつは影の国に行ってから、変わったな。よし、明日といわず今夜、おれこそアイルランドの英雄だと宣言してやる！」

「いやいや、明日まで待ちなされ。王の大広間では、赤枝の戦士は無用な言い争いを禁じられているのをお忘れではなかろう。コノール王とともにわが家の宴《うたげ》にくるまで、待ちなされ。そしてイノシシの丸焼きが運びこまれたら、立ちあがって『英雄の取り分』はわが主人のものだと言うよう、御者に命じておくがよろしい」

　こうしてブリクリウは大満足で去っていった。残された『勝利のコナル』は傷つき腹を立て、矢をかき集めてから、ひらひらしたきれいな羽の的《まと》を引きちぎって、泥のなかに踏みつけた。

　クーフリンは女の住まいの中庭で、古びた石の井戸の縁《ふち》に腰かけ、水を汲みにきたエウェルの侍女のひとりと、なにか冗談を言って笑っていた。彼女が帰ってしまうと、ブリクリウが井戸の縁にやってきて、クーフリンのとなりに腰をかけ、にこやかに言った。

「まったく、おまえさんは結婚してもちっとも変わらんな！　おまえさんはあらゆる敵を防ぐわれらが槍と盾、アルスター最強の要塞だが、それだけでなく、アルスターじゅうの女を手の内にしておるな――女たちときたら、おまえさんが口笛を吹くだけで、小鳥のように寄ってくる。なるほどなるほど。女たちなら、おまえさんがアイルランドの英雄であることを否定するわけもないしな！」

　クーフリンは黒い眉をひそめた。「どこかに、おれがアイルランドの英雄であることを否定する者がいるというのか?」

「いやいや、ま、気にせんでくれ。どうもわしの舌は勝手に動いてこまる。わしはこれで退散するとしよう」

「ブリクリウの毒のある二枚舌が退散したことなど、これまで一度だってあるもんか。それで、おれがアイルランドの英雄でない、と言っているのは、どこの誰なんだ?」

ブリクリウは言いたくないふうを装った。しかしクーフリンが肩をつかんで言うように迫ると、出まかせを言った。「いや、おまえさんはもう知っていると思っておった――『栄光のライリー』と、コナルだよ。コナルのことを『勝利のコナル』なんぞと呼ぶやつがいるようだが、そいつらは、ターラの上王が死んだときのことなど、きれいさっぱり忘れたのであろうな。それはともかく、ふたりとも自分たちのほうがおまえさんより格が上だ、と言いふらしておるぞ。クーフリンの技や力は、影の国でスカサハから教わった目くらましの術にすぎんとな。クーフリンはめんどりの前を気取って歩くおんどりだから、エウェルの前でどんないいかっこうを見せようとするか、見ものだと言っておったわい」

「うそをつくな!」クーフリンは叫んだ。「かりにライリーが友情を忘れたとしても、おれのことを陰でそんなふうに言うわけがない。コナルにしても――コナルはおれの乳兄弟だぞ。おれたちはいっしょの炉ばたで育ったんだ。おれがあいつのことを悪く言わないように、あいつだっておれのことをそんなふうに言うわけがない！」クーフリンはブリクリウの肩を強く押したので、もう少しでブリクリウは井戸に落ちるところだった。だがうまく縁石から下りると、クーフリンの指が食いこんだ肩をさすりながらも、唇には笑みを浮かべていた。

「わしの言うことを信じないのなら、試してみるがいいさ！　明日の晩はわしの館に、赤枝の戦士たちが皆集まる。イノシシの丸焼きが運ばれてきたとき、御者を立たせて『英雄の取り分』はわが主人のものだと言わせてみればわかることだ。そのときおまえさんの大切な友人がどう反応するか、見ものだな！　試すだけの勇気があるなら、ま、やってみるがいい！」

クーフリンは答える前に、井戸の縁を強く殴りつけたので、拳《こぶし》に血がにじんだ。「試さずにおくものか、毒蛇の舌め！　試せばわかることだからな！」

こうしてブリクリウは、明日はさぞおもしろいことになるだろうとほくそ笑みながら、宴の準備のために自分の館へと帰っていった。

宴の夜、王と赤枝の戦士たちとその妻たちが、ドラムの砦の豪壮な館にやってくると、ブリクリウの歓迎が待っていた。だがドラムの館では古いしきたりに従って、宴の席では男女は同席しないため、エウェルや連れの女たちは、女の住まいへと案内された。いっぽうブリクリウは古傷が痛むという口実で、配下の戦士たちとともに退出した。だが大広間を出る前に、奥の階段のところでふり返ると、笑みを浮かべて言った。「肉のなかでも『英雄の取り分』は、まさしく得るだけの価値のある肉ですからな。どうか、アルスター一の英雄がお取りくだされますよう」

ブリクリウが行ってしまい、赤枝の戦士たちが大広間の両側に並べられた長い食卓につくと、奴隷たちが大皿に山盛りにされたごちそうを運んできた。牛やシカの大きな骨付き肉、焼き串からジュージュー音を立てている巨大な銀鮭、オート麦のビスケットやら凝乳《カード》（牛乳を凝固させた、チーズのような食料）。そして最後に四人の戦士にかかげられて、堂々と現れたのが、こんがり焼けた見事なイノシシの丸焼きだった。この右肩こそが『英雄の取り分』と言われる最上の肉なのだ。

運んできた者たちが肉を切り分けにかかると、突然、騒々しかった大広間がしんと静まった。いよいよ肩肉が切り分けられようとしたその瞬間、ライリーとコナルとクーフリンの御者がいっせいに立ちあがると、それは自分の主人のものだと主張した。

矢がキューンとひと飛びするくらいの時間、沈黙が続き、その後は広間じゅうが耳をつんざく大騒動となった。三人の戦士が自分こそがそれを取るのだと言いつのり、残りの者たちはそれぞれ誰かを応援して声を張りあげた。とうとう王は、王座の前の青銅の柱を、手にした銀の杖で力いっぱい叩いた。まるで大きな鐘が鳴ったようなガーンという大音響に、全員が静まりかえって、王を見つめた。

だがこの沈黙は、新たな騒動で破られた。何人もの女たちがかん高く争いながら、広間に向かってきたのだ。「ブリクリウのやつが、またやってくれたと見える」カトバドがつぶやいた。女たちの黄色い声のなかで、エウェルの声がひときわ高く、銀のラッパのように響くと、裏の戸を叩く音がした。「クーフリン！　クーフリン！　わたしをなかに入れて」

クーフリンは飛んでいって、戸のかんぬきを外し、小さな重い戸を開いた。エウェルが怒ったような笑ったような顔で、飛びこんできた。続いてライリーの妻フェデルムと、ほんのひと月まえに結婚したばかりのコナルの若妻レンダウィルが押し入り、そのうしろにドヤドヤと女たちが続いた。

コノール王は王座から身を乗りだし、静粛にと、もう一度青銅の柱を叩くと、騒ぎのわけをたずねた。

最初に広間に飛びこんできたのはエウェルだったが、最初に口を開いたのはフェデルムだった。走ったため乱れてしまったつややかな赤褐色の髪をサッと背中に払うと、広間じゅうを見わたし、炎のように誇らかに言った。「王様、そしてアルスターの戦士の皆様がた、どうぞわたしをごらんくださいまし。わたしには王家の血が流れております。わたしが『美貌のフェデルム』と呼ばれるのは、ゆえないことではありませんでしょう。

わたしの夫が『栄光のライリー』、『赤い手のライリー』と呼ばれるのに理由があるのと、同じことですわ。わたしをごらんいただけたら、アルスターのどの女よりも先に宴席に入る権利がわたしにあることが、おわかりいただけることでございましょう」

次はレンダヴィルの番だった。小柄で愛らしく、ペットの小鳥のように誰からも愛されるので、『かわいいレンダヴィル』と呼ばれるのも不思議はなかった。ふんわりした金髪は金の粉が舞っているようで、その髪の色に、クーフリンはときどきあのアイフェの金髪を思い出していた。だがレンダヴィルも、小さな生き物が必死で戦うように、なかなか激しく話しだした。「あたしだって、美しいと言われないわけではありませんわ。そりゃあフェデルムのような美人ではないかもしれませんが、でもあたしには『大きな槍のコナル』がいます。あたしの夫は『勝利のコナル』です！　夫は勇ましく槍で戦いますし、アルスターのために振るう剣は輝かしくて、だれも立ち向かえる者はおりません。夫は誇り高く戦い、でも戦いが終われば必ず、あたしのところへ帰ってくるんです。敵の首をいくつも、ぶらさげて！　コナルの槍の権利によって、アルスターの女たちの先頭を歩くのは、あたしのはずです！」

最後に話したのは、エウェルだった。ハヤブサのように激しく、王のかがり火のそばに立った姿は、ほかの誰よりも美しかった。「わたしの黒い髪をごらんください。先のふたりの髪は赤銅色と金色ですが、でも『美しい髪のエウェル』と呼ばれるのは、わたしです。そして誰より美しいのも、このわたしです。わたしほど、愛する喜び、愛する力を持つ女はほかにはおりません。だってわたしが愛しているのは、クーフリンですから。『アルスターの猛犬』、『戦場の番犬』、敵の槍を撃退する城門の守り主。戦車に乗れば獅子のよう、跳べば鮭さながら、剣を振るえば鬼神もかくやの活躍ぶり。わたしは、その『アルスターの猛犬』の妻なのです。赤枝の女のなかで、いやアルスターの女のなかで、いやアイルランドじゅうの女のなかでさえ、わたしの前を歩いていい者はひとりとしておりません！」

「ブリクリウは今宵《こよい》、さぞお楽しみだろうて」カトバドがつぶやいたが、誰かに聞かせるつもりもなく、実際誰も聞いていなかった。なにしろ男たちがまた騒ぎに加わり、ライリーとコナルとクーフリンは今度は自分のためだけでなく、妻のためにも声を張りあげ、王に決着をつけるよう要求していたのだから。だがコノール王はひとり王座に座って、三人の戦士と三人の妻を眉をしかめて見つめていた。もし三人のなかからひとりを選べば、当然、あとのふたりを敵にまわすことになるだろう。なんとか彼らの頭にのぼった血をさます時間を稼がなければならない。そうでないと三人は、このまま争いつづけるだろう。「王妃が若きフォラマンを生んだとき、死んだりしなければ」と王は思った。「少なくとも女たちのことで、わずらわされることはなかったものを。三人の前を歩く王妃がいてくれさえすれば、こんなばかな争いなど起こるはずもなかった」

声を張りあげて、王が言った。「ここは宴の席で、戦場ではないぞ！　今夜のところはおまえたち三人で、『英雄の取り分』を三等分するように。この件はのちほど、コナハトのメイヴ女王に、判定を委ねることとする。女王は他国の人間だが、だからこそ赤枝の戦士のなかにいるわしよりも、ずっと冷静な判断ができるはずじゃ。だが、これだけは言っておくぞ。女王の判定がどのようなものであれ、おまえたちはそれに従わねばならぬ。さて、うまい肉が冷めないうちに――」

それでライリーとコナルとクーフリンは、そのころには抜き身となっていたそれぞれの剣を鞘《さや》におさめ、ふたたび席についた。たがいににらみ合ってはいたが、王の命令には従った。

垂れ幕のすきまからのぞいていたブリクリウだけが、その夜のお楽しみがふいになってしまって、がっかりしていた。

ドラム館の宴は、三日三晩続いた。日中は狩りにでかけ、暗くなると食べたり飲んだり、竪琴《たてごと》の音色に耳をすませたりした。三人の戦士はいさかいこそ避けていたものの、同じテーブルには座らず、同じ杯からは飲まなかった。四日目の朝、ついに宴が終わると、三人はコナハトのロスコモンにあるクルアハンの城へと向かった。メイヴ女王とその夫である王に、三人のうちの誰がアイルランド一の英雄か、判定を仰ごうというのだ。アルスターの戦士たちは成り行き見たさに、大勢ついてきた。

いっぽう神族《シーデ》の住む丘のかたわらに建つクルアハンの城の私室では、メイヴ女王が、空が晴れているのに雷鳴が聞こえるのはなぜだろう、といぶかしんでいた。以前にエウエルがいぶかしんだのと、同じように。そのときメイヴの娘で、やがて女王を継ぐはずの『あでやかなフィンダウィル』が、高窓から外を見て言った。「母上、戦車がこちらへ向かってきます」

「乗っているのは、いったいなにもの？」メイヴ女王は、炉の火のそばで長くてまっすぐな金髪を梳いていたが、顔を上げて聞いた。

「最初の戦車に乗っているのは、炎のような赤い髪とあごひげを生やした偉丈夫《いじょうふ》。マントは雷雲のような紫色で、投げ槍を手にしています」

「どうやら『栄光のライリー』とみえる。またの名を『戦の嵐』とも言うが、もしライリーが怒ってここへ来るなら、クルアハンは痛い目を見るだろう！　ほかには？」

「二台目の戦車に乗っているのは、金髪の美丈夫《びじょうふ》。肌は白く、頬は紅で、まるで雪の上に血がこぼれたよう。マントは青と紅の格子縞《こうしじま》で、青銅の縁のついた茶色の盾を手にしています」

「どうやら『勝利のコナル』とみえる。もしコナルが剣を抜いてやってくるなら、クルアハンは悲しい日を迎えるだろう！」

「三台目の戦車が来ますわ」フィンダウィルが言った。「雨のような灰色の馬と、真夜中のような黒い馬が引いています。ひづめが蹴った土が、竿に追われたカモメのように後ろへと飛びすさり、戦車はまるで冬の疾風《はやて》のよう。戦車に乗っているのは、黒い髪の若武者。ひだのある胴着は深紅、白いマントを金のブローチで留めています。銀の縁のついた深紅の盾には、動物の文様《もんよう》が金色に輝いている。黒い髪に、暗いおもざし。でも、ああ、女たちは彼を、夢中で愛さずにはいられないでしょう。英雄の光輝が頭のまわりで輝いていますもの」

「それは、英雄クーフリン以外にはありえない。もし彼が敵としてやってくるなら、われらは石臼のなかの大麦のように、粉々に砕かれてしまうだろう」こう言うと女王は立ちあがり、宝石のついた櫛を手にしたまま窓のそばへ行き、娘のとなりに立って、外をながめた。面長《おもなが》で美しく険《けわ》しい顔の両側に、銀糸のまじった長い髪が垂れている。三台の戦車と、そのうしろに勢ぞろいした赤枝の戦士たちが見え、戦車と馬のひづめがたてる怒濤《どとう》のような音が聞こえた。「だれか、女王のお召しだと、王を呼んでまいれ。あの者たちを丁重に迎え、酒とさかなをたっぷりふるまってやるとしよう。そうすれば、たとえあの者たちが面倒を起こしにきたとしても、その怒りをこのクルアハンからそらすことができるやもしれぬ」

そんなわけで三人の戦士とついてきた者たちは、いつもならよそ者には冷たい女王メイヴと、名ばかりの王アリルから、丁重な歓待を受けた。すばらしい宴は、三日三晩続いた。宴の終わりに彼らは、来た目的の判定を、メイヴ女王とアリル王に願い出た。そこでメイヴ女王とその夫は、三人に三つの試練を課すことにした。まず三匹の魔性の大猫と戦うこと。次に、呪いの谷の女怪たちと戦うこと。そして最後にそれぞれが、アリルの養父エルコルと戦うことだった。エルコルは力のある魔法使いで、銅《あかがね》や鉄《くろがね》、刃の先や盾の縁に関する古代の魔術のすべてに通じていた。三つの試練で敵を倒すことができたのは、クーフリンただひとりだった。だがそれでもまだライリーとコナルは、クーフリンがアイルランド一の勇者であることを認めようとはしなかった。

ここにきてアリル王は、途方に暮れてしまった。もうこれ以上、判定をのばすことはできない。さりとて三人のうちの誰かを勝者と定めれば、あとのふたりは失望し、以後生涯の敵にまわるにちがいない。平和を好むアリル王は頭を痛めて、私室で、メイヴ女王に相談をもちかけた。メイヴは、アリルが平和を好むのと同じくらい、大の戦争好きだったから、青白い顔にあざけりと薄笑いを浮かべて、アリルが話すのを聞いていたが「なぜあなたがこの問題に判定を下そうとするのだ？　たかが婿の分際で」と言った。コナハトでは女王は生まれながらに女王だが、王は女王と結婚したおかげで王になるからだ。だがメイヴは、愚かではなかった。アリルの用心深さを笑いはしたが、彼は正しいと内心ではわかっていた。それで、急いでこうつけ加えた。「わたしとしたことが、つまらぬことを口走った。だが悩むのを止めて、すべてをわたしに任せておけばよろしい。あの三人のアルスターの馬鹿者どもがここから満足して出ていくように、うまく言いくるめずにはおくものか」

そして王の盾持ちを呼び、宝物庫からいくつかの品を持ってくるように命じた。それから『栄光のライリー』を呼びにいかせると、ほどなく赤ら顔の大男が、黒とサフラン色に塗った横木をひょいとかがんで通りぬけ、そばにやってきた。メイヴ女王が、横で不安そうにしている王の代わりに、こう言った。「よくまいられた、栄光のライリー。そなたを人々はこの名で呼ぶが、まことと、アイルランド一の勇者にふさわしい名だ。さて、わが栄光のライリーよ、今後どこの宴であろうと、『英雄の取り分』を得るのは、そなたである。コナハト王家は、そなたにこの権利を授けることとする」。女王はテーブルから杯を取ると、笑みを浮かべて、ライリーに与えた。片側に銀の鳥を象眼《ぞうがん》した、磨きこまれた青銅の杯だった。「そのしるしに、これを持っていくがいい。だがエウィン・ヴァハのコノール王のところにもどるまで、だれにも見せてはならぬ。もどってから全員の前にこれを示して、アイルランドの英雄の権利を主張するがよかろう。そうすれば、誰も異議を唱えたりしなかろうからな」

こうしてライリーは杯をふところに収めて、戦士たちがくつろいでいる大広間にもどった。

次に女王は盾持ちに、ライリーとクーフリンに姿を見られないようにと念を押してから、コナルを呼びにいかせた。コナルが来ると、コナルにもアイルランドの英雄の名を授けるかのようにふるまった。そしてその証拠として、今度は、金の鳥が象眼された、白銀《しろがね》の杯を授けた。

さて、女王はこのふたりが寝所に引きあげるまで待ち、それから盾持ちにクーフリンを呼びにいかせた。クーフリンはアリル王の戦士のひとりと、まだ広間でチェスに興じていた。そして迎えがきても、ハエでも追うように肩をピクリと動かしただけで、そのままチェスを続けた。クーフリンがやっと腰を上げたのは、勝負が終わり自分が勝ってからだった。

心の芯まで女王であるメイヴは、これを聞いてカンカンになった。待っているあいだじゅう、足で炉石をイライラと叩いていたが、目が血走ってギラギラと燃えていた。お気に入りの雌の猟犬がすりよってくると、犬の耳を指でひねりあげたので、気の毒な犬は驚いたのと痛いのとで、キャンキャン鳴いた。「クーフリンめ。コナハトの女王を待たせるとは、太々《ふてぶて》しいにも程がある。いつか後悔させてやるから、覚えておけ！」

だがついにクーフリンが現れると、メイヴは前のふたりに対したときと同じように、にこやかに挨拶した。「よく来てくれた、アルスターのクーフリン。そなたを迎えることとは、まことに喜ばしい。もっともそなたは、いつでも誰からも喜び迎えられることだろう。そしてそなたが怒ったときには、猛《たけ》き神々の怒りに触れたように、震えあがらぬ者はいなかろう」こう言うとメイヴは、三つ目の杯を差しだした。つややかな金の杯で、サンゴとザクロ石と瑠璃《るり》で鳥の細工がほどこしてあった。「アイルランドの英雄に、コナハトの王家からの贈り物をとらせよう。ただしエウィン・ヴァハのコノール王のところにもどるまで、誰にも見せてはならぬ。帰ってから、全員に見せるがよい。そうすれば今後はそなたの前で、誰も英雄の権利を主張したりしないであろうからな」

そこでクーフリンは金の杯を、ふところにしまいこみ、すっかり満足して、戦士たちの寝所へともどっていった。

翌朝、赤枝の戦士たちはメイヴ女王とアリル王に別れを告げ、エウィン・ヴァハへと帰っていった。ライリーとコナルとクーフリンの戦車は彼らの権利によって先頭を駆り、三台の戦車のあげる土煙の後を、残りの戦車がついていった。三人のうち誰も、残りのふたりに判定がどう出たのかを聞くことはしなかった。それぞれ自分だけが結果を知っていると思っていたからだ。

こうして三人はエウィン・ヴァハにもどり、その晩、戦士たちの帰国を歓迎して、王の大広間で祝宴が開かれた。さて、大きな肉の丸焼きから『英雄の取り分』が切り取られ、かたわらに置かれると、宴席はしんと静まりかえり、全員が三人のほうを見た。

やおらライリーが立ちあがり、ふところから銀の鳥のついた青銅の杯を取りだすと、言った。「『英雄の取り分』はおれのものだ！」

「なんの権利があってだ？」コナルが問いつめた。

「この杯を見ろ。コナハトの女王から、おれが英雄である証拠として、贈られたものだ！」

だがライリーが言い終わらないうちに、勝利のコナルが立ちあがり、金の鳥のついた銀の杯を高々と持ちあげた。「この杯をごらんあれ、わが王よ。同じくコナハトの女王から授かったものだ。『英雄の取り分』の権利はおれにあることが、これでわかるだろう」

その瞬間クーフリンも立ちあがり、宝石の鳥がついた金の杯を、みんなに見えるように高く掲げた。金の杯は大広間の松明《たいまつ》の灯を受けて、夏至の日の太陽のように輝いていた。クーフリンは一言も発せずに立っていたが、やがて笑いだした。笑い声は、壁にかけた武器が鳴りひびくほど高々と続いた。

第八章　アイルランドの英雄争い

争いがまた一から始まった。ライリーはクーフリンに向かって、女王をたぶらかして仕える約束をし、代わりに金の杯をもらったのだろう、と怒鳴った。コナルは無言だったが、ライリー同様、判定を受け入れるつもりはなかった。

この話がコノール王の耳に入ると、王は怒って、冷たく言いはなった。「それでは、こうするがいい。おまえたちは、その呪うべき争いの種を、ケリーの王クーロイのところに持っていくがいい。クーロイ王はドルイドより古い力を持ち、ドルイドより深いものを見ることができるお人だ。たぶんこの問題に、きっぱりと片をつけてくれるだろう。わしはもうこれ以上、聞く耳はもたぬぞ」

そこで次の日、三人の戦士とその御者たちは、ケリーの王クーロイに問題を解決してもらうために、出発した。

三人は戦車をとどろかせて、海に突きでた岬に建っている壮大な城にやってきたが、あいにく城の主は不在だった。だが代わりに妃のブラニッドが、もの柔らかな様子で温かく迎えてくれた。ブラニッドは長いまつげの下から三人を代わるがわる見つめて、なぜこの城に来たのか、そのわけを聞くと、こう応えた。「そういうことでしたら、きっとお力になれるでしょう。ただ主人は三晩のあいだ、留守をいたします。主人が残していった戦士が城を守っておりますが、よろしければ、ひとつお願いがございます。愚かな女とお笑いでしょうが、わたしは主人がいないと怖くてたまりません。そこでおひとりずつ交替で、城壁の外で、ひと晩じゅう見張りをしていただけませんか。そうしていただければ、わたしは安心して休めます」

その晩戦士たちが寝にいく時間がくると、三人のなかで一番年長のライリーが、ひと晩目の見張りを引き受けた。そして城壁を塞いでいる頑丈なサンザシの矢来《やらい》の外に陣取った。いっぽうクーロイ王の妃は自室にこもり、火桶に小さな火を起こすと、そこに得体の知れない禍々《まがまが》しいものをくべた。やがて火から青い炎が立ちのぼると、妃はカラスの羽のように黒い髪をとかしながら、歌いだした。こうして妃は、夜やってくるあらゆるものから城門を守る魔法をかけ——それからまた別の魔法もかけたのだった。

夜は静かに過ぎてゆき、ライリーは槍に寄りかかって、うとうとしかかった。だがそのとき、海から大きな影のようなものが上ってくるのが見えた。上るにつれ、影はさらに濃くさらに黒くさらに恐ろしいものとなり、とうとう巨人の姿となった。巨人の肩は、月光をさえぎるほど大きかった。巨人は槍を二本持っていたが、その槍の柄《え》ときたら、枝を落としただけのカシの巨木だった。これを見たライリーの背すじに、冷たい恐怖が走った。

「今宵《こよい》はアルスターの者には悪い夜となるぞ」巨人の声は洞窟のなかの海水のように、重く響いた。声とともに、巨人の二本の槍が、栄光のライリーに向かって飛んできた。だが二本とも身体には当たらず、身体をはさむようにして城壁の太い丸太に刺さり、ぶるぶる震えた。今度はライリーが自分の槍を投げた。ねらいは確かだったが、頭上にそびえる巨大なかたまりに投げるのは、雷雲に向かって投げるようなものだ。怪物はゲラゲラと笑うと、かがんでライリーをつまみあげた。片手で強くつかんだので、ライリーのあばら骨は、卵のカラのように、もう少しでつぶれるところだった。それから怪物は、ライリーを城壁のなかへと放り投げた。

その騒ぎに城の戦士たちが気づき、クーフリンとコナルを先頭にかけつけてきた。ライリーは矢来のすぐ内側に倒れていたが、傷つき、口から泡を吹いて、半死半生のありさまだった。だが城壁の外では何事もなかったかのように、ただ月光だけが、皎々《こうこう》と輝いていた。

次の夜はコナルが見張りに立ったが、前夜とまったく同じことが起きた。コナルを助けようと戦士たちがかけつけると、前夜ライリーが話したのと同じに、コナルは巨人と戦ったことを話した。だが、巨人の手で城壁のなかにボロ雑巾のように投げ捨てられたことは、ライリー同様言う気になれなかった。城のものたちは、ブラニッド王妃が毎夜城門にかける魔法のことを知っていたので、ライリーもコナルも高い矢来を飛び越えたのだろうと思った。

三日目の夜は、一番若いクーフリンが城壁の外で見張りに立った。妃は私室に行き、青い火をたき、同じ魔法をかけるために黒髪をといた。だが今回は髪を不思議な形に編んで、その編み目ごとに、前の二晩とはちがう魔法をかけた。するとあちこちに小さな風が起こり、形のない小さなものがあちらの隅こちらの隅で、キーキーと声をあげた。

クーフリンは門の前で槍に寄りかかり、何事もなく見張りを続けていた。だが真夜中になったとき、九つの灰色の影がにじり寄ってくるのが見えた気がした。「だれだ？」クーフリンは叫んだ。「味方なら、そこで止まれ。敵なら、かかってこい！」

すると九人の影の戦士は大きなかけ声をあげ、猟犬の群れが一匹のシカに襲いかかるように、いっせいに飛びかかってきた。クーフリンは城壁の丸太まで震えるような大声で気合いを入れると、九人を相手に戦った。その結果、殺すか、霧のなかに追いやるか、地面にたたきつけるかして、全員をやっつけた。だがふたたび新たな九つの影が襲いかかり、さらに三度目も同じことになった。クーフリンはすべての影をやっつけたが、さすがに力を使い果たし、息があがったので、門の横の巨石に腰を下ろして休んだ。

頭を垂れて休んでいると、巨大な波が寄せては砕けるゴーッという音が聞こえてきた。海岸を襲う冬の嵐のような音だが、あたりの空気はおだやかだ。だが見あげると、巨大なドラゴンがしぶきをあげて海から上がってくるのが見えた。ドラゴンは流星のように壮麗な炎の弧を描いて、空中高く舞いあがると、翼で空の半分を覆ってしまった。それから恐ろしい口をクワッと開いて、クーフリンめがけて下りてきた。

クーフリンは疲労を古マントのようにかなぐり捨てると、パッと立ちあがり、英雄の鮭跳びの術で飛びあがった。ドラゴンの背丈に届くと、怪物の口のなかに自分の腕を力いっぱい突っこんだ。ドラゴンの熱く臭い息がまともに顔に吹きつけ、腕は肩まで火につっこんだように熱い。だがクーフリンは手さぐりで、脈打つ巨大な心臓をつかむと、それをエイッとばかりに引っこぬいた。

怪物は口から黒い血を吹きだして、空から墜落した。怪物の目に燃えていた炎は、石炭の火が燃えつきるように、その光を失った。クーフリンは死んだ怪物の上に飛び乗ると、その頭をたたき斬った。すでに九個の三倍の、影の戦士の首の山があったので、ドラゴンの首をその上に置いた。それからもう一度、ガックリと巨石に腰を下ろした。

海からくる影にクーフリンが気づいたのは、明け方近くだった。これこそ、ライリーとコナルがでくわしたものにちがいない。クーフリンは立ちあがって、影が濃くなって巨人の姿となるのを待った。

「今宵はアルスターの者にとって、悪い夜となるぞ」巨人が二本の大槍の一本目を振りかざして言った。

「いや、おまえにとっては、もっと悪い夜になるぞ」クーフリンが叫んだ。

二本の槍が次々、音をたてて飛んできた。ライリーとコナルのときと同じように、クーフリンの両わきをかすめて、クーロイの城壁の丸太に深々とつき刺さった。怪物はかがんで、クーフリンをつまみあげようとした。だがその瞬間、クーフリンは剣を手に跳びあがり、巨人の頭に届くと、電光石火《でんこうせっか》で剣の一撃を浴びせた。衝撃で巨人はよろめいてひざをついた。巨人は恐ろしい苦悶の叫びをあげたが、その叫びがまだ尾を引いているうちに、一筋の煙が風に消えるように、かき消えてしまった。

暁《あかつき》を知らせる光がほのかに海に広がっている。クーフリンは、今夜はもう襲ってくるものはないとわかった。ひどく疲れたので、城に帰って休みたかった。だが城門にかけられた魔法は、最初の朝日を浴びるまで解けることはない。クーフリンは、他のふたりは矢来を飛びこえたものと信じていたので、他の者にできるのなら、自分にできないはずはないと思った。二度跳んでみたが、あまりに疲れていたために、二度とも失敗した。するとと仲間にできたことが自分にできないというので、猛烈な怒りがこみあげ、この怒りのせいで究極の力が沸いた。まるで夏の稲妻のように、額《ひたい》のまわりで英雄光が光りだした。クーフリンは助走をつけ、槍を支えにして、跳びあがった。あまりに高く遠くまで跳んだので、城壁を越えただけでなく、城の中心まで行ってしまった。クーフリンがふたたび足を着いたのは、中庭の、クーロイの大広間への入口のまん前だった。入口の敷居にガックリと腰を下ろし、塗りの柱に寄りかかると、大きく長いため息をついた。

クーロイの妃が大広間から出てくると、クーフリンの後ろに立ち、かがんで肩に手を当てた。それから闇のように黒い髪で、クーフリンの顔をサラサラとなでて、言った。「このため息は、疲れた勝利者のもので、打ち負かされた者のため息ではない。さあなかに入って、食事をし、お休みなさい」

後になってから妃は、アルスターの三人に、門前に築かれた異形《いぎょう》の者の首の山を示して言った。「この首の山だけではありません。影の巨人の首が無いのは、あれはけっして跡を残さないためです。これでおふたりとも、クーフリンこそが英雄であることを、お認めになることと存じます」

ところがこれでもまだ、あとのふたりは、負けを認めようとしなかった。ライリーは嫉妬からで、コナルはこのころには自分を恥じていたからだ。コナルは恥ずかしいと思うと、ますます意固地になるのだった。「だめだ!」ライリーが言った。「なぜ認めなければならんのだ?　クーフリンの父親があの『中空の丘』にいることは、だれもが知っている。おおかた神族の身内が、彼を助けてやったんだろう。だから、この競争は不公平だ」

「それではもう、この問題についてわたしはお手伝いができかねます」ブラニッドは、いかにも愛想《あいそ》が尽きたという顔つきをしていた。だが妃の黒髪ときたら、まるで雷のさいちゅうに毛を逆なでされた黒猫のように、逆立って火花が散っており、そこがふつうの女とはちがっていた。「今すぐエウィン・ヴァハにお帰りください。そしてわが夫、クーロイ王自身が判定を出すまで待ちなさい。ただし待っているあいだ、おたがいに平和を保つこと。またクーロイの判定がどうであれ、それを受け入れること。でないとマンスター、レンスター、ターラ、コナハトの全アイルランドから、アルスターの戦士たちが子どもじみたけんかをしていると、いい笑いものにされますよ！」

そういうわけで三人は、いまだに解決しないもめごとを抱えたまま、コノール王のもとに帰ってきた。ただしクーロイの妃の言葉に従って、平和は守っていた。

それから日々が過ぎ、また日々が過ぎていったが、ケリーの王クーロイからはなんの知らせもなかった。ある晩のこと、赤枝の戦士たちが皆、王の広間で晩餐《ばんさん》の肉にかぶりついていたときだった。もっともコナルは狩りに出ており、コナルの乳兄弟《ちきょうだい》のクーフリンは、ムルテムニーの自分の領地に下っていて留守だった。ダンダルガンの砦の古い土塁のなかに、自分の館を建てさせていたので、その様子を見にいったのだ。外ではその冬最初のゲイル風が、オオカミの群れのようなうなり声をあげていた。突然、王の広間の入り口の戸が、バタンと開いた。突風にあおられたか、と全員がいっせいにふり向くと、風でゆらめく灯りの下に、身の毛もよだつ無気味な姿がぬうっと入ってきた。人間のようではあるが、どんな人間より大きくて見るも恐ろしい。広間に入ると、オオカミのような黄色い目で、あたりをにらんだ。身につけているのは粗《あら》く縫ったオオカミの毛皮と、その上にはおった灰色のマント。根こそぎ引き抜いた若いカシの木をかざして、炉や松明《たいまつ》の光を避け、さらにもういっぽうの手に、巨大な斧をぶらさげていた。斧の刃は鋭く、残忍そうにギラリと光った。

驚愕のあまり、戦士たちが全員、立ちあがって見守っているなかを、恐ろしい訪問者はずんずんと大広間を進んでいった。そして中央の炉の脇の、彫刻して色をぬったどっしりした棟木《むなぎ》に寄りかかった。

「いったいなにものだ?」フィンタンの息子ケテルンが、必死の思いで冗談を交えて聞いた。「この城の燭台になろうとして来たのか、それとも城を焼き滅ぼすためか? いずれにしろ、もっと奥へ、毛むくじゃらで巨大なお客人よ」

「人はおれを『よそ者ウアト』と呼ぶ。おれはそんな理由で来たわけではないぞ」見るも恐ろしいが、声もそら恐ろしかった。「ある男を探しにやってきたのだ。アイルランドじゅうを探しあるいたが、ついぞ見つかることはなかった。はて、このアルスターの赤枝の戦士たちのあいだに、いるのか、それともいないのか？」

「いったい誰を探しておるのじゃ？」コノール王が尋ねた。

「おれと約束を交わし、それを守る剛毅《ごうき》な男よ」

「その約束とは？　そんなに守るのが難しいものか？」

よそ者は毛皮に包まれた大きな肩をすくめた。「どうも、そのようだな」それから持っていた大斧を振りあげて、高く掲げた。刃に光があたってギラリと光ったのが、全員に見えた。「この斧を見よ。どうだ、美しかろうて？　だがこいつはいつも飢えている――人間の血を吸いたくてたまらんらしい。だれか肝のある男はいるか？　肝があるなら、今夜、この斧をふるってわが首を切り落としてみよ――そのかわり明日の晩、もう一度ここでおれと会うと約束をせねばならん。そして明日はお返しに、おれが斧をふるう番となる」

大広間に並んだ男たちのあいだに、恐れと怒りの入り混じった低いざわめきが広がった。よそ者はあたりを見まわしたが、その目が炉の火を受けて、オオカミの目のように爛々《らんらん》と光っている。「赤枝の戦士たちはその勇気、その名誉、その力、そしてその誠《まこと》においてアイルランドの戦士のなかの戦士とうたわれているのではなかったか。さあ、勇気のほどを知らしめるときが来たぞ。おまえたちのなかに、おれの挑戦を受け、約束を守る男はいないのか――王以外なら誰でもいいぞ」よそ者は、木々のあいだを吹きぬけるゲイル風のようなうなり声をあげた。「もし、挑戦を受ける戦士がいないというなら、仕方がない。おれは万人の前で、アルスターには肝のある男はひとりもおらず、アルスターの名誉は地に落ちたと言わねばなるまい！」

その言葉が終わらないうちに、ライリーが立ちあがった。

「アルスターに肝のある男がいないなどとは、言わせぬぞ！　その斧をよこせ。そして、ひざまずけ、野蛮人！」

「そう、あわてるな！　そう、あわてるな、こわっぱめ！」『よそ者ウアト』は笑った。それから光る斧をなでると、その場の全員が聞いたこともない言葉で何事かを斧にささやいた。それが終わるとライリーに斧を渡し、ひざまずいて、炉のそばの大きなカシの木の切り株に首を乗せた。ライリーはおおいかぶさるようにして立つと、重さとバランスを確かめるために大斧をふりまわした。それからすさまじい勢いで斧をエイヤッとふりおろしたので、よそ者の首ははねて転げ落ち、斧は切り株に深く刺さった。

だがさらにぞっと息を呑む恐怖の出来事が起こって、その場にいた全員が凍りついた。『栄光のライリー』が後ろに下がると、首なしの身体がぴくぴくと動きはじめたのだ。やがて首なしの巨人は立ちあがり、切り株から斧を引きぬいた。それから炉石のほうに転がっていた自分の首を拾うと、大広間をずんずん通りぬけ、荒れた夜のなかへと出て行った。男が通った後は、松明の炎までが青ざめていた。

ライリーは火のそばに立っていたが、衝撃のあまり目が見えなくなったかのようだった。

次の夜、赤枝の戦士たちは王の大広間で、晩餐の席についていた。しかしだれも食べる者はおらず、話をする者もいなかった。そして全員の目は、戸口へと向けられていた。前夜と同じように、戸がバタンと開き、『よそ者ウアト』が大股で入ってきた。見るも恐ろしい首は、前と同じようにしっかりと肩に乗っており、大斧をぶらぶらゆすっている。昨夜と同様、棟木に寄りかかり、眉の下の黄色い目で、あたりを見まわした。

「昨夜、おれと約束した男はどこだ?」

コノール王もまわりの者に尋ねた。「栄光のライリーはどこにいったのだ?」

戦士たちは端から端まで、おたがいに顔を見合せたが、その夜、栄光のライリーを見た者は誰ひとりいなかった。

「これはこれは、強者《つわもの》ぞろいのアルスターの戦士とは、笑止千万《しょうしせんばん》。ここには約束を守る男は、いないと見える! よその国の戦士のあいだで、二度と頭《こうべ》を上げて歩くなよ。まことアルスターの戦士ときたら、ふぬけもふぬけ。臆病者《おくびょうもの》ぞろいよな。命より名誉を重んじる剛毅の男のひとりもおらんとは!」

その晩はコナルが狩りから帰っており、大広間にいたので、立ちあがって叫んだ。

「『よそ者ウアト』とやら、あらためて約束しよう。今度はおれが相手だ。アルスターの戦士をふぬけ呼ばわりすることは、こんりんざい許さんぞ！」

するとよそ者は今度もまた笑い、不思議な言葉で呪文をとなえると、ライリーのときと同じように、コナルの前にひざまずいた。だが斧がふり下ろされると、またもや立ち上がり、斧と切りおとされた自分の首を拾って、夜のなかへと歩き去った。

次の夜、晩餐の戦士たちにまじって、コナルは自分の席に座っていた。顔面蒼白《そうはく》でひとことも口をきかなかったが、覚悟はできていた。ところが、前夜と同じく戸がバタンと開き、恐ろしい姿が大広間をずかずかとやってくるのを見ると、コナルの勇気はくじけた。戦場で仲間とともに赤い血を流して死ぬことを恐れたりはしないが、こんな処刑人の前で切り株の上に首を乗せ冷たい血を流すのは、まっぴらごめんだ。コナルは長椅子の後ろへとすべり抜けると、大広間の小さな裏口へ向かった。

おかげで『よそ者ウアト』が『勝利のコナル』を呼んだとき、返事はなく、裏口の止め具が落ちる音が、カタンとしただけだった。

ウアトは、王や戦士たちの、恥と怒りで赤黒くなった顔を見渡した。「地に落ちたり、赤枝の戦士！　名誉を守ると言いながら、それに見合う勇気を持たぬとは情けないことよ。恥さらしめ！　はてさて、すぐれて勇猛《ゆうもう》と聞く赤枝戦士団には、約束を守る男のひとりすらおらんのか！　そういえば名のあるクーフリンだが、あいつはまだ子どもで、一人前の男に見られたいときはあごに黒イチゴの汁を塗るそうよの。だがそんな子どもであろうと、男子の誇りさえあるなら、赤恥さらしたふたりの勇者のまねなど、するまいて！」

クーフリンは王の身内の席から立ちあがり、ラッパのような大音声《だいおんじょう》で、大広間に向かって挑戦した。「『よそ者ウアト』とやら、おれが若いと言うならそのとおりだが、おれは約束は守るぞ！」

「それならこっちに来て、試してみろ！」よそ者ウアトが言った。「言うは易《やす》く、行うは難《かた》し、と言うからな！」

そこでクーフリンは一声吠えると、大広間をすっとんできて、巨人の手から斧を奪った。そしてよそ者がひざまずくのも待たずに、ぱっと床から跳びあがって、首をたたき斬った。

『よそ者ウアト』はゲイル風に直撃されたカシの木のように、グラリとよろけた。だがすぐに元にもどり、何事もなかったようにクーフリンから斧を取り返した。それから、自分の首が大きなハーリングの球のようにはずんで、遠くの長椅子の下へと転がったのを、取りにいった。そうして大広間を通りぬけると、夜のなかへと出ていった。男の後ろでは、松明の炎までが青ざめていた。

次の夜、クーフリンは戦士たちに混じって、いつもの席に座っていた。まわりの者たちはクーフリンが顔面蒼白で、食べ物には手をつけておらず、蜜酒ばかりをいつもより

よけいに飲んでいることに気がついた。だがクーフリンはこれから立ち向かわなければならない悽愴《せいそう》な場面から、一歩も退くつもりはなかった。

その晩おそく、またもや風が強まり、戸がバタンと開くと『よそ者ウアト』が入ってきた。暗雲のような恐ろしい威厳を帯び、棟木に斧の柄を叩きつけて、叫んだ。「クーフリンはどこだ？　約束を守るという言葉にうそがなければ、今すぐ出てこい！」

クーフリンは立ちあがって、前に出た。「ここにいるぞ」

「おまえの声には、悲しみがあるな」ウアトが言った。「無理もない。だがこの斧がふり下ろされたとき、アルスターは名誉をとりもどす。アルスターの名誉を救ったと、自分の心をなぐさめるがよい」巨人はのけぞって、竪琴弾《たてごとひ》きが竪琴の音色を試すように、斧の縁《ふち》を指でなでた。「さあ、ひざまずけ」

クーフリンは見納めに、大きな広間を見渡した。女たちのあいだに、エウェルの凍りついた蒼白な顔が見える。王や友人たちの顔をながめ、可愛がっていた猟犬をながめた。それからひざまずき、炉ばたのわきの巨大な切り株に首を乗せた。

「もっと首を伸ばせ」大木のようにそびえ立ったウアトの声がした。

クーフリンは怒って言った。「猫が小鳥で遊ぶように、おれをもてあそんで楽しんでいるな！　さっさと殺せ。おれは昨晩おまえを待たせて、苦しめたりしなかったぞ！」

よそ者は斧をふりあげた。勢いあまって斧の先が垂木《たるき》を突き破り、大木が嵐で倒れるような音がした。それから一挙に、斬《ざん》、とふり下ろした。斧はきらめく弧を描き、その衝撃のすさまじさは、城全体が土台ごと飛びあがったかのようだった。戦士たちは、ある者は目をおおい、またある者は恐怖のあまり目をそらすことさえできないでいた。

だがクーフリンは怪我ひとつなく、ひざまずいていた。そしてかたわらにいるのはもはや恐ろしいよそ者ではなく、ケリーの王クーロイその人だった。大斧は、クーフリンの首から手の幅ひとつぶんしか離れていない場所で、敷石を打ち砕いて床に深くはまっていた。その大斧に寄りかかって、クーロイ王が言った。

「いずれわしが判定を下すことを、妃の口から伝えていなかったかな？　さあ立つがい、クーフリン」クーフリンがそろそろと立ちあがり、自分の首が肩にちゃんと乗っているのがまだ信じられないとでもいうように、あたりを見渡したとき、クーロイ王が言った。「さあ、これでもう疑う者はおるまい。ここに立っている者こそが、アイルランド一の戦士、英雄のなかの英雄だ。おまえたちのなかで彼だけが、名誉を守るために、死さえいとわずに約束を果たした。アルスターに戦士数あれといえども、勇気と真実と名誉において、クーフリンの右にでる者はおらぬ。それゆえわしは、この『猛犬』をアルスターの英雄と決め、今後出席するいかなる宴《うたげ》においても、『英雄の取り分』を得るべしと判定する。また妻のエウェルは、エウィン・ヴァハの高貴な女たちのなかで第一の場所を得るべし」クーロイ王は一瞬、『よそ者ウアト』に匹敵するほど恐ろしい表情を見せた。「これがケリーの王クーロイの判定である。さからう戦士に災いあれ！」

話していているうちに、突如クーロイ王は声だけとなり、王がいた場所にはただ光だけが射していた。そして言葉が終わるとともに、クーロイ王の痕跡はのこらずかき消えて、大広間の正面の戸口だけが、突風にあおられたかのように、バタンと閉まった。

七回息をするぐらいのあいだ、コノール王の大広間では、口をきく者もおらず、身動きする者すらいなかった。やがて戦士たちは自分の席を立って、クーフリンのまわりに集まってきた。クーフリンはまだ炉の脇に立ったままだった。

ライリーもみんなといっしょにやってきたし、『勝利のコナル』はクーフリンの肩に腕をまわした。

クーフリンがコナルに言った。「なんだっておまえは、『二枚舌のブリクリウ』みたいなやつに、おれの悪口を言ったんだ？」

コナルも同時に口を開いたところだった。「なんだっておまえは、ブリクリウのアブ野郎に、おれのことを悪く言ったんだ？　おれはおまえのことを悪く言ったことなどないのに」

するとライリーは赤ヒゲのあいだで、ぶつぶつと言った。「青二才《あおにさい》だな、おまえたちは。あの不吉なカラスのブリクリウに、おれを軽んじたことを言うとはな！　だがおれは年長なんだから、もっと分別があってしかるべきだった」

そして三人は不意に、わかったというようにおたがい顔を見合わせた。「ブリクリウだ！　やっぱりな！」そして笑いだした。笑い声は大広間のすみずみにまで広がり、喜びの笑いさざめきはふくれあがって垂木にまでぶつかった。

これからのち、クーフリンは栄《は》えある『アイルランドの英雄』の名をほしいままにした。

第九章　ディアドラとウシュナの息子たち

さてクーフリンがダンダルガンに建てた日当たりのよい館で、エウェルとともに暮らしはじめてから三年ほどたったころ、アルスターに大きな悲しみと脅威の影が落ちた。だがこの狂おしい物語は、実はずっと以前から始まっていたのだ。そう、クーフリンが初めて少年組に入った年のことだった。

その年、アルスターの族長のひとり、フェリムという者が、王と赤枝の戦士たちを招いて盛大な宴《うたげ》を開いた。宴がたけなわとなり、ギリシアのワインがくみかわされ、竪琴《たてごと》の調べと歌とが大広間を震わせていたときに、フェリムのところに女の住まいから知らせが届いた。妻が女の子を産んだというのだ。

戦士たちは即座に立ちあがり、赤ん坊の健康と幸せのために乾杯した。王は半ば笑いながら、そばにいたカトバドに赤ん坊の未来を占うように命じた。その未来を明るいものにしてやれ、と。カトバドは広間の入口へ行き、夏の空に大きく柔らかく輝いている星を見あげて、長いこと立っていた。やがて松明《たいまつ》の灯りのもとへ帰ってきたが、顔が曇っていた。占いはどうだったかと聞かれても、しばらく答えようとしなかったが、やがて重い口を開いた。「その子をディアドラと呼ぶがいい。音に悲しい響きがあるからだ。その娘のせいで、アルスターに悲しみがもたらされるだろう。その娘は輝く髪を持ち、美しさはあたりを照らすほどとなろう。だが、彼女のせいで戦士たちは追放され、また彼女のせいで多くの戦士が死ぬことになる。そして最後には、彼女自身が小さな墓にひとり離れて眠ることになろう。この子は生まれないほうがよかったのだ」

これを聞いた戦士たちは、今すぐ赤ん坊を殺すべきだと主張した。赤ん坊の父親であるフェリムは血の気を失った顔で立っていたが、戦士たちに異議をとなえはしなかった。だがコノール王が反対した。コノール王の妃はつい先ごろ、末息子のフォラマンを産んだときに死んでしまったために、王はこんなことを言った。「はやまるな。殺す必要はない。カトバドが星を読んだ運命は、つまりこういうことだろう。どこかの族長か、ひょっとしたら海の向こうの島かピクト国の者かもしれんが、この子を妻にしようと考え、それがからんだ理由で、この国に戦争をしかけてくるに違いない。だからこの娘を男の目に触れないところで育てればよい。そして娘が結婚する年頃になったら、このわしが妃としよう。そうすれば、予言は避けられるだろう。娘がわしの妃になれば、アルスターは被害のこうむりようがないのだから」

そこでコノール王はその子を預かり、乳母レバルハムに育てさせることにした。レバルハムは王自身を育てた乳母であり、エウィン・ヴァハで一番賢い女のひとりだった。そしてガリオン山の人里離れた谷間に小さな家を建てさせ、そこに赤ん坊と乳母を閉じこめた。その家は屋根を緑の芝草の生えた土でおおってあるために、外から見ると、緑色をした妖精塚にしか見えなかった。また家のまわりをぐるりと高い芝土の土手で取り囲み、庭にはりんごの木を植えた。りんごの木は陰を作り、実をつけ、楽しませてくれるだろう。ふたりのところには、一年にただ一度だけ、王の戦士のなかでももっとも信頼の厚い者たちが、食べ物や着る物を届けにきた。こうして王は、娘が十五歳になり妃となる日を待っていた。

そんなわけで、小さな隠れ家で乳母に育てられたディアドラは、赤ん坊から子どもとなり、子どもから娘へと成長したが、谷間の外の世界をまったく知らず、男性を目にしたこともなかった。毎年戦士たちがやってくるときには、乳母はディアドラを部屋のなかに閉じこめて、彼らが帰ってしまうまで出さなかったからだ。毎年毎年、王はディアドラになにか贈り物を届けさせた。緑のガラスの鈴がついた銀のガラガラのこともあれば、ヤナギ細工の鳥かごに入れたサンゴ色の足のハトのことも、世界の半分より遠いところから船で運ばれてきた華やかな絹織物のこともあった。「船ってなあに?」ディアドラは乳母に尋ねた。「世界の半分より遠いところって、どのくらい遠いの？　朝うんと早く出て、一番星が出るまで一日中歩きつづけたら、そこに行ける？」それを聞いて、乳母のレバルハムは心配になった。自分の預かり物が外の世界について思いをめぐらすようになった、と知ったからだ。

ディアドラが十四歳になった年の贈り物は、両手で暖めると花のような香りを放つ琥《こ》珀《はく》の首飾りだった。この年、王は自らこの贈り物を手にして、草でおおわれた隠れ家へとやってきた。こうして王は、初めてディアドラを目にした。王のあごひげにはもう白いものがまじっていたが、ディアドラを見た瞬間から、悲しいことに王はディアドラに恋い焦《こ》がれるようになった。ディアドラはこの後生涯、王の執着《しゅうじゃく》から逃れることはできなかった。

それが夏のことだった。だがカッコーが去る前にも、桜の木から最後の枯れ草が落ちる前にも、そして初雪が降る前にも、王はディアドラに会いに、谷間を訪れた。ディアドラは自分がいずれ王妃となることを知っていたが、それが自分にとってよいことなのか悪いことなのかは、よくわからなかった。それは外の世界の話であり、外の世界はまだずっと遠いところのように思えたからだ。

だが、ある冬の夜のこと、外の世界が彼女の家の戸口へとやってきた。

荒涼とした夜だった。風は木々のあいだを吹き荒れ、みぞれ混じりの雨が芝土の屋根を叩いていた。ディアドラは老いた乳母レバルハムの足もとに座り、泥炭が燃える光を頼りに、サフラン色の羊毛を紡いでいた。そのときディアドラの耳に、不思議な叫び声が聞こえた。ディアドラは頭を上げ耳をすませて、嵐の音に混じった声を聞こうとした。

「あれはいったいなに？」

「嵐のなかで、鳥が仲間を呼んでいるだけですよ。なにも心配することはありませんよ」乳母が答えた。

だが叫び声はまた聞こえ、今度はもっと近かった。「人の声のようだわ――それも、助けを呼んでいる」

「空を飛んでいく雁《かり》の声ですよ。もっと火に近づいて、糸紡ぎを続けなさいな」

やがて突風と突風の合間に、小さな頑丈な木の扉を探る音がし、ドンドンと叩く音が聞こえ、叫び声がまじった。「開けてくれ！　太陽と月にかけて、ここを開けてくれ！」

老いた乳母が止めようと声をあげたが、ディアドラはさっと立ちあがると、走っていって、ナナカマドの木のかんぬきを上げた。すると扉が勢いよく開かれ、風と雨が吹きこんできた。そして風雨とともにひとりの男が家のなかに転がりこんできた。びしょぬれのマントが風にはためいて、男は嵐に追われた大きな鳥のように見えた。

ディアドラが扉を閉めようと苦心していたので、男はそれを助け、それから炉のほうへ近づいた。カラスの羽のように黒いびしょぬれの髪と、長身の姿、そして男の顔が、火に照らしだされた。ひと目見るなり乳母が言った。「ウシュナの息子ノイシュじゃないか。食べ物を運んでくる時期でもあるまいに。あんたは、ここに入ってはいけないんだよ」

「たとえ王でなくとも」ノイシュは言い、ぬれたマントを肩から落とした。もっともマントを脱いでも、なかもびしょぬれだったが。「嵐で難儀《なんぎ》した人間は、扉を開けてもらいさえすれば、どこだろうが入ってかまわないはずだ」

「それじゃ、扉の外には、あんたの弟たちもいるのかい？　あんたがた三人はいつだって、いっしょなんだから」

「いっしょに狩りをしていたんだが、アーダンとアンリは先に帰った」長身の男は言い、それからよろけた。「嵐がおさまるまで、火のそばにすわらせてくれ。道に迷い、長いあいださまよって、やっとここの灯りを見つけたんだ――もう限界だ」

「こまったねえ。でも、まあ、あんたさえここに来たことを人に言わなければ、べつだん悪いことにはならないだろう。そうと決まれば、ここにお座り。そうして食べたり、飲んだりするといい。あんたの様子だと、今追いだしたら、明日の朝には赤枝の戦士がひとり減ることになりそうだからね」

それでノイシュはほっとため息をついて、羊の毛皮を重ねた場所に座り、頭をたれた。暖かい灰にまみれるほど火に近づいたので、ぬれた革の狩猟服から湯気が出た。ディアドラは大麦パンと、小さな黒牛からとった凝乳《カード》と、淡い色のギリシアのワインを持ってきて、彼のそばに置いた。そのときまでノイシュはディアドラのほうを見ないように、気をつけていた。だが杯を手渡されたので、礼を言おうと顔を上げて、ディアドラを見た。そうしてディアドラを目にしてしまった後では、ノイシュはもう、自分の目をそらすことができなくなった。ディアドラも同じように、ノイシュから目をそらすことができなくなっていた。

乳母のレバルハムは、ディアドラが放りだした糸紡ぎを続けていたが、小さな光る目でふたりを見ていた。そしてふたりになにが起こったか、見てとった。土気色だったノイシュの顔にはいきいきと血が通いだし、娘もそれに応えている。レバルハムは心のなかでつぶやいた。「やれやれ、困ったことになった！　どうしたものだろう！　これは大変なことになりそうだよ。ノイシュのあごひげには白いものがないし、ディアドラときたら、ろうそくをありったけ灯《とも》したように、目を輝かせているじゃないか！　嵐のなかで死んでもかまわないから、彼を追っぱらってしまえばよかった」だがそうはいっても、レバルハムの顔には少しばかり笑みが浮んでいた。なぜなら彼女は、自分が育てたコノール王に忠実に仕えてはいたものの、いっぽうではディアドラが父親ほども年の離れた王と結婚しなければならないのは悲しいと、いつも思っていたのだった。

このときからディアドラを訪ねてくるのは、コノール王ひとりではなくなった。ノイシュが、もう一度もう一度とやってくる。乳母は王に告げなければと思っていたのだが、時は過ぎていき、結局ディアドラの懇願に負けて、王にはなにも言わなかった。

さてある夜、南風がガリオン山を越えて吹き、まだ冷たいとはいえ春の最初の息吹《いぶき》があたりにただよいだしたころ、帰ろうとするノイシュに、ディアドラが言った。「わたしもいっしょに連れていって。ここにいたら、わたしはあごひげに白いもののある王と結婚させられてしまう」

ノイシュはうめいた。「あなたの願いとはいえ、どうしてそんなことができるだろう？　自分は王の炉ばたに集《つど》う戦士であり、親衛隊のひとりだというのに」

ノイシュは秘密の谷の草葺《くさぶ》きの家には二度と行くまい、と固く心に誓って帰っていった。だが、必ずまた来てしまい、来れば必ずディアドラに懇願された。「ノイシュ、ノイシュ、わたしもいっしょに連れていって。わたしが愛しているのはあなたひとり。わたしは王と結婚の約束などしていない、申しこまれてさえいないのだもの。わたしはあなたのものだわ」

長い間、ノイシュはディアドラの願いを拒《こば》み、自分の心をも拒みつづけた。だが庭のりんごの木が白い花でおおわれ、ディアドラと王の婚礼が数週間後にせまったときに、もうそれ以上拒むことができなくなった。そこでノイシュは言った。「ではこうしよう。海の向こうには別の国があり、そこには仕えるべき別の王もいる。あなたのために、わたしは名誉を捨てて生きよう。たとえ不名誉のうちに死んでも、残念だとは思うまい。ディアドラ、わが胸に羽ばたく小鳥、あなたの愛を得られるなら」

次の晩、暗闇《くらやみ》にまぎれて、ノイシュは弟のアーダンとアンリとともに、馬を引いてやってきた。彼らはディアドラと、それから乳母も連れだした。なぜなら乳母がこう言ったからだ。「ああ、こわい！　あんたがたのために、わたしは大変なことをしてしまった。お願いだから、王の怒りがおよばないところに、いっしょに連れていっておくれ」

海岸へ逃げ、スコットランド行きの船に乗った。スコットランドに着くと、ノイシュと弟たちはピクト人の王に仕えた。だがしばらくすると、ピクトの王がディアドラに物欲しげなまなざしを注ぐようになり、またどこか別の場所に行くべきときがきたことを知った。

長いことさまよったあげく、最後にエティブの谷にやってきた。彼らはこの谷の湖のほとりに、芝土の小屋をいくつか建てた。そして男たちは狩りをし、ディアドラと年老いた乳母は男たちのために料理を作り、少しだけ飼っている羊の毛を紡いで布を織り、そうしてまたたくまに何年かが過ぎ去っていった。

そのあいだ、三年か、あるいは四年の年を数えたのだろうか。コノール王は何事もなかったかのようにエウィン・ヴァハの城にいたが、けっして彼らを忘れたわけではなかった。ときどきエティブの谷に、ボロをまとった羊飼いやさすらいの竪琴弾きが通りかかっては、一夜の宿を乞うた。彼らはあとでコノール王のところにもどり、ディアドラとウシュナの三人の息子について、あらいざらい語るのだった。それなのにディアドラの一行は、自分たちは安全だと思いこんでいた。

とうとう王は、密告者の話から、ウシュナの息子たちは孤独に耐えきれなくなっていると判断した。彼らは昔の生活が恋しいにちがいない。王城での日々や、ずっと慣れ親しんできた宴や戦いがなつかしくてたまらないのだろう。そこで王は『勝利のコナル』と、クーフリンと、年長者のフェルグス・マク・ロイを呼んで、こう言った。「ウシュナの息子たちが追放されてから、ずいぶん長い時が流れた。そろそろ呼びもどすべきではないかと思うが、どうだ?」

「寛大な心で許すとおっしゃるのですか?」クーフリンが尋ねた。というのもクーフリンはこの王のことを、どれほど時が過ぎようが、不正を働いた者を心やすく許す人間だと思ったことはなかったからだ。

「そのとおりじゃ」と王は言った。「わしは愚かにも若い娘に心を奪われたが、それは昔のことだ。今では側に仕えていた若い戦士がもどってくることのほうが、ずっと意味があることに思える。だからおまえたちのうちのひとりがエティブの谷に出向いて、過去は水に流すよう伝え、彼らをエウィン・ヴァハに連れ帰ってはくれぬか」

「われわれのうちの誰をお望みですか?」コナルが聞いた。

王は考えながら、難しい顔をしてひとりひとりを見た。「コナル、もしわしがおまえを選び、後でわしが彼らの身に危害を加えたとしたら、おまえはどうする？」

コナルは、同じように難しい顔をして王を見た。「彼らの恨《うら》みを晴らす方法、また彼らとともに失われたわが名誉を晴らす方法、どちらも知っているつもりですが」

「わしを脅かすつもりか？　だが、まあそんなことはどうでもいい。どうせ意味のない質問だったのだからな」そして王はクーフリンに顔を向けた。

クーフリンは言った。「コナルと同じとしか、答えられません。だが彼らの恨みを晴らした後では、おれは『アルスターの猛犬』ではなく、『アルスターのオオカミ』と呼ばれるでしょう」それから王の目をじっと見つめた。「ですから、ウシュナの息子たちを連れてくるのは、おれではなく、別の人間のほうがいいように思います」

「そうだ、おまえではない。その役目はフェルグス・マク・ロイにまかせよう」コノール王は言った。フェルグスはふだんは知恵がまわるのだが、このときは喜びのあまり、慎重さを欠いた。フェルグスはノイシュとその弟たちを愛しており、クーフリンと同じくらい、あるいは自分の息子と同じくらいかわいがっていたからだ。だから追放された彼らを思って、ずっと心を痛めていたのだった。おかげでクーフリンが王に投げかけたその目つきに、気がつかなかった。

そんなわけでフェルグスは海岸に行き、スコットランド行きの船に乗った。そして苦心惨憺のすえに、エティブの谷の湖のそばの、草葺きの小屋へと道をたどっていた。おだやかな夜のことだった。ちょうど狩りから帰ってきたノイシュと弟たちが、湖畔《こはん》を歩いてくるフェルグスを見つけて、大騒ぎで走ってきた。フェルグスの肩に腕をまわし、あいさつを交わして、フェルグスが来たことを驚いたり喜んだりした。それから故郷のアイルランドの最新の出来事を話してくれと頼んだ。

「アイルランドの最新の出来事と言えば」みんなで小屋へと向かいながら、フェルグス・マク・ロイが言った。「われらがコノール王は、寛大な心で、過去を忘れることにしたとのこと。今から四つの春をさかのぼった昔、おまえとディアドラと王自身のあいだに起こったことは、もう昔のこととして葬《ほうむ》ったとのことだ。だからおまえたち、帰ってこい。王は、おまえたちがいないことを寂しく思い、また蜜酒をくみかわし、竪琴の甘い調べにともに耳を傾けようと言っておいでだぞ」

これを聞いて、三人の口から歓声が上がった。フェルグスが喜びいさんで話したと同様、三人も喜びいさんで聞いた。だが小屋から出てきたディアドラは、彼らの話に加わるとこう言った。「ウシュナの息子たちはここスコットランドで申し分なく暮らしております。さあ、わたしたちの炉ばたにおいでになり、心からの歓迎を受けてください。でもその後はお帰りになって、コノール王にそうお伝えくださいまし」

「もちろんおれたちは、ここの暮らしに不満はない。だが人は生まれ育った土地でこそ最善のことができる。心の根は故郷にあるのだからな」とノイシュが言った。

「ああ、ノイシュ、ノイシュ、あなたもアーダンもアンリも、この幸せなエティブの谷に飽きてしまったと、知っていたわ。お城が恋しくてたまらず、もう一度アルスターの駿馬《しゅんめ》の引く戦車を勇ましく駆りたいのだと、わかっていたのよ。でもわたしはこのところ悪い夢ばかりを見ていて、心に暗い影がさしている」

「ディアドラ、なにを怖がっているんだ？」

「わたしにも、よくわからない。王が許すというのが、わたしには信じられないの。王の力が支配するところでは、わたしたちには身を守る術《すべ》はないでしょう？」

そこでフェルグスが言った。「おまえたちを守るのは、このおれだ。アイルランドのいかなる王も、おれを怒らせたいとは思うまいぞ」

彼らは小屋に入り、泥炭の火のまわりで夕食をとった。そのあいだも、ノイシュはディアドラの心配を笑い、ベルトに親指をかけて、ちょっとばかりえばって見せた。なにしろ自分は、王がわざわざ使者をよこして、もどってこいと言うほどの男なのだ。そして次の日、道具や身のまわりの品をかき集めて、海岸に向かった。海岸では、フェルグスをアイルランドから運んできた船が、満ち潮に浮かんで待っていた。彼らの住んでいた小屋は無人となり、その場にうち捨てられた。

こぎ手たちが櫂《かい》の上にかがみ、細長いかご船は、海に滑りだした。ディアドラは年老いた乳母のひざに寄りかかって、船の船尾《とも》に座っていた。舵取《かじと》りの男の向こうに、スコットランドの海岸が見える。遠ざかっていくその海岸をながめていると、ディアドラの心に悲しみがあふれた。

「わたしの愛したアルバの地よ。あなたの港も澄んだ緑の丘も、わたしたちにやさしかったわねえ。ああ、アーカンの谷！　雄ジカの声は高く、咲く花はかわいかった。アーカンの谷を駆けめぐるウシュナの兄弟ほど、陽気な若者がいたかしら。ああ、ダルアの谷！　あなたの森のカッコーは、きれいな声で鳴いたわねえ。そして、ああ、エティブの谷！　悲しみでわたしの心がはり裂ける音が聞こえるかしら？　あなたの湖のほとりに、わたしたちは初めての家を建てた。わたしはノイシュの腕を枕にして、柔らかな掛け布にくるまって眠ったわ。エティブの谷よ、あなたのもとを離れなくてはいけないとは！　でも、でも、もう泣くのはよそう。わたしは行きます。愛するノイシュといっしょに……」

もう少しでふたたびアルスターの地を踏むというあたりで、赤枝の古参戦士バルフに出くわした。バルフといっしょに、フェルグスのふたりの息子、金髪のイランと赤毛のブイネが、父親を出迎えにきていた。バルフはフェルグスを、近くの自分の館で宴を催すから、古い友人として寄ってくれと誘った。その宴が実は王が命じたものだと、フェルグスには知るよしもなかった。だがフェルグスは、ディアドラとウシュナの三人の息子たちをまっすぐにエウィン・ヴァハに連れかえると王に約束したことが心にかかっていた。それで、なんとか誘いを逃れようと、ディアドラと三兄弟を無事に王の前に連れていくまでは、脇道にそれるわけにはいかないと言った。しかしバルフは承知せず、フエルグスに、宴に招かれたら断わってはいけないという自身に課された禁戒《ゲシュ》を思い出させた。そこでディアドラの懇願にもかかわらず（戦士はいかなる場合も、自分の禁戒《ゲシュ》を破ってはならなかったので）、とうとうフェルグスは自分の息子に一行の世話を頼むと、自分はバルフといっしょに宴に行ってしまった。

一行がエウィン・ヴァハの近くまで来ると、ディアドラが言った。「いったいどちらになることか。もしコノール王がわたしたちを王の広間に呼び入れ、自分の炉ばたに招くなら、王は危害を加えるつもりはないのでしょう。でももしわたしたちを、離れた赤枝の宿舎に入れるなら、それは悲しいことが起こるしるし！　恐れていたことがやってくるでしょう」

一行が王の城に入ると、赤枝の宿舎に案内され、王が呼ぶまで待つようにと言われた。ディアドラは耳を傾けてもらえないのを知っていたが「こうなると、わたしは言ったのに」とつぶやいた。

だがノイシュは笑うだけで、ディアドラをやさしく腕に抱いて言った。「王はじきに、寛大な声をかけてくれるよ。そうしたらすべて、元通りになるだろう」

しかし王はまず、老いた乳母のレバルハムを呼んだ。レバルハムは王のところに行き、王と和解の言葉を交わした。王はお気に入りの猟犬を足元において、陰鬱《いんうつ》な顔で寝所に座っていたが、ディアドラはどんなふうか、荒れ野の暮らしが長かったが、まだ美しいかどうかと聞いた。

「これはまた、王様はいったいなにを期待しておいでなのでしょう？　荒れ野の暮らしは女の身にはまことにきびしいものでございましてね、あれほど白かったお肌も今では日に焼けてシワが寄り、風で唇はひび割れ、髪の色つやもすっかり褪《あ》せてしまいましたよ。お美しかったあのかたですが、かわいそうに、今となっては見るかげもありません。今ご覧になったら、きっとどこぞの農家のおかみさんとまちがわれることでございましょう」

「それではウシュナの息子たちを呼ぶときに、ディアドラは呼ぶまい」王はこう言って、ため息をついた。「ノイシュがあの娘の美しさを奪ったのだから、ノイシュにずっとあてがっておこう。わしは二度とあの女は見ないことにする」

だがレバルハムが去ってしばらくすると、王は本当のことを聞かされたのかどうか疑わしく思いはじめた。そこで自分の盾持ちを呼んで言いつけた。「なにか方法を考えて、赤枝の宿舎にいる女をこっそり見てこい。そして女が美しいかどうか、報告しろ」

そんなわけで、宿舎の一同が夕食をすませて、ディアドラとノイシュはチェスをし、他の者たちは火のそばで横になってくつろいでいたときに、アーダンが突然大声をあげて立ちあがり、切妻屋根の下の高窓を指さした。ノイシュがその方向を見ると、王の盾持ちの顔がのぞいていた。ノイシュはチェス盤から金の駒をつかみ、盾持ちめがけて投げつけた。駒は相手の顔に当たり、左目を直撃した。

男は悲鳴をあげ、窓の枠から手を離したので地面に落ちた。そして血の流れる顔を両手で押さえながら、よろよろと王のところへもどった。

「赤枝の宿舎にいる女は、これまで見たことがないほど美しい女でした。ウシュナの息子ノイシュに、金のチェス駒を投げつけられなかったら、窓にぶらさがって、いつまでも見ていたかったくらいです」

これを聞いてコノール王は、どす黒い怒りにおそわれた。大広間に向かうと、そこで晩餐《ばんさん》を囲んでいた戦士たちに大声で命令した。すぐに行って、ウシュナの三人の息子を捕まえてこい。生け捕りにしようが、殺そうがかまわん。必要とあれば、赤枝の宿舎の壁板を引きはがし、屋根を引きむしってでも、引っ捕らえろ。やつらは、ディアドラという女のために、わしに対し下劣な不正を働いた裏切り者だ。

戦士たちはすばやく立ちあがって武器を取ると、走っていった。あちこちで叫び声が上がり、幾人かは炉から燃えさかる薪《たきぎ》を引っつかみ、頭上でぐるぐる回しながら走った。宿舎にいたノイシュたちは、高窓の向こうにちらちら燃える薪を見、荒々しい叫び声を聞いた。ディアドラは、嵐に追われる小鳥のように、狂乱して言った。「だまされたんだわ！　ノイシュ、ノイシュ、悪いことが起きると言ったけれど、あなたは耳を貸してくれなかった！」

間髪《かんはつ》入れずに、ノイシュ自身飛びあがって、頑丈なかんぬきをかけた。

「窓を見張れ！　窓だ、弟たち！　フェルグスの息子たちも！」

それぞれ武器を取り、持ち場についた。一瞬静寂が支配したが、すぐに戸口で、ウテイカの息子ケルテアの大音声《だいおんじょう》が響いた。「出てこい、盗人の人さらいめ！　今すぐここに出てきて、王から盗んだ女を差しだせ！」

戸口の内側から、ノイシュが声を張りあげた。「盗人の人さらいとは、言いがかりもはなはだしい！　女はおれといるが、それは自ら選んだ愛のためだ。彼女はおれと弟たちと運命をともにする。赤枝の戦士が何人来ようが、絶対に渡しはしないぞ！」

だがすぐに、この場を守るのは不可能となった。「よーし、やつらを焼き殺せ！　薪をつかえ！」と叫ぶ声がし、それがやがて怒号に変わり、戦士たちは火のついた枝をワラ屋根の下に突っこんだ。垂木《たるき》に赤い炎が走るのを見て、ディアドラは悲鳴をあげた。あたりに煙が充満しはじめた。

ノイシュが言った。「扉を開こう。煙で窒息するくらいなら、裏切りの刃にかかって死ぬほうがましだ！」

それで彼らはかんぬきをはずし、扉を開け放つと、敵の前に躍りでた。扉の前では王の戦士たちが、ネズミ穴の前で待つ猟犬のように、獲物を待ちかまえていた。壮絶な戦いとなった。赤枝の宿舎の門口で、おおぜいのアルスターの戦士が、ウシュナの息子たちとフェルグスの息子たちの刃に倒れた。この戦いで金髪のイランは命を落としたが、赤毛のブイネは死よりも悪い運命を得た。王は策略をめぐらし、彼を生け捕りにして連れてこさせると、広い土地とひきかえに寝返らせたのだ。

やがて赤枝の宿舎は、めらめらと燃え上がった。ノイシュと弟たちは三つの盾を連ねて輪にし、まんなかにディアドラを入れ、押しよせる戦士たちのあいだを突破しようと前進した。疲れはて傷を負ってはいたものの、それでも勝ち目はあった。だがコノール王は戦況が不利と見ると、ドルイドを呼びよせ、敵に魔法をかけるよう命じた。ドルイドたちは幻の暗い荒海を作り、輪にした盾の島のまわりに波を叩きつけた。そのためウシュナの息子たちは、王の戦士とではなく、波と戦わなければならなくなった。ノイシュは盾の輪のまわりに冷たい海が押しよせ、波が白い牙をむいて襲いかかるのを見て、ディアドラを守ろうと肩に担ぎあげた。彼らは水で息ができず、溺《おぼ》れかかっていた。燃える宿舎の赤い炎のもと、夏の干ばつのときのようにカラカラに乾いていたのだが、そのあいだずっと、彼ら以外の戦士たちにとっては、その場は乾いていたのだが。

ついに三人兄弟の力が尽きるときが来た。赤枝の戦士が押し寄せ、彼らの手から剣を叩きおとすと、捕らえて縛りあげ、立って見ていたコノール王の前に引きだした。

コノール王は、誰か三人を処刑せよ、と命じた。ところがいくら命令しても、誰も聞く耳を持たないようだった。『勝利のコナル』も、フィンタンの息子ケテルンも、『アルスターのクソ虫』ダフタハも、そしてこのとき初めて顔をだしたクーフリンも、応じなかった。ついにフェルニーの領主オーエンが進みでて、地面に転がっていたノイシュの剣を拾いあげた。

「一太刀《ひとたち》で、われら三人の首を同時にはねろ」ノイシュが言った。「その剣なら、それができる。そうすれば三人は連れだって、一気にむこうに行ける」三人は後ろ手に縛られたまま、並んで立った。その三つの誇らしげな首を、フェルニーの領主が一刀のもとに切りおとした。このとき赤枝の戦士全員が、三度、悲しみの叫びをあげたのだった。

ディアドラは自分を捕えていた戦士の腕をふりほどくと、輝く髪をふりみだし、首のない三つの死体に取りすがった。ディアドラは慟哭《どうこく》し、そして彼らがまだ聞こえるかのように、語りかけた。

「三人を失って、わたしにあるのは闇。そう、ただ闇ばかり。ウシュナの三人の息子たちよ、あなたがたと過ごした日々は、あれほど輝いていたのに。アルスターの最高の権力者、王その人が、わたしの許嫁《いいなずけ》だった。でもわたしはノイシュを愛し、愛のために王を捨てたのだ。おかげで、わたしたちみんな、こんなに悲しいことになってしまった。

わたしを愛してくれた人たち、わたしを許して。ああ、嘆け、この胸。裂けてしまえ、この身体。三人の英雄はアルスターに帰り、そして裏切られて殺された。ウシュナの息子たちは戦って倒れたけれど、まっすぐ力強く育った三本の枝のようだった。枝は美しく、みごとな花を咲かせていたのに、今は、はや、切り落とされてしまった」

「お願いです、新しい墓を掘っている方。狭い墓にはしないでください。どうかかたわらに場所を空けてください。ついていくわたしのために。わたしは嘆きのディアドラ。もう、命を終えるのですから！」

ノイシュの遺体から引き離されようとしたとき、ディアドラは自分を押さえていた戦士の革帯から鋭い短剣を抜きとった。そして最後の絶望の叫びをあげると、自分の胸深く突きさした。こうして彼女の命は、戦士たちの手のあいだをすり抜けていった。小鳥がはたはたと、壊れた鳥かごから抜けだすように。

ディアドラとノイシュは、そう離れていない場所に、別々に埋葬されたのだった。後になってアーマーの大聖堂が建てられた、ちょうどその場所だ。やがてディアドラの墓とノイシュの墓から、それぞれ、イチイの木が生えてきた。二本の木は大きくなると、それぞれ教会の屋根の上に頂上のこずえを伸ばした。伸ばし伸ばして、その黒々とした枝が出会うまで。出会った枝は屋根の上で固く絡みあい、二度と再び、人の手で引き離されることはなくなった。海風が枝のあいだを抜けてざわざわと鳴ると、人々はこう言った。

「耳をすませてごらん。ほら、ディアドラとノイシュがいっしょに歌を歌っているよ」

夏が来て、うっそうと茂った葉のあいだに、宝石のような小さな赤い実が実ると、人々はこう語った。

「見てごらん。ほら、ディアドラとノイシュが自分たちの婚礼のお飾りをしているよ」

第十章　メイヴ女王の出撃

フェルグス・マク・ロイはバルフの宴《うたげ》を終えて、エウィン・ヴァハにもどってきた。するど息子ふたりのうち、ひとりは死に、もうひとりは死ぬよりももっと悪いことになっているではないか。しかも自分が保護し無事に連れもどしたはずのウシュナの息子たちは、結局だまされ殺されていた。フェルグスはあらん限りの怒りと悲しみでもって、コノール王を呪った。昔からの忠誠心は一転して憎悪となり、火と剣による王への報復を誓った。そこで武器を集め馬を戦車につけさせると、『狩りの鬼神』のごとくに戦車を駆って、アルスターから出奔《しゅっぽん》した。コナハトのメイヴ女王に仕えようというのだ。

こうして、コノール王が自分で防ごうと考えた悲運は、ほかならぬ王自身の手によって現実のものとなってしまった。赤枝戦士団の大立者《おおだてもの》のひとりだったフェルグスが、復讐の念に燃えて、アルスターの敵方に身を投じたのだ。しかもフェルグスについていった者はひとりではなく、『アルスターのクソ虫』ダフタハや、王の実子コルマク・コリングラスも加わった。クーフリンはアルスターの敵に仕えることはできないと、同行こそしなかったが、ダンダルガンの自分の館に引きこもってしまった。おかげでエウィン・ヴァハでは、クーフリンを見ることも、その声を聞くことも絶えてなくなった。

さてコナハトでは、王権は母から娘へとゆずられるので、王は影の薄い存在だった。メイヴは、コナハトの高貴な女性の例にたがわず、背が高く、気性は激しく、色白で金髪、自分の激しい意志のほかには、なにものも意に介さなかった。フェルグスがロスコモンの彼女の城へとやってきたことを歓迎し、さっそく助力を求めることにした。

というのもフェルグスが来る少し前、メイヴ女王とアリル王は、どちらがより多くの財産を持っているかで、激しく言い争っていたのだ。結局ふたりの財産は互角で、ただひとつの違いは、巨大な白い雄牛のフィンベナハだった。この雄牛フィンベナハは、はじめは女王が所有していたのだが、あるとき自ら女王の群れを去って、アリル王の群れに入ってしまった。王は、フィンベナハは女に所有されるのを嫌ったのだと、メイヴをあざけった。メイヴは怒り狂って、近習《きんじゅ》のマク・ロトを呼びつけて命令した。アイルランドじゅうの草の根を分けても、フィンベナハと同じくらい立派な雄牛を見つけてまいれ、と。

マク・ロトは答えた。「それでしたら、探すまでもございません。老いた『巨人のフアクトナ』の息子ダーラが持っている『クェルグニーの赤牛』、これこそがアイルランドじゅうで最高の雄牛にまちがいありません。その背中の広いことといったら、一度に五十人の子どもが遊べるほど。怒って牛飼いを踏みつけたときには、牛飼いは地面の下三十フィートまでもぐってしまったそうですから！」

「すばらしい。早速その牛を手に入れてこい」メイヴがどなった。

だがマク・ロトは首を横にふった。「それは、そう簡単にはまいりません。なにしろクェルグニーは、コナハトとの国境からずっと離れており、近くにはクーフリンが砦を構えております。偉大なる女王さまとて、よもやアルスターの者が、コナハトに言われたからといって、彼らの最大の誇りである雄牛をゆずりわたすとはお考えにはなりますまい」

フェルグス・マク・ロイが城門の前に立っているという報告が飛びこんできたのは、この話からひとときも過ぎないうちだった。

何日何夜もしないうちに、フェルグスとメイヴ女王とアリル王は手を結んで、アルスターに牛を強奪に行く計画を立てた。メイヴ女王にとっては戦争と危険ほど、好もしいものはなかった。戦争と、胸の高鳴る危険とは、七年物の蜜酒のように、メイヴを酔わせてくれるのだ。だいいち、と女王は考えた。その『赤牛』のついでに多くの牛を奪ってくれれば、アルスターとの戦争に必要な軍資金が手に入るではないか。牛争いから戦争へ、これがいつもの流儀なのだ。いっぽうフェルグスは、息子を殺され、名誉を奪われ、信頼を裏切られたことへの復讐を果たそうと、胸をたぎらせていた。アリル王にさえ賛同する理由があった。強いふたりの言うことには引きずられるしかない、という理由が。

まずはじめに、もっともらしく公正に見えるように、女王は巨人ファクトナの息子ダーラに交渉の使節団を送った。コナハトの雌牛に立派な仔牛が産まれるように、あのすばらしい雄牛を一年間だけ貸してもらえないだろうか。その見返りに、五十頭の雌の仔牛と、メイヴ女王の友情と、女奴隷二十人に匹敵するだけの、戦車と馬と御者のひとそろいを贈るから、という条件だ。

悪くない申し出だったから、最初はダーラも心を動かされた。だが偶然に――あるいは偶然ではなかったのかもしれないが――コナハトの使者たちが、笑いながら話しているのを耳にした。あの雄牛を貸さないと言うなら、力ずくで奪うまでだ。いずれにしろ、目的はコナハトの牛の群れを増強することにある。牛の数が増えれば、コナハトがアルスターを襲撃する日が、それだけ近づくというものだ……。これを聞いてしまったために、使者が返事を求めてきたとき、ダーラは答えた。「アルスターの雄牛は、アルスターの草原で、アルスターの雌牛といてこそ、意義がある。メイヴ女王がコナハトの牛の群れを増やしたければ、どこかほかで雄牛を見つけるがよい。『アルスターの誇り』は貸すわけにはいかぬ」

この言葉がもたらされると、クルアハン城の板張りの大広間に座っていたメイヴは、炎を見つめてニヤリと笑った。「やはりそうか。まっとうな手段であの雄牛が手に入るとは、思っていなかったが。そうと決まれば、汚い手を使うまで」そして立ちあがり、壁から大きな剣を下ろすと、指でもてあそんだ。「いよいよ『古《いにしえ》の血の召集』をかけるときがきたな」

こうして黒ヤギが生贄《いけにえ》にされ、ハシバミの枝の一方の端がその血に浸され、もう一方の端は火で焼かれた。この枝をコナハトの各地に回し、部族を召集するのだ。コナハトじゅうから戦士や族長が、ぞくぞくと集まってきた。その先頭に立つのがメイヴの七人の息子で、それぞれが自分の手勢を率いていた。マガの息子のケトとアンルアンは三千人の戦士を引きつれてやってきた。レンスターの軍勢を率いる王は、アリル王の弟だった。かつてクーフリンと兄弟の契りを交わしたフェルディアも、コナハトの貴族の当然の義務として、自分の手勢を連れてやってきた。だが戦士になったばかりの若い日に交わした、クーフリンとの熱い誓いを思って、心を痛めていた。また、ディアドラの嘆きと殺されたウシュナの息子たちのためにエウィン・ヴァハに反旗をひるがえした者たち、苦悩の老戦士フェルグスや、敵のコノール王の実子コルマク・コリングラスをはじめとする戦士たちも、すでにロスコモンに集っていた。
刀鍛冶《かじ》の鉄床《かなとこ》では一日中、武器を打つ音が響き、コナハト全体が巣分かれ寸前のスズメバチの巣のように低くうなりをあげていた。戦車は西の海からシャノン川まで、コナハト全土を轟音《ごうおん》を響かせて走った。メイヴはドルイドの長を訪ねて、煙と砂とまだぴくぴく動いている黒いオンドリのはらわたを読んで、この牛争いの戦いの勝敗を占うようにと命じた。ドルイドの占いの結果は「だれがもどってこないにしろ、女王ご自身は自分の狩り場へと、またおもどりになるであろう」というもので、それだけで口をつぐんだ。

ドルイドのところからクルアハンの城にもどるとちゅう、女王の戦車が丘の小道を通ると、馬が急に前足を蹴立てて立ち止まった。女王が前を見ると、くびきの端に乙女《おとめ》が立っている。乙女はエニシダのような金色の髪をひざまで垂らしており、緑の服の上に金のマントをはおっていた。手に金の柄《つか》の剣を持ち、その剣で空中に、クモの巣を幾種類も張るような仕草をしていた。

「わたしの馬を驚かせたのは誰だ？　おまえは何者で、そこでなにをしている？」メイヴが鋭い声をあげた。

乙女は答えた。「誰かといわば――われはフェデルマ。クルアハンの神族の住まう丘から来たりし者。なにをなすかといわば――アイルランドの四つの王国を、ひとつに織りなしておる。アルスター国侵略のために」

「それで勝敗は？　四王国連合軍は勝つのか？」メイヴは戦争への決意は固いにもかかわらず、つい質問した。

「われは見る、全軍の朱《あけ》に染まるを。全軍これすべて血の色——血の色。全軍を苛《さいな》みしは、ひとりの男子《おのこ》。見目《みめ》よい姿は乙女子《おとめご》のよう。だが額《ひたい》からは英雄光を発する。メイヴ軍を血に染むるは、その男子……」乙女はなにも持っていないほうの手を目の前にかざしていたが、その手を落とした。「あの希代《きたい》の勇者こそ、ムルテムニーのクーフリン」

メイヴはその名を聞くと、怒りとも恐れともつかない叫び声をあげた。そして御者の手から突き棒をもぎとると、それで乙女を打とうとした——すると瞬《また》きひとつのあいだに、乙女の姿はかき消え、馬は誰もいない丘の小道を駆けていた。メイヴはもう一言も口を開かず、ただ黙って戦車に乗っていた。

コナハトの戦闘準備は、ざわめき、うなり、そして青銅がぶつかる音となって、アルスターまで響いてきた。その響きは、遠くの丘で鳴る暗い雷鳴のようであり、暗い運命の予兆のようでもあった。それというのも何年も前のことだが、アルスターで、ある不吉な事件が起こった。人間の農夫と結婚した神族の女がいたのだが、この女がアルスターの貴族たちに無理強いされて、王の戦車を引く馬とどちらが速いか、競走をさせられた。女は馬より速く走り、競走には勝ったのだが、決勝地点で倒れて死んでしまった。死に際にこの女は、アルスターの男たちに呪いをかけたのだ。「この日より後は、おまえたちがわたしに与えた苦しみを、おまえたち自身にふりかからせてやる。敵に襲われ、もっとも力を必要とするときに、おまえたちは、死にかかった女のように、まったく無力となるであろう」女の言葉どおり、アルスターの男たちは呪いにかかって衰弱していた。今、コノール王本人はエウィン・ヴァハで床につき、息子のクスクリッド、フェルニーの領主オーエン、そして『勝利のコナル』までが、槍を持ちあげることさえできずに、床でうめいていた。赤枝の戦士全員が苦しんでいたが、たったひとり、それに当てはまらない者がいた。その例外とはクーフリンで、なぜならクーフリンは、母方はアルスターの人間だが、『太陽神』である父の血も受けついでいたからだ。『太陽神』の血は、どんな呪いもはねのけた。

クーフリンはムルテムニーの南の国境地方にあるアルト・キランで、ふたりの族長のあいだに起きたいさかいを調停していた。だが『大衰弱』が襲ってきて、同時にアイルランドの四王国の軍勢が南に集結する地鳴りも聞こえてきた。クーフリンはなにが起こったのかを察知した。その日の夜のこと、クーフリンはいさかいを起こした族長の館で、夕食をとっていた。男たちは寝床でうなっており、給仕する女たちはおろおろしている。そこへ戸口から軽い槍が投げこまれ、拾いあげてみると、柄《え》にオガム文字が刻まれていた。「この槍を、汝《なんじ》の友であり父代わりでもあるフェルグス・マク・ロイが、愛をこめて贈る。二日以内に北峡谷で、槍の踊りがあるようだ」

クーフリンは、御者のロイグの目を見つめた。ロイグはアルスターの生まれではなかったため、こちらもアルスターの呪いとは無縁だった。「これはフェルグスがくれた、おれへの警告だ。どうやら敵の軍勢が二日以内に、北峡谷へと攻めてくるらしい」

「よし、戦車に馬をつけてくる」ロイグが言った。

「その前に、アルスターの全土に警告を送ってやろう。エウィン・ヴァハは安全だと思う。だが『大衰弱』にかかったほかの土地の戦士たちは、開けた土地にいては危険だ。牛のようにただ殺されるのを待つばかりとなろう。だからエウィン・ヴァハに行くか、または敵の軍勢に見つからないよう、深い森か峡谷へと逃げこんだほうがいい。わが友ロイグよ、今夜は忙しくなるぞ。女たちのなかで若くて足の速い者を、手伝わせろ。いったん警告を発すれば、それは炉の火のようにすぐに広がるだろう。広がりだしたら、ここにもどってきて、馬を戦車のくびきにつけ、車軸に戦闘用の大鎌をとりつけてくれ」

「おまえは？」ロイグが尋ねた。

「おれはひとつやることがある。これで、ひと晩と一日はかせげるはずだ。そうすれば槍の踊りがはじまる前に、こっちの戦士は開けた土地から姿を消すことができる」

ロイグが土地の少年と若い女を集め、アルスターの各地に警告を発する仕事にとりかかっているあいだに、クーフリンは厩舎《きゅうしゃ》に行った。厩舎では『黒のセイングレンド』と『灰色のマハ』が、もう戦いの匂いが風に乗ってきたかのように、足を踏み鳴らし鼻息を荒くしていた。クーフリンは族長の馬のなかから、足の速い雌馬を選ぶと、はるか下の谷の森をめざして駆けていった。この谷には、風で変形した背の低いカシの木のもと、茶色い秋のワラビのあいだを小川が流れている。この流れの速い小川が、ムルテムニーの国境だった。クーフリンはカシの苗木を切ると、それを曲げて、的《まと》に使うような環を作った。そして、まんなかのしなやかな幹に、オガム文字を刻み、岸辺に立っていたアルト・キランの石柱にひっかけた。

次の夜の黄昏時《たそがれどき》に、メイヴ女王の軍勢がアルト・キランの石柱のあたりに到着し、若枝の環を発見した。そこにはクーフリンの名と、その夜は石柱を越えてはならぬ、もし越えたりしたら、翌朝の報復は想像を絶したものとなろう、と書いてあった。

メイヴ女王は言った。「アルスター勢がわれらより先に血祭りをあげることになっては、口惜しい。戦士のなかにはそれを凶兆《きようちよう》ととって、意気消沈する者が出てくるかもしれぬ」メイヴは腹を立て、血が出るまで爪を噛んだが、ほかに方法がないことをさとった。その晩は野営し、次の朝までは、アルスターに向けて進撃することをあきらめるほか仕方がなかった。

その晩は初雪となり、戦士たちは休息する場所も、料理する場所も見つけることができなかった。馬も頭を垂れ、渦巻く雪に尻をさらして、みじめに震えていた。だが明け方には雪も止み、雲が切れて、太陽が差してきた。骨まで凍りついていた軍勢は歓声をあげて、急いで馬をくびきにつけた。

「聞こえるか、これで一晩かせげただろ」クーフリンがロイグに言った。アルト・キランの砦のほうから、メイヴ女王の軍勢がムルテムニーになだれこむ、雷鳴のような地響きが聞こえてきたのだ。クーフリンはロイグの肩に腕をまわし、笑いながら言った。「それに雪がおれたちに味方して、敵をくじいてくれる！　優秀で勇敢なアルスターの雪だからな。さあ兄弟、馬をつないでくれ」

こうして太陽がファド山の青い肩の上に出る前に、戦車に乗ったクーフリンは軍勢の通った跡へとやってきた。人間と軍馬、戦車のわだちが踏みつけた跡が、広い谷間の雪の上一面に、入り乱れていた。クーフリンは臭いを嗅ぎわける猟犬のように、あちこちの跡を追い、その跡が語るすべてを読みとった。

「五千人以上の戦士がここを通ったようだ。これはかつてなかったほど大規模な牛捕りだな。しかもやつらはムチと突き棒が許す限りの猛烈な速さで移動したな。よし、とにかく、おれたちでちょっとからかってやろう」クーフリンは笑いながら、言った。それから突き棒と手綱をロイグから受けとると、戦車を飛ぶように走らせた。馬の尻のあっちやこっちと、突き棒をアブのように動かしながら、それでもけっして血を流させたりせずに、離れた敵の軍勢を追っていった。「走れ、兄弟！　その調子だ。この競走は、勝つだけの値うちがあるぞ！」

そして正午をたいして過ぎないうちに、実際に競走にうち勝ったのだ。女王軍の先鋒《せんぽう》のずっと先まで進み、彼らを迎え撃つために向きを変えた。ここでクーフリンは突き棒と手綱をロイグに返した。この先はロイグが戦車を駆り、クーフリンは戦うのだ。ロイグは汗びっしょりの馬の息を整え、クーフリンは聞き耳を立てて待っていた。自分の身ひとつに、ブリギアの険《けわ》しい谷間の奥まで、全アルスターの運命がかかっているのが感じられる。味方から『大衰弱』が去るまで、アイルランドの連合軍を防ぐのは自分しかいない。『長い槍のルグ』に向かって、心のなかで壮絶な叫びをあげた。「父よ、もしおれがほんとうにあなたの息子なら、いまこそおれを助けてくれ。これほどあなたの助けを必要としたことはない――おれをアルスターへの贈り物にしたのなら、それだけの価値のある贈り物にしてくれ！　おれの馬がそのひづめで、敵を腐ったりんごのように踏みつぶせるように。おれの槍が稲妻のように敵をこっぱみじんにうち砕き、敵を皆殺しにできるよう、助けてくれ！」

　秋の谷間は、雪解け水とかすかな風の音のほかは深閑としていたが、そこにひたひたと迫る、ひづめと車輪の音がした。荒野の上に、軽量戦車が二台現われ、川の浅瀬のほうへと下りてきた。「メイヴ女王め、慎重な司令官らしく、斥候《せっこう》を送ってきたな」クーフリンは斥候を発見して、小声で言った。「よし、少なくともひとつは女王に報告できるようにしてやる――アルスターに通じる道は、そう簡単にはたどれない、とな。今だ、ロイグ！　やつらは浅瀬を渡っている――できるだけ近づけ！」

斥候の戦車の一台目とすれちがいざまに、戦車から身を乗りだしたクーフリンが、大《だい》音声《おんじょう》もろとも鋭い一太刀《ひとたち》を浴びせた。戦士と御者の首は、ひとたまりもなく肩からすっとんだ。すると命令もしないのに、『黒のセイングレンド』と『灰色のマハ』は向きを変えた。もう一台の戦車の御者がムチをふるって、クーフリンに立ちむかってきたのだ。ふたたびクーフリンの白刃が雪で青ざめた陽光を反射し、ふたたびふたつの首が落ちた。

クーフリンは戦車から飛び降りると、引き綱を切って、おののいていた敵の馬を逃がしてやった。そして自分は、川岸の背の低いハンノキのところに行った。枝が四つに分かれている若木を見つけると、切りとって、よぶんな枝を下ろし、枝先を鋭くとがらせた。そして四つの枝先にそれぞれ切り落とした首を突き刺し、それを川の浅瀬に突き立てて、警告とした。それ以来、この地は『分かれた枝の浅瀬《アトゴウラ》』と呼ばれている。

しばらくして、浅瀬になだれこんできたメイヴ軍が、血まみれの生首が四個刺さった不気味な枝を見つけた。まるで死の樹木に、果実が実っているようだ。メイヴ軍は、たとえこのときまで知らなかったとしても、今ではクーフリンが道を守っていることを思い知らされた。最も優秀な追跡隊をくりだして、ファド山とキラン山の谷あいを残るくまなく探させたが、自分の山を駆けめぐる『アルスターの猛犬』の毛一本すら、見つけることはできなかった。

それでもメイヴ軍は押し寄せつづけ山火事のように広がって、ブリギアとムルテムニーに黒い破壊と悲しみの爪痕《つめあと》を残していった。農場は次々焼き討ちにあい、女たちは悲鳴を上げて逃げまどったが、結局は連れ去られて奴隷とされた。そのあいだに雪は解け、冬のはじめだった季節は緑の季節へと変わりかけていた。とはいえメイヴ軍も無傷で進めたわけではなく、夜になると投石器の石がうなりをあげて飛んできた。昼間はクーフリンが軍勢の横腹につきまとい、すきを見つけては襲いかかってきた。はじめはひとりかふたりずつだったが、例の灼熱《しゃくねつ》の闘争心に駆られると、部隊をまるごと打ちのめした。まるで並んだ大麦の穂を一列に刈りとるように、凶暴な皆殺しがおこなわれた。一時に何十人、何百人もが猛襲にさらされ、飛びくる槍とブンブン回る車軸の大鎌に倒され、車輪と馬のひづめに踏みつぶされて、血に染まって倒れた。

　このころになって初めて、コナハト、レンスター、その他の連合軍は、ひとりの男の姿を目にした。ピタリとつきまとう貪婪《どんらん》なオオカミの群れのように殺《さつ》戮《りく》をくりかえすひとりの男、『アルスターの猛犬』の姿を。そのときクーフリンは、そら恐ろしい闘争心に燃えていた。額から英雄光を発し、黒い血が空に向かって噴きあがって、迫りくる黒雲のような暗《くら》闇《やみ》を頭上に作っていた。今やクーフリンは、武器を

使って殺すだけではなくなっていた。クーフリンが神速の戦車に乗って迫ってくるその姿、その形相《ぎょうそう》を見ただけで、あるときなどメイヴ軍の一部隊がそっくり、恐怖に凍りついて死んでしまったと言われている。

メイヴ女王は絶望的になり、『休戦の枝』の名のもとに、クーフリンに次々と使いを送りつけた。アルスターのどの戦士も持ったことのないほどの力と富を約束するといって、買収を試みた。だがクーフリンは使者の面前で一笑に付し、新たな攻撃の準備を御者に命じたのだった。こういうやり方では、なんとも埒《らち》があかないため、ついに四日目にメイヴ女王とクーフリンは、直接対面することになった。キラン山の中途にある丘の上で、まるで剣で切ったような暗い深い狭谷をはさんで、ふたりは向きあった。女王はうしろに族長や指揮官を従え、槍を手にし、頭には金の王冠をかぶっていた。吹きつける秋の風に、長い金髪がなびいている。クーフリンの兜《かぶと》からも黒い髪が、女王と同じように風になびいていた。武装したクーフリンは、黒い炎のようだった。だがうしろにはロイグひとりがひかえているだけで、ほかには誰もいない。メイヴ女王は内心、こんな華奢《きゃしゃ》な若者が――実際には若者というより、少年のようだったから――全軍の恐怖の的であることにいまさらながら舌をまいた。戦意に燃えたクーフリンは、戦士というより、紅蓮《ぐれん》に燃える『軍神』そのもののように見えた。だがメイヴ女王が会見を申し入れたわけは、クーフリンがどういう人物かを知るためではなかった。

緑の千鳥が深い谷間を飛びこえては、斜面で鳴きかわしている、そのチチという鳴き声を背に、ふたりは名を呼びあい、条件を出したり拒否したりして、幾度となく取引を繰り返した。最後の最後に、槍にもたれたクーフリンが、谷の向こうに呼びかけた。

「一日じゅうあれこれ言いあって、うんざりしてしまった。もう終わりにしよう、コナハトの女王。これが最後の条件だから、よく聞くがいい。この条件をのむというのなら、おれはこれ以上連合軍に攻撃は加えない。ここから北に一時間行くと、アルスター峡谷のほぼまんなかとなるが、そこに川の浅瀬がある。おれはそこで待っているから、おれと一騎討ちをする戦士を送ってよこせ。一度にひとりずつ、一日に一回だけだ。そのひとりひとりと、おれは浅瀬を守って対戦する。一騎討ちが続いているあいだだけは、アイルランド軍はアルスターに進撃してよいこととする。だが一騎討ちが終わったら、どこにいようとその場で止まり、そこで次の朝まで野営しなくてはならない。コナハトのメイヴ女王よ、これがおれの条件だ。拒否する前によく考えるんだな」

メイヴはやはり槍にもたれて、長いこと考えていた。やがて顔を上げ、峡谷越しに声を張りあげた。「まったく進まないよりは、一日に槍の届く距離でも進軍できたほうがましというもの。また戦士を一日に百人失うよりは、ひとり失ったほうがましだ。だから『アルスターの猛犬』クーフリン、おまえの条件を受け入れることにする」

第十一章　浅瀬の攻防

そういうわけでクーフリンは浅瀬で待った。早速その日の夕方、メイヴ女王が送った最初の戦士がやってきて、ふたりはひざまで流れにつかり、水しぶきを上げて戦った。だがアイルランド軍の先鋒《せんぽう》が矢の届く距離も進まないうちに、クーフリンの槍が相手の心臓を射抜き、全軍はその場でまた野営しなければならなかった。とはいえクーフリンは約束を守ったので、アイルランドの全戦士が夜じゅう枕を高くして眠ることができた。次の日には、二番目の挑戦者がやってきた。二回目の一騎討ちも最初と同じように終わったが、今度は軍勢は少しは距離を伸ばすことができて、槍を三回投げたぶんだけ北に進んだ。

次々と挑戦者がやってきて、クーフリンと一騎討ちをしては、殺されていった。そのつどアイルランドの軍勢は、勝負が続いているあいだは前進し、勝負が終わると停止して、夜は野営した。ついに女王は『浅瀬の守り手』の一騎討ちの相手に、フェルグス・マク・ロイその人を送りだした。誰がやってきたかを見たとき、クーフリンの胸に冷たい衝撃が走った。だが養父の顔が、なにかを語っている。茶色のあごひげの奥で笑っているような表情が、チラチラのぞいている。ふたりが浅瀬のまんなかで出会うと、フェルグスは盾の縁《ふち》ごしにささやいた。「おい、ちびのシャモ、今回はおまえが逃げてくれよ。その代わり次の機会には、おれが逃げるから」笑いがフェルグスからクーフリンに伝染した。

「わかった——今おれが逃げるかわりに、別のときにおれが頼んだら、そっちが逃げる。それなら公平だな」

そしてふたりは盾の青銅の縁ごしに、猛烈な勢いですばやく打ちあった。見ている者の目には、ふたりはまさしく命がけで戦っていると映ったにちがいない。クーフリンはしばらくフェルグスが大身《おおみ》の槍を突きだすにまかせていたが、適当なところでギャッと叫んで後ろに飛びすさると、背中を向けて逃げていった。

さあメイヴ軍は喜びに沸きかえり、槍を盾にがんがん打ちつけて、初勝利を祝った。そのあざけり浮かれる大騒動には、ついにはキラン山やファド山までが鳴動《めいどう》するかと思われた。フェルグス自身は女王の戦車の横でふんぞり返っていたが、やがて、この勝利はその日一日分の勝利にすぎないことを、皆に思い出させた。メイヴ軍はもうひと晩野営をし、翌朝には、別の挑戦者を浅瀬に送った。

だがメイヴ女王は、味方の全軍勢がたったひとりのためにこれほど動きがとれないでいることに、だんだん腹が立ってきて、ある計画を思いついた。その日の一騎討ちが続いているあいだに——その日メイヴが送りだしたのは、コナハトの戦士のなかでも音に聞こえた豪傑ナトフランタルだったため、戦いは長く続いた——えり抜きの兵士を集めると、誓約を守る残りの軍勢とは切り離して、アルスターの略奪に向かわせたのだ。略奪はこれまでも各地でくりかえされてきたが、今回の荒くれぶりも徹底していた。クーフリンは浅瀬の一騎討ちに手一杯だし、他のアルスターの戦士は衰弱して寝こんでいたから、阻止する者もない。略奪者たちは行く先々で火を放ったり盗んだりしながら、アーマーを突っきり、キラン山の北の谷間に入りこみ、ここでついに、あの『赤牛』を見つけた。『赤牛』はお気に入りの雌牛五十頭とともに、この谷に隠されていたのだ。包囲された『赤牛』は怒って足を踏みならし、荒々しく吠えたてたが、兵士たちは大喜びで追いたてていった。

いっぽうクーフリンはその日の一騎討ちに片をつけた後、食糧になる獲物を求めて、近くで狩りをしていた。メイヴ軍はうしろに控えた四王国全土から十分な食糧の補給を受けていたが、クーフリンとロイグは自分たちで狩りをしなければ、食べ物がなかったのだ。狩りのとちゅうで『赤牛』が連れ去られていくのを発見し、大急ぎで奪い返しにいった。クーフリンは、略奪者の首領、ビュイックの息子バンブラインを始め多くの兵士を殺したが、それでも『赤牛』を奪い返すことはできなかった。胸を焦《こ》がすどす黒い怒りに耐えて、アルスターの誇りであり、牛の世界の王でもある雄牛が南のコナハトに連れていかれるのを、黙って見ているほかはなかった。なぜならクーフリンにはどんな犠牲を払おうとも死守しなければならない、あの浅瀬があったから――この戦いのそもその原因はこの『赤牛』だったが、たとえこれを奪ったところで、戦いが終わるはずはないとわかっていた。今や敵は、略奪という狂おしい蜜の味を味わってしまったのだ。アルスターの国の誇りを汚すだけで満足するはずがない。日がたつにつれて、これが事実であることが判明した。

まさしく、メイヴ女王は誓約を一度破ったからには、もう全部破っても同じだと思うようになっていた。そこで挑戦者をひとりずつではなく、ときには十人も二十人もを束にして送りこむようになった。おかげでクーフリンはびっしりと包囲され、傷を負い、体力を使い果たして弱っていった。それればかりではない。クーフリンの身には新たな危険が降りかかっていた。ある夜、ロイグがおこした小さな焚《た》き火のそばで、疲れはてて眠ることもできずに横になっていると、闇のなかから現れるものがあった。戦車のそばの焚き火に照らされた姿は、若く美しい女だった。髪は赤く、弓なりの眉も赤く、身にまとった衣《きぬ》もマントも血のように赤い。女は暗く輝く髪がクーフリンの唇にかかるほど深くかがむと、目をひたと合わせて、その目で笑った。

クーフリンはひじをついて上体を起こしかけた。「なにものだ？　コナハトの女王の回し者なら、さっさと帰れ。のぞき見したことをなんとでも伝えるがいい」

「王の娘と話すというに、その物言いはふさわしくありませぬ」女が言った。

「どこの王だと言うんだ？」

「はるけき彼方《かなた》の国の王であり、そなたは名も知らぬ。だが彼《か》の国までも『アルスターの猛犬』とその勲《いさおし》は聞こえておるのじゃ。それをわが目で確かめようと、わらわは参った。そして今そなたを見初《みそ》め、ここ、『アルスターの猛犬』のかたわらに留まりたいと望んでおる」

女の声は低く澄んでいて、小さな銅《あか》の鈴のようだった。またクーフリンの手に重ねられた手が、女の望みを伝えていた。だが、クーフリンはそれを払いのけた。

「おれは戦いで疲れきっている。女と関わりを持つつもりはない」

女はうしろに飛びのき、クーフリンを見おろして立った。

「わらわの望みを聞かぬとあらば、仕方がない。うぬが責めを受けるまでじゃ。次に打ち合う折り、そう、あすの一騎討ちの折り、わらわは浅川の瀬の真底で、鰻《むなぎ》となりて、うぬが足《あ》にまつわってみせよう」

パチリと焚き火が跳ね、ゆらりと炎がゆれるあいだに、女の姿は忽然《こつぜん》と消え、クーフリンの頭上の戦車の枠に、巨大な黒いカラスが止まるだけとなった。カラスはあざ笑うように「カー」と一声鳴いて、パタパタと飛び去っていった。それでクーフリンは、自分が話していた相手は『戦いの女神』モリガンだったことを知った。だがロイグは槍をひざに乗せて座ったまま、炎を見てまばたきしているだけだった。近くにつながれた馬だけは不安そうにしきりに動いていたが、起こったことは夢のようでもあった。

翌朝クーフリンは起きると、ロイグを呼んで戦支度《いくさじたく》を整え、浅瀬を守るために再び出ていった。だが身体は重く、かつて感じたことのない不安を覚えていた。その日の挑戦者はモフォビスの息子のロッホだった。戦いはじめたとたんに、赤い耳の白い雌牛が土手を突進してきた。牛はクーフリンの横腹に突きかかり、剣をふるうのを妨げ、目くらましに水しぶきの幕をあげた。クーフリンは軽い投げ槍を夢中でひっつかむと、牛めがけて投げつけた。槍は牛の目に命中し、牛は女のような悲鳴をあげて消えた。ところが雌牛が消えたその瞬間に、黒い大ウナギが水中をくねくねとのたうってきて、クーフリンの足に巻きついた。クーフリンは体勢をくずしてよろめき、ウナギを引きはがそうと一瞬盾を下げた。そこをすかさずロッホがとらえ、槍で肩を突いた。大ウナギは消えたが、今度は片目で灰色の雌オオカミが水中から飛びだしてきて、のどに喰らいつこうとした。クーフリンはのけぞって、槍をオオカミに向けた。だがこのすきに、ロッホの槍はクーフリンの盾をかいくぐり、脇腹に傷を負わせた。これがかえってクーフリンの闘争心を燃えあがらせ、オオカミをむんずとつかんで投げとばした。妖《あや》かしのオオカミは、一陣の風のように消え去った。そこでクーフリンは空中高く跳び、ロッホの盾の上部から深々と槍を突き、敵の心臓をまっぷたつに引き裂いた。

ロッホは恐ろしい声でうめくと、がっくりとひざをついた。それでも槍の柄《え》にしがみついて、倒れないよう身体を支えていた。「立たせてくれ」ロッホは激しくあえいで、のどから声を絞り出した。「立たせてくれ、『アルスターの猛犬』。敵方を向いて死にたい。敵に背を向け、逃げ傷負って、死ぬは屈辱!」

「それでこそ、あっぱれ武勇に生きる者。喜んで応じよう」クーフリンは妙に静かに言うと、かがんでロッホに腕をまわして立たせ、その先の土手へとたどり着かせた。ロッホはそこで倒れ、アルスターを向いて死んだ。

ロッホの死とともに、深い疲れと悲しみがクーフリンを襲った。まるで太陽と自分のあいだに黒い翼の影がかかったようだ。今やクーフリンは多くの傷を負って弱り、長い戦いに力を使い果たしていた。これまでいったい幾人、敵として出会ったのでなければ友としたかった男たちを殺してきただろう。そのうえ幾晩も幾晩も、せいぜい槍に寄りかかって休むくらいで、一睡もせずに過ごしてきた。クーフリンは、気力も体力も限界に近づいていることを悟った。

そしてロッホが死んで二晩目のこと、クーフリンはロイグに傷の手当てをさせながら、戦車の先端に寄りかかって、敵の軍勢の方角をながめていた。もう連合軍は、浅瀬のすぐ近くまで迫っている。クーフリンはロイグに言った。「おれたちのうしろに、衰弱から立ち直りかけている者が、少しはいないだろうか。日の出とともに北へ行き、途中で馬を見つけて、エウィン・ヴァハに行ってくれ。なんとか戦士を起こして、どんなにちっぽけな軍勢でもいいから、味方を連れてきてくれ。もうこれ以上、おれひとりではアルスターの国境を守れそうにない」

「おまえひとりをここに残していくのは、つらい。だが人間ひとりの声でアルスターの全戦士をたたき起こせるものなら、必ず起こして、おまえを助けによこしてやる」

こうして朝になると、ロイグはエウィン・ヴァハに向けて出発した。だがメイヴ女王の軍勢は、突然、これまでなかったほど自分をひとりぼっちだと感じた。だがクーフリンは突然、これまでなかったほど自分をひとりぼっちだと感じた。その夜は自分で焚き火をたき、これまで幾夜もしてきたように、古代の墳墓の下でマントにくるまって横になった。冷たい風がハンノキの最後に残った枯れ葉を吹きとばそうとしていたが、ここなら風をさけることができた。晩飯の用意ができたことを知らせるロイグの軽い口笛が聞こえないのが、ひどく淋しかった。疲労のあまり、そして孤独のあまり、腕に頭をのせて、不幸せな七歳の女の子のように泣きじゃくりたかった。

しばらく横になって、対岸のマンスターとコナハトの陣営の焚き火を見ていた。なんとたくさんの焚き火だろう。それにひきかえこちら側の小さな焚き火は、ダ・デルガの墳墓のもとに、自分と同じようにひとつだけぽつんと燃えている。向こうをながめているうちに、男がひとり、大陣営を突っ切ってこちらへやってくるのに気がついた。警備のかがり火に照らされては消え、照らされては消える。だが男が通りすぎても、騒いだりふり向いたりする者はいない。男のチュニカは金の縫い取りがきらめいており、緑のまだらのマントは、銀の円盾《まるたて》の形のブローチで留められている。そして片腕で、銀の縁《ふち》と鋲《びょう》のついた黒い盾を抱え、右手には二本の槍を持っている。男はまっすぐ浅瀬に下りてきて、川を渡った。その足取りは、水中でも軽くよどみがなかった。いつだったか湿地のワタスゲの上を歩く、こんな足どりを見たのではなかったか。男が近づいてくるのを見ているうちに、クーフリンは突然、前にどこで会ったかを思い出した。

訪問者はクーフリンの上にかがみこんだ。いかめしいが慈愛に満ちた顔が、焚き火に照らしだされた。焚き火の光はにじんでいき、その男自身の放つ光に吸いこまれてしまった。「苛酷《かこく》な戦いだったな、わたしの猛犬。しかもまだ先がある。おまえは疲れ果て、傷に苦しみ、幾晩も眠っておらぬ。さあ眠るがいい、わが子クーフリン。これから三日と三晩ぐっすりと、その墓に眠る族長デルガのように静かに眠るがいい」

「でも、誰が浅瀬を守るんですか？」

「わたしが守ろう。守っているのがおまえでないことは、誰にもわからぬ」

クーフリンは絶えがたい苦しみに直面した今、父親の太陽神ルグが助けにきてくれたことを知った。それはこれまでよく知っていたことのようでもあった。こうしてクーフリンは、ネー湖の底のような深い眠りに身をまかせた。ネー湖に巣を作る黒ビーバーの毛皮のように、柔らかな闇が、彼を包んだ。太陽神ルグが傷に薬草を塗ってくれたことも、ルグが日の出とともにクーフリンの武器を取り、ふつうの人間には『アルスターの猛犬』としか見えない姿となって、浅瀬に出かけたことも、気づくことはなかった。

アルスターの男たちは、上はエウィン・ヴァハの王から、下は城門の一番若い槍持ちまで、ロイグがどれほど起こそうとしても、なすすべもなく倒れふしたままだった。だが「マハの呪い」の大衰弱は成人男子だけを襲ったために、少年組の者たちはふだんどおり訓練に励んでいた。少年たちは、英雄クーフリンがどんな苦境に立たされているか、ロイグから聞いたとたんに武器をつかみ、ある者たちは馬屋から戦車と馬を引きだしてきた。『武者立ちの儀』が近い者のなかには、彼らが少年組に入ったばかりのころ、少年たちのリーダーだったクーフリンを覚えている者がいたのだ。そして王の末息子フォラマンを先頭に、アルスターの名誉と『猛犬』の助太刀のため、連合軍征伐《せいばつ》に出陣することを決めた。少年たちは王の武器研《と》ぎの柱石のかたわらで、敵のアリル王の首をあげて凱旋《がいせん》するまでは、エウィン・ヴァハには帰らぬ、と出立《しゅったつ》の誓いを立てた。

　少年たちは敵に出くわすと、三度、ときの声も高らかに突撃した。三度の突撃のたびに敵も殺したが、そのたびに少年組も痛手をこうむった。とうとう年若の指揮官に続く、ただ一握りの少年たちが残るだけとなったが、それでも一丸となって進み、果敢に敵の槍におどりかかった。最後に残された少年は、敵の戦車と馬に踏みしだかれて散った。こうして少年たちはクーフリンに信義を尽くし、王の柱石での誓いを守った。敵のアリル王の首を槍に掲げて凱旋できなかったので、二度とエウィン・ヴァハには帰らなかったのだ。少年たちをしのんで血の涙を流したのは、ただ彼らの母親だけだった。

　これはクーフリンが死んだように眠っているあいだの出来事だった。さてクーフリンは目を覚まし、その朝が世界の始まりの朝であるかのように、身も心も力がみなぎっているのを感じた。だが北峡谷のあちこちで少年たちの死体を発見し、さらに戦場全体に散らばっているのを知ると、なにがあったのかを理解した。

　激しい憤《いきどお》りが胸を焼いた。悲憤の風が吹き荒れて、目の前が血の赤に染まった。クーフリンはからっぽの空に向かって、声を張りあげた。「おれの弟たち、おまえたちは気高くもおれに信義を尽くしてくれた。今からは、おれがおまえたちへの信義を果たす！」クーフリンは自分で鎧《よろい》をつけ、まだ近くで草を食《は》んでいた『黒のセイングレンド』と『灰色のマハ』に引き具をつけた。今回ばかりは、浅瀬で敵を待つことはしない。待つのはこれまでだ。馬に語りかけながら、モチの木のくびきのところへとつれていき、ゆれる引き具をしっかり締めた。優れた御者ならそうするように、馬を勇気づけ励ましてやり、静かに、着々と準備を整えた。だが目の奥に赤いもやが、どろどろ、どろどろと渦巻いている。耳の奥では血が、どくどく、どくどくと鳴っている。まるでオオカミの皮の太鼓のように。『褐色の肌の種族』が丘で生贄《いけにえ》を捧げて叩く、あの太鼓の響きのように。

すべての戦支度が整うと、クーフリンは戦車に飛び乗り、雄叫《おたけ》びとともにメイヴ軍めがけてまっしぐらに突き進んだ。戦車は轟音《ごうおん》をたて、両側に豪壮な水の翼をはねあげて、浅瀬を渡った。ゆれうごく戦車の床に、グッと足を開いてふんばり、両手が使えるように、手綱は腰に巻きつけた。雄叫びをあげた瞬間、これまで苦心して抑えていた灼熱《しゃくねつ》の闘争心が炸裂した。クーフリンの額《ひたい》から、火のような燃えた英雄光が発している。恐慌をきたしたアイルランドの戦士たちは武器に飛びついたが、火焔を吐く鬼神が、空飛ぶ地獄の馬を駆って襲いかかってきたとしか思えなかった。鬼神は黒く強大な嵐の翼を広げて、そこにいっさいがっさいを飲みこんで、引っさらっていくようだった。

クーフリンは敵陣に直進せずに、叫んだり、吠えたり、疾走する馬に歌いかけたりしつつ、陣地の周囲を回りながら、疾風怒濤《しっぷうどとう》の攻撃をくりだした。戦車の車輪は石を踏んで火花を散らし、軋《きし》んでかん高い音をたて、ついに地面を掘ったわだちが大陣営の壕《ごう》のようになった。ギラギラ光る大槍を電光石火と突きだす攻撃はすさまじさの極みで、雷《らい》電《でん》のように当たるものすべてを殺しさった。そのうえ戦車の車軸につけた大鎌が、ビュンビュン回って敵をなぎ倒しては、切り刻む。またたくまに死体は累々《るいるい》と積み重なり、やがて壕のなかに死体の壁ができた。クーフリンが行くところ、風は吠え狂い、恐怖と妖《あや》かしの渦巻く暗闇《くらやみ》が巻きおこった。クーフリンが怒りの叫びをあげるたびに、アイルランドじゅうの悪鬼や夜の魔物が吠えたり金切り声をあげたりして呼応した。『アルスターの猛犬』への恐怖は、妖かしへの恐怖で増大し、軍勢はただただ恐慌のうちにあった。戦士たちは右往左往し、あわてふためいてはたがいに邪魔をした。ある者は同士討ちで倒れ、またある者は狂走する馬に踏み殺された。なかにはただ恐怖のあまり、忌《い》まわしい夢に首をしめられたかのように、息ができなくなって死ぬ者もいた。こうしてその日が暮れ、一番星がまたたきはじめると、馬が疲れ果てて冷えてきた。それでクーフリンはやっと引きあげ、敵陣を離れて帰っていった。

その日メイヴ軍では、二百人近くの族長や貴族が死に、下級の戦士や馬や猟犬や女たちはいったいどれほど死んだのか、その数さえ知れなかった。

この戦いは以後『ムルテムニーの大虐殺《だいぎゃくさつ》』と呼ばれるようになった。これがクーフリンが少年組のかたきを討った、弔《とむら》い合戦だった。

第十二章　フェルディアの死

その晩メイヴ女王は、生き残りの族長や貴族を集めて会議を開き、今やあの怪物クラン・カラティンを放つ以外、クーフリンを倒す手はないと決断した。

クラン・カラティンというのはおどろおどろしい力を持った不気味な魔物で、自身とその二十七人の息子が一体となっている。つまりそれぞれの息子が父親の手足のようなもので、ちょうどニレの吸枝《きゅうし》が別の木に見えながら実は親木の一部であるのと同じだ。頭と心がひとつの戦闘集団と言ったらよいだろうか。身体に毒を持っているため、彼らが放った武器は相手の皮膚をかすっただけで、九日以内に確実に相手に死をもたらした。

そんなわけで次の朝、クーフリンが馬の世話からもどると——夜はいつものように、武装のままで横になった——この不気味な怪物が、二十八本の右手全部に槍をかまえて、浅瀬へ急いでいるのが見えた。

クーフリンは槍をつかみ、駆けだした。怪物もクーフリンを見つけて、走りだした。たくさんの脚が地面にうごめいて、まるで猟犬の群れが走ってくるようだ。こうして両者は、浅瀬で対決するため、急いで土手を駆けおりた。近くにくるとクラン・カラティンはぴたりと足を止め、アルスターの英雄めがけて、いっせいに毒槍を投げた。

槍がまだ空を飛んでいるあいだに、クーフリンも槍を投げ返し、いっぽうの盾で、怪物が投げた二十八本の毒槍をひとつ残らず受けとめた。クーフリンは血の一滴すら流しはしなかったが、大きな牛革の盾に突き刺さった槍の重さは、さすがにこたえた。それで槍の柄《え》を叩ききろうと鞘《さや》から剣を抜いたその瞬間、すかさず怪物が飛びかかってきた。その素早さは生身の人間に防げるものではなく、怪物は二十八人力の怪力でクーフリンをつかんでふりまわした。浅瀬の縁《ふち》に、鋭くとがった石がびっしり並んでいたので、怪物はうなり声をあげ、よだれをたらしながら、クーフリンの顔をこれですりつぶそうとした。

クーフリンは胸を圧迫されて息もできず、苦痛のあまり断末魔《だんまつま》のような叫びをもらした。助けを求めるその悲鳴が、アルスターの戦士のひとりに届いた。フェルグスとともに故郷を捨てた、フィラバの息子フィアハが、戦いを見ようと近くにきていたのだ。この男の胸に突然、『赤枝』に対する昔ながらの忠誠心が沸きあがった。そこで剣を抜き、クーフリンを助けに飛びこんだ。クラン・カラティンはクーフリンの顔を人殺し石ですりつぶしにかかっていたが、フィアハは満身の力をこめて、怪物の五十六本のかぎ爪の手を、すっぱりと切り落とした。

飛びおきたクーフリンの顔からは、血がダラダラと流れていた。いくつもある怪物の頭が金切り声をあげたり、うなったりしていたが、クーフリンは自分の身体の下に封じられていた剣をとって、次々切り落とした。さらにフィアハの助太刀がメイヴ女王に知られることのないよう、怪物の体を切り刻んで、手がかりをなくした。「おれの窮地を救ってくれた友やその仲間が、そのために殺されるようなことがあっては、すまないからな」クーフリンは言った。

これがクーフリンが浅瀬で戦った、最後から二番目の戦いだった。そしていちばん最後の戦いは、すべての戦いのなかでもっとも苛酷《かこく》なものとなった。

これからなにが起きようとしているか、クーフリンは胸の奥ではわかっていたにちがいない。その晩ちょうどロイグがもどってきたので、クーフリンは言った。「気にするな。味方がいなくても、おれひとりで片がつく。クラン・カラティンが死んだ今では、おれはメイヴ軍の最強の戦士の全員と戦って、勝ったんだ。ただひとりを除いてだが」

「そのひとりとは？」

「フェルディア・マク・ダマン――老フェルグスの次に、偉大な戦士だ」クーフリンはロイグから顔をそむけて、ハンノキのところへ行き、ざらざらした幹に寄りかかると、両腕のなかに顔を伏せた。

その同じ夜、メイヴの陣営はすでに川を渡り、丘を上って、岩が流れをはばむあたりで野営していた。連合軍の陣営では、豪勢な晩飯がふるまわれた――ムルテムニーのよく肥えた最高の牛を、たらふく腹に詰めこんだのだ。メイヴ女王は使いをやって、フェルディアを自分の焚《た》き火のそばに呼びよせた。フェルディアはなぜ呼びだされたのか、わかりすぎるほどわかっていたので、重い気分で女王のところに行った。

女王は戦車用の深紅の敷物を何枚も重ねて座り、戦車の車輪に寄りかかって、フェルディアを見あげた。淡い色の瞳と金髪が、火明かりを映して輝いている。女王でさえ、どう話を切りだしていいのか迷っているようだった。

「フェルディア」とうとう女王が口を開いた。「おまえとあの『アルスターの猛犬』との関係は、承知しておる。これまで一騎討ちが長く続いていたが、おまえに行けと言わなかったのは、そのためだ。だが力のある戦士で残っているのは、おまえだけとなってしまった。おまえが武器を取って戦う番がきた」

「なるほど、わたしと『アルスターの猛犬』の関係をご承知でしたか」フェルディアは女王の前に立って言った。「それでは、この件では、わたしが命令に従わないことも、ご承知のことでしょう」

「わたしはコナハトの女王であり、おまえはコナハトの戦士であることを忘れたのか？」

「忘れはしません。だがわたしは、武器を手にして友に立ち向かうつもりはありません」

「おまえの友とは、われわれ味方以外にはありえんな」女王が言った。

「では、言い直します。わたしの弟に立ち向かうつもりはありません」フェルディアは青い目を槍のようにまっすぐに向けて、メイヴの淡い色の目を見た。

女王であるメイヴが身を乗りだした。「では弟よりも甘美なものを、おまえにくれてやろう」

「いったい、なんのことでしょうか？」

「わたしの娘のフィンダウィルを美しいと思わぬか？　武器を取って、クーフリンと戦うのだ。その代わりもし勝ったら、『あでやかな眉のフィンダウィル』を娶らせよう」

フェルディアは女王の申し出の意味を、十分わかっていた。世継ぎの姫と結婚すれば、彼女が女王を継いだときには、自分はコナハトの王となる。「つまりいつの日か、アリル王のような偉大な権力者になれると、そうおっしゃるのですね？　お情け深いお言葉には、感謝いたします。だがわたしは、そのような望みは抱いておりません」

長い沈黙が続いた。夜風が炎とたわむれ、向こうで杭につながれた何頭もの馬が足踏みする音がする。メイヴ女王の目が、フーッとうなる前のヤマネコのように細くなった。

しかもその目が、これもまた猫のように、爛々《らんらん》と光っている。「なるほど。女王の贈り物も、コナハトへの忠節も、おまえを動かすことはできないとみえる。だが、フェルディア・マク・ダマンよ、このことを考えてみるがいい。アイルランドの全戦士のなかで、猛犬と戦えというわたしの命令を拒絶したのは、おまえひとりだ。なぜなら、あれは友だから、とおまえは言う——ああ、なんと美しく、気高く聞こえることか——だが、それをほんとうだと、人は信じるだろうか？　ほんとうは怖いからだと、人は思うのではなかろうか？」

「陣営の仲間から、わたしは信頼されている」フェルディアが言った。

「陣営の仲間だと？　浅瀬で命を落した者たちのことか？　彼らはコナハトの名誉を命よりも重んじたから、死んだのだ。西の島、常若の国《ティル・ナ・ヌオグ》で、彼らは言わぬものだろうか？　フェルディア・マク・ダマンは自分たちを裏切り、見捨てたと。おまえの裏切りは、竪琴弾き《たてごとひ》のさぞかっこうの材料となるだろうよ。いつか族長たちの炉ばたという炉ばたで、臆病《おくびょう》なおまえの裏切りの歌が歌われることだろう。おまえは女王の娘を娶《めと》るつもりはないと言ったが、さて、おまえが未来永劫《えいごう》の恥を受けたなら、いったいどこの女がおまえと結ばれたいと思うだろうか？　困窮した仲間を見捨てたフェルディア・マク・ダマンと、いったいどこの戦士が酒杯を分かちあおうとするだろうか？」

フェルディアは心臓が七つ拍《う》つあいだ、立ったまま、火の向こうのメイヴを見つめていた。唇までが、幽霊のようにまっ青だった。やがて身体をひるがえし、悲哀と苦い怒りを胸に大股で出ていき、御者を探すと、命令した。「馬を用意しろ。暁《あかつき》の最初の光が射すまえに、すべての準備を整えるんだ。浅瀬に向かうぞ」

この話は、カサコソささやく真冬の風のように、陣営じゅうに伝わった。フェルディアの配下の戦士たちは、胸を痛めた。指揮官はもう生きては、クーフリンの浅瀬から帰るまいと思ってのことだった。

空にはもう光の気配があるものの、世界はまだ影のなかで眠っている。フェルディアは浅瀬についたが、まだクーフリンの姿は見えなかった。そこで戦車から毛皮の敷物を持ち出して横になり、クーフリンが来るまで、耳をそばだてたままの狩人《かりゅうど》の仮眠をとった。

御者が呼ぶのを聞いて、フェルディアが目を覚ましたときには、あたりはすっかり明るくなっていた。戦車の音が近づいてきたが、見る前から、クーフリンの戦車だとわかっていた。

戦車は土煙を上げながら、つむじ風のように浅瀬に下りてきた。クーフリンが戦車から飛び降り、背の高い赤毛の御者が戦車と馬をわきに寄せた。クーフリンとフェルディアはそれぞれの側の土手に立って、たがいに相手を見た。「とうとう来たか、フェルディア。兄と信じたおまえなのに」クーフリンの声が悲哀に満ちていた。「毎日、もしかしたら、と心配はしていた。だが心のうちでは、おまえは来ないだろうと望みをかけていた」

「来ないわけがない。おれは、ほかの者と同じコナハトの戦士だぞ」フェルディアは乱暴に言い返した。

「ああ――だがスカサハのところで武芸を学んでいたときは、おれたちはどんなときも肩を並べて、ともに戦った。同じ道をたどっていっしょに狩りをし、日が暮れれば、ともに食事をし、杯を分けあい、ひとつ寝床で眠りを分けあった。ちがうか？」

フェルディアは泣いているような声をだした。「おれたちの友情のことは、もう言うな。ぜんぶ忘れるんだ！　そんなものは、もう無用だ。聞こえたか、『アルスターの猛犬』？　もう、無用だ！」

クーフリンは、空いているほうの腕を動かしたが、それはまるで、翼を折られた鳥のような不思議な仕草だった。「ではしかたがない、忘れよう。どう戦うか、おまえが武器を選べ」

「おれたちは、軽い投げ槍の腕が、自慢だったな」フェルディアが言った。

そこで軽い投げ槍を、それぞれ御者に戦車から持ってこさせた。その日の午前中は浅瀬の両岸から、槍を投げあった。槍はヒュンヒュンと飛ぶトンボのように、すばやく川を行き来した。ふたりとも投げる腕もたいしたものだが、相手の槍を盾で防ぐのも見事だったので、昼になっても血の一滴すら流れていなかった。ふたりは槍を、青銅の切っ先の重いものに変えた。夕方までにはそれなりの傷を負ったが、傷の程度はどちらも同じだった。やがて夕闇が濃くなり、標的が見えなくなったので、ふたりはハンノキの下で、戦いを中止することを決めた。

「これで、一日の戦いは終わりだ」クーフリンは、武器を御者に投げ返した。

それからふたりは浅瀬のまんなかに走り寄り、たがいの肩に腕をまわして抱きあった。そしていっしょにアルスター側の土手にもどった。その夜、ふたりの戦士はたがいに傷の手当てをし、食糧を分けあい、ふたつの戦車の間に敷物を広げて、いっしょに眠った。そのあいだ、彼らの馬はともに冬のわずかな草を食《は》んでいたし、彼らの御者はともにひとつの焚き火で暖をとっていた。

明け方にふたりは起きて、大麦パンとチーズを少し食べると、また浅瀬に出かけた。今度はクーフリンが武器を選ぶ番だった。その日一日、戦車に乗ったまま、大身《おおみ》の突き槍で戦う接近戦が続いた。夕刻、冬の入り日が水面をかすかにきらめかせて消えるころには、馬も御者も憔悴《しょうすい》しきり、ふたりの戦士は深手を負って、かみつきあったイノシシのように血まみれだった。ふたりは血煙がたった突き槍をわきに放り投げると、浅瀬に飛びおりていって、ひたと抱きあった。その晩も、前の晩とすっかり同じだった。クーフリンとフェルディアはかつて少年のころそうしたように、一枚の掛け布にもぐって眠った。

　翌朝、ふたりが盾を手にしたときに、クーフリンはこらえていたものをぶちまけるように、フェルディアの肩をつかんで言った。「フェルディア、ああフェルディア、なんだって女なんかのために、おれとの戦いを請けあったんだ――あの女がほうびを約束したのは、おまえだけじゃない。自分の戦士の半分を、ほうびで釣ろうとしていたんだ――浅瀬をあけわたす代わりにと、このおれさえ釣ろうとしたくらいだ」

「ほうびとは、コナハトの世継ぎの姫のことか？」フェルディアは苦々《にがにが》しげに答えた。「おれはそんなものなど、気にかけたこともない。だが、もし浅瀬に来なければ、ロスコモンどころかコナハト全土で、おれは恥を受けただろう。おれの名誉を未来永劫おとしめてやると、あのメイヴ女王が誓ったんだ！」

「それじゃあ、おまえは、おれより自分の名誉を選んだんだな」クーフリンの声は、悲しみのために重く沈んでいた。

　フェルディアは顔をあげて、なにも言わずに友を見ていた。その様子は「スカサハの少年たちのなかで一番強かったのは、おれではなかった」と言っているようでもあった。

「きょうはおまえが武器を選ぶ番だ」とクーフリンは言った。

　その日は冬の薄い日が射しているあいだじゅう、流れのただなかで、重い鉄の葉剣《ようけん》で戦った。たがいに何回も相手に深手を負わせたものの、勝負はつかなかった。だがその晩、明るいオリオン座の星がハンノキの枝越しに霜をきらめかせたときには、ふたりの戦士は離れた場所で眠っていた。馬も離れて草を食み、御者もそれぞれ別の焚き火にあたっていた。

次の明け方、フェルディアは目を覚ましたときに、きょうが最後の戦いになるだろう、と予感がした。戦いの結果がどうでるか、自分でよくわかっていた。自分の手で、念入りに戦支度《いくさじたく》を整えた。絹の縞《しま》の胴着の上に、革鎧《かわよろい》をまとい、腹には平らな石を巻き、その上から鉄の胸甲《きょうこう》をつけた。クーフリンが今日こそは魔の槍、ガー・ボルグを使うだろうと考えたからだ。エナメルで装飾された、羽毛つきの兜《かぶと》をかぶり、剣を下げて、五十個もの青銅の突起が突きでた牛革の大盾を持った。こうして浅瀬に行き、自分の陣地の側へと渡った。クーフリンを待っているうちに、突然、気分が高揚してきた。フェルディアはやけっぱちの陽気さで、道化師がりんごでお手玉をするように、槍を放りあげては受けとめて遊んでいた。

『アルスターの猛犬』クーフリンは、浅瀬の自分の陣地で、これを見ていた。それから肩ごしに、御者のロイグに言った。「ロイグ、ひとつ頼みがある。もしおれが劣勢になったら、おれを馬鹿にして、怒らせてくれ。カッとすれば、おれは奮いたって死力を尽くすから」そういえば、初めて『跳躍の橋』を跳んだときに、フェルディアはまさにそうやって、自分に力を発揮させてくれたのだ。それを思うと、クーフリンは女のように泣きたかった。

それでも、川の向こうに呼びかけた。「今日使うのは、どの武器だ？」

「おまえが選ぶ番だぞ」フェルディアが答えた。

「それなら、どれでも、なんでも、ありにしよう」クーフリンが言った。

その朝は、太陽が真上にくるまでずっと槍で戦ったが、どちらも相手を打ち負かすことはできなかった。それでクーフリンは剣を抜いてかまえ、フェルディアの防御をかいくぐって、一撃をくらわそうとした。三度空中に跳びあがって、必殺技で相手の盾を叩き割ろうとしたのだが、そのたびにフェルディアは盾の前面で防ぎ、とうとうクーフリンを水の深いところにはね飛ばした。ここでロイグがクーフリンを怒らせようと、大声で悪口を並べたてた。「おーい、簡単に投げられたな！ まるでくさった棒きれが川に落ちたみたいだ。おつぎは、粉々にされるぞ、石臼でオオムギを挽くみたいにな！ このチビ野郎め、今度自分を戦士などと言ったら、アルスターの女たちの笑いものだぜ。女たちは笑いすぎて病気になっちまうとよ！」

ロイグの悪口で、ついにクーフリンにあの灼熱《しゃくねつ》の闘争心がもどってきた。突然、長身のフェルディアより、もっと背が高くなったように見え、額《ひたい》に英雄光が光りだした。ふたりの戦士はたがいに相手に飛びかかり、ハッシとからみあったまま、あっちによろけ、こちらによろけた。その間、悪魔や死の精霊《バンシー》や谷間の異形《いぎょう》のものすべてが、飛びかう刃のまわりで渦を巻き、奇声を発した。川の水までもが流れ方を忘れて、浅瀬から巻きあがっていったので、しばらくは、乾いた地面の上での戦いとなった。

やがてクーフリンはグラグラする石でよろけて、一瞬無防備になった。フェルディアはこの機を逃さず、剣で一撃し、クーフリンの肩に傷を負わせた。鮮血が石に飛びちり、川は深紅の水の束を流した。この血でフェルディアは逆上したかのように、クーフリンを攻めたてた。突いたり叩いたり、まるで止まることを知らない金髪の鬼神さながらだった。ついにクーフリンはそれ以上持ちこたえられなくなり、魔の槍『ガー・ボルグ』を投げろ、とロイグに叫んだ。

フェルディアはすばやく盾を下ろして自分の胴体を守ろうとしたが、防げるものではなかった。クーフリンはロイグが投げた魔の槍をつかむと、飛びあがって、フェルディアの盾の上側から、下に向かって突き刺した。槍は、フェルディアの腹の石を砕き、鎧を突き破って、腹と胸の間を深くえぐった。ついにフェルディアの偉大な心臓は破れ、その命が外へとほとばしった。

「終わった」フェルディアが絶えだえに言った。「無念だ！　おれの死はおまえのものだ、クーフリン、おれの弟。おまえの勝ちだ！」

クーフリンはフェルディアが倒れたのを受けとめ、土手に運び――憎いコナハトの岸で死なせないよう、アルスターの岸に――横たえた。海がいくつも押しよせてくるかのように耳がとどろき、目の前は闇となった。クーフリンは、友の身体を両腕に抱いたまま、その上におおいかぶさった。

ロイグはかがんで、必死にクーフリンを立たせようとした。「立て！　立ってくれ、クーフリン！　最後の勇者が死んだからには、連合軍が攻めこんでくるぞ！」

「どうしてふたたび立ちあがれるだろう？　おれは、おれの兄を殺してしまった」

クーフリンはそのまま暗闇《くらやみ》に沈んだ。メイヴ女王の軍勢がアルスターの谷間になだれこんでくる、そのひづめの音も、勝利の戦歌をどなる声も、いっさい聞こえはしなかった。ロイグに戦車に運ばれ、ファド山の北峡谷の避難場所をめざして、一目散に戦車で疾走したことも、いっさい知ることはなかった。

第十三章　牛争いの結末

「アルスターの男は殺され、女は連れ去られ、牛が略奪された。クーフリンがたったひとりでアイルランドの四軍と戦って、北峡谷を死守しているぞ！」ロイグはエウィン・ヴァハじゅうを叫んでまわった。だが、ふぬけのようになった戦士たちの耳には入らなかった。わずかに頭をふるものがいるだけで、それもガチョウがケール畑を荒らしているぐらいにしか聞こえないらしい。

絶望したロイグは、赤枝の馬屋から新しい馬を引きだすと、クーフリンのところに飛んで帰った。だが、実はロイグの叫びを受けとめた者がいたのだ。女たちだった。「王様、聞こえないのですか？　お立ちください、コノール・マク・ネサ王！　病にかかる前に一度でも戦士だったことがあるのなら、立つんです。そして戦士たちを起こし、クーフリンを助けにいってください！　アイルランドのほかの国々が軍を並べて、アルスターの入口に迫っています。それをせきとめているのは、『アルスターの猛犬』ひとりです。力をふりしぼって、立ちなさい、コノール・マク・ネサ王！」

ゆっくりと『大衰弱』は解けていった。戦士たちのしびれた頭に、女たちの言葉が届きはじめ、どんよりと虚《うつ》ろだった目が、元の赤枝戦士団の目にもどっていった。彼らの妻が知っており、彼らの敵も忘れない、あの戦士の目に。そしてついにコノール王が立ちあがった。ケシの実の汁を飲んだかのように、まだ身体がけだるかったので、大広間の中央の柱にもたれていたが、それでも力強い誓約をたてた。「死者を呼びもどすことはできぬ。だが、天はわれらの上にあり、大地はわれらの下にあり、海はわれらを囲んでいる。この大地の裂けてわれらを呑まぬ限り、海の逆巻いて大地を呑まぬ限り、そして天落ちてわれらを星で砕かぬ限り、われらは誓いを破ることあたわず。女という女をすべて元の炉ばたに帰し、牛という牛をすべて元の牛小屋に帰すと誓言する」

それから、メイヴ女王がコナハトでやったように、黒いヤギを殺して『古《いにしえ》の血の召集』をかけることさえ命じた。こうしてアルスターじゅうをくまなく、東の端から西の果てまで、最北端の岬からムルテムニーの国境まで、召集がかかった。さらに王は、馳《は》せ参ぜよ、とたくさんの戦士を名指しした。生きている者だけでなく、ずっと以前に死んだ者まで呼んだのは、王の頭が『大衰弱』のなごりでまだ少しぼけていたからだった。

やがて『大衰弱』がアルスター全土から消えていき、召集をかけられた戦士たちは、勇んでぞくぞくと集まってきた。国じゅうのありとあらゆる場所が、剣や槍を石で研《と》ぐ音、武具を締める音、戦車に馬をつなぐ音でわきかえった。

数日のうちに、軍備は整った。軍勢の半分は王自身が率いてエウィン・ヴァハから南へと向かい、残りの半分はウティカの息子ケルテアが率いて、メイヴ軍の戦車の跡を追うようにして、西から進軍した。途中で王の軍勢は、ミースの略奪軍百五十余名が女たちを数珠《じゅず》つなぎにして、牛のように追い立てていくところにぶつかった。王の軍勢は、それ血祭りとばかりに、略奪者をひとり残らず斬り殺して、女たちをそれぞれの炉ばたに帰してやった。

メイヴ軍は、アルスター軍接近の報を受けて、すでにコナハトに向かって退却中だった。とてもではないが、無傷のアルスター軍と戦える状態ではなかったからだ。だが『殺戮の丘《スレモン・ミディ》』に到着すると、二手に分れたアルスター軍に、巧妙に挟み撃ちにされたことがわかり、どうしても一戦交えないではすまなくなった。さしもの勇猛な女王も重い気分で、以前も斥候《せっこう》をさせたマク・ロトを呼び、ガラハ平原のアルスター軍を偵察し、その規模と兵力を報告せよと命じた。

マク・ロトは出発し、『殺戮の丘《スレモン・ミディ》』の北の斜面から平原を見渡した。長いこと手をかざして真剣にながめたあげくに、見たことを女王にどう報告したものか、困惑しながらもどってきた。

メイヴ女王は警護のかがり火の近くに座っていた。冬の終わりにしては暖かな夜だったが、なぜか心の芯まで寒いように思えたのだ。女王のかたわらには、フェルグス・マク・ロイがひざに剣を置いて、悠然《ゆうぜん》と黒いオオカミの毛皮の上に座っていた。

「それで、なにが見えたのだ？」女王が尋ねた。

「平原を見ると、まずシカなどの獣《けもの》がたくさん見えました。獣たちは、夏の暑い日に炉ばたの火から逃げるように、みな一目散に南に走っていました」

「炉ばたの火から、逃げたわけではない。アルスターの軍勢が森のなかを近づいてきたから逃げたのだ」フェルグスは茶色いひげに埋もれて、笑っていた。

「そうしているうちに霧が谷間に流れてきて、丘の頂《いただき》だけが、白い海のなかの島のように、取り残されたのです。霧のなかは見えませんでしたが、なかから雷鳴が聞こえ、稲妻のような光が見えました。それから突風が吹いてきて、もう少しで足をすくわれるところでした。それ以上見るものはなかったので、ご注進にと、もどった次第です」

「この話をどう考える？　魔術だろうか？」メイヴ女王はかたわらのフェルグスのほうを向いて問うた。

フェルグスはまだあごひげのなかで笑っていた。「いや、魔術ではござらぬ。霧は、軍勢が行軍中に吐く息であろう。稲妻は、怒った目が発する光であろう。そして雷鳴は武器や戦車がぶつかる音と、軍馬のひづめの轟《とどろ》きであろう」

「わが軍とて、やつらと戦う戦士に不足のあるはずがない」メイヴが言った。

「これほど戦士を必要としたことは、いまだかつてありませんぞ」フェルグスがまだ笑いを含んだまま言った。「わが女王に、申しあげる。猛《たけ》り狂ったアルスターの戦士におじけづかずに立ち向かえる者は、全アイルランド、いや全世界を探したところで、めったなことでは見つかりますまい」

これを聞いて、メイヴ女王は立ちあがった。「では、試してみるまでだ」

両軍は『殺戮の丘《スレモン・ミディ》』の麓《ふもと》のガラハ平原で激突した。連合軍を率いるのはメイヴ女王その人と、フェルグス・マク・ロイ。フェルグスは、両刃の大太刀を帯びていたが、これは戦場でふりまわすと、七色の光を発して虹の弧を描くと伝えられる名剣だった。

フェルグスは三度、敵の心臓部に突っこみ、ついにコノール王の前に立ちふさがった。

「ディアドラとウシュナの息子の仇《かたき》、思い知れ！　おれの息子の仇も、とらずにはおかぬぞ！」大音声《だいおんじょう》もろとも太刀を振りかざし、王の金縁《きんぶち》の盾に斬りつけた。

そのとき、フェルグスと肩を並べて戦っていた、コノール王の息子コルマク・コリングラスがふたりの間に割って入り、大声で諫《いさ》めた。「やめろ、赤枝の戦士フェルグス！　相手が王であることを思い出せ！」この声で、フェルグスはハッと向きを変えた。すると目の前に『勝利のコナル』の顔が見えた。コナルは傷を負ったらしく血だらけだったが、抜き身の剣をひっさげたまま、笑っていた。

コナルが大声で言った。「やりすぎだ、フェルグス！　淫《みだ》らな女ひとりのために、同郷の仲間を敵にまわすなど、貴公とも思えんぞ！　頭を冷やせ！」これを聞いたフェルグスはうめき声を発し、コナルにも、ほかのアルスターの戦士にも背を向けて、去っていった。もっとも彼が復讐を誓った理由のなかで、ディアドラは一番小さい理由だったのだが。だが燃えあがったフェルグスの闘争心はいっこうに冷めず、自分でもなにをしているかわからないままに、虹の太刀を丘に向かってふりまわした。おかげで、ミースの三つの丘は、頂が切りとられ平らになったのだと、今日まで言い伝えられている。

クーフリンは気を失ったまま山の隠れ家にいたが、武器がぶつかりあう音が丘々にこだまし、この地まで響いてきた。音はクーフリンの暗黒の眠りを揺さぶり、意識をこじあけ、しきりに呼びかけた。ついにクーフリンは我に返り、顔をしかめてあたりを見まわした。御者のロイグが、シダを敷いた寝床の足元に座りこんでいるのに、やっと気がついた。「丘をゆるがすあの音は、いったいなんだろう？」

ロイグは立ちあがると、クーフリンの上にかがみこんで答えた。「アルスターの男たちがついに衰弱から目覚めて、参戦したんだ。今聞こえたのは、フェルグス・マク・ロイがやつの大太刀をふるった音だ」

「では、おれも行かなければ」クーフリンは飛びおきた。例の灼熱《しゃくねつ》の闘争心に火がついたらしく、体がふくれあがり、背も高くなった。おかげでロイグが傷口に巻いた、予備のマントを裂いて作った包帯ははじけとんだ。クーフリンはロイグに向かって叫んだ。

「なんだってポカンとつっ立っているんだ？　鎧《よろい》をつけるのを手伝ってくれ。それから戦車に馬をつなげ！」

そんなわけで両軍の前に、クーフリンの戦車が、轟音《ごうおん》を響かせもうもうと土煙《つちけむり》を上げて疾走してきた。味方は勝利の鬨《とき》の声をあげ、敵は恐怖の叫び声をあげた。「『アルスターの猛犬』だ！　『アルスターの猛犬』だぞ！」

クーフリンは天翔《あまが》ける戦車の後ろで一声吠えると、雷電《らいでん》のように戦場に突進した。

クーフリンが昂《たかぶ》りの極みにあったときに、フェルグス・マク・ロイが前を横切るのを見つけて、叫んだ。「おーい、こっちを向け──こっちだ、フェルグス。水たまりの泡みたいに、吹きとばしてやるぞ！　猫のしっぽみたいに、丸めてやるぞ！　母親がちっちゃいのをおしおきするように、おしおきしてやるぞ！」

「馬鹿なことをほざいているのは、どこのどいつだ？」フェルグスは御者から手綱を奪って、戦車を急転回させた。

「みんながおれの名を呼んでいるのが聞こえないのか？　『アルスターの猛犬』のクーフリンだ！　さあ今こそ、あの浅瀬で約束した残りの半分を果たしてもらうぞ！」

渦巻く戦いの喧噪のただなか、ふたりは戦車越しに、一瞬見つめあった。フェルグスは「約束の半分、しかとわきまえた」と言葉を残すと、御者に戦車の向きを変えるよう命じて、戦場から去っていった。

フェルグス離脱の報が戦塵《せんじん》のなかに広まると、レンスターの戦士もマンスターの戦士も、みな後を追った。おかげで影が長くなりはじめたころには、メイヴが維持していたのは、自分の七人の息子とコナハト軍、ただそれだけとなってしまった。それでも残った戦士たちは、追いつめられたイノシシのように猛烈に戦った。

クーフリンが戦いに加わったのは真昼を過ぎてからだったが、夕日がヒースの枯れ野を輝く金色に染めたころには、彼の偉大な戦車はふたつの車輪を残して、肋材《ろくざい》はばらばらとなり、牛革は裂けていた。そしてコナハト軍はと言えば、ついにロスコモンめがけて、命からがらの逃走を始めていた。

追跡隊の一翼を率いたクーフリンは、壊れた戦車の下にかくれようとしている、取り乱した女を見つけた。二頭の馬はくびきにつながれたまま死んでいる。女はクーフリンのほうに手を差し伸べて叫んだ。「慈悲だ！　コナハトのメイヴに慈悲を！」

クーフリンが言った。「おれは女を殺すつもりなどない。それが味方に見捨てられた女王であってもな」

「あいつらにモリガンの呪いあれ！　とりわけアリル王の上に！」

「あんたは長いこと、その王とやらを、猟犬のように綱につないでいたじゃないか。その綱が切れた今、あちらはあんたになんの借りもない。ここに残ってあんたを守って死ねとは、虫がよすぎる要求というものだろう」

とはいえクーフリンは、自分の戦士たちを呼び集めた。誰も女王をさげすむこともなく、『勝利のコナル』の戦車に乗せてやり、まわりを守ってシャノン川を安全に渡らせ、アトロンへと帰してやった。「これでコナハトも、もう気安くアルスターに牛捕りにくることはあるまい。しばらくのあいだはな」クーフリンは言った。

こうして『クェルグニーの牛争い』は終わった。だが結局『赤牛』はコナハトの牛の群れに入ることはなかった。なぜなら『赤牛』が来たとわかると、アリル王の『白牛』が足かせを壊し、地響きをたてて一戦を交えにやってきたのだ。二頭は女王の放牧場で、群れの支配権をかけて争った。その戦いのものすごさといったら、地面がゆれ動き、足音や吠え声で丘がうち震えるほどだった。ついに『赤牛』が『白牛』を殺して上に乗り、足で踏み潰し、角で切り裂き、その肉片を勢いよくふりまいた。ちぎれた肉は、クルアハンから上王の住むターラにまで飛んでいった。だが『赤牛』は吠えながら走っていき、最後には心臓が破れ、黒い血を吐いて息絶えた。その場所は、今日まで『雄牛の峰』と言い伝えられている。

さて、クルアハンの城の奥では、アリル王がメイヴ女王にこう言った——王は、これまでメイヴ女王に向かって出したことのない声を出していた。「わが国は、わが名と、それからそなたの名において、アルスターと七年間の和平を結ぶこととする」

メイヴ女王はアリル王に復讐をしたいと思ったものの、そうはしなかった。あのとき、自分がいかに人心を掌握《しょうあく》していなかったか、身にしみていたからだ。そこで、ただこう言った。

「わが国だと？　七年後も自分はまだコナハトの王と、信じているようだな？」

「どんな男も――いや、女もだが――七年後にまだ息をしているかどうか、誰にも分かったものではない。だが七年後にわしがまだコナハト王だろうとなかろうと、この国のあちこちの炉ばたに空いた席を見れば、人々は思い出すだろう。あのとき、アルスターに牛捕りに行くよう命じたのは、そなただったということをな。だからもう一度そんなことをたくらみでもしようものなら、軍勢を率いるおまえの力は、今回よりさらに無力なものとなるだろう！」

第十四章　やってきたコンラ

浅瀬の戦いでフェルディアが死んでから、時が流れ、また流れた。クーフリンは、身体の傷は癒えたものの、心は深い傷を負ったままだった。何事にも喜びを見いだすことができず、狩りに出ても、竪琴《たてごと》弾きの歌を聞いても、エウェルの手に触れてさえ、少しも楽しむことはなかった。だがそれでも、少しずつ少しずつ、何カ月かがやがて何年かとなるうちに、クーフリンの心の傷口もゆっくりとふさがっていった。たぶん傷の痛みが完全に消えることは、生涯ないのだろう。だが表面は、昔のクーフリンがもどってきた。生命の炎がふたたび高らかに燃えて、目の前にやってくるどんな冒険にも、昔と同じように応じるようになった。

どれほど多くの冒険が訪れたことだろう。向こうからやってこなければ、自分のほうから探しに出かけた。一度などは、常若の国《テイル・ナ・ヌオグ》を訪れて、神族の『素早き剣さばきのラブリド』のために戦った。海神マナナーンの妻のファンに出会って、新月から次の新月まで愛しあったのは、このときのことだった。クーフリンはすぐに恋に落ちるかわりに、エじきにその新しい恋人を忘れてしまい、一日の狩りを終えた狩人《かりゅうど》が家に帰るように、エウェルのところにもどってきた。このときも、そうだった。エウェルは、夫が自分から帰ってくるまで待つことを学んでいたので、ダンダルガンのりんごの木の下でじっと待っていた。

クーフリンが武芸の修行に出てから、何年もの時が流れていた。クーフリンはあの『金髪のアイフェ』のことも、その後出会ったほかの女たち同様、すっかり忘れたのだろうか。そうとも言えるし、そうでないとも言えた。というのもエウェルには、いっこうに子どもが授かる様子がなかった。そこでハーリングをしている少年たちを見かけることがあると、クーフリンの心に、自分の息子が遠い『影の国』のどこかで育っているかもしれないという思いが、つとよぎるのだった。そんなときエウェルはクーフリンの心中を察し、小さな鋭い刃物で胸を刺されるような痛みをあじわった。

さてある夏の日、コノール王と何人かの戦士たちは、彼方《かなた》にダンダルガンを望む浜辺に集い、波打ち際のきめ細かな白砂の浜辺で、馬を競わせていた。そのとき一艘の小舟が、カモメのように波間をすばやく縫って、海岸へと向かってくるのが見えた。船にはなめし革でなく、青銅の薄い板が貼られていて、なかでは少年がひとり、金色の櫂《かい》を握っていた。少年の見事な金髪は、陽の光と踊る波の反射を受けて、金の櫂よりもいっそうキラキラしていた。舟のなかには石の小山があり、王と領主たちが見ていると、少年は投石器に石をつがえて、頭上を回ったり下りたりしてくる海鳥をねらい打ちした。とはいえ少年は鳥を殺さず、生きたまま足元に落ちるように、正確にねらいをつけていた。そして落ちてきた鳥は拾いあげ、やさしくなでてやってから、けがひとつ負わせず青い空に放すのだった。そのほかにもいろいろと、めずらしく不思議な技をやってのけ、浜辺で見ている男たちに、うれしそうに見せびらかした。

だがコノール王は砂州《さす》に近づいてきた小舟を見ながら、白髪の筋が増えてアナグマのようになった頭をふって、こう言った。「もしあの子の国から大人の男たちが攻めてきたら、われわれは、ひき臼のなかの大麦のように、粉々にされてしまうだろう。あの少年は行った先々で災《わざわ》いを起こす、とわしは見てとった。なぜならあの子が大人になったとき、彼を満足させるほど広い土地など、どこにもないからだ！」そして、小舟の竜骨が白砂をこすると、横に立っていたフィンタンの息子のケテルンに言った。「あの少年に、やってきた海をそのまま帰るよう命じてこい」

だがケテルンが王の言葉を伝えると、少年は鼻で笑って、きかん気の仔馬のように頭をふりあげた。「他国の人間に対して、たいした歓迎ぶりだな！　そう言われても、帰るものか」

「これはわたしではなく、王の言葉だ」ケテルンは言った。

「王の言葉でも、だれの言葉でも、帰るものか！」少年は答えた。

それでケテルンは王のところにもどり、少年がどう言ったかを伝えた。

コノール王は『勝利のコナル』のほうを向いて言った。「おまえが行って、わしの言葉をもっとはっきり伝えてくるがいい——必要とあらば、手荒に扱うのもやむを得まい」

そこでコナルは青銅の葉剣《ようけん》を抜き、砂州に向かって大股に歩いていった。少年はコナルが来るのを見ると、石を投石器につがえ、高らかな勝利の雄叫《おたけ》びとともに、コナルめがけて飛ばした。石はコナルの頬をかすめ、そのあおりを喰らってコナルは倒れた。コナルが起きあがって海水を吐くより早く、少年はコナルの上に飛びのり、相手の両腕を背中でねじって、コナル自身の盾の紐で縛りあげてしまった。

王は、少年の力を見て、ますます危険だという確信を深めた。少年がどこから来たのかを聞きだそうと、次の戦士を送りだした。だが次から次と戦士をやっても、少年は、彼らを『勝利のコナル』と同じようにやっつけてしまった。

少年にやりこめられた赤枝の戦士が二十人を越えたときには、王はあせりを感じて、フィンタンの息子ケテルンに言いつけた。「ダンダルガンまで馬を飛ばして、クーフリンを連れてまいれ。『勝利のコナル』さえ歯が立たなかったあの少年だが、クーフリンなら片づけることができよう」

そんなわけでケテルンは自分の馬にまたがり、砂塵《さじん》を巻きあげて、何マイルか先のダンダルガンへと駆けていった。

クーフリンは、王から召還《しょうかん》命令が届いたときには、妻のエウェルといっしょに女たちの部屋にいた。ただちに応じようと、武器を手にしかけたところを、エウェルが引きとめた。エウェルは刺繍《ししゅう》を手に、柔らかな長椅子に座っていたが、すっくと立ちあがってクーフリンの腕をつかんだ。「クーフリン、行かないでください！」

クーフリンは憂《うれ》いを含んだ顔に、笑いを浮かべた。「行くなと言うのか、王のお召しだというのにか？」

エウェルは即座に言った。「あなたは病気ですわ。頭が痛いと、ついさっき言ったばかりではありませんか。さ、今すぐ、ベッドでお休みにならなくては。王にはわたしから、そのようにおことわり申しあげますから」

「エウェル、ばかなことを言うな。おれは頭など、少しも痛くない。なぜ行ってはいけないのだ？」

「わかりません。でもわたしの心に黒い影がさしていて、それはあなたから来ている……。アイフェが産んだあなたの息子というのは、その少年のような子どもかもしれない。わたしにはそんなふうに思えてなりません」

クーフリンは剣を取り、腰に差した。エウェルはクーフリンがなんとしても行くつもりであることを見てとった。それで新婚当時よくやったように、彼の首にぎゅっとしがみついた。「聞いて、わたしのあなた、わたしの猛犬さん。お願いだから、王のもとへは行かないでください。わたしは不安でたまらないの。もし行ったら、あなたは自分の息子を殺すはめになるかもしれない」

だが、クーフリンはエウェルにくちづけをし、彼女の腕をはらった。「さあ、放しておくれ、いい子だから。王が、このよそ者と戦えとおれを呼んでおいでだ。たとえ相手が息子のコンラであったとしても、必要とあらば、殺さなければならない。アルスターの名誉を守るためだ」

「名誉ですって！」エウェルは叫んだ。目がぎらぎらと激しく燃えていた。「名誉、名誉って、男はいつも名誉を持ちだすのね！　真実よりも、愛よりも、名誉が大事なのよね。そうやって男たちは永久に殺しあい、殺されあうんだわ。後に残された女たちの心を引き裂いたことなど、ご立派な戦士さまがたにとっては、さぞどうでもよいことなのでしょうね」

「エウェル、エウェル、りんごの木の下で、おれが初めておまえを求めたときには、おまえはそんなことは言わなかったじゃないか？」

「あの頃のわたしは、まだ小さな青いりんごだった――あの頃にくらべれば、わたしも少しはものを知るようになったのです――わたしがその子の母親だったかもしれないのですから」

だがクーフリンはエウェルの言葉をほとんど聞いていなかった。大股で戸口に向かい、ロイグを呼んで戦車の準備をするよう、命じていた。

馬がくびきにつけられ、勢いよく走って前庭へ連れてこられると、クーフリンは戦車に飛び乗り、自ら手綱を握った。クーフリンは槍や盾を持つ必要のないときには、よくこうして戦車を御すのだった。クーフリンの戦車は、ケテルンの後を追っていった。

海ぞいを走って、白砂の広がる浜辺に到着すると、そこには王とその側近が待ちあぐねた様子で、馬のそばに立っていた。何人かは、傷やら、縛られてできたみみずばれやらの手当てをしていた。問題の少年は波打ちぎわに立っていたが、浜辺に到着したときと同じように元気いっぱいに見えた。投げ槍を軽く放って光る弧を描いたり、槍を陽光のもとで回転させ、穂先を小さな太陽のようにきらめかせたりと、遊んで時間をつぶしていた。

クーフリンは戦車から飛びおりると、ロイグにその場で他の者たちと待つように命じ、ひとりで前に進んでいった。「ぼうず、うまいこと武器を使って遊んでいるな。おまえの国では赤ん坊にそんな遊びを教えるのか?」

少年は笑いながら答えた。「やぶにらみでないやつだけにだよ。この遊びはそれなりに危険だからね」それからまた槍を回転させて、空中に投げた。そして、穂先がクーフリンの胸先わずか指一本のところを回りながら落ちてくるのを、さっとつかんだ。

クーフリンはびくともせずに「いずれにしても見事なものだ」と言った。

「教えてくれ、ぼうず。おまえはだれで、どこから来た？」

「言うわけにはいかないんだ」少年は、今度は静かに槍を手にしていた。

「アルスターの国境《くにざかい》を越えていながら、名前も、どこから来たかも言わなければ、この先、長く生きる望みは持てないが」

「そうかもしれないけど、でも言わない」

「ではなにも言わぬまま、死ぬ覚悟をするがいい」

「覚悟はできている」少年が言った。その言葉が終わるか終わらないうちに、ふたりは同時に砂州に飛びだした。しばらくは剣で戦った。足もとでは海水が飛び散り、ふたつの刃からは火花が飛び散っては、海風に消えた。クーフリンは自分に匹敵する剣の使い手に出会ったことを知り、互角に戦えるという激しい喜びに胸をつらぬかれた。やがて少年は手首をすばやく返す絶妙の技を見せて、クーフリンのゆれる黒髪の一房だけをスッパリと切りおとした。

クーフリンはのど元で鋭く笑うと、自分の剣をうしろの砂地に投げ捨てた。「剣技はここまでだ」そして山猫のように少年に飛びかかった。少年は同じように剣を捨て、波の寄せる平らな岩場に飛び移った。ここなら柔らかい砂の上より、足場が安定する。ふたりは四つに組み、たがいに素手で相手を投げ飛ばそうとした。少年が気合いを入れて踏んばったために、少年の足は岩の中までめりこんだ――おかげでこの土地は、後に『足跡ガ浜』と呼ばれるようになった。クーフリンは渾身《こんしん》の力をこめたが、髪の毛一筋ほども少年を動かすことはできなかった。

長い長い戦いだった。まるで二頭の強い雄ジカが、群れの支配を争っているようだ。だが、さすがのふたりも疲れの色が濃くなり、岩の上での踏んばりがきかなくなった。突然ふたりは組み合ったままザザッと滑り、悲鳴と武器ががちゃつく音を響かせて、浅い海が泡だつなかに転げ落ちた。上になったのは少年で、腕でクーフリンを捕らえたまま、ひざを胸にかけて海中に組み敷いた。クーフリンは溺《おぼ》れかかった。胸が焼けるように苦しく、耳はガンガン鳴り、目はくらんで闇となった。息が止まりかかったが、そのときかすかに、浜辺から叫ぶ声が聞こえた。そして、なにかがブーンと音を立てて、ふたりがのたうちまわっているあたりに飛んできた。クーフリンは渾身の力をふりしぼって、片方の腕を自由にすると、つと伸ばした。そこに、尾の長い魚が沸きたつ海水を切って泳ぐように、大槍が届いた。手が柄《え》をつかんだ瞬間、ロイグが『ガー・ボルグ』を投げたのだとわかった。クーフリンは気が遠くなりながらも、半身を起こして腕を引き、死のひと突きを見舞った。手応えがあり、同時にクーフリンの胸にぞっとする記憶がよみがえった。槍はかつて浅瀬でフェルディアの腹を裂いたのと同様に、今、少年の腹を裂き、砂州全体を血の赤に染めていた。

「そんなのスカサハは教えてくれなかった」少年が叫んだ。「おれは傷を――傷を負った――」

クーフリンは少年の弱った身体を引きはなすと、持ちあげて岩の上に置いた。おかげで少年の指に、金の指輪があるのがわかった。十五の夏をさかのぼった昔、自分がアイフェに与えた、あの指輪が。

クーフリンは少年を腕に抱いて、海から運び、コノール王とアルスターの貴族たちの前の、白い砂の上に横たえた。「わが息子コンラを仕留めました」クーフリンの声は、暗く冷たかった。「アルスターもアルスターの名誉も、もうこいつを恐れる必要はありません、わが王よ」

「この人が王?」少年はまだ息があり、弱々しく聞いた。

「こちらがコノール・マク・ネサ王。おまえの親族《うから》であり、王だ」クーフリンはひざまずいて少年の体を支えて答えた。

「もしおれがあと五年生きて大人になって、あなたの戦士の仲間になったら、おれたちは世界を征服したかもしれませんね――ローマの門までも――その先までも」そして少年は、もう遠くに行ってしまった者のような目で、父親の顔を見あげた。「でも、こういうことになってしまった。せめて父上、ここにいる有名な戦士たちを教えてください。おれはよく、赤枝の戦士のことを思っていた。だからむこうへ行く前に、戦士たちの顔を見せてください」

そこで赤枝の戦士たちは代わるがわる少年の横にひざまずいて、名を名乗った。すると少年は言った。「ああ、偉大な戦士たちに会えて、とってもうれしいや。でも、もう、行かなくちゃならない時がきた」そして父親の肩に顔をうずめて、生まれたばかりの赤ん坊のようにか細く、もの悲しげな声で、一度だけ泣いた。こうして少年から命が消えていった。

アルスターの戦士たちは、海岸のまばらな草地に少年の墓を掘り、深い悲しみをこめて墓碑を立てた。ハリモクシュクの木陰に、ツノゲシが黄色い花をひらひらと咲かせる場所だった。

クーフリンが『ガー・ボルグ』を使ったのは、生涯において、これが二度目で、そして最後だった。この槍で一度目は最愛の友を、二度目は自分の一人息子を殺したのだ。

第十五章　カラティンの魔女娘たち

コンラの死後、『アルスターの猛犬』には、暗い影がつきまとうようになった。同時にアルスターの国そのものにも、人知れず暗い影が差していた。

そう、こんなふうに。

ガラハの戦いの後、コナハトのメイヴ女王は、アルスターのコノール王とのあいだに、七年間の平和の取り決めを結んだ。だがメイヴの心の奥に棲《す》む獰猛《どうもう》な闇が、クーフリンを殺せと猛《たけ》っていた。自分が舐めたあの屈辱と損失は、すべてあの男のせいではないか。自分だけではない、コナハト全体があの男ひとりにしてやられたのだ。そのうえ悔しいことには、アリル王までが、このメイヴを打ち負かした気になっている。メイヴは、胸に巣くった復讐の芽をどう実らせようかと、機会をねらっていた。

しばし待つうちに、絶妙な手段が転がりこんできた。クーフリンに殺された怪物クラン・カラティンの妻は実は子を宿していたのだが、夫の死後まもなく三人の娘を産んだのだった。三人とも父親似で、不気味な姿をしており、毒ヒキガエルを何匹も集めたほどの毒を持ち、ひとつ目でしかも邪悪だった。メイヴはある日、この娘たちが母親の足元で、泥炭の灰のなかにうずくまっているところに通りかかり、三人が生まれつき凶暴で、不吉な力がすでに芽生えていることを見てとった。そこで早速三人を母親から離して、魔術を学ばせるために、アイルランドはおろか、ブリテン島や、遠くはバビロンにまで送りだした。バビロンこそは、予言や呪術、妖術を学ぶための暗黒の妖都だった。

彼女たちは人間とは異なり、成長も早ければ学ぶのも早く、七年で完全に成長した。実の父親でさえ、戦うのは二の足を踏んだだろうほどの恐ろしい技と力を身につけて、クルアハンに帰ってきた。こうして魔女娘三人は、クーフリンに向かって雌オオカミのようにけしかけられる日を、メイヴ女王のひざ元で待ちうけることになった。

メイヴ女王は他にもクーフリンを憎んでいる者たちを呼び寄せた。集めるのになんの苦労もなかったのは、『アルスターの猛犬』のような生き方をしていれば、敵を作らないはずがないからだ。その筆頭はターラの上王エルクで、コナハト軍に参加した父のカルブリがクーフリンに討たれていた。またエウェルに求婚していたあのマンスターの王もいたし、ケリーのクーロイ王の息子ルギーもいた。クーロイ王とは、クーフリンを『アイルランド一の英雄』と判定したあの王のことだ。なぜルギーが、かつてはクーフリンの友人だったにもかかわらず敵と変わったかについては、こんなわけがあった。

クーロイ王の妃ブラニッドは、判定を仰ぎにやってきたクーフリンを見て、胸のうちに恋の炎を燃やしたのだった。熱い想いを一年以上も胸に秘めていたのだが、クーロイ王と激しいいさかいを起こしたときに、決心をした。クーフリンのもとに女奴隷をつかわして、夫からひどい虐待《ぎゃくたい》を受けていると、偽《いつわ》りの訴えをさせたのだ。そして、なんとかクーロイの城に助けにきてほしい、城の近くの森に部下とともにひそんでいてくれたら、城を攻撃すべき時を、小川の水を白くして合図する、と頼んだ。それだけでなく小さな青い火をおこし、長い黒髪をひとすじ取って、クーフリンが必ず来るようにと歌の魔法をかけ、伝言を届ける役の女奴隷に持たせたのだった。

そういうわけでクーフリンは手勢を連れてやってきて、森にひそんだ。王が家をあけたそのとき、ブラニッドは王が誇りとしている、赤耳の白牛三頭の乳をしぼって、小川に流した。小川は白く変わり、クーフリンがひそんだ森へと流れていった。

クーフリンと仲間たちは森を出て、城を襲った。だがクーロイ王はなにか怪しいとにらんでいたので、実はひそかに城にもどっていたのだ。おかげでクーフリン一行は奇襲をかけるどころか、クーロイ王を中心に武装した戦士たちが手ぐすね引いて待っているところに飛びこむはめとなった。戦いは激しく、長く続いた。それでも最後にはクーフリン側が敵を破り、クーロイ王を殺し、王妃ブラニッドを連れだした。クーフリンはブラニッドをエウィン・ヴァハに連れていくつもりだったのだが、結局運命はそれを許さなかった。なぜならクーロイ王のお気に入りだった詩人のフェルハトネという者が、自分も主君から解放されて喜んでいるふりをして、いっしょについてきたからだった。フェルハトネは実は主君の仇《かたき》を討とうとして、旅のあいだじゅう、ずっと機会をねらっていた。とうとうある夕方のこと、ブラニッドがベアラの崖に立って海を見ていると、そばに近寄って抱きつき、もろともに崖から飛びおりたのだ。ふたりはまっさかさまに、波立つ海へと落ちていき、岩にあたって砕け散った。

この事件ゆえに、かつては友人だったルギーは、クーフリンを憎むようになり、メイヴ女王の求めに、喜んで応じたのだった。

メイヴは、アルスターの戦士たちは最大の力を必要とするときにかぎって、また『大衰弱』に襲われることを知っていた。そうなれば彼らが回復するまで、北峡谷を守るのは、今度もクーフリンひとりだろう。「ただし」メイヴは言った。「今度は前回よりも、いっそう強力な軍勢を集めずにはおかぬ」。そこでルギーを南にやって、マンスターの王を呼び寄せ、エルクをレンスターにやって、族長たちに参戦を呼びかけた。

老フェルグス・マク・ロイに声をかける者がいなかったのは、「フェルグスがわれわれのなかにいる限り、『猛犬』を倒すことはできぬ」とメイヴが言ったからだった。メイヴはカラティンの魔女娘たちを呼び、フェルグスを無気力にさせる魔法をかけさせた。

おかげでフェルグスは、自分の領地の外の世界にはまったく注意を払わなくなり、自分の砦に引きこもったままとなった。

こうして四王国連合軍は、再びクルアハンの神族の丘近くに集結し、ここからブリギアとクェルグニーの平原に向かって出発した。

コノール王のところに、マンスター、コナハト始め、全アイルランドの軍勢がアルスターの国境を襲撃中という知らせが届いた。だがすでに王は『大衰弱』にかかっており、アルスターの全戦士も自分と同じ状態であることを、痛いほど知っていた。ただひとり、ムルテムニーの自分の城にいるクーフリンだけが例外だろう。そこで王は、エウィン・ヴァハのなかで最年長の女である元乳母のレバルハムを呼び、こう言った。「クーフリンのところに行き、ここに連れてきてくれ。メイヴがまた軍勢を集めたのは、クーフリンを打ち負かすためなのだ。あいつを守るためには、ここにかくまわねばならぬ」

老女は困ったように言った。「来ないとおっしゃったら、どうしたらいいのでございますか？　あのお方は、ご自身の命を大切にはなさりませぬゆえ」

「ばかを言うな！　あいつを守るためだなどと、少しでもおまえが口をすべらせれば、あいつは絶対に来るわけがない。そうではなく、王たるコノールがアルスターを救うために、クーフリンの力を必要としている。だからすぐに来い、と言うんだ」

そこで老女レバルハムは王の言葉を携《たずさ》えて、ダンダルガンに行った。クーフリンは初めのうちは老女の言葉を聞こうとしなかったが、最後には説得に負けた。ロイグを呼んで、戦車の準備をするよう命じた。クーフリンが戦支度《いくさじたく》を整えるあいだに、エウェルは自分の馬車を呼び、女奴隷や砦の子どもたちや大切な牛を、キラン山の、ここなら安全だろうと思える秘密の谷へと、みんな送りだした。それからクーフリンとエウェルだけが、レバルハムとともにエウィン・ヴァハへと向かった。

一行が王の城に着くと、女たちや竪琴《たてごと》弾きや詩人たちが出迎えた。『大衰弱』は戦士たちを襲ったが、竪琴弾きや詩人はのがれていた。みんなでクーフリンとエウェルを歓迎し、赤枝の宿舎に連れていくと、宴《うたげ》を開き、甘い竪琴の調べでもてなした。彼らは実は、王にこう言われていたのだった。「クーフリンをなんとかして、メイヴ女王の憎しみと『魔女娘』の闇の力から守らなければならぬ。おまえたちに預けるから、おまえたちがしっかり守ってくれ。クーフリンがその力を失うことがあれば、それはアルスターの繁栄が永久に失われることを意味するのだと、しっかり肝に命じておけ」

いっぽう、四王国の連合軍はすでにムルテムニーに達していたが、ダンダルガンにクーフリンがいないことがわかると、ただちに次の手を打った。三人の魔女娘が風に乗ってエウィン・ヴァハに飛んできて、城の下の草原にしゃがみこみ、芝草を引き抜きはじめた。こうして魔術で、芝草の茎としおれたハンノキの葉と綿毛の玉から、強力なまぼろしの軍勢を作りだしたのだ。そのためクーフリンは、敵が押しよせ、四方八方から戦士たちの叫び声や城が炎上する煙が上がっていると思いこみ、仰天して席を蹴《け》たてて、表に飛びだそうとした。エウェルと側にいた者たちは、必死の思いで引きとめた。クーフリンに向かって、あれはクラン・カラティンの魔女の妖術だと大声をあげ、クーフリンが死の戦いにおもむくのを止めようとした。するとクーフリンは麻薬による眠りから覚めた者のように、あたりを見まわし、ふたたび席につき、額《ひたい》を両手で押さえた。だがふたたび錯乱に襲われ、席から飛びあがって剣を抜き、外に出て戦おうとした。これがくり返され、そのたびに、引きとめるのは前よりいっそう困難になった。

　こうして三日が過ぎ、クーフリンの頭はますます錯乱し、闇に呑みこまれていった。なにしろ戦の音がひっきりなしにとどろいており、そこに神族の竪琴の調べが入りまじった。頭のどこかでは、あれは魔法なのだという老カトバドの言葉を信じていた。ドルイドの祖父が「あと数日だけ、じっとがまんしておれ。あれは七日間の魔法で、自然に燃え尽きるのだから」と語ってきかせたときには、聞き入れたようにさえ見えた。そして『勝利のコナル』のもとに急使が立ったと聞くと、うなずいた。コナルは年貢を集めるために島々を回っていて、アルスターにはいなかったので、『衰弱』を逃れたにちがいなく、数日のうちにクーフリンを助けにもどってくるだろう。ところがどれほどわかったつもりになっても、クーフリンは何度も何度も飛びあがっては、いつもの雄叫《おたけ》びをあげ、まぼろしの軍勢と戦おうとした。激しくもがくクーフリンに飛びついて引きとめるのは命がけとなった。

四日目の朝、コノール王は起きあがり、痛みでもうろうとした頭をのろのろと働かせて、カトバドとエウェルと赤枝の宿舎にいる残りの女たちを呼び寄せた。そのなかには、『勝利のコナル』の妻のレンダウィルもいた。どういうわけかクーフリンは、レンダウィルの言うことには素直に従う傾向があったからだ。毛皮を重ねた寝台のまわりに集まった者たちに向かって、コノール王は聞いた。王の言葉はせっぱつまっていた。「あと一日か二日、クーフリンをおまえたちのなかに安全に留めておくにはどうすればよいか、考えついたか?」

「考えに考えましたけれど、どうすればよいかわかりません」レンダウィルはこう言い、知恵を使いはたしたとでもいうように、指の関節を噛んだ。

「仕方がない。ではわしの考えどおりにするがよい。クーフリンをここから『無音の谷《グレン・ナ・ボーダ》』へと連れていけ。アイルランドの全戦士があの谷の入口で、どんなに大きな叫び声を上げようとも、あそこにいればなにも聞こえはしないから。クーフリンをあそこに連れていって、魔法が切れ、『勝利のコナル』が助けにくるまで。留めておくのだ」

それに対して、エウェルが応えた。「わたしは皆さんといっしょにまいるわけにはいきません。ムルテムニーにメイヴ軍が攻めてきたなら、わたしはダンダルガンの館を守らなければなりません。一族の者を指示する者がいなければ、誰が牛小屋を守ってくれるでしょう。あの人の世話は、レンダウィルにお願いします。あの人はレンダウィルの言うことなら、よく聞きますから。わたしの言うこととなると、聞いてくれたためしがないのです」エウェルは苦々《にがにが》しげにではなく、たんたんとほんとうのことを言った。

話はまとまり、カトバドはクーフリンのところに行って言った。「わが孫クーフリンよ、おまえは籠に入れられたハヤブサのように、ここに閉じこめられていたな。ところで今日わしは、竪琴弾きや詩人や赤枝の女たちのために、宴を開こうと思う。おまえもいっしょに来るがいい。おまえはいつも竪琴の音楽が好きだった。だから今日、生きているうちにはめったに聞けないような竪琴の調べに耳を澄まそうではないか」

「ここに飽きたということもないし、だいいち音楽を聞くような気分にはなれません」

クーフリンは押しよせる戦いの音にこぶしを握りしめて、こう言った。

「宴の招待を断わってはいけないというのが、おまえの禁戒《ゲシュ》ではなかったかな」カトバドが言った。

「フェルグス・マク・ロイのときもそうだったが、あげくにどうなったか、ご存じのはずだ！　なんてことだ！　こんなときのんびり宴に出られるわけがない！　アルスター全体が炎に包まれ、アルスターの男たちは『衰弱』で身動きができないというのに。しかもおれがおびえた野ウサギのように逃げだしたと言って、全アイルランド軍があざ笑っているというのに」

「それでも禁戒《ゲシュ》は破ってはいけない、と知っておろう」

エウェルがクーフリンの首に腕をまわして、抱きしめた。「猛犬さん、わたしの猛犬さん、これまでわたしは一度だって、あなたを冒険から引きとめようとはしなかった。どんなに危険が迫っていたときでさえ。だから、今度だけはわたしの言うことを聞いてください。わたしの初恋の人、男という男のなかで一番愛しい人。どうかカトバドとレンダウィルといっしょに行ってください」

さらにレンダウィルがクーフリンのところに行き、その手を取った。「ね、聞いて、クーフリン。敵のアイルランドの男たちが笑っていられるのは今だけの話だわ。『勝利のコナル』がもどってくるのを待って、それから存分に戦えばいい。そうじゃなくて？」

女たちは長いことなんだかんだと言いたて、結局クーフリンが折れた。クーフリンはエウェルに別れを告げ、むっつりと黙りこんだまま、ロイグが赤枝の宿舎の前庭に回した戦車に乗りこみ、どこへだろうと行くがよい、と彼らに身をまかせた。

こうしてクーフリンは『無音の谷《グレン・ナ・ボーダ》』に連れていかれた。そこがどこだかわかると、両のこぶしを打ちあわせて、激しくののしった。「最悪だ。よりによって、ここに来るとはな。『猛犬』が尻尾を巻いて逃げだしたと、さぞやアイルランドじゅうの戦士の物笑いの種となることだろう」

ロイグがすかさず言った。「おまえはレンダウィルと約束したぞ。彼女がいいと言うまでは、敵と戦わないとな」

「くそ！　だがそれがほんとうなら、交わした約束は守るべきだ」クーフリンは言った。

馬のくびきが外され、『灰色のマハ』と『黒のセイングレンド』は、谷間で自由に草を食《は》んだ。カトバドは前もって召使いに家を準備させており、全員がそこに招きいれられた。クーフリンは一段高いテーブルのまんなかに座らされ、赤枝の大広間に招かれたときと同じように、まわりではおもしろおかしい見世物がくり広げられた。主役のクーフリンは暗い顔をして、弦《つる》を張りすぎた弓のように神経をはりつめていた。浮かれ騒ぎの音をかいくぐって聞こえてくる物音に、耳をそばだてていたのだ。

長く待つ必要はなかった。それというのも魔女たちは、クーフリンが赤枝の宿舎からいなくなったことに気がつくと、枯葉が舞いあがるように空の高みへ上り、吹きすさぶ強風に乗って、アルスターじゅうを飛びまわった。森や谷をシラミつぶしに探しまわったあげく、ついに『無音の谷《グレン・ナ・ボーダ》』にやってきた。眼下では、ほかの馬や戦車に混じって、『黒のセイングレンド』と『灰色のマハ』が草を食み、そのそばでロイグが槍に寄りかかっているではないか。これで魔女たちは、この谷のどこかにクーフリンがいることを知った。つむじ風に乗って下りてくると、森の木々の間に建物を見つけた。なかからは笑い声や竪琴の調べが漏れてくる。

魔女たちは、前と同じく、アザミの茎と小さな綿毛の玉としおれた葉っぱを集め、それらをまぼろしの大軍勢に仕立てあげた。おかげで谷の向こうの全世界で大軍勢がうごめいているかのように、いたるところから荒々しい叫び声や話し声、傷ついた者のうめき声や女たちの泣き叫ぶ声、馬のいななき、悪魔の高笑い、進軍の角笛《つのぶえ》の音などが聞こえてきた。まるでアルスター全土が燃えているように、あちこちで炎と煙も上がった。

カトバドの宴の広間に、この阿鼻叫喚《あびきょうかん》が届いた。なんとかしてこの魔性の物音をクーフリンの耳に入れないように、男も女もいちだんと高い笑い声をあげ、竪琴に合わせて大声で歌い、手拍子を打つなど、思いつく限りのことをやってのけた。だが、そうやっても音を完全に消すことはできない。クーフリンは飛びあがって、敵がアルスター全土を略奪しているのが聞こえないのか、と叫んだ。

だがカトバドがクーフリンの前に立ちはだかり、肩をぐっとつかんで言った。「ほっておけ。あれは魔女たちが作ったニセの音だ。おまえをこの安全な場所から引っぱりだして、命を奪おうと算段しておるのじゃ」

クーフリンは顔をそむけ、広間の棟木《むなぎ》をこぶしで叩いたので、指から血が流れた。だが座り直して、頭を抱えた。カラティンの娘たちはその間も攻撃の手を休めず、まぼろしの軍勢のかん高い雄叫《おたけ》びは、谷間の空気を震わせせつづけた。しまいに魔女たちは、カトバドとあの女と竪琴弾きたちが団結していては、力が及ばないと悟った。魔女たちのなかでもっとも恐ろしいのはベーブだが、ついにベーブが館の戸口へとやってきた。そして、レンダウィルの侍女のひとりでここには来なかった者に変身すると、レンダウィルに話があるから来てほしいと、手招きをした。

レンダウィルは、エウィン・ヴァハからの知らせを持ってきたのだろうと、戸口へ行った。ベーブは唇に指を当てて、レンダウィルと侍女たちに自分のあとをついてくるよう促した。それから、もう少し先まで、もう少し先まで、と一行をうまく言いくるめて、長い道のりを谷底まで引っぱっていった。これで館から十分に離したと判断したところで、まわりに濃い霧を起こし、女たちにさまよい歩く魔法をかけた。おかげで彼女たちはさまよいつづけ、帰る道すじを見つけたときには、もうおそすぎた。

ベーブは今度は魔法でレンダウィルに変身し、宴の場へととって返すと、なかに入ってクーフリンのひざに身を投げた。そして憔悴《しょうすい》した目つきで、金髪をふりみだして訴えた。「クーフリン、立ちあがって！　ダンダルガンが燃えていて、ムルテムニーは襲撃され、アルスター全体が敵に踏みにじられている！　こうなれば男たちはみんな言うでしょう。わたしが悪いのだ、わたしがあなたをひきとめたからだって。だから、急いで、急いで行って！　でないと、わたしはコノール王に殺されるわ！」

「まったく女は信用できない」クーフリンが言った。「世界じゅうの宝をもらってもおれを行かせないと言ったのは、ほかならぬおまえだったじゃないか！」そう言いながらもクーフリンは立ちあがり、マントをひっかけて急いで出ていきながら、ロイグに馬をつなぎ戦車の用意をしろと命じた。カトバドと残った女たちがついてきて、なんとか引きとめようと力の限りをつくしたが、鬼火とか山の霧とかを指でつかもうとするようなもので、もうまったく不可能なことだった。というのは、あたりには阿鼻叫喚がとどろき、クーフリンの目には、連合軍がアルスターを踏みにじり、エウィン・ヴァハとダンダルガンの屋根は紅蓮《ぐれん》の炎と煙に包まれ、エウェルの死体がダンダルガンの防壁から外に放りだされる様子が、見えていたからだ。

ロイグはできるだけ時間をかけて、クーフリンの命令に従った。これまでけっしてなかったことだが、初めて暗い気持で戦車の準備をした。そしていつものように馬を呼ぼうと、馬に向かって手綱を振ると、なんと馬が言うことをきかない。鼻息を荒くして頭を振りあげ、白目をむきだして、神経質そうにぐるぐる回っていた。とくに『灰色のマハ』は絶対に、ロイグを近づけようとしなかった。

「これは悪いことが起こる前兆だ」ロイグはうめいて独りごとを言い、クーフリンのところに行った。

「今日、『灰色のマハ』をくびきにつけたいのなら、おまえが自分でやってくれ。これまであいつはおれに逆らったことなど一度もない。だが、おれの国の人々が誓う神々に誓って言うが、今日のあの馬には、おれは触ることさえできない！」

それでクーフリンが手綱を持って近づこうとしたが、『灰色のマハ』は、ロイグのときと同じように、クーフリンのことも寄せつけなかった。クーフリンは頼んだ。

「おーい、兄弟。これまでそんなふうに気むずかしかったことなんか、なかったじゃないか。おれが好きなら、こっちへ来てくれ。おれたちはアルスターの敵をやっつけに行かねばならない。おまえとおれとでだ」

そう言われて、ついに『灰色のマハ』はやってきたが、うなだれていた。立って手綱をつけられているあいだ、馬はぼろぼろと悲しみの血の涙を、主人の足元に落としていた。

第十六章　クーフリンの最期

いよいよ戦車の準備が整った。まわりの者たちがなにを言おうとどうしようと、結局なんの役にも立たなかった。クーフリンは悪夢にとりつかれたかのように、ムルテムニーへと出発した。速く、もっと速く、と狂ったようにロイグを叱咤《しった》しつづけ、おかげで戦車はゲイル風に乗った雷雲のように疾駆《しっく》した。通りすがりの木も草も、大嵐に出会ったかのように、ビュービューと激しくなびいた。クーフリンの耳からは合戦の音が去らず、目には炎と、悪鬼のような軍勢と、惨《むご》たらしいエウェルの死体が防壁から投げ捨てられるさまが映りつづけた。

だが、りんごの林に囲まれたダンダルガンに到着してみると、館はなんの変哲《へんてつ》もなく、そのまま建っていた。エウェルはひだのある深紅のマントをまとい、金の髪飾りをゆらして出迎えた。エウェルは戦車に手をかけて言った。「お帰りなさいませ、ご主人さま。

さあ、降りてくださいな。夕食が待っていますから」

「それどころではない。おれは四王国の連合軍と戦わねばならない――集合した軍勢が見えたんだ――あいつらが火を放ち、エウィン・ヴァハの城までもが炎上しているのがこの目に映った」

「それこそカラティンの魔女の妖術です。お願いです、そんなものに惑わされないで！あと二日で、魔法は解けます。そして『勝利のコナル』があなたといっしょに戦うために、自軍を引き連れてやってきますから」

「『勝利のコナル』を待ってはいられない！　おまえは、おれの言葉が聞こえないのか。おれには見えるし、聞こえるんだ。今、この瞬間もだ――心臓がひとつ拍《う》つあいださえ、むだにはできない！」

　エウェルは、どうやっても引きとめることはできないと悟った。夫はその魂まで、妖術にからめとられていた。「せめて道中、のどが渇かないように、ワインを一杯持ってきます。それをのどに流しこむあいだくらい待てるはずです」

　エウェルはこう言って走り去り、ギリシアのワインを年代物の琥珀《こはく》の杯に入れて、持ってきた。そのあいだもクーフリンはくびきにつながれた馬のように、イライラと落ちつきがなかった。ところが差しだされた杯をかがんで取ろうとしたとき、クーフリンはアッと叫んで、身を引いた。エウェルがかかげた杯に満ちていたのは、血だった。

「なんということだ！　妻に血の飲み物を差しだされるとは！　なるほど他の者たちから見捨てられるのも当然だ」

エウェルは急いで杯を奪うと、血を捨てて、もう一度ワインを満たした。だがその杯も、そして三度目の杯も、クーフリンが受けとろうとするたびに、ワインは血に変わった。三度目のときには、クーフリンは杯を家の柱石に叩きつけた。琥珀の杯は金の花びらのように砕け、血は柱石に飛び散った。

「おまえのせいではない。おれはついに運命に見離されたようだ。これでよくわかった、おれは今度ばかりは戦場からおまえのところに帰ることはなさそうだ。だが、それもよかろう。おれは『武者立ちの儀』を決めたときに、自分で自分の運命を選んだのだ。自分がどうなるか、とっくに承知している」

「お願い、待って！」エウェルは戦車の側面をつかんで、必死で頼んだ。「待って、待つだけでいいの。そうすれば、また運命の風向きが変わるから！」

「むだだ。どんな力も世界じゅうの黄金も、おれの運命を変えることはできない！　そしてエウェル、おれの心のハヤブサ、おまえがなんと言っても同じだ。『アルスターの猛犬』は初めて武器を持ったその日から、戦いの角笛《つのぶえ》に尻ごみしたことは一度もない。それを、いまさら変えてたまるか。偉大な名は死んでも残る、と人は言う」

そう言ってクーフリンは身をかがめ、一度だけエウェルにくちづけをした。唇が傷つくほど激しいくちづけだった。それから彼女の手を戦車の縁《ふち》から払いのけ、ロイグに向かって叫んだ。「出発だ、兄弟。長い道草を喰ってしまった！」

馬は突き棒を喰らって飛びだし、クーフリンとエウェルのあいだに土煙が舞いあがった。戦車は南へと、ゲイル風に追われる嵐雲のように飛んでいった。

ほどなく浅瀬につくと、川岸に乙女《おとめ》がひざまずいていた。肌は凝乳《カード》のように白く、たらした髪はエニシダの花のように黄色い。かたわらに血で汚れた衣服が積んであり、乙女はこれを洗っていた。そして洗いながら、愛しい者を失った女たちがそうするように、嘆きの涙にくれていた。乙女が朱《あけ》に染まった胴着を水から上げたとき、クーフリンはそれが自分のものであることに気づいた。

「あれが見えないのか？　この最後の警告さえ無視して、おまえはこのまま行くというのか？」ロイグが言った。

「このまま行こうが引き返そうが同じだ。おれの運命はもう決まっている」クーフリンは言った。その声も目も、突然狂気からさめたように、彼本来のものにもどっていた。「それに神族の女が、血のついた、おれの衣服を洗っているからなんだと言うのだ？　おれはまだ敵の戦士と槍の試合を終えたわけではない。血に染まって倒れるのはおれではなく、敵のほうかもしれない」こう言ってから、ロイグにふりむいた。「だが、よけ

ろ

これば、おまえは帰ってくれ。これはおまえの運命ではないのだから。エウェルのところにもどって、伝えてくれ。あいつとの別れにおれの胸がどれほど痛んでいるかを。これまで何回も、見知らぬ場所や最果《さいは》ての国から、喜びいさんで彼女のもとへと帰ったのだから」

「わざわざ言わなくても、彼女は分かっている。おまえの運命は、ずっとおれの運命でもあった。いまさら変えることはできない」ロイグはこう言うと、馬をなだめて水のなかを進めた。川を渡ると、乙女は、鬼火が消えるように、ゆらゆらとゆれて消えていった。乙女がいた場所には、一本のハンノキが、長い穂を水になびかせて立っているだけだった。

後ほど、ミードホンからルアヘアへ向かう道を進んでいくと、道のわきに三人の薄気味悪い老婆がいるのに出会った。みな左目がつぶれており、馬はその姿におじけづいて後ずさりした。老婆たちは木の枝を燃やし、犬の肉をナナカマドの枝に刺して、焼いていた。クーフリンは、老婆たちが良い兆《きざ》しではないことがわかっていたから、できれば避けて通りたかった。だが老婆のひとりが声をかけた。「ちょっと寄っておいきよ、クーフリン。いっしょに食べようや」

「それはできない。今は食べているひまなどない」クーフリンは答えた。

「これが立派なご馳走だったら、寄っていく気だろ。みすぼらしい、卑しい身分の者の誘いだから断るなんて、立派な戦士のやることじゃないやね！」

そこでクーフリンは、礼節を守るために、ロイグに馬を止めさせた。そして戦車から降りて、老婆のひとりから犬の肩肉を受けとって口に入れた。とはいえ、自分の名となったクランの猛犬のために、犬の肉を食べないことを禁戒《ゲシュ》としたことを、忘れたわけではなかった。だが、こうも考えたのだ。「どのみち同じことだ。おれがなにをしようが、しまいが、運命はもう決まっているのだから」それでも注意して、肉は右手でなく、左手で持った。食べたとたんに、左手は痺《しび》れて、その力を失った。

クーフリンは戦車に飛びのると、ロイグにひたすら速く走れと命じ、ミードホンとルアヘアを結ぶ道を驀進《ばくしん》した。北峡谷を抜け、ファド山の麓《ふもと》を行く険《けわ》しい道だった。クーフリンの心に、七年前にここを駆けぬけたときのことがよぎった。

さて、カルブリの息子エルクは偵察隊の戦車の先頭に立って、ファド山のすそ野の林を駆けていた。そこへもうもうと土煙をあげて、クーフリンの戦車がやってきた。額《ひたい》から発する英雄光に照らされて、土煙は輝かしく紅《くれない》に染まり、まるで夕焼け雲のようだった。手にした槍の刃も紅く染まり、頭の上には『戦いの女神』の大カラスが羽ばたいていた。「クーフリンだ。クーフリンがやってくるぞ！」エルクはまわりに向かって叫ぶと、馬を返して、後続の軍勢のほうへと向かった。

「クーフリンが炎の雲につつまれてやってくるぞ！　とうとう魔法で引っぱりだされた！　だが魔法で弱っている様子はないから、ゆだんするな。皆のもの、心して戦え！」

連合軍は石灰を塗った盾を構えた歩兵を並ばせて、盾の防壁のような陣を張り、鬨《とき》の声をあげた。歩兵の持つ槍の穂先が、夏の森の葉のようにびっしりと並んでいる。歩兵隊の両側と、隊列の間、間には戦車が配された。

こうしてアイルランドの軍勢は、さながら武器でできた森のように、ムルテムニーの平野全体、ファド山からキラン山の麓の斜面までをおおいつくして、待ち構えていた。クーフリンはそれを見て、ロイグにさらに速く駆けろと叫んだ。戦車は神速で歩兵の上を走りぬけ、クーフリンは『勇者の雷鳴』の早わざで鬼神もかくやの攻撃をくり返した。

おかげで敵の死体は累々《るいるい》とどこまでも重なり、そのおびただしさといえば浜の真砂《まさご》か、降り積もった雹《ひょう》の粒か、はたまた夏の草原をおおうキンポウゲの花かというありさまだった。

このとき軍勢についてきた吟遊《ぎんゆう》詩人のひとりが、クーフリンの戦車の行く手に飛びて、声を張りあげた。

「ホーレホーレ、『アルスターの猛犬』クーフリンよ。汝《なんじ》の槍をわれに与えよ！」。それというのも三人の魔女娘が、その日、クーフリンの偉大な投げ槍が王を三人殺すであろう、と予言していたからだ。そこにいる王と言えば、マンスターの王とレンスターの王とコナハトの王だった。

吟遊詩人からなにかを求められたら、男たるものなんでも気前よく与えるべきで、断ることは恥とされていた。しかしクーフリンは「今日はおれのほうが、この槍を必要としているんだ」と拒《こば》んだ。

「ホーレホーレ、拒むとあらば、汝の恥をば、われは歌わん。しからば汝の不名誉はとこしえに、人の口にのぼろうぞ」

「おれは贈り物をするのを拒んで不名誉のそしりを受けたことなど、これまで一度もない。そんなに欲しければ、受けるがいい。どうだ、ルギーのお抱え詩人！」クーフリンはこう叫ぶと、大槍を詩人めがけて、力いっぱい投げつけた。おかげで槍は見事に詩人をつらぬき、そのうしろの男を九人刺し殺した。

するとルギーが自分でその槍をひろいあげ、クーフリンめがけて投げつけた。ところが馬が突進してきたため、槍は代わりにロイグに当たった。そう、ロイグこそ御者の王だったから。一人目の王ロイグは胸骨の下に深い傷を負って倒れた。「おれはもうだめだ。クーフリン、わが愛する兄弟。御者なしで、どう戦う?」

「おれが御者を兼ねる」クーフリンは言い、ロイグの上にしゃがみ、槍を引きぬいた。ロイグは自分の手で、抜くのを手伝った。その瞬間、鮮血がほとばしって、ロイグの身体から命が飛び去っていった。クーフリンはロイグにくちづけをすると、その体を戦車の床に横たえた。それから、両手が自由に使えるように、手綱を自分の腰に結びつけて、アイルランドの軍勢のなかに突き進んだ。

突進するクーフリンに向かって、また別の吟遊詩人が槍をくれと呼びかけた。

「この槍一本で、アイルランドの四王国連合軍を引きうけている」クーフリンは叫んだ。「今日は、おれのほうがこの槍を必要としているんだ!」

「ホーリャホーリャ、汝、忘れしか? 詩人の求めに応えんとて、さる大王が、自らの目玉さええぐりとって差しだせしを。汝、拒むとあらば、あげてアルスターは、末代《まつだい》の汚名をばこうむらん」

「アルスターがおれのせいで汚名をかぶったことなど、一度もない」こう言ってクーフリンは力いっぱい、大槍を詩人めがけて投げつけた。槍は詩人の頭をつらぬき、そのうしろの男の頭九つを叩き割った。クーフリンはさらに突進した。

すると今度は、カルブリの息子エルクが出てきて、血まみれの槍をひろいあげ、投げ返した。ルギーのときよりさらに的《まと》がはずれて、槍は『灰色のマハ』の脇腹を深くつらぬいた。そう、『灰色のマハ』こそが、アイルランドの馬の王だったから。傷は深く、何日も保たずに、二人目の王である馬は死ぬだろう。

クーフリンは短剣を取りだし、腰に巻いた手綱を断ち、次にくびきの心棒に飛び乗って槍を引きぬくと、『灰色』を戦車につないでいる引き綱を切ってやった。

「神々がおまえにやさしくしてくれるだろう、おれの兄弟。常若の国《ティル・ナ・ヌオグ》の平野に雌馬がたくさんいるといいな」クーフリンは言った。偉大な『灰色』は向きを変え、血を点々と落としながら、戦場を駆けぬけていった。はるか彼方《かなた》のファド山の麓の『灰色の湖』へと致命傷を癒《いや》しに向かったのだった。

戦車は『黒のセイングレンド』一頭が引いたために、まるで傷ついた鳥のように、斜めに進むしかなかった。だがそれでも再び、クーフリンは敵に向かって進んだ。ところがまたまた、宮廷の吟遊詩人のひとりが、槍をくれ、と声を張りあげた。

「名誉を守るために一日にひとつ以上の贈り物をしろなどと、求められてはいないぞ。それにおれは、もうふたつも贈っている」クーフリンは答えた。

「リャアリャアリャア、拒むとあらば、汝の恥をば、われは歌わん」
「おれの名誉の代償なら、もう支払い済みだ」
「リャアリャアリャア、しからばアルスターの国の恥をば、われは歌わん」
「アルスターの名誉の代償も、とっくに支払い済みだ」
「リャアリャアリャア、しからば汝の親族《うから》と、汝の愛する者すべての恥をば、われは歌わん」

これを聞いてクーフリンはエウェルを思い、気難しい王や、老いた穏やかなカトバドや、今応援に駆けつけようとしている『勝利のコナル』のことを思った。そして声を張りあげた。「それなら話は別だ。愛する者たちに恥辱《ちじょく》をこうむらせるわけにはいかない。そういうことなら、好意の贈り物をくれてやる」そう言って、クーフリンは力いっぱい大槍を投げたので、槍は詩人の心臓を突きぬけ、そのうしろの男九人分の心臓を串刺しにした。

「さてもやさしからざる好意であることよ、『アルスターの猛犬』」詩人は息絶えながら言った。

するとルギーが再び槍を取り、投げ返した。槍は予言どおり、三人目の王クーフリンをつらぬいた。そう、クーフリンこそがまさしく、アイルランドの英雄の王だったから。槍は胸の下にグサリと突き刺さったので、致命傷だとわかった。しかもはらわたまでが戦車の上に飛び散った。同時に『黒のセイングレンド』が後足で立ちあがって、胴をひねった。すると戦車は傾《かし》いで壊れ、馬の胸帯が切れた。ぬばたまの夜の色の偉大な馬は、主人の血の臭いと、足元の戦車の残がい、そして迫りくる悲しみのあまり発狂した。戦車を引きちぎり、馬具を半分首にぶらさげたまま、いななき暴れて、敵の軍勢のまっただなかへと跳びはねていった。後には、戦車の残がいのなかに倒れた主人だけが残された。

やがて敵の王や族長たちがまわりに集まってくると、クーフリンは残された力をふりしぼって起きあがり、ひざをついた。喉《のど》からしぼりだす声はかすれ、目の前に闇の黒幕が広がっていく。「おれはもう、おまえたちの手中に落ちた。だが、水が飲みたい。あそこの湖のほとりへ行くことを許してくれ」

王や領主たちは顔を見合わせた。ようやくカルブリの息子エルクが言った。「いいだろう。湖のほとりに行って、存分に水を飲め。だがその後は、われわれの手中にもどってこい」

クーフリンは笑ったが、これほど陽気さを欠いた笑いもなかった。「おれがもどらなくても、どこにいるかはわかるだろう。下に降りて、おれの残がいを持っていくことを許してやろう」

それからはらわたをかき集めて腹のなかに収め、マントを身体に巻きつけてきつく縛った。そして渾身《こんしん》の力をふりしぼって、よろよろと立ちあがり、湖のほとりへ下りていった。そして、ささやいているような茶色いイグサの花のなかで、水を飲み、体を洗い、それから死のうとして湖に背を向けた。もう敵のところまでもどる力は残っていなかった。だがもちろん、敵はすぐに追ってくる。

湖のほとりに背の高い石柱が立っていた。クーフリンはそこへたどりつくと、石柱に腰帯を掛け、胸のあたりで結んだ。倒れて死ぬのでなく、立ったまま死ぬためだ。クーフリンの血は流れて湖に注ぎ、浅瀬をかきわけてきたカワウソが、それをぴちゃぴちゃとなめた。

やがて敵の軍勢がやってきて、湖の岸をぐるりととり囲んだが、誰ひとり近づく者はいなかった。クーフリンの額にまだ英雄光が光っていて、命の火がつきていないことを教えていたからだ。

このとき、あの『灰色のマハ』が帰ってきた。主人の命があるうちは守らなければと、傷ついた体のまま駆けもどってきたのだった。『灰色』はアイルランドの軍勢を三度攻撃し、夕刻までに五十人を噛み殺し、それぞれのひづめで、三十人ずつを蹴り殺した。そのために、このような言い伝えが残っている。「クーフリンが死んだときの『灰色のマハ』ほどの働きは、だれもなしえない」

やがて黒い大ガラスが羽を広げてばさばさと降りてきて、クーフリンの肩に止った。

これで敵の軍勢は、クーフリンの命が尽きたことを知った。するとクーロイの息子ルギーがやってきて、アイルランド連合軍の戦士がいっせいに大勝利の歓声をあげるなかで、クーフリンの長い黒髪を寄せて首を出し、その首を切り落とした。だがこのときクーフリンが手にしていた抜き身の剣が落ちてきて、ルギーの右手を切断した。ルギーの苦痛の叫びは、軍勢の歓声にかき消された。仕返しのために、クーフリンの右手も叩き切られた。そのあいだに切りおとされた頭部から英雄光が消えていき、火が消えた灰のように、生首は色を失った。

さて、アイルランドの全戦士はメイヴ女王のところに出向き、クーフリンの首をクルアハンに持ち帰るよう勧めた。そもそも軍勢を集めたのもメイヴなら、クラン・カラティンの魔女娘たちを使ったのもメイヴだったからだ。だがメイヴ女王は、血なまぐさいことを嫌ったことなどこれまで一度もなかったというのに、今度ばかりは血がつかないようにマントの裾《すそ》を引いて、恐怖に見開かれた目で生首を見おろした。「クルアハンには持ち帰らぬわ。そばに置きたくもない！　この首はルギーが切り落し、その代償として右手を払った。だからルギーにくれてやるがよい！」

そういうわけでルギー一行はクーフリンの首と右手を携《たずさ》えて、その夜のうちに、リフィー川に向かって出発した。

第十七章　『勝利のコナル』の復讐

この頃には、アルスターの戦士はほぼ『大衰弱』から回復していた。このときは、衰弱がいつもほど重くはなかったのだ。たぶんそのわけは、よその土地からきたカラティンの魔女の魔法が、この土地の古い呪いと争い、呪いの力を弱めたからだろう。アルスター軍は陣容を整え、いまにも敵ののど元に喰らいつこうとしていた。進軍の先頭に立っていた『勝利のコナル』はとちゅうで、脇腹から血を流している『灰色のマハ』に出会った。

コナルは馬を見て、乳兄弟《ちきょうだい》の死を知った。この馬は、主人が生きている限り、そのそばを離れるはずがなかったから。コナルの胸にクーフリンとの約束を果たそうという思いが、熱く燃えた。ふたりは子どものころ、どちらかが殺されたときは、残ったほうが必ずその仇《かたき》を討つと約束したのだ。だが、まずクーフリンの遺体を見つけなければならない。ちっとも難しいことではなかった。なぜなら、『灰色のマハ』は、コナルをなんとしても主人のところに連れていこうとしていたし、そうでなくても、マハの血の跡があり、それをたどっていくのは平らな道を行くように簡単だった。

どちらも急いだ。『灰色』は、コナルの愛馬『赤い雫《しずく》』と並んで疾駆《しっく》し、とうとうファド山の麓《ふもと》の湖のほとりに着いた。ここでクーフリンの首のない遺体が、石柱に縛りつけられているのを見つけた。『灰色のマハ』は駆けていって、頭をクーフリンの胸にすり寄せた。

馬の手綱をゆるめたコナルは、クーフリンの足元の草地で、切断された片手を発見した。親指の指輪から、クーロイの息子ルギーのものだと知れた。

「この手の持ち主だった者の命は、おれがもらった」コナルは自分に言ってきかせた。そして、見事な銀灰色の馬が主人の動かない胸に頭を寄せたままなのを見て、つぶやいた。「おれがもどるまで、おまえたち、別れを惜しんでともにいてくれ」

こうしてコナルは戦車を返すと、馬に突き棒で早駆けの合図を送り、マンスター軍の後を追いかけた（各軍はそれぞれ別の道を取って、陣地を離れていた）。やっとリフィー川に着いたが、そのとちゅうの丘で、ダンダルガンの牛飼いのひとりと出会った。コナルはその男に、女主人のところにもどって、なにが起きたか、報告するよう命じた。

一方、ルギーは負傷とそれによる発熱のために、ほかの者たちと歩調を合わせることができなくなっていた。そこで自分は後から行くからと、一行を先に行かせた。リフィー川の渡し場のあたりで、ルギーは川の水で熱を冷まそうと、川に下りた。「あたりをよく見張ってくれ。不意に襲われてはかなわんからな」ルギーは御者に命じておいた。

そこで御者はハンノキの幹に寄りかかって見張りをしていたのだが、突然大声を出した。「誰かが、草原をこちらへとやってきます。ものすごい速さです。アイルランドじゅうのカラスがみんな、男の頭の上を飛んでいるようです。雪が、男の行く手を白くしているようです」

ルギーは急いで土手をよじ登り、御者の指さすほうを見て、うめき声をあげた。「あれは『勝利のコナル』だ。頭の上を飛ぶカラスとは、馬のひづめが蹴飛ばす泥だ。行く手に積もる雪とは、馬が鼻から吹く泡だ。コナルには、軍勢の後を追わせよう。おれはあいつと戦う気はない」そこでルギーと御者は浅瀬から引っこんで、ハンノキの茂みに身を隠した。

だがコナルは、浅瀬を半分も渡らないうちに、彼らの姿を発見した。しぶきを上げて川を渡ると、ハンノキの茂みのほうに馬を寄せ、ルギーの横で手綱を引いた。

「ここで仇《かたき》に出くわすとは、なんたる幸運」

「おれがなにをしたと言うんだ？」ルギーが言いつのった。

「その手でクーフリンを殺したな。おれの乳兄弟で親友のクーフリンを」

「どうやって清算する気だ？」

「血で返してもらうまで」『勝利のコナル』が言った。

張りつめた沈黙の後で、ルギーが言った。「戦うというなら、公平な戦いを要求する
――おれは片手なのだから、おまえも片手で戦え」

「よかろう」コナルは言い、戦車から飛びおりると、腰帯を外し、ルギーの御者に言いつけた。「おれの右手を背中に縛りつけろ。ほどけないようしっかり結べよ」

コナルは左手で剣を持ち、ルギーも同じことをした。そして土手の上で、火花の散る激戦を繰りひろげた。戦いは丸半日続いて正午を過ぎたが、いまだにコナルは優位に立てないでいた。そのとき、そばにいた愛馬『赤い雫』が戦車を引いたまま飛びだしてきて、なんとルギーの脇腹に噛みついた。

「なんてことだ！　こんなことで公平と言えるか！」ルギーが叫んだ。

「おれは公平な戦いを引きうけ、ちゃんとそのとおり守った。だがもの言わぬ動物のことなど、知らぬ。こいつは主人に忠誠を尽くしたまでだ」こう言いながらコナルは詰め寄って、ルギーの首をはね、息の根を止めた。

コナルは、ルギーの御者が主人の遺体を拾うのをそのままにして、自分はクーフリンの首を探した。その首と、ほっそりと美しく、だが剣を握ると強かった右手とは、絹の

胴着に包まれて、ルギーの戦車のなかにあった。コナルはそれを持って、ファド山の麓の石柱のところへともどっていった。

このころ牛飼いはダンダルガンにもどり、エウェルは夫の死を知らされた。馬屋から馬を、戦車小屋から戦車を出させると、エウェルは女たちを集めて言った。「これから主人のいるところへ行って、主人を家に連れて帰ります」

そういうわけで、暁《あかつき》の薄闇のなかを、コナルが石柱へともどってくると、そこにはもうエウェルたちが来ていた。女たちは、クーフリンの首のない遺体を下ろし、死んだ『灰色のマハ』のそばに横たえた。あたり一帯に死体が散らばるなか、ダンダルガンの女たち全員が湖のほとりに集まっていた。皆でクーフリンの遺体をとり囲み、顔をマントでおおって、死者を悼《いた》んで嘆き悲しんでいた。

コナルはクーフリンの首を遺体のそばに置き、切られた右手を手首のわきに置いた。そしてそこに立ち、女たちの嘆きの声に、自分の悲嘆の思いを合わせた。「ここに倒れたおまえほど、気高い英雄、強い戦士がほかにあったろうか。クーロイの息子ルギーの剣に倒れたおまえ。わが兄弟クーフリン、『アルスターの猛犬』よ。おまえを失い、残された者は、ただ悲嘆に沈む。おれは最後の戦いを、おまえのとなりで戦いたかった。おれはおまえといっしょに、『長い旅』に行きたかった。おまえを失って、おれの胸は裂けてしまった。こののちアルスターに笑いが起こることは、二度とあるまい」

「家に連れて帰って、埋葬しとうございます」エウェルが言った。

だがコナルは、重い声で言った。「まだだ。あいつのためにおれが復讐を果たすまで待ってくれ！　家に連れて帰るというなら、そうしてもいい。だがクーフリンが墓に横たわる前に、敵の部族すべてに傷を負わせ血を流させて、仇を討つとおれは誓う。『勝利のコナル』がその兄弟『アルスターの猛犬』の仇を討ったと、全世界に知らしめてやるぞ！」

コナルは、まるでクーフリンの灼熱《しゃくねつ》の闘争心が乗り移ったかのように、憤怒と狂気にとりつかれた。戦車に飛び乗ると、ルギーを追ったあの怒濤《どとう》の勢いで、アイルランドの全軍勢の後を追った。

ダンダルガンの人々はクーフリンの遺体を持ち帰り、館の大広間に安置した。エウェルは泣きながら、遺体の血を清めた。あまりに誇り高かったエウェルは、クーフリンが生きていたときには、その前で一度も泣いたことなどなかったのだが。

「ああ！　ああ！　『アルスターの猛犬』の最期を知ったなら、王も貴人も泣かぬ者とてないだろう。顔よ、愛しい顔よ、今は血みどろのこの顔は、どれほど美しかったことか！　手よ、愛しい手よ、あなたの手はどれほど強く、勇ましく、やさしかったことか。クーフリンが逝《い》った今、春を告げる鳥の声のなんと虚《うつ》ろに響くことか。わたしは暗い流れの小枝のように、流れていく。わたしはもう、髪を結うことはない、今日も、これからも。ああ、あなた、愛しいあなた、わたしたちは幸せな日々を過ごしたわ。太陽が昇るところから沈むところまで、世界じゅうを探しても、こんな仲間が集うところは二度と見つからないでしょう。『黒のセイングレンド』と、『灰色のマハ』と、ロイグと、エウェルと、クーフリンのような仲間は」

やがてコナルがアイルランドの軍勢を血祭りにあげて、もどってきた。このときは自分の軍勢と、ほかにも大勢の戦士を率いていた。何台もの戦車に、敵の首を山盛りにして持ち帰り、ダンダルガンの前の草原に転がした。カルブリの息子のエルクの首、メイヴの息子たちの首、まだらの槍のレンスターの上王の首、カラティンの魔女娘の邪悪で恐ろしい三つの首、そのほか、数えあげればきりがなかった。

エウェルが最も荘厳な服をまとい、クーフリンに贈られた金の首飾りと腕輪を着けて、コナルの前に現れた。「お帰りなさいまし、『勝利のコナル』。アルスターとわたしの主人になされた裏切りの仇を、よくぞとってくださいました。でもあとひとつだけ、お願いがございます。どうか、わたしの『猛犬』のお墓を作ってくださいまし。そして、どうかその墓を、ふたりが入れるように、広く深く掘ってくださいまし。『猛犬』がいない今、わたしにはもう生きる気力は残されてはおりません」

コナルはエウェルの言うとおりするよう、部下に命じた。エウェルに考え直すようにと言わなかったのは、なにを言っても無駄なことを知っていたからだ。

　望みの墓ができあがると、エウェルはクーフリンと並んで、草の上の季節はずれのブルーベルの花のなかに、身を横たえた。そしてクーフリンだけに話しかけるようにつぶやいた。

「命をかけて愛したあなた。わたしのつれあい、わたしの恋人、わたしが選んだただひとりの人。今日までどれほどの女から、羨《うらや》まれてきたことか。羨まれて、わたしは誇らしかった。だって、わたしはあなたのものだったから。今でも、わたしはあなたのもの。わたしの『猛犬』、あなたがいない今、わたしにはもう、ひとつの望みもない」

　エウェルは唇をクーフリンの唇に合わせ、長いため息をひとつついた。そのため息とともに、彼女の命は消えていった。

　コナルはふたりを同じ墓に葬《ほうむ》り、その上にひとつの石碑を立て、ふたりの名前をオガム文字で刻んだ。失われたもののために、アルスターじゅうが嘆きの涙にくれた。『アルスターの猛犬』クーフリンの物語は、ここで終わる。続きはもうない。もうない。

THE HOUND OF ULSTER by Rosemary Sutcliff, 1963

黄金の騎士フィン・マックール

フィン・マックール率いるフィアンナ騎士団の主なメンバー

ゴル・マックモーナ
フィンの父クール・マックトレンモーを殺しフィアンナ騎士団長の地位を奪ったフィンの旧敵。隻眼。

コナン・マックリヤ
フィンが殺したフィアンナの宝袋を持っていたリヤの息子。大力の持ち主。

コナン・マウル
モーナ一族のコナン。他人をけなす技にたけ、背中に黒い子羊の毛が生えている。

キールタ・マックローナン
足の速さで名高い。音楽の才もあり竪琴が得意。

リガン・ルミナ
高跳びのリガン。西風をもしのぐ軽やかな脚を持つ。

ファーガス・フィンヴェル
フィンの相談役でもっとも知恵深いもののひとり。

ディアリン・マクドバ
ドバ・オバクスナの息子。はるか遠くの出来事や、未来の出来事を知ることができる。

ディアミッド・オダイナ
勇敢で心広い騎士。あらゆる女性から恋をされるほどに美しい。

アシーン
フィンと妖精ダナン族の娘サーバのあいだに生まれた息子。歌人また物語の語り手として名高い。

＊地図は8頁を参照のこと

はじめに

クーフリンと赤枝騎士団の物語をご存知の方は、このフィン・マックールの物語を読むとずいぶん違いがあるのに気づかれるでしょう。どちらにもアイルランドの英雄たちの冒険、愛と憎しみ、異形《いぎょう》のものとの戦いが描かれています。けれど、ふたつの物語はまったく別の世界に根ざしたものなのです。

赤枝騎士団のほうは北アイルランドのきびしい荒野でくりひろげられるのが、ふさわしい。あらあらしく激しい物語で、黒い火のような魔法が描かれ、登場する人びとも現実味があります。読者は登場する人びとを愛し憎み、ともにたえしのび喜びます。赤枝騎士団の物語は叙事詩といっていいでしょう。つまり、もし本棚にきちんと分類してならべるとすれば、叙事詩の最高傑作であるホメロスの『イーリアス』の近くに置くことになります。

フィン・マックールの物語は、赤枝騎士団より時代もくだり、舞台は南の緑ゆたかなキラーニーの野です。これもまた、この物語にふさわしい舞台です。フィン・マックールの物語は叙事詩というより、民話や妖精物語といったほうがいいでしょう。英雄物語のなごりは「ナナカマドの木の宿」の浅瀬の戦いの場面などに、ちらほら残るだけになっています。魔法は姿を変え、かすかな光をはなちながら、虹の先端のように手が届きそうで届かないところをただよっていきます。赤枝騎士団の物語では神や半神としての力をもっていたダナン族も、神としての力をほとんど失い、妖精族として扱われています。物語のなかでの時間の流れはおおざっぱで、フィンの息子アシーンが若い戦士として登場するときに、アシーンの息子オスカがすでに若い戦士になっていたりします。もうひとつ年代的な混乱もあります。物語のなかでフィアンナ騎士団と何度も闘うことになるロホラン（スカンディナヴィアの古い呼び名）・レイダーズというのは、ヴァイキングの一派であるノースメンの侵略部隊のことですが、フィンの時代よりはるかのちまで、ノースメンはアイルランドにたどりつくどころか海賊として侵略にのりだしてさえいません。これは後代の語り部が、自分たちの時代の事件をひろいあげて、五百年ばかりさかのぼったフィンの時代にほうりこんだものなのです。語り部たちの時代にはノースメンの海賊こそが大いなる悪であり、フィアンナ騎士団がたちむかうにふさわしい敵に思えたからでしょう。

フィアンナ騎士団の物語は結末がなかったり、ほかの挿話と矛盾していたり、とくに関係のない話の断片が説明もなくいきなりまぎれこんでいたりします。それも、たまたま手近におもしろい話や美しい話がただよってきたからちょっと入れてみた、という感じです。

つまりフィアンナ騎士団の物語は、ただただ物語をつむぎだす楽しみにまかせて作られたものなのです。これを語りなおすにあたって、わたしも同じ精神で仕事に臨みました。自分なりに光や色をつけくわえた部分もあります。おそらくは物語ができて千年のあいだに多くの語り手がそうしてきたように。

ローズマリー・サトクリフ

第一章　フィンの誕生と少年時代

　はるか昔の誇り高い時代、といっても赤枝騎士団ほど古くも誇り高くもない時代に、またひとつの騎士団がエリン（アイルランドの古い呼び名）に生まれた。フィアンナ騎士団。戦士としての務めはエリンの岸辺を侵略者から守ることだった。また治安部隊としてエリンの小王国のあいだで起こる侵略や略奪や血の復讐を治める仕事も担っていた。そのころエリンはアルスター国、マンスター国、コナハト国、レンスター国、ミード国の五つの小王国にわかれていたのだ。ひとつの王国にひとつのフィアンナが置かれ、それぞれのフィアンナには隊長がいた。しかしすべてのフィアンナを統括するのは騎士団長だった。そしてフィアンナの騎士たちが忠誠の誓いをたてるのは、それぞれの小王国の王でもなければ、自分の隊の隊長でもない。騎士団長と、ターラの王宮で「運命の石」に右足を置いて玉座にすわるエリンの上王その人だった。

フィアンナ騎士団がかずかずのはなばなしい功績をあげ、全盛を誇ったのは、英雄フィン・マックールが騎士団長をつとめ、『百人力のコン』の孫コルマク・マッカートがエリンの上王だったときだ。

しかし物語の始まりはフィンの父クール・マックトレンモーの時代にさかのぼる。クールはレンスター国のバスクナという一族の長《おさ》で、フィアンナ騎士団長でもあった。そのころモーナという一族の長で、コナハト・フィアンナの隊長だったエイ・マックモーナが、騎士団長の座を手に入れたがっていた。

現在のダブリンに近いクヌーハで、バスクナ一族とモーナ一族は二頭の牡牛が群れの頭を争うように、激しく争った。クールの部下のひとりが、エイの片目をひどく傷つけた。以来エイはゴルすなわち『独眼』というあだ名でよばれるようになった。しかしゴル・マックモーナとなったエイは、なおもクール・マックトレンモーとわたりあった。自分が受けたよりさらに激しい一撃を相手にくわえ、片目どころか命をうばいとった。そしてクールのベルトから、フィアンナ騎士団長のしるしである青と緋《ひ》にそめたツルの皮袋をはぎとった。クールが死に、彼の宝袋をうばわれたバスクナ一族は勢いをうしない、多くの男たちが殺された。クールの弟クリムナルをはじめとするレンスター・フィアンナの生き残りと、かれらに助勢したマンスター・フィアンナの騎士たちは、コナハトの丘陵をさすらう身となった。そしてこのときから、バスクナ一族とモーナ一族は宿敵同士となり、やがてはエリン全土に暗い嘆きをもたらすことになる。

クールの死の報せが、年若い妻である『白いうなじ』のマーナにもたらされた。マーナは出産まぢかだった。敵はクール亡きあと、その子をひとりたりとも生かしてはおくまい。マーナはもっとも信頼する侍女ふたりを連れて、ブルーム山脈の隠れ処《かくが》へ逃れた。サンザシの花咲くころシダの茂みにかくれて子ジカを産みおとす雌ジカのように、そこでマーナは男の赤ん坊を産んだ。しかもマーナは追っ手がかかるのをおそれて、子どもを手元に置くことさえあきらめた。子どもをデムナと名づけ、ふたりの侍女にあずけると、子どもが成長しクールの息子の名を自分の手で勝ち得ることができるようになるまでブルーム山脈の隠れ谷で育てるよう命じたのだ。こうしてマーナは悲しみにくれ、たったひとりで去っていった。その後マーナがどうなったかはわかっていない。ただ長い放浪の果てにようやく、ケリーの族長のもとに安息の場所を得たとのみ伝わっている。

ブルーム山脈の隠れ谷でデムナは赤ん坊から幼児に、そして少年に成長した。ふたりの侍女はデムナに荒野で生きるすべをすべて教えこんだ。青年になるころにはデムナはすばらしい狩人《かりゅうど》となり、石弓のひとうちで空をゆく鳥を撃ち落とし、猟犬もつかわずはだしで雄ジカを追いつめるほどになっていた。さらにデムナは、狩人が飼っている猟犬のくせをよく知っているように、オオカミやカワウソ、アナグマやキツネやタカの習性を知っていた。成長するにつれてデムナは、自分が知っている唯一の家である泥炭で屋根をふいた小屋からはるか遠くまで出歩くようになった。そんなある日、ある族長の館にやってきた。館のまえではデムナとおなじ年頃の少年たちがハーリング（アイルランド式ホッケー）をしていた。デムナはおもしろそうだと思い、なかまにはいっていいかとたずねた。少年たちは打球棒を貸してやり、きまりを説明した。遊び方になれるとたちまちデムナはだれよりうまく打球棒をあつかい、いちばん上手で足の速い少年からボールをうばうこともあった。

つぎの日デムナはふたたび少年たちと対戦した。ひとりで全員の四分の一を相手にして、試合に勝った。つぎの日は少年たちの半分が、さらにつぎの日は一度に全員が立ちむかったが、いずれもデムナの勝利におわった。その晩、少年たちは族長の館で、ハーリングのチームふたつ分をひとりで打ち負かした見知らぬ少年のことを話した。

「で、その子はどんななりをしている?」族長がたずねた。「そして名はなんという?」

「名前はわかりません」少年たちのまとめ役が答えた。「だけど背が高くて力があって、髪は、刈りいれどきに太陽をあびて白く光る大麦の穂のように明るい色をしています」

「それほど明るい色の髪ならば、ふさわしい名はひとつしかない」族長はいった。「その名は、フィンだ」

そのときからデムナはフィン、すなわち『金色の髪』と呼ばれるようになった。

族長はこの少年のことを、狩のとちゅうで館にひと晩とまっていた友人に話した。その友人はまたべつの友人にというぐあいに、技と勇気にすぐれた少年のうわさは静かな池に投げこんだ小石が波を広げるように次第に広まって、ついにゴル・マックモーナの耳に達した。ゴルは思った。もしもクールに息子があったなら、その子はまさにフィンという少年のようになっているにちがいない。『白いうなじ』のマーナは、荒野にのがれたとき出産まぢかだった。子どもが無事に生まれ、しかも男の子だったとしたら、その子も十四歳。そろそろ大人になる年頃だ。ゴル・マックモーナは危険のにおいをかぎつけた。ゴルはコナハト・フィアンナを呼びだし、この少年をつかまえてくるよう命じた。フィアンナの騎士たちはすぐれた戦士であると同時に腕のいい狩人でもある。かれらは、少年の生死をとわず必ず連れかえるよう命じられたのだ。

いっぽう、フィンの育て親のひとりは魔法に通じていた。黒い沼の水を両手にすくい、その水鏡にコナハトの騎士たちがフィンをさがして丘を駆《か》けめぐるのを見た。すぐにもうひとりの侍女に事態をつげると、ふたりそろってフィンにいいきかせた。

「あなたをさがす狩がはじまっています。ゴル・マックモーナはあなたのうわさを耳にしてしまったのです。配下の騎士たちは森をめぐってあなたを殺そうとしています。なぜならゴルではなく、あなたこそ、正当なエリンのフィアンナ騎士団長だからです。いまや時がきました。あなたがこの谷を去るべき時が」

そこでフィンは、育て親にもらった槍をとり、石弓といちばんぶあついマントをたずさえて放浪の旅に出た。東西南北、低地も高地も、エリンのすみずみまで渡りあるいた。こちらの王あちらの族長に仕《つか》え、武器の扱いをおぼえ戦士としての訓練を積み、正々堂々と戦いをいどんで本来の地位を取りもどす日に備えた。またフィンは、自分とよく似た、気性がはげしく陽気で恐いもの知らずの若者たちをまわりに集めていった。そしてその時がきたと感じると、かれらを率いてコナハト国へいった。父の配下の騎士がまだ生きて丘に隠れすんでいまいかと思ったのだ。

コナハト国の国境をこえた翌日、悲しみにうちひしがれ泣きなげいている婦人にゆきあった。踏み荒らされ血にそまった草の上に若い男の遺体が横たわっていた。

フィンは婦人を見ると、足をとめてたずねた。「いったいどうして、どのようなむごたらしいことがここで起きたのです？」

婦人は顔をあげてフィンを見た。悲しみのあまり、ほとばしる涙は血のしずくとなって頬を流れ落ちていた。「わたしの息子グロンダが、たったひとりの息子が、殺されたのです！　ルケアのリヤと配下の者の手にかかって。お見かけするところ、あなたは戦士。どうかいますぐやつらを追いかけて息子の仇《かたき》を討ってください。わたしにはほかに、復讐をとげてくれる男はいないのです」

そこでフィンはルケアのリヤのあとを追った。追いつくと、それぞれの配下の騎士が見守るなか、一騎打ちで相手をたおした。死んで横たわるリヤを見ると、見慣れない青と緋に染めたツルの皮袋がベルトに結びつけてあるのがフィンの目にとまった。フィンはひざまずいて革の紐をほどき、袋をひらいた。なかには暗青色に鍛えられた鉄の槍の穂と、銀をはめこんだ冑《かぶと》と、縁《ふち》に青銅の飾り鋲《びょう》をうった盾と、黄金の留め金がついたイノシシ皮のベルトがはいっていた。フィンは死んだ男がなぜこうした品を持ち歩いているのかまったく知らなかったが、捨てていくにはおしい気がした。そこで取りだした品を袋にもどし、紐を自分のベルドに結んで、仲間とともに先へ進んだ。

シャノン河を渡り、コナハト国の森の奥深く進んでゆくと、林間にちいさく開けた開墾地があり、枝編みの小屋がよりそうように並んでいた。見れば扉もない低い戸口からひとりまたひとりと老人がよろよろと出てくる。獲物のない冬のオオカミのようにやせおとろえ、腰はまがり、髪は白く、毛皮と昔は豪華だったのが今はぼろぼろに擦りきれた布でようやく身をおおっているありさまだ。しかしどの男も、手には古ぶるしい剣か槍をにぎっている。老人たちはフィンたちを見て、仇敵《きゅうてき》の隠れ処をついに発見したモーナ一族の若い戦士にちがいないと思ったのだ。そして一撃もかわさず敵の手におちるより、闘って死ぬほうを選んだのだ。どことなく品のある老人たちの態度と、これほど老いてなお武器をあつかう手際のよさに、フィンはかれらこそ自分が探していた人びとだと確信した。この老人たちはクヌーハの戦いに出陣した朝、背も高くみごとに装った戦士だったはずだ。それを思うと、フィンは主人を亡くした犬のように声をあげて泣きたい気持ちにかられた。

やがてフィンは悲しみを腹の底に飲み下し、喜びをもって老人たちに呼びかけた。「バスクナ一族のかたがたですね！　クールの弟クリムナルはいらっしゃいますか？」

老人のひとりが、剣を手に進み出た。そして目のまえの若者がモーナ一族かそうではないのかはっきりしないというのに、恐れるようすもなく名のりをあげた。「わたしがクールの弟、クリムナルだ」

フィンはクリムナルの老いて疲れた瞳をのぞきこんでいった。「わたしはフィン、クールの息子です」そしてひざまずき、老人の足もとに贈りものとしてツルの皮袋を置いた。ほかになにも捧げるものがなかったのだ。

クリムナルは袋を見ると、これほどやせて腰のまがった体から出てくるとは思えないほどの大声で叫んだ。「フィアンナの宝袋ではないか！　兄弟たちよ、待つときは終わったぞ！」

クリムナルは袋を開け、老人たちと若者たちがぐるりととりかこんで見守るなか、ひとつひとつ中味を取りだした。ひとつが現われるごとに、老人たちの瞳の輝きが増し、背すじがのび、武器をにぎる手に力がこもるようにフィンには思われた。槍の穂先、冑、盾、イノシシ皮のベルト。

「ゴル・マックモーナがおまえの父を殺し、遺骸《いがい》からこれらの品を奪ったのだ。あれか

ら十八年、失われたままだった宝がふたたびバスクナ一族のもとにもどった。フィアンナの主の座も、もどってくるだろう。フィン・マックールよ、行って、父の座を取りもどすがいい。それはおまえのものなのだから」

「では、この宝袋をあずかってください」フィンは答えた。「仲間は宝袋とみなさんの護衛に、ここに残していきましょう。ときが来たら使いをよこしますから、袋をわたしのもとへ持ってきてください」

こうしてフィンは、ふたたび最初のようにひとりになって先へ進んだ。

しかしフィンにはわかっていた。父のあとを継ぐためには、まだひとつ学ぶべきことがある。そこで古来の知恵と民族の歴史を秘めた詩《うた》と物語を学ぶため、ボイン川の岸に住むフィニガスというドルイド僧に弟子入りした。

それまでの七年間、フィニガスはボインの岸辺をはなれず、あらゆる手をつくして『大いなる知恵の鮭』フィンタンを捕らえようと奮闘していた。フィンタンはボイン川の暗い淵にすんでいた。淵にはハシバミの巨木がおおいかぶさるように枝を垂れ、知恵の実を水中に落とす。それをフィンタンが食べる。すると知恵の力はフィンタンに移る。そしてフィンタンを食べた者には、この世の始まりから蓄えられたすべての知恵がそなわることになるのだ。七年のあいだ、フィニガスは一匹の鮭を捕らえるために多くの策略をためしたが、そのたびに『大いなる知恵の鮭』フィンタンに出し抜かれてしまった。

しかしそれもフィンが足どりも軽く森をぬけて老ドルイド僧の生徒となるまでのことだった。

フィンがやってきてまもなく、フィニガスはあっけなくフィンタンを捕まえた。まるでフィンタンが捕まるべき時を知っていて、ただそのときが来るのをまっていたかのようだった。

フィニガスは鮭をフィンに渡して料理するよう命じた。「だがよいか、けっしてこの魚を食べてはならんぞ。ほんのひとかけらもだ。焼けたらすぐに運んでくるのだ。なにしろ七年というもの、この魚を味わえるときを待ちこがれてきたのだからな」

フィニガスは小屋の戸口に腰をおろして待った。焼きあがるのがひどく待ち遠しく思えた。ようやくフィンが、みがきあげたカエデ材の細長い皿に湯気の立つ『知恵の鮭』をのせて運んできた。ところが皿をおろしたフィンを見て、フィニガスはその顔が見ちがえるように変化しているのに気づいた。フィンの顔つきはもう少年のものではなかった。フィニガスはいった。「いいつけにそむいて鮭を食べたな」

フィンは首をふった。「食べてはおりません。ただ、焼き串にさしたままひっくりかえすとき、親指をやけどしたので、痛みを和らげるのに舌でなめました。なにかいけなかったでしょうか？」

フィニガスはため息をついた。深く重いため息だった。そして皿を押しやった。「残りもすべて食べるがいい。おまえの親指についた熱い汁に、この鮭にたくわえられた知恵と力のすべてが含まれていたのだ。おまえには予言の力がそなわった。わたしがそうなれたらと願っていたというのに。食べたら、ここを去るがいい。わたしがおまえに教えられることは、もうなにもない」

その日からフィンは、未来を見通したり、謎を解いたり、遠く離れた地の出来事を知りたいとき、やけどした親指をくわえさえすれば、まるで第二の視力をもって見るかのように知りたいことがありありと目にうかぶようになった。

同時にもうひとつの力がフィンにそなわった。いまにも死にそうな病人やけが人でも、両手に水をすくってのませれば、命を救ってやれるようになったのだ。

第二章　クールの息子フィン

フィンはボイン川の岸に住むドルイド僧の師のもとを去った。ようやくその時がきた。父の座を継ぐべき時が。そこでフィンは、タ－ラの上王のもとへおもむいた。

ちょうど秋の大祭サウワンのころで、タ－ラに近づくにつれて、フィンが進む道もタ－ラへつづくほかの四本の街道もどんどん混んできた。族長や戦士が、あるいは馬に乗り、あるいは青銅とセイウチの牙で飾られた戦車に乗っていく。供《とも》に連れた女たちは、緑や黄や赤や紫の格子《こうし》模様の長い衣をまとい、編んだ髪の先には黄金のリンゴの髪飾りが輝きながらゆれている。さらに、大きいが脚は羽根のように軽い猟犬たちが主人の横を駆けていた。サウワンにはエリンのすべての王と族長が寄りつどい、すわる場所さえあればだれもが自由に王宮の広間で宴席に連なることができる──ただし広間の外に武器を置いておくのがきまりだった。

王宮の丘を登り、門をくぐり、広い前庭を抜けて、フィンは集まった人びとに仲間入りした。王の近衛《このえ》の戦士たちとともに座をしめて、塩と蜂蜜をぬって焼きあげたアナグマの肉を食べ、銀を巻いた雄牛の角の杯から黄色のミード(蜂蜜酒)を飲み、上王の姿をながめた。上王のかたわらには、背が高く顔に傷跡のある男がひかえていた。片目がないところを見ると、あの男がゴル・マックモーナにちがいない。そして近衛の戦士のなかに見なれない顔があることに上王が気づくまで待った。

まもなく上王はフィンに目を留めた。そば仕《づか》えの者をよこして、王のテーブルの前に来るよう命じた。

「名はなんという？　なぜ、名乗りもせず座をしめて、わたしの近衛の戦士たちとともにいるのだ？」王はきびしい声で問うた。

フィンは明るい薄色の髪をさっとふりあげ、まっすぐ王の目を見つめ返した。「わたしはクールの息子フィン。父はかつてエリンのすべてのフィアンナ騎士団を統括する騎士団長でした。上王コルマクさま、わたしは父がしたように、わたしの槍を陛下のお役にたてるためにやってまいりました。しかしフィアンナ騎士団の一員としてではなく、近衛の戦士のひとりとしてお仕えしたいとぞんじます」フィンがこういったのは、フィアンナ騎士団にはいるためにはゴル・マックモーナに忠誠を誓わなければならないことを知っていたからだ。フィンは軽々しく忠誠の誓いをたて、それを破るような男ではなかった。

「そなたがクールの息子なら、自分の生まれを誇りに思ってよい」王はいった。「そなたの父はすばらしい勇者だった。クールの槍をわたしは、自分の槍同然に信頼していた──そなたの槍もこれから同じように信頼するであろう」

そこでフィンは上王コルマクに忠誠を誓い、コルマクはフィンを近衛の戦士のひとりに加えた。宴《うたげ》は中断するまえと同じように続けられた。王の竪琴弾《たてごとひ》きが竪琴をかなで、ミードの角杯《つのさかずき》が手から手へ渡され、大きな猟犬たちは床にまいたイグサに放り捨てられた骨を争いあった。

しかし酒をくみかわす手はだんだんのろくなり、笑い声をあげる者はほとんどいなくなり、竪琴の音もいつのまにかやんでいた。男たちは互いを横目でうかがっては、あわてて目をそらした。まるで相手の目のなかにあるものを見るのが恐ろしいかのように。

それには、こういうわけがあった。

この二十年間、サウワン祭になるとターラに恐ろしい怪物がやってくるのだ。悪鬼か妖精か、この訪問者の正体はだれにもわからなかった。わかっているのは怪物の名が『炎の息のアイレン』ということだけ。毎年サウワンの真夜中になると、近くの妖精の丘からやってきて、人びとが寄りつどう丘の上の王宮を焼いてしまう。どれほど勇敢な戦士であっても、アイレンに立ちむかうことはできなかった。というのも、アイレンは銀の竪琴をたずさえており、その絃からこのうえなく甘く眠気を誘う音楽を奏でながらやってくるからだ。人間の耳に触れたこともないような甘い音色を聞いた者はみな、いつのまにか深い魔法の眠りに落ちてしまう。それは毎年同じだった。アイレンがターラにやってくるとき、目を覚ましていてそれに立ちむかう者はひとりも残っておらず、アイレンは思うがままに王宮に炎の息をはきかけた。草葺《くさぶ》きの屋根や丸太の梁《はり》は黒く焼け焦《こ》げてねじれ、躍るように炎をあげて燃えはじめるのだ。このためターラの王宮はあくる年もそのまたあくる年も、年ごとに再建されるはめになった。

　宴の物音がすっかりとだえ、身動きひとつ空気の流れひとつないような不気味な静寂が広間を満たした。コルマクが王座から立ちあがって宣言した。炎の息のアイレンに立ちむかい、ターラの王宮の屋根を翌日の夜明けまで無事に守った戦士には黄金と馬と女奴隷を与えよう。コルマクもコルマクの父王も、二十回におよぶサウワンの夜に同じ申し出をしてきていた。はじめの数回からあとは、王の戦士のなかでもっとも剛胆な者でさえだれひとりとして、それにこたえて前に進み出ることはなかった。だれもが、勇気も武術も腕力も、邪悪な銀色の音色に立ちむかう助けにはならないと知っていたからだ。そういうわけでコルマクは申し出をしたものの、期待はしていなかった。

　するとフィンが立ちあがり、悩める王をまっすぐ見つめていった。「エリンの上王、コルマク・マッカートさま、わたしは黄金も馬も女奴隷もいただこうとは思いません。

しかしもしもこの夜の恐怖を防ぎ、明日の夜明けまでターラの王宮の屋根を守りとおしたなら、わたしが継ぐべき正当な遺産を与えると、この広間に集まった人びとみなのまえで誓いをたてていただけましょうか？」

「上王を相手に取り引きをしようとは、大胆なやつだ」コルマクは答えた。「その遺産とはなんだ？」

「エリンのフィアンナ騎士団長の座でございます」

「さきほどすでに、求めに応じて近衛の騎士の一員に加えてやったではないか。それでは役不足と申すのか？」コルマクは問うた。

「ターラの王宮を守ったほうびとしては、少のうございます」フィンは答えた。

広間にささやきが広がっていった。人びとは顔を見合わせ、ゴル・マックモーナをうかがった。ゴルはタカの目のように明るい隻眼《せきがん》をまっすぐまえにむけたまま席についていた。

「誓うとしよう」王は答えた。「そしてこの場に集った者すべて、エリンの諸王に族長、わたしの近衛の騎士と各フィアンナ騎士団の騎士たちに証人になってもらおう。そなたが炎の息のアイレンに打ち勝ったあかつきには、自身の力で騎士団長の座を得たことになる。よって、そなた自身の権利と父君からの遺産というふたつの理由により、そなたを騎士団長に任命するとしよう」

それをきくとフィンは広間を出て、入るときに置いておいた槍を手に取り、王宮を囲む泥炭を積んだ城壁の上の道にのぼっていった。自分よりまえにずいぶん多くの者が失敗しているのに、どうやったら王宮を守れるのか、自分にもまったく見当がつかなかった。しかしフィンは自分の運命を信じており、かならずうまくいくはずと信じて疑わなかった。フィンが城壁の上を行ったり来たりしながら、見張るというより耳をすませているると、年長の戦士のひとりがあとを追ってきた。手には一本の槍があり、その槍先は革の鞘《さや》にくるんで紐でしばってあった。

「はるか昔、わたしはあなたの父上に命を救っていただいた」戦士はいった。「いまこそ、わたしの借りを返すときだ。この槍をお持ちなさい。戦いの助けになります」

「槍なら自分のものがあります」フィンは答えた。

ところが戦士は首をふった。「これほど優れた槍ではありますまい。この槍は、鷹狩のタカのように袋をかぶせておかなければならない。さもないと暴れだして、勝手に血を吸おうとしてしまう。これは神々の刀鍛冶《かじ》レインが鍛えたもの。レインはこの槍に太陽の火と月の秘力を鍛えこんだ。妖魔のかなでる最初の音色が聞こえたら、この槍の穂先を額《ひたい》に当てなさい。穂先にこもる血に飢えた獰猛《どうもう》さが、眠気を吹き飛ばしてくれるはずです。さあ、お取りなさい」

フィンは槍を受け取り、紐をゆるめて覆《おお》いをはらった。鉄の穂先は月光のように青く輝き、アラビア産のまぶしい黄金で作った三十の飾り鋲《びょう》で飾られていた。

「お持ちなさい」戦士がかさねていった。

フィンは槍に元どおり覆いをかけたが、紐はゆるめたままにしておいた。そして槍をたずさえ、ふたたび行ったり来たり見張りをはじめた。城壁の外に月光を受けて白くうかびあがるミード国の平原に目をむけ、いっしんに耳をすませているうちに、自分の耳のなかの静けさが、貝殻のなかの無音の海のとどろきのように響いてきた。

そしてついに聞こえてきた。クモの糸のようにかすかな光を放つ、遠い竪琴の音色が。フィンが確かめようと耳を傾けるうちにも、音はどんどん近づき、はっきりと聞こえてきた。妖魔の音楽は、眠りのさざ波のようにひたひたとフィンのもとに寄せてきた。それはまるでブルーム山脈の荒地の草をゆらす夏のそよ風のようだった。日光にあたためられた釣鐘形《つりがねがた》のヒースの花から花へと飛ぶミツバチのささやきのようだった。フィンがほんの赤ん坊で記憶すら残っていない昔に、ふたりの養《やしな》い親が歌ってくれたすべての子守唄のようだった……。

フィンはクモの糸のように自分をからめとろうとする魔法から、やっとの思いで身をふりほどいた。力がぬけてしびれたような指で槍の革の覆いをはずし、穂先を額に当てた。たちまち槍の声がアイレンの竪琴の音よりはっきり聞こえてきた。たけり狂うスズメバチのうなりが、一気に眠気を吹きはらった。頭がはっきりした。もういちど妖精の丘のほうを見やると、霧につつまれた亡霊のようなものが地面の上をただよってくる。近づくほどに、ぼんやりした霧のようなものが次第にかたまり、ひとつの形になっていった。ついに白い空気でできた『炎の息のアイレン』の姿がはっきり見えたときには、妖魔が長い白い指でかき鳴らす竪琴の絃が銀色にふるえるのすらわかるほど、間近にせまっていた。アイレンは、泥炭を積んだ城壁のてっぺんの矢来《やらい》のところまで来ていた。緑をおびた長い炎の舌が口からのび、矢来の角材をなめた。フィンはサフランで黄色く染めた子羊革のマントを肩からむしりとり、マントのひとうちで炎を地面にたたきおとした。

わが身からでた炎をたたき消されると、アイレンは泣きむせぶような恐ろしい叫び声をあげた。岩礁にうちよせた波が砕けて引いていくように、背をむけ妖精の丘めざして逃げ去ろうとした。しかしフィンの耳には怒れる槍のスズメバチのうなりがあふれ、持ち主をせきたてていた。フィンは矢来をとびこえてあとを追った。アイレンも足は速かったが、フィンも負けていない。

妖精の丘への入り口は開いたままで、扉の奥から緑色のあわい光がもれていた。アイレンが泣きさけびながら逃げこもうとしたとき、フィンは全身の力をこめて槍を投げた。槍は歓喜のうなりをあげてまっすぐ妖魔の背中につきささり、腹から抜けて妖精の丘の入り口に——というかそれまで入り口だったところにつきささった。入り口の扉はすでに消えて、いまはただ霜で凍った芝草と野イバラが月の光にかすかに光っているだけだったのだ。『炎の息のアイレン』は死んで横たわっていた。アザミの綿毛と木くずと木の幹の北側に生えるキノコがひとやま、からまりあってどことなく人の形に見える、そんなふうだった。

フィンはアイレンの頭を切り落とし、槍の穂先につきさしてターラに持ち帰り、人びとの目に触れるよう城壁の上にかかげた。

朝がやってきた。ターラの王宮は前の晩と変わらない姿で立っていた。フィンが『炎の息のアイレン』に打ち勝ったことを疑う者はひとりもいなかった。上王に率いられて人びとが城壁の上にのぼってきた。そこにはフィンが疲れたようすで矢来によりかかり、人びとが来るのを待ちうけていた。夜のあいだのできごとを示すものはといえば、フィンが明け方の冷えこみにそなえて体にかたく巻きつけたサフラン色のマントに残る焦げ跡と、フィンの槍先につきさして朝空にかかげられた奇怪で恐ろしげな妖魔の首だけだった。

「王宮の屋根は無事です」フィンがいった。

コルマク・マッカートはフィンの両肩を抱くように腕をまわし、下の前庭に集まった身分高い人びとに、ふたりそろって顔をむけた。「王と族長と戦士たち、昨晩そなたらはわたしが宴会の広間で誓いをたてるのに立ちあった。クールの息子フィンが炎の息のアイレンを打ち負かしたなら、フィンの父が占めていたエリンのフィアンナ騎士団長の座を与えるという誓いだ。昨晩わたしは心のうちで、これまで多くの者が失敗しているからにはフィンにもほとんど勝ち目はあるまいと考えていた。ところがフィンは見事にやりとげた。炎の悪鬼を打ち殺し、ターラの王宮を救ったのだ。よってフィアンナ騎士団の騎士たちよ、わたしは自らの誓いとそなたらがたてた誓いにしたがって、フィンをそなたらの団長とする。フィンのもとで務めを果たすつもりのない者がひとりでもあるならば、その者はエリンを去るがよい。それを止めはしない。また辱《はずか》しめもしない。海をこえたよその土地には、騎士団も王の親衛隊もほかにいくつもある」上王コルマクは、ほかの者たちから離れて立っている背の高い隻眼の男に目をむけた。「このことはそなたにも当てはまる、ゴル・マックモーナ。そなたはこの十八年、騎士団長の座にあった。フィン・マックールと手を結んで、かれのもとでコナハト・フィアンナを率いるつもりがあるか。それとも海をこえて、そなたの剣を他国の王のもとで役立てるか」

「わたしは旧敵クールの息子フィンと手を結びましょう」ゴル・マックモーナは答えた。が、その言葉は少しばかりのどにひっかかった。ゴルとフィンは手のひらにつばをつけてから、たがいに打ちあわせた。これでふたりは、取り引きが成立した商人のように手を結んだことになる。

上王のもとを去り、剣をたずさえて海を渡った者はひとりもなかった。モーナ一族とバスクナ一族の血で血を洗う争いの傷は、癒《い》えたわけではなかったが、薄皮が張った状態でその後長い年月を経ることになる。

このようにしてフィン・マックールは、その昔に父親が占めていたエリンのフィアンナ騎士団長の座についたのだった。

第三章　フィンとフィアンナの騎士たち

こんどはフィアンナ騎士たちの生活を語ろう。平和なときには、冬のあいだそれぞれの家族とすごすこともあれば、有力な族長の館の客人となることもある。そして夏になると訓練のために集まってきて、全部隊が野外で共同生活をする。眠るときも、たとえ屋根があるとしてもせいぜい枝編みの小屋がけくらいのもの。そうでなければ、なんの覆《おお》いもない丘の中腹でただマントにくるまって灰色の露にぬれて眠る。食料もその場その場で調達する。狩の獲物はゆたかだった。当時のエリンは国の大部分が深い森でおおわれ、イノシシやオオカミやアカシカが駆《か》けまわっていた。フィアンナ騎士は戦士としてはもちろん、狩人《かりゅうど》としても名が高かった(フィアンナはそもそも『狩人部隊』の意味)。かれらはあるときは馬であるときは徒歩で、巨大なウルフハウンドを連れて狩をした。この猟犬は肩までの高さが一年仔《ご》の仔馬ほどもある。それほどの犬でさえ、主人より足が速いというわけではなかった。フィアンナの騎士たちはたった一日でケリーのキラーニー（アイルランド南西端）から東海岸にほど近いイーダ山まで獲物を追っていけたと伝えられている。山をこえ、道もない沼地を渡り、獲物をあきらめることもなく回り道をすることもなく、まるで妖精王の狩猟隊のようにどこまでも獲物を追いつづけた。

フィンは少年時代に、ほかでもない人里はなれたブルーム山脈の谷間ですごしたので、すぐに騎士団の生活になじんだ。鳥や獣《けもの》の暮らしに精通し、雄ギツネの鳴き声をまねれば、雌ギツネもだまされて鳴き返すほどで、森のなかを行くときも、影法師が動くほども音をたてなかった。

フィンが亡くなって何年も何年もたってから、フィンの息子であり偉大な戦士にして詩と竪琴《たてごと》に秀でたアシーンが、父親のことを歌った。それによればフィンが好んだ音楽は、

三つ角の湖で鳴く野鴨のつぶやき
デリーの石塚でさわぐクロウタドリのかしましいおしゃべり
ヒタキツグミの谷間にいこう牝牛の低いうなり

だったという。また、べつの歌ではつぎのように歌われている。

フィンがこよなく愛したものは
　剣戟《けんげき》の音、酒宴のざわめき
谷間にこだます猟犬の声
　レター・リーのクロウタドリの歌

海へのりだす軍船が
　岸の小石をかむ響き
夜明けの風が槍の穂波をすりぬけるささやき
　三楽人の奏でる魔法の歌

フィンについては多くのことが配下の戦士の口から語られている。フィンは、兵士たちが自分の孫に、その孫がそのまた孫に代々語りつぐにたるすばらしい将だったからだ。また公正さに欠けることはけっしてなく、たとえ見知らぬ者とわが子との争いを裁くときでも、わが子に対するように見知らぬ者に対し、また、見知らぬ者に対するようにわが子に対した。そしてまったく物惜《ものお》しみをしなかった。たとえ秋に舞い散る落ち葉が黄金でできており塩からい湖に浮かぶ波の花が銀の泡でできていたとしても、人から乞われればそれらをすべて相手にやってしまっただろうといわれている。そのいっぽうで月の裏側のような陰《かげ》の一面もあったと伝えられている。フィンは笑って人を許すこともあったが、古いうらみを何年もあたためつづけ、相手が死ぬまで憎みつづけることもあったのだ。

エリンのフィアンナ騎士団の新しい騎士団長フィンはそのような人間だった。とはいえ、かれについては荒野で育った少年時代と、『炎の息のアイレン』を打ち負かしたこと、クール・マックトレンモーの息子であること以外まだなにも話していない。

さて、騎士団長となったからには配下の主《おも》だった戦士をそばにおいておける、広い館と砦の両方をかねる住まいがなくてはならない。そこで上王コルマクはキルデアにあるアルムの砦をフィンに与えた。いまではこの地はアレンの丘と呼ばれている。見るほどのものはなにひとつ残っていない。ただ砦を何重にも取り巻いていた泥炭の築堤の崩れた跡が、ヒースや高く茂った野イバラの下に波のうねりのような形を残しているだけだ。聞こえるものといえば、吹きすぎる風の音と若いチドリの鳴く声ばかり。しかしフィンがこの砦の主人であったころは、泥炭と材木で築いたぶあつい城壁が丘を囲い、石灰で白く輝いていた。館は、牛小屋や納屋や戦車庫や兵舎より一段高いところに堂々とそびえていた。前庭には大きな砥石《といし》が据えられ、戦いのときには多くの誇り高い族長や勇者がこの石でめいめいの武器を研《と》ぎあげた。

フィン・マックールの腹心の勇者のなかで、まずいちばんにあげられる勇猛の戦士は、フィンの旧敵ゴル・マックモーナだった。隻眼《せきがん》にもかかわらず敵に対してはイノシシのように猛々《たけだけ》しく、友に対しては誠実で信義に厚い勇者だった。

それからコナン。コナンは、フィンが殺してフィアンナの宝袋を取りもどしたルケアのリヤの息子だった。父の死後七年のあいだコナンは無法者の仲間になってフィアンナ騎士団にはむかい、あちらで人をあやめ、こちらで戦いのためにやとわれた兵士を殺し、族長の館に火をかけて暴れまわった。そしてついにコナン・マックリヤはフィンにしのびよった。フィンが一日の狩のあとでたまたまひとりになったとき、うしろから跳びかかって両腕でがっちり押さえこみ、さすがのフィンも身動きができないほどきつく締めあげた。エリンじゅうでこんなことができる大力の者はひとりしかいないことを、フィンは知っていた。そこでフィンはいった。「わたしをどうしようというのだ、コナン・マックリヤ?」

「あなたに忠節を誓い、フィアンナ騎士のひとりとして自分の槍をふるいたいのです。オオカミのようにあなたのすきをねらっているのがいやになってしまいました」

フィンは笑って答えた。「望みのままにするがいい、コナン・マックリヤ。わたしへの誓いを守るなら、わたしも誓いを守ろう」そこでコナンは忠節を誓い、三十年間フィアンナ騎士団の務めを忠実に果たした。

さてもうひとり、モーナ一族のコナンがいる。太って髪がうすくなりだした男で、戦士としての腕より他人をけなす技に優れていた。名はコナン・マウル。このコナンに好意を抱く者はひとりもなかったが、フィンはかれをそば近くに置いた。なぜならコナンはしっかりした常識を芯にそなえており、しばしば耳を傾ける価値がある助言をしてくれたからだ。コナンが裸になると、その背中には黒い子羊の毛が生えていたといわれている。それにはこういうわけがあった。

ある日コナン・マウルと騎士団の仲間数人が狩に出たとき、りっぱな城砦にゆきあたった。石灰を塗った壁は戦の盾のように白く輝き、いくつもある建物の屋根はさまざまな色の草で葺《ふ》いてあった。一行は空腹で疲れていたので、もてなしにあずかろうと砦に入っていった。広間に入ると、壁には絹の壁掛けがさがり太いスギの柱が屋根をささえていた。生きものの気配はみじんもなかった。男や女や子どもはもちろん、犬さえいる様子がない。ところが広間の中央のテーブルにはみごとなごちそうが並んでいた。イノシシの肉にシカ肉、イチイの木の水差しには真紅の外国産のブドウ酒、金銀細工の杯が並べてある。一行は腰をおろして食べ、飲んだ。疲れた脚をテーブルの下でのばし、結婚祝いの席で花婿の付き添いをつとめる友人たちのように陽気に騒いだ。ところが食事のとちゅうで、なかのひとりが驚いて跳びあがり、警告の叫びをあげた。ほかの者が目をあげると、部屋のなかは一変していた。壁は粗い枝編みに変わり、美しく塗った垂木《たるき》にささえられた細かい草葺きの屋根は、牛飼いが寝泊まりする小屋を覆うような、すすけた泥炭屋根になっていたのだ！

「妖術だ！」ひとりが叫んだ。全員が席から跳びあがり、戸口へ殺到したが、そこはキツネの巣穴の口ほどにちぢんでしまっていた。ところがコナンはずっと食べるのと飲むのにいそがしくて、仲間に呼びかけられるまで騒ぎにすこしも気がつかなかった。そして身にせまる危険にようやく気づくと、立ちあがってあとにつづこうとしたが、体がトリモチにからんだ小鳥のように椅子にくっついて離れなくなっていた。コナンは恐ろしくてなにもできず、泣きわめいて仲間に助けを求めた。ふたりが走りよって、コナンの腕をかたほうずつつかみ、力をふりしぼって椅子から引きはがした。しかしそのとき、着ていたチュニックとズボンの大部分と、背中と腿の皮膚がそっくり椅子にくっついたまま残ってしまった。仲間たちはどんどん小さくなる戸口からコナンを引きずりだし、地面にうつむけに寝かせた。コナンは傷が痛くてバンシー（死人が出たとき泣き叫びながら空を飛ぶ妖怪）のように泣き叫んでいた。

一行はほかに打つ手もないまま、となりの丘で羊の番をしていた男から黒い子羊を買いとり、殺して皮をはぐと、それをコナンの赤むけになった背中にはりつけた。すると子羊の皮はしっかりくっついて毛をのばし、コナンの背中は死ぬまでそのままだった。

つぎのフィアンナ騎士は、足が速いので名高いキールタ・マックローナンだ。フィアンナ騎士たちが何年も追いまわしながら、そのみにくい毛皮のほんの毛先にすら触れることができないでいたイノシシを仕留めたのがこの男だ。キールタには音楽の才能もあった。食事がすんでミードの杯がまわされるときになると、騎士団の面々が耳をかたむけたくなるのはキールタの竪琴《たてごと》をおいてまずほかになかった。もちろん、あとになるとアシーンが登場する。アシーンほどの竪琴の名手はいない。なにしろアシーンは天高くさえずるヒバリそのままに楽器をかなで、歌うことができたのだ。

それからリガン・ルミナ、高跳びのリガンは西風をもしのぐ軽やかな脚を持ち、心が風のように軽いときにはターラの丘の端から端までひと跳びにできるほどだった。ファーガス・フィンヴェルはフィンの相談役のなかでももっとも知恵深い者のひとり。またドバ・オバスクナの息子ディアリンは、目を閉じて頭の奥の暗闇《くらやみ》をのぞきこめば、はるか遠くで起こっていることや未来の出来事を知ることができた。

ディアミッド・オダイナは勇敢で心が広い騎士だった。またたいへん美しかったので、ひと目見てディアミッドに恋しない女性など、まずいなかった。

コナハト国の森に隠れ住んでいた老いた騎士たちと、フィンが護衛に残した若者たちは、フィアンナの宝袋を持ってフィンのもとへやってきていた。老いた騎士たちはすでに戦士として闘う年齢をすぎていたが、冬はアルム城砦の火のそばに座り、夏は館の戸口の陽だまりに座って、若者たちに口やかましく注意を与えていた。

もっとあとになってフィンが年老いたころに、アシーンの息子オスカが仲間に加わる。勇猛ななかにも勇猛な戦士。戦うためだけに生まれ、戦うためだけに育ったような男だったが、たったひとりの人間にとっては忠実で愛情深い友人だった。そのひとりとはディアミッドだ。ディアミッドのことが原因で、物語も終わり近くになってオスカとフィンのあいだに争いが起こることになったくらいだ。ただしこの点でフィンについては、このようにも語られている。フィンは生涯に二度だけ涙を流した。一度は愛犬ブランが死んだとき、もう一度はオスカが亡くなったときだった、と。

いま名前を挙げたのはフィン・マックールに仕えた戦士のなかでも最も名高く偉大な者たちだが、ほかにもまだまだ、その名が忘れられた戦士が数多くいるのである。なにしろエリンのフィアンナ騎士団には三千を越える騎士がおり、新しく入団を求める者が現われない日は一日もないありさまだったからだ。

なかには世にも不思議な物語を背負った不思議な男たちもいた。たとえば、一頭のすばらしい猟犬を連れた三人の騎士。この猟犬には不思議な力があった。水に息をふきかけるとブドウ酒か蜂蜜酒か、どちらでも命じられたほうに変えることができたのだ。犬の主人である三人の戦士は騎士団にくわわるときひとつの条件を出した。その条件とは、野営のときはかならずほかの者と離れて眠ることだった。フィンがわけをたずねると、三人のうちの頭らしいひとりが説明した。「毎夜わたしたちのひとりが死に、あとのふたりは、夜明けに死者が生き返るまで寝ずの番をしなければなりません。それゆえ、不寝番のあいだじゃまが入らないようにしておきたいのです」

フィアンナ騎士団に入るのは容易ではなかった。多くの者が試みて失敗している。いかなる男もかずある試験を突破しなければ名誉ある仲間には入れないと、フィンが定めたからだ。フィアンナ騎士になるには、勇敢なばかりでなく武技にすぐれ、その技のほどを人に示さなければならない。入団を希望する若者はまず、盾とハシバミの枝だけを手に、四方八方から攻撃をしかける九人の男を相手にして身を守らなければならない。しかも地面に掘った穴のなかに立ち、腰から下は動かせない状態でだ。男たちが投げた槍が一本でも皮膚をかするか、一滴でも血が流れれば、不合格になる。これに合格するとつぎは、髪を二十本の三つ編みに編まれ、森のなかをフィアンナの騎士たちによって狩りたてられる。怪我をするか追いつめられて捕まった場合、手に握った槍がふるえた場合、三つ編みにした髪のひと束でもほつれてゆるんだ場合、あるいは追われて走っているさいちゅうに枯れた小枝を踏み折って音をたてた場合も、不合格になる。つぎは自分の背丈と同じ高さの枝を跳びこえ、膝の高さの枝は走りながらくぐりぬけ、やはり走りながら速度を落とさずに足に刺さったイバラのとげを抜かなければならない。これらの試験をすべて突破してもまだ、『詩篇』十二冊が頭に入っていて、あちらこちらの節をたっぷりと暗誦《あんしょう》できなければならない。またエリンの歴史や神秘的な知恵が隠された古来の物語を二十以上は暗記していなければならない。これだけのことができてはじめて、フィアンナの騎士となる資格があると認められる。

それからフィンは、新しい入団者につぎのような誓いを立てさせる。妻をめとるとき持参金をとらないこと。襲撃のさい、不正に対する報復として以外は、他人の牛を略奪しないこと。助けを乞われたら、どんな相手も拒《こば》まないこと。そして戦闘のさい、どれだけ劣勢になっても仲間が九人いるうちは退却しないこと。

そして最後に、新参の騎士はエリンの上王と騎士団長フィン・マックールに忠誠を誓う。こうして正式にフィアンナ騎士のひとりとして認められるのである。

このようにしてフィンの時代にフィアンナ騎士団は最盛期をむかえ、それまでになく栄えた。そしてフィンの死とともに、騎士団の栄光の日々も終わるのである。

第四章　フィンと『若い勇士』の子どもたち

　この話とつぎの話では、フィン・マックールが数多い猟犬のなかでもとくに気にいりの二頭と出会った次第を語ろう。そもそもの始まりはこんな具合だった。

　フィンは数人の仲間とアーガイル（スコットランド西部地方）の海を臨む丘へ狩に出かけた。当時のアーガイルはエリンとは近い親戚の間がらで、有力な族長の多くが海をはさんだ両方の土地で狩をしたものだった。フィンの一行は獲物を仕留め、温かく甘くかおるヒースに埋もれて体を休めていた。ヒースのしげみは岩の多い浜の岸近くまでのびていた。波打ち際では好天のおだやかな波が西から寄せて、カモメの背のような灰色の砂利にクリームのような白いこまかい泡を残して消えていく。だれもが思い思いに手足を伸ばしていると、ゴル・マックモーナがとつぜん声をあげた。「あれを見ろ！」ゴルのひとつきりの目は、なみの男のふたつそろった目より鋭かった。一行の目が、ゴルが指さす海上の一点にあつまった。明るく輝く沖に黒い点が見え、それが木の実の殻《から》で作った小船ほどになり、ついにはすばらしい戦闘用のガレー船になって浜へ突き進んできた。

フィンの部下たちはそれを見て狩猟用の槍を手に取った。しかしフィンはいった。

「まあ、待て。見知らぬ者がみな敵とはかぎらない。それにあの船の腹にはこぎ手を守る盾がさがっていない」

船が浜に乗りあげると、舵《かじ》を取る棒を握っていた背の高い男が甲板からとびおりた。船を浜の上まで押しあげるのはこぎ手たちにまかせて、男は陸のほうをむき、潮焼けしたヒースのしげみを大股に踏みわけて、フィンと側近たちが待っている場所へ歩みよってきた。

男は背が高く、すばらしい衣装を身につけ、首には珊瑚とひねった銀を何連もつらねた首飾りを巻いていた。しかし金色の眉の下の瞳は苦しみにかげっていた。その目がフィアンナの狩人たちをひとりひとり見つめ、フィンのところへきて止まった。

「フィアンナ騎士団長、フィン・マックール殿ですね?」男がいった。

「そのとおり」フィンは答えた。「どんな用向きでわたしをさがしにみえられたのですか?」

「わたしの子どもを救うのに助力していただきたいとお願いするためです。ご助力が得られなければ、わたしは子どもを失うことになります。以前にも息子をふたり亡くしているのです」

「そのような災《わざわ》いがどうしてあなたの身にふりかかったのです？　そしてわたしにどんな力ぞえができるのですか？」

「そのご質問には、あとでお答えします。どうか、ただ信じていただきたい――じっさい、わたしと妻の三番めの子どもを救えるのは、フィン・マックール殿、あなたをおいてほかにないのです」

「なにも知らずにひきうけるわけにはいかないといったら、どうします？」

「そのときにはこの呪いの言葉であなたを縛るのみ。わたしのあとを追うまではあなたは食べることも、飲むことも、眠ることもできない」そういうと見知らぬ男は背をむけて浜のほうへ歩み去った。

　ガレー船のこぎ手たちは男がもどってくるのを見ると、まだ男が行き着かないうちに船を浅瀬に押しだした。男が船にとびのり、こぎ手たちがあとに続いた。それぞれがかがみこんでオールを持つと、船はたちまち岸を離れ、木の実の殻で作った小船ほどになり、はるかなまぶしい沖の黒い点になり、ついにあとかたもなく消えてしまった。

　フィンは海にむけていた目を陸にかえした。「あとを追うまで飲み食いも眠りもできないとなると、どうやら、追っていくほかあるまいな」

「われわれも参ります」仲間たちはいったが、フィンは断った。獲物を野営地まで運ぶよう命じると、ひとりで浜へ降りていった。

岩としぶきにぬれた小石の浜には七人の男がいた。どうやらフィンを待っていたらしい。「フィン・マックール殿にごあいさつ申しあげます」七人の頭がいった。「太陽と月があなたの進む道を照らしますよう。わたしどもがお役に立てることがありましょうか」

「ごあいさつ、いたみいる」フィン・マックールは応えた。「そなたたちが、この世で最も得意とすることをたずねてよいか」

「わたしは船大工です」男が答えた。

「腕のほどは？」

「むこうの小川の河口に生えているハンノキ、あれを斧の三打ちで切り倒し、厚板に挽《ひ》いて船を作ることができます」

「すばらしい」フィンは二番めの男に顔をむけた。「そなたが最も得意とするのは？」

「追跡です。九つの海をこえたむこうにいる野ガモを九日のうちに追いつめることができます」

「そしてそなたは？」フィンは三番めの男にたずねた。

「握ったものをけっして放さず、つかまえておけます。相手が目のまえに来さえすれば、そいつの腕が肩から抜けるまでつかんでおけます」

「そなたの特技は？」フィンが四番めの男に聞いた。

「登ることです。オリオンの三ツ星のひとつに結びつけた一本の絹糸にでも登っていけます」

「そなたは？」フィンが五番めの男にたずねた。

「盗むことです。アオサギの巣から、たとえ母鳥がそばで見張りをしていても、卵を盗みだせます」

「で、そなたは？」フィンが六番めの男にいった。

「聞くことです。人が耳に口をつけてささやく声くらいなら、世界の反対側からでも聞くことができます」

「そして、そなたは？」フィンは最後の七番めの男にたずねた。

「弓です。空中に投げあげられた卵を、いちばん強い弓で射た矢がとどくぎりぎりまで離れたところから射抜くことができます」

「そなたたちなら、きっとわたしの役に立ってくれるだろう」フィン・マックールはそういうと、ひとりひとりに指示を与えた。

そこで船大工は斧を三回ふりおろしてハンノキを切り倒し、厚板に挽いて船を作った。一同は船を浅瀬に押しだし、フィンが舵取りの棒を握った。そこが船長の位置と定まっていたからだ。鼻男が舳先《へさき》に立って、ほかの者には目にも鼻にも感じとれないもう一艘《そう》の船の跡をたどった。残りの者はオールを取り、横帆《よこほ》の助けも借りて、海神マナナーンの白いたてがみの馬にもおとらぬ速さで海を渡っていった。

日暮れに一行は陸地に着いた。船を浜の上まで押しあげると、そこにはあの、名も知らぬ族長の乗っていた軍船も引きあげてあった。それから一行が、浜につづく谷間をはるか奥までさかのぼっていくと、ハシバミとハンノキの林のあいだから料理の煙が立ちのぼるのが見えてきた。林が開けると平らな草地に美しい館が立っていた。そしてあの『若い勇士』が歩み出て一行を出迎え、フィンの両肩に腕をなげかけて抱きしめた。

「来てくださったのですね！」

「なにしろあのときは腹が空いて喉《のど》が渇いていましたからね。それにいまは、なにより眠りたいところです」フィンは唇のはしに笑みをたたえていった。

「では空腹を満たし、喉をいやしてください。眠るのはしばらくあと、ということで」

『若い勇士』が答えた。

そしてフィンの肩に腕をまわしたまま一同を広間に招きいれ、みごとなご馳走の席に着かせた。料理は戦闘用の盾ほどもある大皿にのってつぎつぎに運ばれてきた。イノシシと鮭のあぶり焼きを食べ、ヒースの花の香りがする黄色いミードを飲むあいだ、館の主人はフィンに助力を求めたわけを話してきかせた。

「七年まえ、わたしはひとりの乙女に恋をし、結納金を払って、乙女を父親の家の炉端からわが家へ連れてきました。自分がこの世でいちばんの幸福者になった気がしました。そして一年後の同じ日に、妻はわたしに息子を与えてくれました。ところがその夜、一本の巨大な腕が煙突の穴からおりてきて、赤ん坊を母親のかたわらからさらっていったのです。三年後の同じ夜、妻はふたりめの息子を産んでくれました。ところがまたしても、あの腕が煙突穴からおりてきたのです。巨大な、黒い木の根のように節くれだった手でした。そしてわたしたちから息子を奪っていったのです。そして今夜、妻は婦人部屋にこもって、三人めの子を産もうとしています。このようなわけで、あなたの助力を求め、飲食と睡眠をとるまえにわたしのあとを追うようにと呪いまでかけたのです」

「なんという災難だ」フィンはいった。「きっとわたしと連れの者たちが三番めのお子をお救いしましょう。わたしを婦人部屋へお連れください。そして連れの者たちは部屋の扉近くにやすませておいてください」

そこで『若い勇士』は一行を館の奥の婦人部屋へ案内した。部屋にはかれの妻が手のこんだ刺繍《ししゅう》をほどこした真紅の上掛けをかけて横たわり、館の女たちが総出でいそがしく世話をやいていた。

フィンは部屋に入り、炉のそばに腰をおろして見張りをした。あとの者は扉の外に横になった。フィンは眠気がさしてくるたびに、大鍋をひっかける鉄の鉤《かぎ》のとがった先に手をおしつけ、頭をはっきりさせた。

真夜中に子どもが生まれた。女たちが、男の子です、と声をあげたとたん、巨大な黒い手が木の根のような節こぶを見せて煙突の穴からおりてきて、産声《うぶごえ》をあげている小さな赤ん坊をつかもうと迫ってきた。

フィンは握り男を呼んだ。男は巨大な手をがっちりつかんで、もみあった。まるで犬に振りまわされるネズミのように前後によろけまわったが、握った手はすこしもゆるまなかった。ついに怒りと苦痛の叫びが頭上で爆発し、一本の巨大な黒い腕がすさまじい音をたてて煙突の穴を落ちてきた。腕は肩の付け根から抜けていた。ところがもう一本の腕が毒蛇のようにすばやく現われると、赤ん坊をさらって消えてしまった。

悲しみの泣き声が館にわきおこった。館じゅうの者が失望の目でフィンを見つめた。

そこでフィンは決心して誓いを立てた。「夜が明けるまえに、連れの者たちとあの手を追跡に出発しよう。そしてあなたの息子を無事に連れもどせないときは、わたしたちはだれひとり、ふたたびわが家の炉端にもどることはない!」

一行は海岸へ下り、船を浅瀬に押しだしてとびのった。ふたたびフィンが艫《とも》の舵取り棒を握り、鼻男が舳先に立って猟犬のように風のにおいをかいだ。「この方角です。まちがいありません。水の上ににおいの跡が残っています」

フィンはそちらの方向に舵を切った。

その日一日、かれらは鼻男が水の上にかぎだした跡を追っていった。ちょうど日が落ちるころ、はるか前方の海上に黒い点が見えてきた。島にしては小さすぎ、カモメにしては大きすぎる。近づいていくと、夕日の最後の光と月の最初の明かりで、海面からまっすぐ立ちあがっている塔だとわかった。塔の屋根はいちめん、いぶし銀のような光を放っていた。

一行はガレー船が塔の壁に触れるまでこいでいった。それからほかの者が腕を休めるあいだに、登り男が片足を船べりにかけ、もう片足を塔の壁にかけると、まるでハエのように塔をはいあがっていった。

やがて男はもどってきて、待っていた船にとびおりた。

「どうだった？」フィンがたずねた。

「うまくいきました」登り男が答えた。「この塔の屋根はウナギの皮で葺《ふ》いてあって普通の人間なら一歩ごとに足がすべってずりおちてしまいます。そんなことがなければ、もっと早くもどってこられたのですが」

「よくもどってくれた」フィンがいった。「そして、どんな知らせを持ってきてくれたのか？」

「屋根のてっぺんにある煙抜きの穴まで登って、そこからなかをのぞいてみました。下に巨人が、絹の上掛けにくるまり繻子《しゅす》のシーツをしいてベッドに横になっていました。左肩は血のにじんだ麻布でくるまれていましたが、右の手のひらで、赤ん坊が眠っておりました。部屋の床ではふたりの幼い男の子が金の棒と銀の球を使ってシンティ（スコットランド風のホッケー）をしておりました。そして炉のかたわらでは雌のウルフハウンドが横になって二頭の子犬に乳を吸わせていました。一頭は灰色、もう一頭はぶちの子犬です」

「なるほど」フィンはいった。「さあこんどは、盗み男の出番だ。だがそれには、そなたにもう一度、今度は盗み男をおぶっていってもらわなくてはならない。こんなにきりたった壁を登り、月の光のようにすべりやすい屋根を歩ける男はひとりしかいないからな」

そこで登り男は、盗み男を背にのせて塔を登っていった。ふたりは何度も往復して部屋のなかのものをごっそり運びだした。ふたりの男の子を金の棒と銀の球ごと運び、二頭の子犬を母犬の腹からさらい、絹の上掛けと巨人が寝ていた繻子のシーツまではぎとり、巨人の右手のくぼみから生まれたばかりの赤ん坊を取り返した。雌のウルフハウンドと、むきだしのベッドで眠りこけている巨人をのぞいて、部屋のなかみをそっくりいただいたのだ。

フィンは赤ん坊を絹の上掛けにくるんで船のまんなかに寝かせ、赤ん坊が凍《こご》えないよう二頭の子犬を両脇に置いた。こぎ手たちはオールを取り、巨人の塔を離れて、全速力でもとの岸をめざした。

　こんどは耳男が、艫で舵を取るフィンの横に立って耳をすませていた。ほどなくかれが口を開いた。「巨人が目を覚ましました。上掛けとシーツがなくなって、寒くなったのです。赤ん坊やほかのものを探しています。しかしもっぱら、気になっているのは赤ん坊のようです。怒っています。ひどく怒って、ウルフハウンドにわれわれの追跡を命じました。みんな、せいいっぱいこげ！　あの母犬も怒っているぞ！」

　こぎ手たちは倍の力でこいだ。船は波を追いぬくウミツバメのように水を切って進んだ。しかしまもなく、ウルフハウンドが追いかけてくるのが見えた。泳ぐ速さはすさまじく、犬の鼻面と横腹から赤い火花が飛び散ってうしろに尾を引くほどの勢いだ。

「追いつかれて横にならばれたら、船板に火がつくぞ」フィンがいった。「子犬を一頭なげてやれ。そうすればわが子を救うのに脇へそれて、家へもどっていくだろう」

　そこで灰色の子犬を海へ放ると、思ったとおり母犬は船を追うのはすっかり忘れ、溺《おぼ》れそうになってもがく子犬の首の皮をしっかりくわえた。くるりと向きを変えてもときた方角へ泳ぎだすと、どんどん遠ざかって波のかなたへ、夜明けの光に消えていった。

　こぎ手たちは心臓が破れそうなほどこぎつづけた。しかしまもなく、耳男が艫のフィンの横に立っていった。「母犬は塔に帰りつきました。巨人はひどく腹をたてて、もういちど追跡してこいと命じています。ひどく怒って、犬を叱りつけています。しかし犬は来ないでしょう。とりもどした子犬を置いてきたくないのです。そう主人に告げています。よく犬が耳をうしろに倒して歯をむきだしてうなるでしょう、あのやり方で。巨人は犬をさしむけるのをあきらめました。そして——こんどは自分で追いかけてきます！」

「こげ！　いままでにない力を入れてこぐのだ！」フィンがいった。船は西風よりも速く、波頭を切って矢のようにとんでいった。しかしまもなく、巨人がやってくるのがかれらの目にはいった。西の海は巨人の腿の半分までの深さしかなかった。巨人が一歩進むごとに海水がわきかえり、大きな渦ができた。自分がまきおこした大波のなかを巨人はぐいぐい近づいてきた。こぎ手たちは必死にオールを動かしたが、巨人はますます近づいてくる。

フィンは親指をくわえた。知恵の鮭フィンタンを料理していてやけどした指だ。するとたちまち、フィンの頭に知識が流れこんだ。巨人は魔法で守られていて、どんな武器でも傷つけることはできない。ただし一か所だけ、残ったほうの手のひらのほくろだけが例外だ。このほくろを攻撃すれば、巨人をたおせるのだ。

フィンは弓の名人にこのことを告げた。射手は答えた。「そのほくろがちょっとでも見えれば、やつは死んだ巨人となりましょう」

やがて巨人は船尾のすぐうしろまでくると岩山のようにそびえたって、帆柱をつかもうと腕を伸ばした。

巨人が手を開いたとき、手のひらのほくろがほんの一瞬見えた。その一瞬に、射手は弓に矢をつがえ、弦をしぼって射た。矢はほくろに命中し、海から空へ、断末魔の叫びが響きこだまし、巨人は死んでたおれた。

山がひとつ、まるごと海に崩れ落ちたようなものだった。船は思いきりはげしく揺すぶられ、気のたった馬のように跳ねまわった。しかしやがて姿勢を正しておとなしく波に浮かんだ。

「あやういところだった」フィンがいった。「それにしてもみごとな腕前だった。さて、引き返して巨人の塔へもどろう。りっぱな猟犬とたくましい子犬を主もなくあんな場所に置きざりにして帰るわけにはいかない」

そこで一行は船をまわすと、オールと帆をつかって巨人の塔へもどり、灰色の子犬を母犬もいっしょに船に乗せた。母犬はもう、気の荒さも並の猟犬とかわらないように見えた。船はこれを最後に巨人の塔をはなれ、『若い勇士』の浜とハシバミの森の谷間をめざして進んだ。オールの動きはゆっくりだった。みんな疲れきっていたし、もはや追手を怖れることもなかったからだ。あくる日の夜明けに、かれらは上陸地の浜に到着した。

船を浜に押しあげ、『若い勇士』のガレー船の横に置くと、一行は谷間をさかのぼって館へむかった。フィンは絹の上掛けにくるんだ赤ん坊を抱いて先頭にたった。あとの者たちは、ふたりの男の子と母犬と子犬、繻子のシーツと黄金の棒と銀の球をそれぞれもってうしろにつづいた。

『若い勇士』は遠くから一行を見つけると出迎えにやってきた。フィンが腕にかかえた赤ん坊ばかりか、ふたりの男の子までいるのを目にすると、かれは喜びの涙を流した。せめて末の子を取りもどせればと願っていたのが、さらわれた息子が三人とも手もとに返ったのだ。『若い勇士』は上王コルマクをまえにしたかのように、へりくだってフィンのまえにひざまずき、問いかけた。「どのようなものならフィアンナ騎士団長にふさわしい返礼の品といえるでしょう？　わたしの所有する物はすべて、あなたのお望みのままです」

「この二頭の子犬のうち、わたしの選んだ一頭をいただきたい」フィンは答えた。「これほどの子犬はほんとうに見たことがない。先がたのしみだ」

そしてかれらはそろって『若い勇士』の館の広間へ入った。そこには、みごとな宴席がもうけてあった。それから一行は一年と一日、『若い勇士』の館に滞在した。昼は狩やシンティや、ほかのあらゆる競技や娯楽の腕前を競い、夜は王侯のような宴会にときを過ごした。最後の夜の宴会は、もっともにぎやかとはいかなかったかもしれない。しかし別れの影がさしてはいても、けっしてしめっぽいものではなかった。

翌日エリンにむけて出発するとき、フィンは胸が白いぶちの子犬を選んだ。一年たって、子犬はすっかり成長していた。母犬ともう一頭の子犬は『若い勇士』の館に残ることになり、その子犬はスコローンと名づけられた。「灰色の犬」という意味である。

フィンはぶちの子犬をブランと呼んだ。この雄犬は、フィンがとくに愛した二頭の猟犬の最初の一頭になった。

第五章　フィンと灰色の犬

何か月かがすぎ、さらに何か月かがすぎた。フィンはまた、側近の者たちと狩にでた。そして獲物をしとめ、白い城壁に囲まれたアルムの城砦さして帰ろうとしていたとき、見知らぬ男が現われた。

背が高く若い男で、髪はフィンと同じ熟れた大麦のような金色、瞳は冬の海の色をしていた。「エリンのフィアンナ騎士団長、フィン・マックール殿ですね?」男は一行のなかからひと目でフィンを見わけた。人なみすぐれた背丈と、太陽すらシンティの球のように足下に踏まえているかのような雰囲気を見れば、たいていの人間は相手がフィンだとわかる。

「そのとおり」フィンは答えた。「そなたはだれで、どこから来た?　どんな用事でフィン・マックールのもとに来た?」

「最初のご質問ですが、わたしが名を名のったところで、あなたさまは聞いたこともございますすまい」男は少年といってよい若さだった。「ふたつめのご質問には、東から、そして西から、とお答えします。東でも西でも、あなたのお名は広く知られています。三つめのご質問ですが、わたしは一年と一日のあいだお仕《つか》えできる主人をさがしております」

「仕えてもらうとしたら、一年と一日後にどのような報酬をのぞむ?」

「ともにロホランの王宮においでいただき、宴席にのぞんでいただきたい。それだけです」

　ロホランはヴァイキングの海賊の故郷だ。そしてフィアンナ騎士団のおもな役目は、ヴァイキングと戦ってエリンの海岸を略奪や襲撃から守ることだった。ロホラン王宮での宴会への誘いはきっと罠のようなものだろうと、フィンは考えた。しかし同時に、友情の手をさしのべている可能性もある。もしそうなら、拒絶すれば相手の気持ちを害することになる。なによりフィンは、危険のにおいがするというだけで背中をむけるような男ではなかった。そこでかれは答えた。「ずいぶんと安い望みだな。ならばわたしによく仕えてくれ。そうすればわたしも、喜んでその報酬を支払おう」

　こうして少年はフィンの部下となり、一年と一日のあいだ忠実に仕えた。約束の日の最後に、少年はアルムの城壁の外の緑の野にいるフィンのもとへやってきた。「一年がすぎ、最後の一日もすぎました。わたしの働きにご満足いただけたでしょうか?」

「たいへんよく働いてくれた」フィンは答えた。

「それでは、こんどはわたしが報酬をいただく番です。いっしょにロホランの王宮へおいでください」

「もちろん、行こう」フィンは答えた。そして配下の者たちに告げた。「フィアンの兄弟たちよ、一年と一日たってもわたしがもどらなければ、槍を研《と》ぎ戦の弓に油をすりこんで、わたしのためにロホランの岸へ復讐にむかってくれ」

それからフィンは旅の支度を整えに砦にもどった。フィンの道化が火のそばにすわっていた。涙が道化の長いかぎ鼻を伝い、熱い灰に落ちてしゅっと音を立てた。「おやおや、おまえとしたことが、どうしたのだ」フィンは通りがかりに道化の肩を軽くたたいていった。「門出の景気づけにうまい冗談のひとつも聞かせてくれないのか?」

「冗談をおっしゃるような浮かれた気分でいらっしゃるのは、だんなさまくらいのものです」ちいさな道化は、肩をさすって答えた。

「わたしがロホランへ行くのを悲しんでいるのか?」

「さようです。旅の門出にだんなさまにお笑いいただける冗談をひねりだすのはとうていむりですが、お耳にお入れいただけるなら、お役にたつような忠告をひとつ、さしあげます」

「どんな忠告だ？」フィンはたずねた。

「ブランの黄金の鎖をお持ちください」

「おかしな忠告だな。だが、持っていくとしよう」フィンは答えた。そんなわけで、ロホランの少年について出発したとき、フィンの腰にはブランの黄金の鎖が豪華な飾り帯のように巻いてあった。少年は先にたって道を進んだ。その足の速いこと、フィンの長い脚でも少年に追いつくどころか、ひとつむこうの丘のかげに姿を見失わないようにするのが精一杯だった。海岸にたどりついたときも、同じだった。見覚えのない人目にかくれた湾まで来ると、ロホランのガレー船が一隻《せき》、フィンを待ちうけていた。少年はすでにもう一隻の船で出発し、はるか沖合いを進んでいた。


幾日もオールと帆をつかってロホランの岸にたどりつくと、それから王宮へむかった。フィンがロホランまで乗ってきた船の乗組員に囲まれて王宮の中庭へ到着したとき、少年はすでに王宮の広間で上座の父王のそばに腰をおろしていた。王宮広間は内も外も、見るも美しいみごとな飾りつけがしてあった。広間の屋根は王宮のほかの建物よりひときわ高くそびえ、頂点には金色に塗った雄ジカの角の屋根飾りがとりつけられていた。壁の内側にはすきま風をふせぐためにすばらしい織物をめぐらせ、黄金や七宝細工やセイウチの牙など、たびかさなる略奪の成果がそこここに飾られていた。みがきあげた木の長いテーブルにはすでに海の戦士たちが妻とともにつき、宴会の食物と酒があふれるほど載せられていた。

フィンは船の乗組員に囲まれたまま広間に入っていった。客人の杯を持って進みでる者もなく、上席の王の卓へ誘う声もなかった。フィンは無言で長テーブルのベンチの空いた場所にすわり、油断なくあたりを見回してつぎに起こることに備えた。

王の卓にはロホランの身分高い者たちが集まっていた。かれらは自分たちだけでささやきかわしては、たびたびフィンのようすをうかがっていた。どんな話をしているにせよフィンにとってうれしくないことは、親指をくわえるまでもなくわかった。フィンは思った。「やはり、自分から罠に踏みこんでしまったわけだな。こうなったら、全力で罠からのがれるまでだ」

しかし広間の扉は閉じられ、ガレー船の乗組員がぐるりを取り巻いている。

「吊るしてしまえ」王の側近のひとりがいった。

「いやいや」べつのひとりが口をはさんだ。「縄を取りにやるのでは手間がかかる。そんなことをせずとも、手近に炉の火があるではないか。火に投げこんで、けりをつけてやろう」

「殺すのはよい」三番めの男が口を開いた。その男は年寄りで、肌は太陽と波しぶきに焼かれ、いくつもの航海で海上はるかに目を凝らしてきたために目を細める癖がついていた。「しかし水刑にするべきだ。海で死ぬのこそ、男の死に方というものだ」

そのとき王宮のどこかから哀しげな声が聞こえた。オオカミの遠吠えか、気の荒い犬がいらだって吠えているような声だった。ヴァイキングの男たちは顔を見あわせ、黄色い髭《ひげ》のなかでにんまり笑った。

「灰色の犬がわれらに代わって始末してくれよう」

「やつも気がはやっている」

「そのとおりだ。ハシバミの森の谷を襲撃してやつを捕え、ロホランへ連れ帰っていらい、やつに近づく者にはみな、死が訪れた。このフィンとやらを、モア谷へ連れていって放りだしてしまえ。あとは灰色の犬がめんどうをみてくれよう」

側近のひとりが合図をすると、フィンをとりかこんだ船乗りたちがフィンの両腕をつかみ、後ろ手にねじりあげた。いくらもがいても、多勢に無勢ではふりはらいようがなかった。ひとりずつが相手なら、膝で枯れ枝を折るようにやすやすとかたづけられたはずだったのだが。ついにフィンはあらがうのをやめ、ただじっとして、あとのために力をためておくことにした。

遠くのほうで犬がまた吠え声をあげた。

「では、こやつをモア谷へ連れていき、置いてくるがいい」ロホランの王がいった。

王子が口を開いた。「わたしも参ります。一年と一日の奉公をして、わたしがこの男をエリンからおびきよせたのですから」

王子は満足げにフィンをながめた。ほかの者が捕えようとして捕えられなかった獲物をみごと仕留めた狩人《かりゅうど》の眼だった。

王の卓に着いていた側近たちは、残忍な薄笑いをうかべて顔を見あわせた。

遠くで、犬がまた吠えた。

フィンの耳にもその声は聞こえた。みぞおちの奥で胃がかたくちいさくちぢんでいくようだった。しかしフィンはみずからをはげました。「この場で戦いをはじめたとしても、扉は閉ざされ、まわりは敵に囲まれている。そもそもここまで来たのがまちがいだったのだ。これ以上おろかなことをくりかえすのはやめておけ。モア谷へ着くまでに、好機がめぐってくるかもしれない」

そこでフィンは手首を縛られるあいだも、おとなしく立っていた。ただし腕の筋肉に力を入れて、手首をできるだけ太く保つようにした。こうしておいてあとで力を抜けば手首の紐は、縛った人間が思ったよりゆるくなる。背中をこづかれ扉のほうへむかうとき、フィンは王と側近たちのいる上座へ声をはりあげた。「これがロホランの信義、ロホランのもてなしか。ならばわたしは、オオカミの信義ともてなしのほうを選ぶ。そのほうがはるかに信用でき、歓待してもらえようからな！」

そばにいた者がののしり声をあげてフィンの口をなぐった。ひとりが扉に駆けよってかんぬきをはずし、フィンは外へ引きたてられた。夕暗がりのなか丘をいくつもこえていったが、モア谷に着くまで逃げだす機会はなかった。

モア谷は丘と丘のあいだの狭い谷間で、両側はきりたった崖になっていた。小石まじりの岩肌は、よじのぼれそうもない。谷間の奥でこの世のものとも思えない灰色の犬の不気味な吠え声が岩にこだましていた。どんなに勇敢な男でも、うなじの毛がさかだちそうな声だった。谷間の入り口にちいさな小屋があり、老人が妻と暮らしていた。毎日灰色の犬に餌を与えるのが、ふたりの役目だった。しかしそのふたりでさえ、この獰猛《どうもう》な犬に近づこうとはしなかった。毎朝、納屋の横に生えているハシバミの木のところから谷の奥へむかってできるだけ遠くへ生肉のかたまりを投げてやる。それから一目散に小屋へもどって扉をしっかり押さえておく。やがて不機嫌なうなり声と肉をくわえてふりまわす音が聞こえてくる。それで灰色の犬が餌を食べにやってきたのがわかる。しばらくして物音が聞こえなくなれば、犬が人目をはなれた谷の奥のすみかへもどっていったとわかるのだ。

男たちはフィンの背中を押してハシバミの木より奥へ、血と骨のかけらが散らばる場所まで進ませた。その日の朝、灰色の犬が雄ジカをまるごと一頭投げ与えられてむさぼった場所だ。だが、いまや崖にこだまして四方八方から響くように聞こえる吠え声は、満腹して満足した生き物の声というより、苦痛にもだえる死者の魂が生者の世界を呪う叫びのようだった。

「ここらまで来れば、じゅうぶんだろう」男たちのひとりがいった。「おれは、太った雄ジカみたいに本日のごちそうにされるのは、まっぴらだ」

「おれだって、そうだ」べつの男がいった。「こんな場所、さっさとおさらばするにかぎる」

「しばらくとどまって見届けられないとは、残念だな」王子がさも心残りそうにいった。

「とんでもない、だれにもそんなことはさせられません」はじめの男が答えた。「ひとりで残って見届けるのはご自由ですが――いいえ、血気盛んな若さまのお楽しみをじゃましたくはないのですが、相手が相手だ。あなたを失ったとなれば、父王さまがお喜びになるはずがない。とがめを受けるのはわれわれですからね」

フィンの耳に走り去る足音が聞こえた。足音はどんどん遠ざかり、だれもいなくなったのがわかった。フィンの両手は縛られたままだった。風が谷の奥へ吹きあがっていった。フィンのにおいも、灰色の犬の鼻先にとどいたにちがいない。

「さて」フィンはつぶやいた。「崖を登ることはできないし、あともどりすれば連中の手にかかることになるだろう。どのみち死ぬことになるのなら、ロホランのやつらに殺されるより、灰色の犬とやらの牙にかかるほうがはるかにましだ。それはともかく、まずは両手を自由にしなければな」

フィンはできるかぎり手を細くして、押したり引いたりねじったりした。こめかみに血管がうきあがり、手首がすりむけて赤い血がとびちった。ようやく両手が自由になり、縛った紐が背後の地面におちた。フィンはその場に立って、つぎに起こることを待った。谷間の奥から物音が近づいてきたかと思うと、犬がものかげからとびだしてきた。このときフィンは、ロホランの男たちのあとを追い、素手で戦って殺されたほうがましではなかったかと思った。犬の姿は岩のあいだをゆっくり移動する影としか見えなかったが、うなり声と吠え声は一気にせまってきた。顔は見るからに凶暴《きょうぼう》そうで、しわをよせた鼻面から吹きだす息が炎となって、行く手にあるものすべてを焼きちぢらせた。

犬がまだ遠くはなれているうちに炎の息がフィンをとらえた。フィンの皮膚は赤く火ぶくれができ、ひびわれた。それでもフィンは一歩も退かなかった。そのときとつぜん、白い城壁に囲まれたアルムの砦で道化が口にした言葉が頭にうかんだ。「ブランの黄金の鎖をお持ちなさい」フィンには、どうすればいいかがわかった。

犬がせまって息の熱さに耐えきれなくなるまでフィンはじっとしていた。それから腰に巻いた黄金の鎖をむしりとるようにはずした。鎖はすでに赤く焼けていた。フィンは灰色の犬めがけて鎖をふりおろした。主人がむちをふるって猟犬に獲物を追わせるときのように。あるいは馬勒《ばろく》で馬を打って戦車のくびきにつけるときのように。

灰色の犬は足をとめ、炎の息が弱まった。フィンはふたたび鎖をふりおろした。灰色の犬は腹ばいになり、前脚のあいだに鼻面をうずめた。炎の息はすっかりおさまっていた。フィンが三度めに鎖をふりおろすと、灰色の犬は耳を立ててぱっと立ちあがり、しっぽをふりながら寄ってきてフィンのやけどを優しくなめた。舌にはけがをいやす強い力があり、やけどの痛みはたちまちひいていった。フィンはかがんで、ブランを相手にするときのように耳をなでてやった。灰色の犬はフィンの膝に頭をこすりつけたり、ぐいぐい押したりして甘えかかった。犬がじゃれついているあいだにフィンはブランの黄金の鎖を首に巻きつけて声をかけた。「さあ来い、スコローン」

フィンは灰色の犬を連れて谷間をおりていった。

谷の出口の小屋が見えるあたりまで来ると、戸口にいた老婆がなかに駆《か》けこんで、炉端にすわっていた夫に呼びかけた。

「あんた！　あんた！　この目で見るとは思いもしなかったことが起こったよ！」

「そりゃいったい、どんなことだね？」夫は雄牛の首輪を編んでいたワラから目もあげないでたずねた。

「あの男がもどってきたんだよ。王さまの戦士たちがぐるっととりかこんで連れてった

だろ。それで、しばらくして自分たちだけもどってった。あんな背が高くていい男は、見たことがなかった。お日さまが真っ白に燃えてるときの大麦の穂のような髪をして、カモメの翼みたいな灰色の目をしてた。その男が谷を下ってくるんだよ。灰色の犬に黄金の鎖をつけて。犬はすなおに男の足元を歩いてる。うちの垂れ耳の老いぼれ犬みたいにおとなしい顔してさ!」

夫は牛の首輪を放りだすと、足をもつらせながら立ちあがった。「そりゃ、フィン・マックールにちがいない。ロホランとエリンじゅうの男で、灰色の犬を手なずけられるのはフィンのほかにないからな。ブランの黄金の鎖をつかったんだろう」

老夫婦が出迎えに小屋の外へ出ると、ちょうどフィンが谷を出てきたところだった。スコローンはフィンのかかとにくっつくように足並みをそろえていた。

フィンは老夫婦にあいさつし、起こったことをすっかり話してきかせた。それから食事と、敵からかくれて体を休める場所をたのんだ。

「どうぞどうぞご遠慮なくお入りください。わが家の炉端にすわり、あるものはなんでも召しあがってください。一年と一日でも、喜んでお世話いたしましょう。しかし、犬は――この灰色の犬は……」老人は口ごもった。

「この犬の名はスコローンです」フィンはいった。「この犬は迷惑をかけないし、危険もありません。主人に連れられてお宅にあがりこんだ、ほかの犬とまったく変わりありません」

　フィンが小屋に入り、スコローンもあとに続いた。そして一年と一日のあいだ老夫婦のもとでやっかいになった。ロホランの貴族たちはだれひとり、フィンが生きて身をひそめているとは知らなかった。

　一年と一日がすぎたとき、老婆は小屋の近くの丘に登って海のほうを眺めていた。そしてあるものを目にすると、小屋へとんでかえって、温めていた卵を盗まれた雌鶏のようにさわぎたてた。

「浜が外国の戦船でいっぱいだ。戦士がうようよ船からおりてくるよ！」

「大将はどんな男です？」炉端にすわって老人が漁網をつくろうのを手伝っていたフィンがたずねた。

「背が高くて堂々とした、ひとつ目の男だよ。あの姿を見たら、あの男と互角にやりあえる者なんか、この空の下にいるとは思えないね」

「それならきっと、ゴル・マックモーナだ。わたしの配下の、エリンのフィアンナ騎士団を率いてきたのでしょう。しかし怖れることはありません。あなたがたにはなんの害もあたえさせはしませんから。なにしろ一年と一日のあいだ食事の世話をしていただき、ここの炉端で安全に眠らせてもらったのですから」フィンはスコローンに口笛でついてくるよう合図すると、仲間たちを出迎えに、おおまたで外に歩みでていった。

騎士たちはフィンの姿を見ると叫び声をあげて浜から駆けあがってきた。しかし騎士たちより先に、ひと跳びひと跳びはずむように、しっぽを軍旗のようになびかせて走ってきたのは、フィンの猟犬ブランだった。スコローンが前にとびだしてうなり声をあげ、足をとめてぶちの犬が近づくのを待った。二頭は警戒するように互いのまわりをまわった。首すじの毛がさかだって、肩のところがもりあがって見えた。きゅうにブランが太いうれしげな吠え声をあげ、前脚を低く尾を高くあげる姿勢になった。相手を遊びに誘う子犬のように。つぎの瞬間、ブランとスコローンはからまりあって転げまわっていた。喉《のど》を鳴らし、興奮してかん高い鼻声をもらした。二頭ははなればなれになっていた兄弟だった。まだほんの子犬で、母犬の乳房に吸いついていたころに別れたとはいえ、血のつながりがあった。そのうえ二頭は、ほかの犬たちとちがって、人間と同じ心情をそなえていた。それゆえ再会してすぐに互いの血のつながりがわかったのだった。

それから二頭はそろってうれしそうにフィンにとびついていった。主人のまわりを跳ねまわり、後ろ脚で立ちあがって前脚をフィンの肩にかけ、顔をなめまわした。ふつうの男がそんな目にあったら、あおむけにひっくり返されそうなはしゃぎようだった。

そこへ騎士団の面々が追いついてきて、喜びにあふれた再会がくりひろげられた。

「われわれはあなたのために復讐しようとやってきたのに、当のあなたがのんびり出迎えてくださるとは！　自分の館で毎晩たっぷり食べていたかのように元気で力にあふれておいでではありませんか！」ゴルが、フィンのたくましい肩に腕をまわして叫んだ。

しかし騎士たちの喜びは、フィンがロホランの王宮でうけた仕打ちを語ってきかせると怒りに変わった。たちまち剣が鞘《さや》から抜かれ、騎士たちは復讐を誓った。

フィアンナ騎士団による復讐はロホランの海岸から始まり、国の反対側の海岸に達するまでやまなかった。なんの害もうけずにすんだのは、モアの谷間の小屋に住む老夫婦だけだった。

こうして、フィン・マックール気にいりの猟犬の二頭めが、かれの手もとにやってきたのだった。

第六章　アシーンの誕生

あるときまた、フィンと仲間の騎士たちはエリンの森へ狩に出かけた。夕方になって白い城壁に囲まれたアルムの砦をさして帰るとちゅう、林がちいさく開けた場所にさしかかった。するとシダとキツネノテブクロのしげみからいきなり斑点のある若い雌ジカがとびだして、フィンの馬の鼻先をかすめ、はずむように林のなかへ駆《か》けこんでいった。

狩の獲物を追う声がいっせいにあがり、猟犬の引き綱が解かれた。犬たちはひどく疲れていたものの、逃げるシカのあとを追って走りだした。すぐさま狩猟隊の全員がそれにつづいた。一日の狩の疲れも、猟犬の吠え声の音楽と、疾駆《しっく》する馬と、新しい獲物を追う興奮に忘れさられた。

しかしフィンはみょうなことに気づいた。シカはきゅうに横にそれたり方向を変えたりして追跡をかわしながら、少しずつアルム城砦へ近づいているのだ。まるでそこへ逃かのように。しかし狩人《かりゅうど》たちげこめば安全を得られる、聖域にたどり着こうとしているかのように。しかし狩人《かりゅうど》たちの本拠地に逃げこんで、どうして身を守れるというのだろう?

騎士たちは馬を駆って追いつづけた。雌ジカは追っ手をたっぷり引きはなし、木の間にかくれたりまた現われたりしながら逃げていく。そのあとを犬たちがひと筋の流れとなって追いかけ、さらに馬の一隊がすさまじい音をたててつづいた。しかし雌ジカは三月の雲の影のようにすばしこく軽い脚をしていた。じきに雌ジカをまだ視野におさめているのは、フィンと気にいりの二頭の大きな猟犬だけとなった。あとの者たちははるか後方にとり残され、ついにはかれらの声すら、夏の森の葉ずれの音やミツバチのうなりやカッコウの鳴き声にまぎれて聞こえなくなった。

いちど雌ジカは速度をゆるめて後ろをふりむいた。まるでだれが追ってきているか確かめてでもいるかのように。そしてブランとスコローンがそばにせまると、また走りだした。

しばらくのあいだシカと二頭の猟犬は視界から消えた。ハンノキやハシバミやナナカマドが森のはずれに沿ってびっしり枝をひろげている。フィンは下ばえの藪をけちらしてアルムの丘をとりまく開けた野にとびだした。すると見たこともない不思議な光景が目に映った。ツリガネ草が影をつくるシダのしげみのくぼみに雌ジカが横たわり、走り疲れてあえいでいる。そしてブランとスコローンが、雌ジカの上にかがみこんで頭とふるえる脚をなめてやっている。まるで、自分たちは危害を加えない、怖れることはなにもないと告げているかのようだった。

フィンは馬をとめてその光景を眺めた。雌ジカがほっそりした頭をあげ、この種族に特有の長いまつげにふちどられたやさしい瞳でフィンを見つめた。そのとき、騎士たちが吹きならす狩猟用の角笛と猟犬たちの吠え声の音楽がせまってくるのが聞こえた。

雌ジカはぱっと起きあがり、脚をふるわせて立ちすくんだ。すぐにブランとスコローンが雌ジカの両脇をかためた。首すじの毛がさかだっている。必要なら戦うかまえだ。フィンは狩猟隊をさえぎる位置に馬を進め、騎士たちに犬を呼びもどせと叫んだ。

騎士たちが手綱を引くと、馬は急停止して後足で二、三歩あとずさった。フィンの背後に気づくと、騎士たちはあわてて手飼いの犬を呼びもどした。首の毛をさかだてたときのブランとスコローンがどんなものだかよく知っていたし、この二頭を相手にしてはどんな犬も命がないのがわかっていたからだ。しかしゴル・マックモーナはふるえている雌ジカに目をとめて、ひとこと述べた。「ようやく追いつめましたが、ほんとうに変わった獲物ですね」

「アルムをめざして逃げてきたようなのだ」フィンは自分のおろかさをなかば笑いながらも、その考えを捨てきれなかった。「救いを求めてきた客を手にかけるのも、心ないことだからな」

狩猟隊はそのまま草地をよこぎり、アルムの丘を登っていった。もちろん雌ジカもいっしょで、隊の先頭でブランとスコローンとたわむれながら進んでいき、城砦の門まで来るとするりとなかへ入った。夕食のときには二頭の猟犬に脇を守られてフィンの足もとに横になっていた。

真夜中、フィンは、はっとして目が覚めた。寝室につかっている小さな家は、開いた戸口からさしこむ白い月の光があふれていた。その光のただなかに、まるで白い花びらにかこまれた金色の花芯《かしん》のようにひとりの乙女《おとめ》が立っていた。これほど美しい乙女をフィンはそれまで見たこともなかった。柔らかなサフラン色の毛織の衣をまとい、肩のところを黄金の飾りで留めてあった。襟元《えりもと》からのびる首は白く、ほっそりした腕も白かった。髪は深い暖かな金色で、月の白い光のもとでも色あせてはいなかった。長く黒いまつげが影をおとす、やさしい黒い瞳が、あの雌ジカを思わせた。

「どなたです?」フィンは不思議そうにたずねながら、絹の上掛けの下で肘《ひじ》をついて体を起こした。「いったいここで、なにを? アルムの女ではありませんね。見覚えがない」

「呼び名がご入り用でしたら、サーバとお呼びください」乙女がいった。「わたくしは、きょうあなたに追われた雌ジカです」

「どういうことか、さっぱりわからない」フィンは額《ひたい》をこすった。「わたしは夢を見ているのか？　もしそうなら、この夢を朝になってもおぼえていたいものだ」

「夢ではありません」乙女がいった。「お聞きください、そうすればおわかりになります。人間の数え方でいえば三年まえ、わたくしの種族の黒いドルイド僧が、わたくしに思いをかけてむりやり妻にしようとしました。わたくしがまったく相手にしませんでしたので、僧は妖術でわたくしを雌ジカに変えました。それからずっと、わたくしはシカの姿のままでした。けれど僧の召使のひとりがわたくしを哀れに思い、主人にうらみをいだいてもおりましたので、そっと教えてくれました。アルム城砦にたどりつき、フィン・マックールが守る白い城壁のなかへ入ることさえできれば、黒い妖術師の呪いからのがれ、真の姿をとりもどせるだろう、と。けれどわたくしは、なかなか城砦には近づけませんでした。犬と狩人《かりゅうど》がおそろしかったからです。ようやくきょう、ほかならぬあなたと、あなたの猟犬ブランとスコローンだけにわたくしを追わせる機会を見つけました。あの犬たちの体には魔法が流れており、人間の心を持っていますから、わたくしの真実の姿を見ぬいてなんの危害も加えないとわかっておりました」

「おっしゃるとおり、ここではあなたの身は安全です」フィンはいった。「だれもあなたを傷つけたり、思いどおりにしようとしたり、むりやりあなたとちぎりを結ぼうとしたりはいたしません。しかしあなたは、われわれ人間、つまり死すべき定めの者と暮らして幸福でいられるのですか？　同じ種族の者と語りあうことも、手をとられることも絶えてなくなるのですよ」

　フィンには乙女が口にした「同じ種族の者」が、誇りたかい妖精の一族、ダナン族だとわかっていた。

「そのことはまたの機会にお話ししましょう。いまは身の安全だけでじゅうぶんです」サーバはかすかにほほえむと、小さな家から出ていった。部屋を出るとき白い月の光までいっしょに持ち去ったように思われた。

　こうしてサーバはアルムの城砦にとどまった。やがてフィンはサーバを愛するようになり、ついにある日、花嫁の杯からともに飲んではくれまいかと口に出した。けっして軽い気持ちではなかった。死すべき定めの人間が妖精族をめとれば多くの悲しみと苦難が先に待ちうけていることが、フィンにはよくわかっていたからだ。

「いつかあなたは、おっしゃいましたね」サーバは答えた。「同じ種族の者と語りあうことも、手に触れられることもなく、死すべき者と暮らして幸福でいられるかと」

「そしてあなたは、その話はまたの機会にしようと答えられた」

　サーバがいった。「いまお答えいたしましょう。三つの世界のどこにいても、あなたとともにあるならば、わたくしは幸福です。どこにいても、あなたがそばにいなければ、不幸です。わたくしがこんな気持ちになったのは、このアルムの城砦ではだれもむりやりちぎりを結ばせたりはしないとおっしゃってくださった、そのご本人のあなたのせいなのです」

こうして乙女はフィンの妻となった。ふたりは幸福だった。常若《とこわか》の国（ティル・ナ・ヌォグ。ケルトの伝説にある不老不死の青春郷）では、春の季節が冬に変わることはなく、白い花びらが散ることのないリンゴの木でリンゴの実が甘く金色に熟《う》れ、枝にはいつも魔法の鳥がさえずっているという。その国に住む不死の人びとの幸福にもおとらぬほど、ふたりは幸福だった。

月日がすぎた。ふたりは、いっしょにいることよりほか、この世でなにも望まなかった。月が満ちては欠け、夏から秋へ、秋から冬へ、そしてふたたび春へと季節がうつろうばかりだった。フィンは戦にも狩にも、サーバのそばを離れることにはいっさい、興味をなくしてしまったかのようだった。騎士団では、団長はサーバが来てから人が違ってしまったとささやかれるようになった。

そんなある日、白い城壁に囲まれたアルムの砦に伝令がやってきた。ダブリン湾にロホランの軍船が襲来したというのだ。

フィンは目覚めた。エリンの五王国すべてのフィアンナ騎士団に召集がかけられた。国じゅうすべての城砦と同様、アルム城砦でも、戦士たちが庭にすえられた砥石《といし》で剣や槍の穂を研《と》ぎあげていた。

戦の用意を見守るうちに、サーバは青白くやせ細っていくようだった。一度だけ、フィンの首に両腕をまわしてたずねた。「どうしても、行かなければならないのですか?」

「契約があるからには、しかるべき働きをしなくてはならない」フィンは答えた。「エリンの人びとは騎士団に貢納金を払い、炉端に迎えて宿を提供し、食料庫から食物を分け与えてくれる。それは騎士団がエリンの岸辺を海賊の脅威から守ってやるからなのだ。金を受けとり食料庫の食物を食べ炉端で体を温めていながら、国を守る義務を放棄できようか?」

「でも、あなたが行く必要があるのですか?」サーバはかさねていった。

「これこそ、妖精族の誘惑だな」とフィンは考えた。しかしサーバには「五王国の全騎士団が出陣する。指揮をとるのは騎士団長だ」とだけ答えた。それから以前ゴル・マックモーナが口にした言葉をつけくわえた。「人は死んでも記憶のなかに生きる。しかし名誉をうしなえばなにも残らない」そして首にまかれたサーバの腕をそっとはずし、武具鍛冶《かじ》の仕事を点検しに出ていった。

いよいよ出発のときが来た。戦士たちが門前にいならぶまえで、フィンはいった。

「待っていてくれ、わが心の小鳥よ。すぐにまた、いっしょになれる。しかしわたしが留守のあいだは、アルムの城壁の外には一歩も出ないと約束してくれ。それに砦の者以外とは口をきかないようにな」

サーバは約束した。フィンはレンスター騎士団の先頭に立ち、マンスター、ミード、コナハト、アルスター四国からの軍団と合流する場所にむけて行軍していった。

七日間の戦いで、騎士団は海賊を内陸から海岸へ押しもどした。生き残った海賊はつぎつぎと船に逃げこんだ。しかしエリンの海を臨む丘には多くのロホランの男たちが死んで横たわった。負傷して動けなくなった者や捕虜になった者も多かった。かれらは首に鉄の奴隷首輪を巻かれ、アイルランド人の主人のもとで牛の世話をしたり大麦を刈ったりして日々をすごすことになるのだ。ほうほうのていで故郷へむかう黒い軍船の多くは、乗員を半分しか乗せていなかった。こぎ手の数が足りず、ダブリン湾の浜に引きあげられたまま置きざりにされた船も少なくない。騎士たちは残された船に火を放った。八日めに帰郷するとき、騎士たちが背をむけた海岸にはヴァイキングの船と同じ数のかがり火が岸ぞいに点々と炎をあげていた。

砦に近づく一歩ごとにフィンのサーバへの思いはつのった。心はひと足さきにサーバのもとへ飛んでいった。アルムの丘のふもとに着くと、砦へむかって登りながら、サーバの姿をさがして、城壁の上やあちこちの見晴らし台に目をさまよわせた。自分を待つ妻をひと目見たいと目をこらしたが、どこにもサーバがいる気配はなかった。前庭に入るとフィンはあたりを見回した。こんどこそ、サーバが走って出迎えにくるはずだ。しかしやはり、サーバの姿はもとより、ひと筋の金髪のきらめきすらなかった。留守を守っていた者たちも気づかわしげな顔つきで、近よろうとしない。いつもならフィンのまわりに詰めかけて歓迎してくれるのに、いまは目を合わせるのすらこわがっているようだった。

とつぜん、冷たい手で心臓をつかまれたような気がした。

「奥方《おくがた》はどこだ？」フィンは詰問した。「病気なのか？　なぜここに出迎えにこない？」

執事がうなだれたまま進みでて、主人の問いに答えた。

「お留守のあいだのことです、アルム城主さま。そう、まだ三日とたっておりません。ひとりの男が丘を登って門へむかってまいりました。見たところ、どこからどこまで、あなたさまご自身としか思われませんでした。しかもブランとスコローンにそっくりの犬を連れておりました。スコローンのしっぽの先にある三本の黒い毛にいたるまで、まったく同じでした。そしてわたしどもは、騎士団の狩の角笛を聞いたように思いました。すると奥方さまが――ご出陣の日からというもの、くる日もくる日も朝から晩までお帰りを待って門番小屋の屋根から外をながめておいででしたが――喜びの声をあげて走りおりていらっしゃいました。下ではうちの者どもが、だんなさまをお迎えするのに門を開けようとしておりました。わたしどもは奥方さまに、門内でお待ちくださいと叫びました。しかしほんとうのところ、奥方さまのお耳にはとどかなかったのではないかと思います。ツバメのように身をひるがえして門を抜け、丘を駆けおりていらっしゃったのです」

「そしてどうした?」フィンの声がきびしくなった。

「だんなさまの姿そっくりの男のそばまで行ったところで、奥方さまは足をとめ、苦しげな悲鳴をあげられました。そして男に背をむけて門にむかって走りだしましたが、男はハシバミの杖で奥方さまを打ちました。すると、奥方さまがいらした場所には、かわりに若い雌ジカが立っていたのです。それでもなお門にたどり着こうと、右に左に向きを変えて、見るも哀れなほど駆けまわるのですが、二頭の犬にはばまれてしまいます。わたしどもは武器をつかんで助けに駆けだしました。しかしその場へたどりついてみると、なにもかも消えうせていたのです。丘のどこにも、雌ジカも犬も魔術師も、影すら見えなくなっていました。そしてとつぜん、あたりに狩の一団が突進する物音が響きわたったのです。人びとの叫び声と早駆けする馬のひづめの音、犬たちの吠え声が聞こえました。あちらから聞こえるという者もあり、こちらから聞こえるという者もあり、どこからとわからないうちに、音はうすれて風にまぎれてしまいました。一帯を捜索していますが、雌ジカも狩猟の一隊もなんの跡も見つかっておりません。ああ、だんなさま、奥方さまはいなくなってしまわれたのです!」

フィンは両手で顔をおおった。だれにも自分の顔を見られたくなかった。そしてそのまま、ひとことも口をきかずに自分の部屋へ入っていった。

その日とつぎの日一日じゅう、フィンは部屋に閉じこもったが、だれひとり扉の近くまで行く勇気のある者はいなかった。三日めにフィンは姿を現わし、フィアンナ騎士団長の地位にある者として、ふたたび務めについた。

七年がすぎた。フィンはまた狩に出た。その七年のあいだ、上王のもとにいるときと海賊を討ちはらいに進軍するときと夏の訓練のときをのぞいていつも、フィンは西へ東へ南へ北へサーバをさがしまわった。エリンの国じゅうを、海岸から海岸までさがした。ブランとスコローンの二頭の猟犬だけを連れ、山という山を登り、谷という谷をくだり、森という森を奥の奥までたどった。風すさぶ高原の荒野《ムーア》という荒野を駆けめぐった。しかしサーバの気配さえなかった。

こうして七年がすぎ、フィンはサーバとふたたびめぐりあう望みをいっさいなくした。そして昔のように騎士たちと狩に出るようになった。

ある日一行はスライゴーのバルベン山で狩をしていた。犬たちは狩猟隊のはるか先を走っていた。とつぜん獲物を追う吠え声が、すさまじいけんかのうなり声に変わるのがフィンの耳にとどいた。一行は前へ走りだした。この日は山道が険《けわ》しく小馬がつかえなかったので、徒歩で狩に出たのだ。そしてかれらは、裸の少年がナナカマドの木の下に立っているのを見つけた。犬たちは少年に襲いかかろうとしていた。ただブランとスコローンだけが、牙をむきだし耳を倒して群れからとびだし、ほかの猟犬たちにむかいあって少年から遠ざけようとしていた。

フィンの心の奥を強烈な記憶がゆさぶった。ブランとスコローンがまえにこれとまったく同じことをするのを目にしたときのことを、フィンはよく覚えていた。あのとき二頭は、若い雌ジカを守ろうとしていた……。

狩猟隊がその場をとりかこみ、犬たちを追いはらった。そのあいだも少年は、怖れるふうもなく立ったまま、ひとりひとり騎士の顔をたしかめていた。少年は背が高く、やせ型だが均整のとれた体つきだった。格闘技より競走にむいていると、こういう判断には目が利くフィンは思った。少年の髪はフィンの髪と同じくらい淡い色だったので、そのぶんいっそう黒い瞳がきわだって見えた。少年は野生の獣《けもの》のようで、緊張していまにも身をひるがえしそうにしながら、誇り高く怖れをしらないようすだった。

「何者だ?」フィンはたずねた。

少年はフィンを見つめたが、ひとこともしゃべらなかった。

「名はなんという?　いったい、どこの生まれだ?」

少年はそれでも口を開かなかった。するとキールタ・マックローナンが割って入った。

「たずねてもむだでしょう。おわかりになりませんか?　この子はまったくの野育ちで、人の言葉を知らないのですよ!」

そこでフィンは、開いた手をゆっくりと安心させるように少年にさしだした。危険なことはなにもないとわからせるために。少年はフィンの顔を見て、さしだされた手を見ると、それからまたフィンの顔に視線をもどした。「おいで」フィンはいった。猟犬の子犬を訓練するときのように。はじめのうち子犬には言葉の意味はわからない。しかし話しかけるときの声音が、なにかを語りかけるものだ。やがて少年はそろそろと近よって、フィンの手に自分の手をあずけた。

こうして一行は、不思議な少年をなかに囲んでアルムへもどった。道すがら、フィンは少年から目をはなさなかった。心に大きな謎をかかえ、少年がその謎の答えであるかのように。

はじめのうち少年は檻《おり》にいれられた野生の獣のようだった。なにもかもが馴染《なじ》みのないものだったのだ。裸で走りまわる生活しか知らなかったので、服を着ると肌がすれて痛いうえに不自由でならなかった。少年はズボンもシャツも、何度着せられてもぬぎすてて放りだした。人間らしく食事することも知らなかった。食べ物をひったくってテーブルの下にもぐりこみ、犬たちといっしょに食べた。しかし少しずつ野の生活はうすれ、人の暮らしに慣れていった。話しかけられた言葉の意味を推測するようにもなった。もっとも、まちがえることもあった。ゴル・マックモーナがアブにさされた背中をかいてくれと頼んだのにリンゴを持ってきたり、フィンが夜が冷えるようになったなといっただけなのにフィンの狩猟用のくつひもをうれしそうにゆるめにきたりした。しかしそのうち、とまどい、つかえつかえではあったが、少年は人間の言葉を話すようになった。

言葉がすこしなめらかになり、長い話ができるようになると、少年は世にも不思議な話をフィンに語ってきかせた。それは冬の夜のことで、少年はブランとスコローンにはさまれてフィンの足もとにすわっていた。扉の外では風がオオカミの群れのように吠えまくっていた。

思いだせるかぎりずっと、少年は斑点のある若い雌ジカと暮らしていた。その雌ジカが自分の母親だと思う、と少年はいった。ほかに母らしいものはいなかったし、知っているかぎりでは父親もいなかったからだ。少年が幼いころは雌ジカが乳をのませ、寒い夜は体をまるめて少年を温めてくれた。けがをしたときや悲しいときはなぐさめ、そしていつも優しく愛をそそいでくれた。少年と雌ジカは美しい緑の谷間で暮らしていた。その谷間には出口がなかった。なぜ、どうしてそうなのか、少年には説明できなかった。とにかく場所はわからないが、入ってくるところがあるのだから、出るところもあるはずだ、と少年は考えた。そう考えるにはわけがあった。夏のあいだ少年は木や草の実で命をつないでいたが、冬になると毎日、丘の中腹の洞窟に食物が置いてあったからだ。それにときおり、とても背が高い黒髪の男がやってきた。男がやってくると、少年は怖くておちつかない気分になった。男は少年の母である雌ジカに、ヒースの花の蜜のような黒く甘い声で話しかけることもあったし、刃物のように鋭い声を出すこともあった。しかし雌ジカはいつもかたく身をちぢめて、男を見ようともしなかった。そして最後には、男はひどく怒ってどこかへ消えてしまうのだ。

　ある日のこと、黒髪の男はほんとうに長いこと少年の母に話しかけていた。優しくかきくどくかと思うと、心の痛みに耐えかねるように激しく、あるいは冬木立ちを鳴らして吹く冷たい風のようにあらあらしくしゃべりつづけた。それでも雌ジカは男から身を遠ざけるばかりで、ただ、いつもかならず男と少年のあいだに立つようにしていた。ついに男はたのみこむこともおどすこともあきらめ、少年がはじめて見るしぐさをした。いつも手にしているハシバミの杖をもちあげて雌ジカを打ち、くるりと背をむけて歩み去ったのだ。

　するとこんどは、雌ジカが男のあとについていった。全身をふるわせ、進むまいと力をふりしぼっているようだったが、やはり脚がまえへ動いてしまうのだった。

　少年はとても怖くなった。母にむかって、おいていかないでと泣きさけんだ。しかしあとを追おうとすると、足は地面に根がはえたように動かなくなっていた。母は悲しみにあふれた目で少年にふりむいた。目から大粒の涙がこぼれおちた。しかし足はとまらず、まるで鎖で引かれるように黒髪の男のあとをついていった。

　少年はなおも母を追おうともがいた。怒りと恐怖と悲しみの叫びをあげながら地面に倒れ、そのまま闇のなかへ落ちていった。それは眠りににていたが、安らかな眠りではなかった。

闇からぬけだしたとき、少年はまばらにヒースがはえたバルベン山の斜面に横たわっていた。ひとりだった。

何日ものあいだ山のなかを歩きまわって、あの隠れ谷をさがしたが、見つからなかった。そんなときに騎士団の猟犬に見つかったのだ。

話を聞いてフィンは、二度とサーバに会えないことをさとった。そして同時に、サーバが自分に息子を残してくれたことも。

フィンは少年をアシーン、ちいさな子ジカ、と名づけた。アシーンは成長してフィアンナ騎士団でも指おりの戦士になった。しかしアシーンにはどこか人間ばなれしたところがあった。母方から妖精族の血を引いていたからだ。またアシーンは戦士としても名高かったが、歌人として、また不思議と驚きにみちた物語の語り手としてさらに有名だ。これも母方から詩人の才能を享《う》けていたからである。その歌声は、ヤマモモの木から飛びたつ小鳥のように、暁の女神のすそからこぼれおちた明《あ》けの明星《みょうじょう》のように、人びとの耳に響いた。

しかしサーバと黒いドルイド僧の物語には、アシーンも結末をつけることはできず、きょうにいたるまで、その物語の結末はだれも知らない。

第七章　ガリオン山脈の追跡

妖精ダナン族の鍛冶師《かじし》カレンはアルマーに近いガリオン山脈にある妖精の丘に館をかまえていた。カレンには娘がふたりあり、ひとりはエイネー、もうひとりはミルクラという名だった。

ふたりは美しく、一本の枝に咲いた二輪の白い野イバラの花のようによく似ていた。美しく背の高い戦士がつぎつぎとふたりに求婚しにやってきた。しかしエイネーとミルクラの愛はフィン・マックールにむけられており、ほかの男には見向きもしなかった。そして同じ男を好きになったために、ふたりとも嫉妬深くなり、昼も夜もすきさえあれば相手の足をひっぱろうと考えていた。しかしフィン・マックールはそのころまだ消えうせた恋人をさがしもとめていたので、ふたりに目をむけようとしなかった。

ある日ひとりの族長がエイネーを妻にと申しこみに来た。美しく背が高い男だった。

瞳は雨がくるまえのコネマラの丘のような暗い青で、首はたくましい牡馬のようだった。しかし、もう若くはなかった。カレンはこの縁談に乗り気だった。「この男と結婚すれば、もちろん相手は死すべき人間でわれわれとは違う種族ではあるが、おまえはエリンの婦人の半分からうらやまれる地位を得ることになる。これまで多くの者を追いかえしてしまったが、娘よ、この男を断るまえによく考えるがいい」

「考えるまでもありません」エイネーは答えた。「わたくしは美しい。そうではありませんか？　人間の相手ならミヤマガラスのように黒い髪の男でも、秋のカバの木の葉のように黄色い髪の男でも、栗毛の馬のような赤い髪の男でも選べるのです。それがいやなら同じダナン族の、老いることのない男を選ぶこともできるのです。なのになぜ、とっくに髪が白くなった男と結婚しなくてはならないのですか？　おとうさま、そんなことはぜったいにいやです！　レイン湖が干あがって、ガリオン山脈が海にしずんでしまうようなことにでもならないかぎり！」

この言葉をふと耳にしたミルクラは、こう思った。フィン・マックールを自分のものにできないなら（どうやらむりらしいとわかりはじめていたのだ）、これは姉のエイネーもフィンと結ばれないようにする好機ではないか。ふたりともフィンが手にはいらないなら、あきらめもつきそうな気がする。そこでミルクラは自分の友だちでエイネーとはつきあいのない者をすべて呼びあつめて、ガリオン山脈の頂上のちいさな灰色の湖までいっしょに来るようにいった。そして湖を囲むように立って髪をとき流し、手をつないで湖のまわりをまわった。風と日の光にさらされながら、ぐるぐるまわりつづけた。踊りの力で湖の水に強力な魔法をしかけたのだ。

それからしばらくあとのこと、ブランとスコローンはアルムの丘の近くで一頭の雌ジカを狩りだし、北のガリオン山脈へ追っていった。フィンは雌ジカをもっとよく見ようと必死にあとを追った。とはいえ心の奥深くでサーバではないとわかってはいたのだが。ところが険《けわ》しい山の中腹でシカはまるで黒い岩が口をあけてなかに吸いこまれたかのように姿を消した。フィンは雌ジカをさがしにさがした。あれはサーバではないという心のうちの声に耳をかしたくなかったのだ。しかし雌ジカの足跡ひとつ見つからない。まるで消えゆく虹の端をつかまえるようなものだった。

シカをさがすうちに、フィンは山の頂上にあるちいさなひと気のない灰色の湖に出た。湖の岸で美しい婦人が、すわった膝の上に頭をかがめて、悲しそうに涙を流していた。

フィンは近づいて、それほど嘆いている理由をたずねた。

「この世でいちばん大切な黄金の指輪をなくしたのです。わたしの愛する騎士が亡くなるまえに、指にはめてくれた品でした。それがいま、冷たい無情な水のなかへすべり落ちて、もう二度と見ることができないのです」

「わたしが指輪を取りもどしてさしあげましょう」そう告げるとフィンは革の狩猟着を

ぬぎすてて、湖に飛びこんだ。

　水は、春の雪解け水をあつめてほとばしる緑の激流のように冷たかった。深く深くフィンはもぐって、湖心の不思議な薄明の世界にたどりついた。のこぎりの歯のような岩が薄闇のなかにぼんやりとうかびあがり、長い緑の水草がフィンをからめとろうとするかのようにゆれている。しかし黄金の輝きはどこにも見つからない。フィンは息がつづかなくなり、水面にもどっていった。婦人は岸から呼びかけた。「どうかもう一度！もう一度やってみてください！」そこでフィンはふたたびもぐったが、結果は初めと変わらなかった。むなしく水面に顔を出すと、婦人がまた呼びかけた。「どうかもう一度、お願いです！」三度めにもぐると、こんどはふたつの小石のあいだにかくれるように水底に落ちていた黄金の指輪の輝きがフィンの目に入った。フィンは指輪をひったくるように拾いあげ、心臓が破裂しそうになりながらも水をけって水面にうかびあがった。

「ありました」フィンは声をはりあげ、婦人がすわりこんでいる岸へむかって泳いでいった。

「どうか、それをこちらへ！」婦人はフィンが岸にあがるのも待ちきれないようすで、かがみこんで指輪に手をのばした。フィンはまだ背が立たないうちに指輪を婦人にさしだした。ところが婦人は指輪を手にしたとたん、奇妙な高笑いをすると、カワウソのように水しぶきもあげず、するりと水に飛びこんで姿を消してしまった。

フィンはなにかの魔法にかけられたのに気づいた。できるだけ早く水から上がって、この場をはなれたほうがいい。フィンは岸へ跳びあがった。しかし地面に足が触れたとたん、明るい山頂の光が薄れた。まるで両目をさっと影がおおったようだった。両足は力が抜けて震えていた。体をささえきれず、フィンは顔から地面につっこんだ。ゆっくりと力をふりしぼって、なんとか両腕をついて身を起こした。かすむ目で、山に咲くちいさな花がまじる芝草の上についた自分の手を眺めた。それは節が太く、血管がうきあがった、老いさらばえた男の手だった。

ぞっとするような恐怖がフィンをとらえた。大声でブランとスコローンを呼ぼうとした。二頭は湖の岸をとりまく踏み荒らされた跡をかぎまわっていた。しかしフィンの声はしゃがれたささやきでしかなかった。スコローンのほうがちょっと頭を上げて、見知らぬ者に勝手なまねをするなと警告するように軽いうなりをあげた。ブランは一瞬も頭を上げず熱心に水辺をかぎまわっている。手飼いの猟犬すら、フィンがわからなかったのだ。

フィンは知恵の親指を、この力までなくなっていまいかと案じながら口にくわえた。力は失われてはいなかった。たちまち、雌ジカと湖岸の婦人の正体がカレンの娘ミルクラだということがわかった。すべてはミルクラのたくらんだことであり、なぜこんなまねをしたかもわかった。

やがて白い城壁に囲まれたアルムの砦では夕食の時間になった。炉端には客人たちが集まったが、フィンはもどらなかった。客に食事を出すときに主人が姿を見せないような礼儀知らずのフィンではないことは、だれもが知っていた。そこで西風をもしのぐ俊足のキールタ・マックローナンが砦のうちでもっとも足の速い者たちを召集し、それぞれもっとも鼻のきく猟犬を二頭ずつ紐につないで、フィンをさがしに出発した。

猟犬たちはたちまちフィンのにおいをかぎあて、すこしも迷うことなく跡をたどっていった。おかげでちょうど月がのぼるころには、かれらはガリオン山脈の頂上のちいさなひと気のない湖に到着した。湖の岸には老い衰えて満足に立つこともできない老人の姿があった。ブランとスコローンは山頂の灰色の岩のあいだをうろうろかぎまわっており、捜索隊が近づくとひどく不安げに細い鳴き声をたてて寄ってきた。

「ご老人」キールタが声をかけた。「フィン・マックールがここを通らなかっただろうか?」

老人は震える脚で立ちあがり、きょろきょろと騎士たちの顔を眺めまわした。聞かれたことがわからないのだ、老齢のために頭もおぼつかなくなったのだと、騎士たちは思った。「フィン・マックールだ、エリンのフィアンナ騎士団長だ、見かけなかったか?」かれらは口々に問いかけた。「見ればすぐにわかるはずだ。人に抜きんでて背が高く、日にさらされた大麦の穂のような金色の髪の男だ」

老人はなんとか答えようとしているようだった。しかし口から出るのは息がもれるようなひゅうひゅういう音だけで、なにをいっているのか見当もつかない。

しまいに老人はキールタにむかってうなずきかけた。俊足の騎士が身をよせると、老人は力をふりしぼってささやいた。「わたしがフィン・マックールだ」

キールタはぎょっとして飛びのき、目をみはって仲間たちを見回した。「ご老人は、自分がフィン・マックールだといっている」

あとの者はまさかといわんばかりに、腹立たしげな叫びをあげた。「この老人は、頭がおかしくなっているのだ！　でなければ、たちの悪い冗談をいっているのだ！　湖に放りこんで、すこし礼儀というものをおしえてやれ！」しかしキールタは老人の顔つきが気になった。そこでもう一度かがみこんだ。

フィンは刻一刻と衰えていく力をふりしぼり、喉《のど》をあえがせながら、鍛冶《かじ》師カレンの娘ミルクラの企《たくら》みにのってしまったいきさつを話した。

それを聞いてようやく、老人がほんとうにフィンであり、ダナン族の魔法にかけられたのだと納得できた。騎士たちは激怒した。

キールタともうひとりの騎士が山腹をはいおりて、林の縁に生えていたカバとトネリコの枝をきりはらい、山頂に運んだ。枝で台の骨組みを組みあげると、その上にマントをぬいで広げ、フィンを乗せた。こうしてフィンを乗せた吊り台を囲んで、一行は鍛冶師カレンの館がある妖精の丘へむかった。

丘に着くとかれらは吊り台をおろし、幅の広い鉄の刃の短剣を抜いて地面を掘りはじめた。

三日三晩かれらは掘りつづけ、妖精の丘に深くくいこんでいった。三日めにかれらは丘のいちばん内側の中心部に達した。手にした冷たい鉄の短剣のおかげでかれらの五官は妖精の惑わしから守られていた。そのため死すべき人間の目に映る丘の内部は、美しさに目をみはる館でもなんでもなかった。元気いっぱいに跳ねる馬をずらりとつないだ前庭もなければ、豪華な壁掛けも金銀の器もまぶしい広間もない。ただ暗い土の洞窟を粗い石の板でささえただけの場所だった。しかし洞窟の入り口にはエイネーが、深い黄金色に輝く大杯を捧げてたたずんでいた。

エイネーは微笑していった。「みなさま、たいへんなお骨折りでしたこと」

「わけあって、ここまで掘ってきたのだ」キールタ・マックローナンが答えた。

「みなさまをお待ち申しておりました」エイネーは微笑を浮かべたままいった。「妹ミルクラがしかけた魔法のことは存じております。わたくしの手にありますもので、その魔法は解けましょう」エイネーはフィンを乗せた吊り台のほうへ進み出て、黄金の杯をさしだした。

フィンはふるえる両手で杯を取り、飲むと、とたんに吊り台から跳ねおきた。以前にもまして若く活力にあふれ誇り高いようすだったが、髪だけはヤナギランの種子についている綿毛のような灰色のままだった。

「もう一杯お飲みください」エイネーがいった。「そうすれば髪も元どおりになるでしょう」

フィンは杯をさしだしかけ、その手をひっこめた。「妹御の呪縛《じゅばく》を解いてくださったことにはお礼申しあげます。しかし今後は、灰色の髪のままでいるつもりです、エイネー。わたしはあなたの夫になるつもりはありませんから」

エイネーは杯をひったくると、姿を消した。あとにはただ、草のおいしげる丘の中腹に騎士たちが急いで掘った穴が残っているばかりだった。

フィンと騎士たちは口笛を吹いて犬たちを呼び集め、白い城壁に囲まれたアルムの砦をさして帰っていった。

こうしてフィンの髪は、その命がつきる日まで銀色に輝くこととなった。

第八章　ジラ・ダカーと醜い牝馬

長い年月が流れ、さらに長い年月が流れた。フィンはふたたび妻を迎えた。黒膝のガラドの娘マーニサーである。そしてアシーンの弟たちをもうけたが、アシーンほどに愛する息子はいなかった。またフィンは、いつもサーバのそばにいたいがために狩にでるのすら控えたものだが、マーニサーを妻にしても、以前と変わりなく狩を楽しんだ。

ある夏フィンはフィアンナの騎士たちとマンスター国全域にわたる狩猟の旅に出かけた。ケン・オーラットとキーン山脈とコイル・ナ・ドルアを越え、豊かなファーモーの地をよこぎり、南のキラーニーの湖沼地帯まで馬を駆《か》った。ファーミンの大平原を端から端まで駆けぬけ、雪がまだらに残るナモン山脈の頂上まで獲物を追った。東マンスターと西マンスターのすべての土地を、バラ・ガヴランから青い湾に臨むリメリックまで踏破した。

クリアック平原で狩をしていたとき、フィンは平原を見おろす台地の上に野営の天幕を張らせた。そして自分は野営地に登って休息をとり、下の平原で狩をする騎士たちを眺めることにした。側近の数名がフィンの供《とも》をした。偉大なる戦士ゴル・マックモーナ、子羊の毛をはやした皮肉屋コナン、フィンの相談役ファーガス・フィンヴェル、それにフィンの息子アシーンとディアミッド・オダイナなどである。この最後のふたりはまだ若く、あたらしくフィアンナの騎士になったばかりだった。

フィンが側近たちと台地の上に陣どると、狩人《かりゆうど》たちは猟犬の引き綱をほどいた。夏の朝空に、フィンのもっとも愛する音色があふれた。音楽のように響きあう猟犬の吠え声と、犬をけしかける狩人のかけ声、それに狩の角笛の調べが、あちらこちらの谷にこだました。

しかし狩が始まるとまもなく、フィンは、下の斜面にこんもり生えた木立ちを抜けて台地を登ってくるひとりの男に気がついた。男は馬を引いていた。男も馬も、台地の上で見守っている族長と戦士のだれも見たことがないほど奇妙で醜かった。

まずどちらも、あまりに大きい。男のずんぐりした樽のような胴をささえる脚は曲がってねじれ、幅広くひらべったい足につづいていた。腕には力こぶが盛りあがっていた。ぶあつい唇に乱杭歯《らんぐいば》、それに見たこともないほど毛深い。右手に鉄を巻いた棍棒《こんぼう》をにぎり後ろに引きずってきたため、農夫が二頭立ての雄牛につけた犂《すき》で畑の畝《うね》をたてたような太い溝が地面にきざまれていた。そして馬は――近づいたところを見ると、年寄りの牝馬だとわかったが――まさにこの主人が乗るにふさわしい代物だった。全身、赤黒く長い毛がもつれあい、年を経たハリエニシダのしげみのようにからみあっていた。あばら骨と体じゅうの関節が皮の下からうきあがり、脚は主人とおなじように曲がっていた。首はねじれ、頭は巨大な胴体とくらべても大きすぎた。馬の首にははづなが巻いてあり、どうやら主人が力いっぱい引っぱって馬を歩かせているらしい。牝馬はほとんど数歩ごとに四本の脚をふんばって、先へ進むのを拒否する。すると主人が鉄を巻いた棍棒であばらに一発くらわし、はづなをぐいぐい引っぱるので、牝馬の頭が胴からもげてしまわないのが不思議なくらいだった。牝馬はお返しにときどきはづなをぐっと引きもどした。これまた、男の腕がつけ根から抜けてしまわないのが不思議なほどの強烈な引きだった。

　そんな具合にぐいぐい引いたり、じわじわたぐったり、ぐいっと力を入れて引きよせたり、どやしつけたりしながらのろのろと進んできたので、フィンと側近たちが立って眺めている台地の上にたどりつくまで、ずいぶん時間がかかった。ともかく騎士たちのまえまでやってくると、男はふかぶかと頭を垂れ、膝を曲げて敬意をあらわした。

　フィンは男が何者で、なにを求めてきたのか、いつもどおりにたずねた。

「わしが何者か、自分でもわかりゃあせんです。どこのだれが父親で母親だかも知らんでした。じゃがみんな、わしのことをジラ・ダカーと呼んどります。不精者《ぶしようもの》のジリ（スコットランドの族長に仕える召使）って意味です。わしの望みってのは、騎士団長さま、わしはあっちこっちの土地でだれでも手間賃くれて食わしてくれるお人に奉公してきたんじゃが、うろうろしてるあいだに何度もあんたさまのお名を耳にしとります。強うて、知恵があって、気前のええお人じゃて評判でした。そいじゃもんで、一年ご奉公したいと思ってきましたです」

「奉公の代価になにを望む？」フィンがいった。

「一年すぎたら、そのときに手間賃を決めさしてもらいます」男は答えた。

「自分で決めるというのだな？」フィンは大男のずうずうしい言い種《ぐさ》をおもしろく思った。

「はあ、奉公さしてもらえるんなら。じゃが、はじめにいっときますが、わしの名は理由もなく付けられたわけじゃあ、ありやせん。わしはじっさい、不精な召使なんで。働かすのも、いうことききかすのも、仲ようやってくのも大変な召使なんですわ。わしより手の焼ける怠け者の召使はおらんでしょう。軽くて簡単な仕事にもんくばかしいいますしな」

「自分を売りこむ言葉とは思えないな」フィンはいった。「しかしわたしは、雇われようとやってきた者を拒《こば》んだことはない。だから、おまえを拒むつもりもない」

ジラ・ダカーは満足げに歯をむきだして笑うと、骨と皮ばかりのみじめな老いぼれ馬のはづなを解いて、フィンや側近たちの馬のなかへ放してやった。

牝馬は主人よりさらにつきあいがむずかしい相手らしかった。というのは、群れのなかへ入ったと思うと、醜い頭をふりあげ、長いぼさぼさのしっぽを槍のようにぴんと突きたてて、まわりの馬を手あたりしだい蹴りはじめたのだ。騎士たちは叫び声をあげて走りだし、牝馬のたちの悪いうさばらしを止めようとした。ところが牝馬は騎士たちが走りよってくるのを見ると、頭をひとふりして鋭く挑戦的ないななきをあげ、近くで草をはんでいたコナン・マウルの馬たちのなかへつっこんでいった。

コナンはこれを見て『不精なジリ』に、あいつがこれ以上の災厄《さいやく》をもたらすまえに早くつかまえろとどなった。

しかし『不精なジリ』は、コナンにひょいとはづなを投げて、大あくびしながら答えた。「わし、くたびれたわ。あいつをあんたさんの大事な馬から離したいんなら、行って自分でやんなせえ」

コナンは口から泡をふくほど怒ったが、いつものようにとげのある言葉を武器にして相手をいいまかしているひまはなかった。はづなをつかんで駆けだすとたちまち性悪《しょうわる》の牝馬に追いついた。そして牝馬が馬の群れにあばれこむ直前に首にはづなを投げかけ、むきを変えさせて、元の群れのほうへ引っぱっていこうとした。ところがたちまち牝馬は根を張りひろげた木のように動かなくなった。コナンは引いて引いて引きまくり、しまいには顔が紫色に変わるほどだったが、指の幅いっぽん分も動かすことはできなかった。

そのありさまを側近の者たちは腹をかかえて笑って見ていた。ファーガス・フィンヴェルが笑いすぎて息をきらしながらいった。「われらが太っちょコナンが、牧童のまねをしようとは、考えたこともなかった。しかも、ろくに馬一匹あつかえないとはな！そいつの背に乗って、だれが主人か思いしらせてやったらどうだ、コナン・マウル？」

コナンは仲間のからかいと笑い声にせっつかれて牝馬の背によじのぼると、いうことをきかせようと牝馬のあばらを蹴りつけ、馬が怒ってうしろに倒している両耳のあいだをこぶしでなぐりつけた。しかし牝馬は口のはじをぐっと引き締めただけだった。それはまるで側近たちといっしょに笑っているように見えた。そしてかんじんの脚のほうは、すこしも前へ出そうとしない。

「おっと、わかったわかった」ファーガス・フィンヴェルが声をはりあげた。「そいつはずっと、ジラ・ダガーを背に乗せてきた。ジラ・ダガーはまさに巨人といっていい。だからコナンがいくら太っているといっても馬のほうは重さを感じないのだ。人が乗っているとも思っていないのだろうよ！」

「なら、ことは簡単だ」負け知らずの騎士と呼ばれているコイル・クローダがコナンのうしろに跳びのった。それでも牝馬はぴくりともしない。ダーラ・ドンがコイルのうしろに乗り、そのうしろにアンガス・マッケアトが乗った。そんな具合にしてついに十四人の騎士がジラ・ダカーの馬の背に乗って、なんとか動かそうとした。それでも牝馬はすこしも重さを感じていないようで、背中の騎士たちをまったく無視した。

ジラ・ダカーはこれを見ると真っ赤になって怒り、フィンをふりむいてどなった。

「あんたさまのりっぱな評判がどんなもんだか、すっかりわかりやした！　お側の衆がわしの馬をばかにして、ひいてはわしをばかにしとるのに、やめさそうともなんともされん！　わしゃ、がまんがなりません！　たったいま手間賃もろうて奉公やめさしてもらいます！」

「それはまた、短い奉公だったな」フィンは笑いすぎて痛む腹をかかえていった。「申し合わせでは、一年の終わりに代価を決めるということだったが」

「考えが変わりやした」ジラ・ダカーがいった。「あんたさまのようなお人から手間賃もらおうとは思わんです！　よそでましなご主人をさがしますわ」

そういうとジラ・ダカーは背をむけてケリーの海岸の方角へゆっくり歩きだした。

牝馬はこれを見ると、だらりとしていた耳をぴんと立て、十四人の騎士を背に乗せたまま静かにあとをついていった。あとの者たちはこれを見て、体をふたつに折って笑いつづけた。馬に乗った騎士たちが朝日を受けてできた自分たちの影を三倍したほど進んだところでジラ・ダカーは足をとめた。後ろをふりむいて馬がついてくるのを確かめると、キルトをまくりあげて先へ進んだ。しかし今度は、青空を矢のように切りさくツバメか、石弓から放たれた小石のような速さだった。あまりの速さにジラ・ダカーの曲がった脚が胴体の下でかすんで見えるほどだ。すると牝馬は三度いないないて、主人に追いつこうと空《くう》を飛ぶような速駆けにうつった。背に乗った十四人の者たちは馬から跳びおりようともがいた。ところが体が牝馬の背にしっかりくっついて、どうしても身をもぎはなすことができなかった。

仲間たちはかれらが今度こそほんとうにこまったことになったのを見てとると、笑うのをやめてはるばる海ぎわまで追っていった。海岸までたどりつけばジラ・ダカーと悪魔のような牝馬も足をとめるだろうと思ったのだ。ところがジラ・ダカーはまっすぐ海へ走りこみ、牝馬も主人のあとを追って一瞬も速度をゆるめずに海に跳びこんでいった。リガン・ルミナはキールタ・マックローナンに劣らず足が速く、騎士団のだれより遠くまで跳躍することができた。この追跡の際もほかの者をはるかにひき離して先頭を駆けており、ここ一番の大跳躍でみごと牝馬の尾をつかんだ。まさに牝馬が海に躍りこむまぎわだった。ところがリガンがどんなに力をこめて引きもどそうとしても、牝馬にとってはオナモミの種ひとつ分の重さが加わったほどでしかなかった。牝馬に引きずられるまま浅瀬をすぎて深みにはいると、リガンは両手が牝馬の尾にしっかりはりついているのに気づいた。リガンも馬の背にいる十四人と同様、馬から身をもぎはなせなくなってしまったのだ。

フィンと残りの者たちは波打ち際に突っ立って、仲間が水平線のかなたへ連れ去られるのを見送った。長い距離を全速力で駆けとおしてきたので、疲れて息をするのもやっとだった。しかし怒ったり嘆いたりして時間をむだにすることなく、すぐに最善策を話しあい、イーダ山のふもとの海岸へむかおうと決めた。そこまで行けば、なにかのときすぐに出航できるようすっかり装備を整えた船が一艘《そう》、つねに用意してある。その船で西へむかい、さらわれた仲間をさがすのだ。そこでフィンは、選《え》り抜きの騎士のなかから捜索をともにする者を十五人選んだ。老練なゴル・マックモーナと若いディアミッド・オダイナもそのなかにいた。しかしアシーンは残された。かれはフィンの長男であり、父親が留守のあいだフィアンナ騎士団長の役目を代わらなければならないからだ。

一行はイーダ山へむかい、待っていた船に乗りこんだ。まず南下して、エリンの海岸沿いをぐるりと西へむかい、きらめく西の海へ出ていった。横帆をあげ、こぎ手たちがオールをとる船は、命も意志もある生きもののように西をめざしてすべりだし、やがてエリンの緑の丘と白い砂浜は後ろに消えていった。

何日もがすぎ、ついに前方の海上に高くきりたった島が見えてきた。雲をつくようにそびえる崖には、見たところどこにも登り口がないようだった。

一行は帆とオールを使って島をぐるりとまわってみた。しかしそれでも、ヤマネコすら登ってはいけないようなきりたった海岸がつづいているばかりだ。ところがある場所までくると、一行のなかでもいちばん狩の獲物を追うのが得意なフォルトラバが三度空気をかいで、ジラ・ダガーと牝馬はここから島へ上がっていったらしいといった。崖のふもとに姿がないところを見れば、どうやってかはともかく崖の上までよじ登っていったにちがいなかった。

ようやく一行は、この事件の裏にはなにかの魔法が働いており、自分たちが高貴な種族を相手にしなければならないことに気づいた。となれば、一行のなかでこの種の冒険に乗りだすのにもっともふさわしいのは、ディアミッド・オダイナをおいてほかにいなかった。ディアミッドはダナン族の貴公子のなかでもとくに力のあるアンガス・オグを里親として、ブル・ナ・ボイナで育ったからである。そのことについては、またいつか語るとしよう。

そこでディアミッドは船のなかで立ちあがり、戦いの身支度を整え、肩から剣を吊り、二本の長槍を両手に一本ずつ持った。荒《すさ》ぶる戦士の魂が宿ると、ディアミッドの全身が光の輪につつまれ、頭上には雲がうずまき、その美貌はさらにみがきがかかっておそろしいほどのすごみをおびた。ディアミッドは体をぐっとかがめ、引きしぼった弓のように力をためると、二本の槍のこじりを下について跳びあがった。みごとな跳躍できりたった崖のはるか上にある岩棚に跳びのると、さらに岩棚から岩棚へ、裂け目から裂け目へ、あるときは上へ、あるときは横へ跳び、槍と手と脚をつかってたゆまず崖を登っていった。はるか下の船上では、仲間たちが目をこらして見守っていた。そしてついにディアミッドは崖の頂上にたどり着き、緑の草を両の足で踏みしめた。

目のまえには木立ちと低いしげみが美しい影を落としている。小鳥のさえずりが響き、耳に涼しいせせらぎの音もあった。木立ちのむこうには平らな草地が広がり、白や赤や青や黄の花々が咲き乱れている。ディアミッドはあたりを見回した。ここにもジラ・ダカーと牝馬の気配はなかった。ディアミッドはまっすぐ木立ちをつっきっていくのが、この際いちばんよいだろうと考えた。木立ちのむこうの開けた場所に出れば、さがす相手のいる場所を教えてくれる人が見つかるかもしれない。

そこでディアミッドは崖をあとにして木立ちにふみこんだ。細い幹や枝が密生して迷路のようになっているなかをできるだけまっすぐ進み、ようやくのことで反対側へ抜けだした。目のまえに広がる芝生のように短くそろった緑の草地のまんなかに、葉のしげった高いリンゴの木が一本、たわわに実をつけていた。木のまわりを背の高い九つの石がぐるりと取り巻き、中心にあたる木のすぐそばに、ひときわ大きな石がひとつ置かれていた。その石の下からは澄んだ泉が音をたてて湧きだし、小川となって蛇行しながら草地を流れている。

ディアミッドは崖をのぼったおかげで暑くて喉《のど》が渇いていたのでさっそく泉に近づく

と、膝をついて両手にすくって飲もうとした。ところが唇が水に触れる寸前、低く不気味なざわめきと武具が触れあう音、それに多くの重い足音が聞こえてきた。まるで軍団がひとつまるごと草地をこえて自分のほうへむかってくるかのようだった。指のすきまから水がこぼれた。ディアミッドはさっと立ちあがって、あたりを見わたした。とたんに音が消えた。あたりにはなにもなかった。

ディアミッドはもう一度かがんで水を飲もうとした。するとまた軍団が近づいてくる音がした。ふたたび立ちあがってあたりを見回しても、人っこひとりいない。しかし今度はたまたま石柱のてっぺんに目がむいた。そこには美しいまだら模様の角杯《つのさかずき》が置かれてあった。縁にも胴にも黄金が巻かれ、宝石と色とりどりの七宝細工で目もあやな飾りがほどこされていた。

「おそらくこの泉は、この杯からでなければだれも水を飲むことを許さないのだろう」とディアミッドは考えた。手を伸ばして杯をとると、泉にひたして水をくみ、飲みほした。今度は近づいてくる軍団の物音はなかった。しかし最後の一滴を干したとたん、背の高い男がこちらへむかってくるのが目にはいった。身をつつむマントは赤黒く、額から後ろへながして赤味がかった黄金の輪でおさえた髪も黒く、その顔も怒りでどす黒い。まるで雷雲が人の形をとって現われたかのようだった。

「ディアミッド・オダイナよ」見知らぬ戦士がいった。「エリンの地は広く緑濃く、喉をうるおす流れがいくらもあるではないか。なぜわたしの緑の広野へはいりこみ、わたしの角杯を使ってわたしの泉から水を飲む？」

「これはまた、そっけない歓迎のあいさつもあったものだ！」ディアミッドはいい返した。

「ましなあいさつを望むなら、勝手なふるまいで無礼をはたらくのはやめておけ！」戦士は剣を抜いてディアミッドに打ちかかった。ディアミッドの剣が相手の剣を受けとめ、たがいの膝と膝がすれあった。秋になると角と角をからみあわせて闘う雄ジカのように、ふたりは鍔迫《つばぜ》りあいをくりかえした。

闘いは一日じゅうつづいた。どちらも一歩もひかないまま昼がすぎ、夕方になった。まさに日がしずもうとしたとき、戦士はいきなり後ろに跳び、泉のまんなかにおりると姿を消した。まるで泉がかれを飲みこんだかのようだった。

ディアミッドは疲れきって、泉のふちに立ったまま剣を支えにして、戦士が消えた場所を見つめていた。ダナン族の流儀はよくわかっていたので、リンゴの木の下に自分のマントを広げ、横になって眠ることにした。泉の戦士は太陽とともに消えてしまったが、また太陽とともにもどってくるはずだった。

目が覚めるとちょうど太陽は世界のふちから姿を現わすところだった。すでに泉の戦士は背の高い石柱のそばに立って待ちかまえていた。

その日も一日ふたりは闘ったが、まえの日とまったく同じだった。日暮れになるとやはり戦士は泉のなかに跳んで、姿を消した。ディアミッドはリンゴの木の下にマントを広げ、夜明けまで眠った。三日めも同じだった。朝がくるごとに、泉の戦士の顔は前日の夕方よりさらに暗い怒りに燃えているようだった。しかし四日めが終わろうとしたとき、ディアミッドは機会《とき》をはかっていた。黒髪の戦士が跳びすさったとたんに跳びかかり、相手にがっちり両腕をまきつけて、ともに泉にしずんだ。

下へ下へしずむにつれ、頭上の光は緑の泡のようにちぢまり、不気味な影がうごめく闇の世界が広がっていった。ディアミッドは、形もわからない影がいくつも、体をかすめていくのを感じた。人間の時間にしてすでに何年もしずみつづけ、この先も永遠にしずんでいくような気がした。やがてちいさな緑の泡が、今度は下方に見えてきた。ちいさな泡はふたりがしずむにつれて大きくなっていった。そしてまるでふたりの足が泡を蹴やぶったかのように光がはじけ、ふたりがあとにしてきたたそがれの光に代わって涼しげな朝の光がふりそそいだ。足の下にはまたかたい地面があった。

地面に足が触れるや、黒髪の戦士はディアミッドの腕をふりほどいて走り去った。ディアミッドはできれば追いかけたかったが、疲れと四日間の闘いで負った傷の痛みがとつぜんふくれあがり全身に広がった。ディアミッドは三歩と歩かないうちに地面にくずれおち、深い眠りにひきこまれた。少年時代にボイン川の流れがひと晩じゅう歌ってくれる歌が寝所に流れていたころの、純粋で活力を回復させる眠りだった。

肩を軽くたたかれて目を覚ますと、若い男の姿が目に入った。頭から首へぴったりなでつけた髪が銅《あかがね》の冑《かぶと》のように見えた。相手を従わせずにはおかない雰囲気は、エリンの傑出したフィアンナ騎士団長フィンと同じものだった。その手には抜き身の剣が握られていた。ディアミッドはさっと立ちあがって自分の剣に手をのばした。しかし男はほほえんで剣を鞘《さや》におさめた。

「わたしは敵ではない。剣のひらで触れて起こしてさしあげたのだ。ここで眠っていては危険だ。ついて来なさい。もっと安全でこころゆくまで眠りを楽しめる場所へ案内しよう」

「これはうれしいごあいさつ、しばらくまえに別の騎士から聞かされた言葉とはまるでちがいますね」ディアミッドは応えて、騎士とともに歩きだした。

島の上の世界も美しかったが、いまディアミッドが歩いている世界ははるかに美しかった。小鳥の歌はさらに甘く、色さまざまな花と葉はあまりに明るく輝いているので虹の光でできているかと思われた。しばらく行くとすばらしい城砦が見えてきた。その白い城壁は、たそがれどきの白い花のように内側から光を放っているように見える。いちばん外側の城壁を囲むようにリンゴの木がしげり、銀色の花と金色の果実を同時につけていた。砦にはいると騎士はディアミッドを導いて脇道を通り、騒がしい中庭や人のいる場所をさけて、広間の裏にあたる奥の小部屋へ連れていった。騎士はこの砦の主らしかった。かれが客人のために大鍋に湯をわかして風呂の支度をするよう大声で命じると、何人もの召使が言いつけに従って駆けまわり、あっというまに火がたかれ、柔らかな麻のタオルひと揃いといくつもの壺に入ったにおいのよい香油が運びこまれ、巨大な青銅の鍋で湯がわかされた。湯がわくと鍋が火からはずされ、砦の主人が手ずから香油と薬草をたっぷりと注ぎこんだ。おかげでディアミッドが湯のなかに身をしずめると、とたんに傷口は閉じ、疲れがぬけていった。そして湯からあがると、生まれて一度も疲れというものを知らず、このさきも死ぬまで疲れることなどないと思えるほど爽快な気分だった。湯をつかっているあいだに、砦の主人はディアミッドの戦いで破れて汚れた衣服をまとめて下げさせ、サフラン色の絹の美しいシャツと、このうえなく柔らかい格子《こうし》模様の布地で作ったズボンと、緋色の絹のマントを取りよせていた。ディアミッドが身じまいをするあいだ、ふたりは言葉をかわした。

「まえもってお許しいただきたいが、うかがいたいことがずいぶんあるのです」ディアミッドがいった。「あまり多く不思議なことがあったので、自分の足の下にある地面すら当てにならない気がするほどです。一連の出来事の詳しいことわけを知るまでは、安心して立っていられない気持ちなのです」

「どうぞ、いくらでもご質問を」砦の主人はほほえんで応えた。

「まずこの島はどういうところですか？　泉のほとりで四日間わたしと闘った戦士は何者でしょう？　そしてご城主、ご親切にもてなしていただきましたが、あなたはどういうおかたなのですか？」

砦の主人は声をあげて笑いだした。「最初から続けて三つとは。ひとつずつ順にお答えしよう。ここはティル・ファ・トン、海の下の国で、あなたが泉のほとりで闘った相手は、この国の王。そしてわたしは王の弟――さあ、よくご覧なさい、そうすればわたしがだれかわかるでしょう。しばらくまえ、フィン・マックールに一年と一日の奉公をすることになった男です。じっさいには、奉公したともいえない短さで契約を解いてしまったが」

話しながら砦の主人はディアミッドをじっと見つめた。ディアミッドも見つめかえした。すると、まぶたの裏からひとつの姿がうかびあがってくるように思えた。大きな太った男で、脚は曲がり、顔は毛むくじゃらで、見るも無残な老いぼれの黒馬を力いっぱい引きずっている。

「なんと、では――ジラ・ダカーですか！」

「そのとおり」王弟が応えた。

「となると、もうひとつうかがいたい。あなたの馬の背に乗せ、尾に取りつかせたまま連れ去った十五人の騎士はどこにいるのです？」

「無事で元気ですよ。まもなく広間の夕べの宴《うたげ》でいっしょになれば、わかるでしょう」

「そもそもなんのために、かれらを連れ去ったのです？」

「かれらの助力が必要でした。あなたと、軍船のお仲間も同じように。フィン・マックールはかならず捜索隊を率いてくるとわかっていましたから」

「助力とは、どういうことです？」ディアミッドは、なおもたずねた。

「わたしはこの国の半分に正当な権利を持っています。しかし父が王位を離れると、兄は、年齢でも力でもわたしを上まわっていましたが、わたしの相続分までも自分のものにしてしまったのでした。いっぽうわたしには百四十人の忠実な騎士がおり、そこへさらに、エリンの華というべき戦士たちを招きいれたというわけです。みなさんの助力があれば、もちろん、そのお気持ちがあればということですが、わたしは王国の半分と兄に奪われたものをすべてとりもどせるでしょう。そのあかつきには、助力いただいたかたがたそれぞれが望むものをわたしに申し出ていただきたい」

「わたしの気持ちは決まりました」ディアミッドはいった。「仲間たちもそれぞれ自分の口からお答えするでしょう」

こうしてディアミッドとティル・ファ・トンの王弟は手をうちあわせて協約を結び、互いに信義を守り忠誠を尽くすと誓いあった。

いっぽうフィンと船上の騎士たちはディアミッドの帰りを五日間待ったすえ、かれをさがしにいくことにした。太綱も細綱もありったけ集めて一本に結びあわせ、海面から崖の頂上までとどくだけの長さの綱をつくった。それから登るのが得意な者がふたり、綱のはじを胴に巻き、岩肌にとりついてディアミッドがたどったあとをよじ登っていった。なんとか頂上にたどりつくと、地面からつきだした岩に綱をしっかり縛りつけ、あとの者たちが登ってこられるようにした。

最後のひとりが崖の頂上の草地に無事足をおろすと、一行はディアミッドがそうしたように木立ちを抜けていった。しかし木立ちを抜けてもディアミッドと同じ場所には出なかった。そのためディアミッドの冒険の始まりとなった魔法の泉を目にすることはなく、代わりに木立ちのはずれで洞穴を発見した。ちょうど日がしずもうとしていたので、ひと晩をすごすのに安全かどうか、なかへ入ってみることにした。

「温かく、乾いているが」フィンがいった。「こうした場所で奥がどうなっているか確かめもせずに眠るわけにはいかない。どんな危険がひそんでいるかしれないからな」そこで一行は奥へ奥へと、進んでいった。しかし洞穴はどこまでもどこまでも続いており、終わりなどなさそうに思われた。あきらめて入り口にもどって野営しようかと考えはじめたころ、はるか前方で日の光が輝くのが見えた。かれらは光のほうへ進んでいった。ところが、洞穴の反対側で蜜のようなたそがれの光をあとにしてきたというのに、出てみると冷たく澄んだ早朝の光があふれていた。

「不思議なことだ」フィンがいった。「ひと晩じゅう洞穴をさまよったはずはない。それはまちがいない。エリンの上王がターラに王宮をかまえておられるごとく確かなことだ」

あとの者たちは前方の眺めに目をうばわれていた。そう遠くない丘の上に白い城壁をめぐらした砦がある。その手前のリンゴの木は満開の花が銀色に輝いていながら、金色に色づいた実をつけている。

砦のまえの緑の草地では戦士たちが盾をかまえ、剣や槍を手に、訓練にはげんでいた。近づいていくと、そのなかにディアミッドとジラ・ダカーに連れ去られた十五人の顔があるではないか。かれらも同時にフィンの一行に気づくと、歓声をあげて槍をほうりあげ、出迎えに駆けよってきた。

迎える側も迎えられる側も、おおいに喜び、歓呼の声をあげた。ディアミッドはフィンの一行を、訓練をしていた騎士たちのもとへ案内した。百四十人の背の高いダナン族の戦士は敬意をもってフィンとフィアンナの騎士たちを迎えた。戦士ばかりでなく、緋色のマントに身をつつんだダナン族の婦人たちも歓迎にくわわった。婦人たちは訓練を眺めに砦から出てきていたのである。そしてダナン族の戦士たちの先頭には、王弟がみずから進みでてあいさつの言葉を述べた。

フィンと軍船に乗ってきた者たちは、あとの十六人がすでに聞かされたように、自分たちがエリンからティル・ファ・トンへ連れてこられたわけを聞き、ひとりひとり全員が王弟と手をうちあわせて、来たるべき戦いで共に戦うことを誓った。その日の夕方、砦の広間では盛大な宴がもよおされた。フィアンナの騎士とダナン族の戦士が同じ皿から食べ、同じ杯から酒を飲んだ。広間の垂木の下には、竪琴《たてごと》の軽快な音が響いていた。その音色は、三つの世界（人間界、妖精界、神と死者が住む常若の国の三つ）がまだ若くみずみずしかったころ大いなる神ダイグダの竪琴から流れでた音におとらず甘く響いた。

つぎの朝、フィンと王弟にそれぞれ率いられたフィアンナとダナン族の騎士たちは、ともに王宮めざして行軍を開始した。

しかしディアミッドと四日間闘った男は、斥候《せっこう》からの報告でこれを知り、迎え撃ちに出た。こうして両軍は出会った。王の軍はゆうに王弟軍の数倍はあった。しかし王弟軍にはエリンのフィアンナ騎士が三十一人くわわっていた。

両軍は互いを認めると行軍をとめ、浅い谷をへだてて陣を敷いた。ティル・ファ・トンの戦いの角笛が谷の一方から響きわたると、もう一方ではフィンが朝日に輝く槍をふりあげてフィアンナ騎士団の戦いの雄《お》たけびをあげた。王弟軍のダナン戦士もフィアンナ騎士とともに口々にその声にならった。両軍の戦列が大波のように押しよせてぶつかりあった。白塵がたちこめて戦士たちをつつみ、槍の穂先だけが塵《ちり》の雲の上にきらめいた。

戦いはどちらも優勢を得られないまま、一日つづいた。しかし日暮れが近づくころ、数でまさる王軍がじわじわと相手を押しはじめた。フィンはそれを見てとると、胸と腹と喉いっぱいに空気を吸いこんだ。体の下で脚が軽く感じられ、眼が血走って映るものすべてが赤くそまって見えるほどためこむと、根かぎりの力をふりしぼってドード・フィアン、騎士団の雄たけびをあげた。それは軍団がいよいよ追いつめられた場合にのみ聞かれる、最後の突撃をうながす声だった。

その響きが耳にとどいたとき、ディアミッドの全身に荒々しい炎が燃えあがった。ディアミッドは敵めがけて突進した。もはや友軍の援護を待とうともせず、猛然と敵の中心に斬りこんでいった。めざすは王旗が風にひるがえる場所だ。敵を切りはらい、かいくぐり、のりこえ、スズメの群れを襲うタカか、小魚の群れを追う鯨か、羊の群れのなかで血に狂うオオカミのように、手あたりしだいになぎ倒していった。ディアミッドが敵軍の中心にひらいた血路を、あとにつづく友軍がおしひろげた。

ティル・ファ・トンの王の軍団は分断され、散り散りになって敗走した。王と、王を守って戦っていた王子はともに戦死した。こうして夕日の最後の赤い光とともに、戦いは終わりを告げた。

三日と三晩にわたってフィアンナの騎士たちは、新王と臣下の者たちとともに祝宴につらなった。しかし宴の最後にフィンはいとま乞いを告げた。あわただしくエリンをあとにしてきたうえに、アシーンはまだ若く全騎士団を統率するには不足があると思われたからだ。

「こんなに早くお帰しするのは残念だ」ティル・ファ・トンの新王はいった。「しかしぜひにとおっしゃるなら、いたしかたない。だがまず、このたびの奮闘にたいしてどのような報酬を望むか、おっしゃっていただきたい」

「おぼえているところでは」フィンは笑って答えた。「わたしのもとからいとまを取ったとき、あなたは報酬を受けなかった——まあじっさいには、一年と一日の奉公は果たされなかったわけだが。これはお互いさまということで、借りはすべて清算されたとしよう」

ほかのフィアンナ騎士たちも同意した。ただコナン・マウルだけは、そうかんたんに納得はしなかった。「あなたがたはいいだろうさ、りっぱな船でここまで来たのだから、貸し借りなしといえるだろう」コナンはじろっとフィンをにらんだ。「わたしはエリンからはるばる海を渡るあいだずっと、あのやくざ馬のとがった背骨に苦しめられたのだぞ！」

これには新王も、かみころした笑いで喉がつまりそうになったが、なんとかまじめな顔をつくろった。「なるほど、おっしゃるとおりだ。では、どのような報酬を望むか決めていただこう。なんであれ望みのままに支払おう」

「わたしの望みはこうです」コナンは満悦のていで答えた。「よりぬきの戦士十四人をあの獣《けだもの》の背に乗せ、あなた自身は尾につかまって、われわれがここへ来たときと同じ姿で同じ道すじを通ってエリンへ来てもらいたい。それが果たされてはじめて、貸し借りなしとしましょう」

フィアンナの騎士たちはほっとため息をついた。かれらはコナンが黄金か宝石を要求して騎士団の面目をつぶすのではないかと心配していたのだ。

「まさに公平というものだ」王はいった。「その報酬はかならず支払おう。国へもどられたら、あなたがたが最初にジラ・ダカーとあの馬を目にしたクリアックの丘の上でお待ちいただきたい。部下を連れてそこへ参ろう」

こうしてフィンと騎士たちは洞穴を抜け、木立ちを抜け、崖に垂らしたままの綱を伝いおりて軍船にもどり、故郷へと帰っていった。エリンの岸辺に船をつけ、丘を登っていくと、まだ狩の野営の天幕が張られたままになっていた。かれらはそこで待った。

長く待つまでもなく、まえにもましてひどい姿で不機嫌な顔つきのジラ・ダカーが、あのやせ馬を引きずって重い足どりでやってきた。馬の背には十四人の不運な身分高いダナン族の騎士が乗っていた。ジラ・ダカーは、エリンに上陸したあとは馬の尾を放し、はづなをとって引いてきたのである。

フィアンナの騎士たちは礼儀正しく真顔をたもとうとしたが、笑いの大風にとらえられてしまった。笑いに笑いつづけているかれらのまえで、牝馬が足を止めた。騎士たちを連れ去っていったときとぴったり同じ場所だった。ダナンの男たちはこわばった体で馬から降りてきた。

フィンはかれらを出迎えに喜ばしげに進みでた。ところがティル・ファ・トンの王であるジラ・ダカーは、フィンの後ろをにらんでゆびさした。「フィン・マックール！ほれ、部下をしっかり監督せんか！」フィンは急いでふりむいてみた。しかし配下の騎士にはなんの落ち度もなかった。とまどいながら視線を返すと、ジラ・ダカーの姿は消えていた。巨大な黒い牝馬も、海の下の国の十四人の身分ある男たちもいなくなっていた。あとにはただ、黒い牝馬のひづめが踏みしだいた草がまた起きあがってきていた。

フィンもディアミッドも、三十一人の騎士たちのだれひとり、二度とかれらに会うことはなかった。

第九章　フィアンナの名馬

この物語ではフィアンナ騎士団が軍馬を手に入れた次第を語ろう。それまでフィアンナ騎士たちは小馬《ポニー》や小型で頑丈な馬を狩につかうことはあっても、戦闘で馬に乗ることはなかったのだ。

さて、そのころ、レンスター・フィアンナのフィンのもとにアーサーという若い騎士がいた。ブリテン王の年若い息子のひとりで、冒険を求めてエリンまで海をこえてやってきたのである。アーサーは二十八人の騎士を従えてきていた。

アーサーはフィアンナ騎士となるための試験すべてをみごとにやりとげた。戦いにおいては勇敢で、狩においてはたくみに獲物を追いつめた。しかしアーサーは欲しいものがあればかならず手に入れる男だった。それが他人のものであろうと、すこしもこだわらず、けっきょくは自分のものにした──それどころか手に入れるのに多少とも危険がともなえば、そのぶんやりがいがあると考えていた。

アーサーは馬の目利きで、猟犬にはさらに目が利いた。フィアンナ騎士団に入団してまもなく、ブリテンとエリンの両方をあわせても、フィンの気にいりであるブランとスコローンにくらべられる猟犬はいないのを見てとった。脚の速さ、力の強さ、姿のよさ、勇気、知恵、どれをとっても並ぶものがない。そう考えてから心臓が三度拍ったときにはもう、アーサーはうまい機会がありしだい二頭を盗みだそうと心に決めていた。

アーサーは待ちつづけた。やがてふたつのことがときを同じくして起こった。まずブリテンの商船がダブリン湾に入港し、それにほど近いイーダ山にフィン・マックールが狩に出かけることになったのだ。

野営地が設営され、騎士たちは手飼いの猟犬を連れて集まった。さて人間の世界でフィンが狩猟につかう犬たちに並ぶ猟犬はほかになかった。というのも、フィアンナの各騎士団長が狩をするときには訓練をつんだ成犬三百頭を集めることができたからだ。そのほかに二百頭の子犬が、死んだり年をとって獲物を追えなくなった犬の代わりとなるよう常に訓練をうけていた。騎士たちは猟犬をとてもたいせつにしており、狩のあとで餌を投げてやるときにはかならず犬の数をかぞえ、一頭でも迷ってもどらないものがないか確かめるのだった。

アーサーもそれを知っていたが、そこは考えてあった。自分の騎士のひとりに金貨を持たせて使いに出し、ブリテンの船に待機させて、自分が乗りこんだあと潮が満ちたらすぐに出航するよう話をつけてあったのだ。朝のうちにブランとスコローンを盗みだして正午の潮にのって出航できるよう船に行きつければ、夕方に犬を数えるころにはアーサーはフィンとはるかにへだたった海の上をブリテンへむかっているはずだった。

こうして夜明けに狩が始まった。おびえた雄ジカが木立ちのなかで聞き耳を立て、犬たちはまだ引き綱につながれたまま、びりびりと体をふるわせている。そのときアーサーは狩猟隊からこっそり抜けだした。二十八人のブリテンの騎士たちを連れて、二頭の犬を追うことにしたのだ。それぞれ槍のほかには石をむすんだ一種の投げなわを持っているだけだった。これは石を三つ、牛皮で編んだ長さのちがう紐でゆわえ、その三本を独特のやり方でむすびつけたもので、ひじょうにしなやかでじょうぶにできていた。用意はできた。シカ狩が始まると狩猟隊がうまくばらけたころを見はからって、かれらはブランとスコローンを狩りに出発した。

二頭の兄弟はいつも、ほかの猟犬たちとは離れて自分たちだけで獲物を追うのを好んだ。だからアーサーは、二頭が見つかりさえすればうまく捕まえて、しかも狩猟隊のほかの犬や人間たちにはなにがあったか少しもさとられずにすむだろうと考えていた。そしてじっさいアーサーが思ったとおりにことは運んだ。

まもなく遠くから狩の角笛や犬の吠え声が聞こえてきた。アーサーの目のまえを角が十二に枝わかれしたみごとな大ジカが矢のように駆《か》けすぎた。これほどの大物が追われていて、音から判断すれば猟犬たちはミード国とレンスター国に散らばっている。ということはブランとスコローンがきっと近くにいるはずだ。そこでアーサーは朝に鳴くフクロウの声を三度くり返す合図を送った。二十八人のうち、だれかが近くにいるはずだ。アーサー自身も背の低いイバラのしげみの後ろにかがんだ。かれが身をかくすのとほとんど同時に、二頭の猟犬が下ばえから跳びだしてきた。二頭はシダのなかを泳ぐような低い姿勢で走り、走りながら吠えていた。

ぐずぐずしているひまはなかった。ねらいをつけてさえいられなかった。しかしアーサーは故郷のブリテンで、例の投げなわを使って獲物を生け捕りにするのに慣れていた。石と牛皮の紐がもつれあっているとしか見えない投げなわを頭の上で一度ふりまわして投げた。紐はまっすぐねらった獲物めがけて飛んだ。紐はひろがってブランにからまると、石の重みでぐるぐる巻きついた。ブランは駆けていた姿勢のまま、紐に脚をからめとられて倒れた。同時にスコローンも、物陰から飛んできたべつの紐に巻きつかれ、地面に倒れたまま必死にもがき、あがいていた。獲物を追う吠え声は、怒りのうなりに変わり、二頭は皮紐をはずそうと暴れまくった。ブランは立ちあがりかけたが、男たちが四方八方から駆けより、二頭がけがをしたり紐を切ったりするまえに押さえこんだ。アーサーも、かみつこうとするブランの危険なあごをこぶしでかわして、耳の後ろをなぐりつけた。これでしばらくはおとなしくなるはずだ。スコローンにもブリテンの騎士のひとりが短剣の柄《つか》がしらで同じことをしていた。かれらは勝ち誇って立ちあがった。足もとには二頭の猟犬が動かなくなって横たわっていた。

「ここまではうまくいった」アーサーがいった。「しかし、できるかぎり急いでここを、そしてエリンを離れるとしよう！」

かれらは猟犬にからんだ紐をはずした。二頭ともひとりでかつぐには重すぎたので、両前足を皮紐でしばり後足も同じようにして槍の柄《え》を通し、狩で殺した獲物を運ぶようにふたりの男が前後をかついでいくことになった。

こうしてかれらは船が待つ場所へむかった。

船に乗りこんだときには、ブランとスコローンは目を覚まして猛《たけ》りくるっていた。しかし二頭の犬を乗せたまま船は潮にのって出航した。追い風が帆をふくらませ、ブリテンに向けて船足を速めた。

夕方になり犬の数をかぞえるときになって、ブランとスコローンがいなくなっているのがわかった。フィアンナの騎士たちは何度も何度も確認し、あたり一帯をさがしまわったが、スコローンの灰色の毛もブランのまだらの毛も一本たりとも見つからなかった。

フィンは知恵の親指を口にくわえ、たちまちなにが起こったか知った。同時に心に苦い怒りがわきあがった。フィンは立ちあがって狩に同行した者たちを見まわし、吐きすてるような厳しい声でいった。「アーサーだ。ブリテン王の息子がわたしの猟犬を盗んだのだ。かれらはいま、海上にいる。追い風に送られてブリテンの海岸をめざしている。これから九人の騎士を選びだす。あとを追い、ブランとスコローンを取りもどし、アーサーもともに連れもどるのだ——生きて連れ帰るのがむずかしければ、アーサーは首だけでよい！」

するとゴル・マックモーナが立ちあがった。「九人のひとりとして参りましょう」

さらにディアミッド・オダイナが声をあげた。「エリンの丘を狩して、このさきブランとスコローンの追跡の楽しい声を聞けないとしたら残念なことです。わたしも数にいれていただきます」

アシーンが竪琴《たてごと》の袋を肩からおろした。夕食のあとで騎士たちのために歌を歌うつもりで、犬を数えるまえに楽器を取りだしておいたのだ。アシーンは、十二歳になって狩猟隊にはじめてくわわった息子のオスカにいった。「わたしがもどるまで、この琴をあずかっていてくれ」

しかしオスカは眉をよせた。フィンとアシーンの眉が混じりけのない金色であるように、オスカは混じりけのない黒い眉をしていた。「だれかほかの人に、その竪琴はあずけてください。いく晩もいく晩もぼくはブランとスコローンにはさまれて眠り、そのぬくもりになぐさめられたのです。いっしょにさがしにいって、かならず連れて帰ります」

「おまえはまだ幼く、体も小さい」アシーンはさとした。「そんなおまえになにができよう?」

オスカはにっと笑って答えた。「アーサーの足首にかみついて、ほかの人たちが来るまでかじりついています」

みんなが笑ってオスカの肩をもったので、アシーンもゆずらざるをえなかった。こうしてオスカは大人たちにまじって初めての略奪行に出ることになった。

オスカがアシーンを説得しているうちに『百人斬り』のコイル・グローダがこの小さな救出隊にくわわり、ボズ・ダーグの息子ファードマン、『遠目』のラインと『緋色《ひいろ》』のカンス兄弟が名乗りをあげた。最後にクルンフの息子カルチャが進み出て、これで九人の数がそろった。

船が用意された。一行は戦いに備えて盾を石灰で白く塗り、頭にぴったりした冑《かぶと》をかぶって乗りこんだ。こぎ手がただちにオールを取り、横帆は風をはらんで船をブリテンへとすみやかに運んでいった。こうしてかれらはアーガイルの海岸へ到着した。船が波にさらわれないよう浜の上まで押しあげ、王の息子アーサーをさがしに出発した。

かれらは北をさがし、南をさがした。そしてある夕方、ロウダン・マックリア山の裾《すそ》野《の》から煙が立ちのぼるのを目にした。風にのって肉をあぶるにおいもただよってきた。「ただの狩の野営だろう。わたしたちもしょっちゅうやっていることだ」アシーンがいった。

ゴル・マックモーナが口をはさんだ。「狩の野営地のほかにブランとスコローンが見つかりそうな場所がありましょうか？　犬が出はらう狩のさいちゅうなら話はべつでしょうが。まもなく暗くなります。近づいてようすをうかがってみましょう」

そこで青い夕闇が水のようにはいあがってハシバミの森をひたすと、一行は身を低くして野営地にしのびよった。猟犬たちににおいをかぎつけられはしまいかと思えるほど近づいて、裾野のやぶかげに身をひそめた。野営地には枝を編んでつくった小屋がいくつも建っており、小屋と小屋のあいだから、火のそばに集まっている男たちが見えた。アーサーと配下の騎士たちだ。そして野営地のまんなかのカバノキに鎖でつながれ、男たちのだれひとり近づこうとしないでいるのは、ブランとスコローンだ。

九人はかくれ場所からさがると、額をよせて計画を練った。そして散開すると野営地を取りかこみ、それぞれ定めの位置につくとしゃがんだ膝に槍を置いて待った。ここぞとばかりに老練なゴル・マックモーナがドード・フィアン、戦いの雄《お》たけびをあげるや、いっせいに立ちあがり、おなじ叫びをあげながら八方から野営地に殺到した。

火をかこんでいた者たちが武器を取るのもやっとのところに、フィアンナの騎士たちが襲いかかった。騎士たちは火のそばで、また火のなかに踏みこんでは跳びでて戦った。炎をあげている薪《たきぎ》やまっ赤な燠火《おきび》がそこらじゅうに飛び散った。ついに二十八人は殺されて、ひとりを残すのみとなった。アーサーは生きていたものの、多くの傷を受けていた。アーサーがディアミッドの槍から身をかわしたとたんに、オスカがすかさず飛びついて両脚を腕でしめつけ、地面に倒したのだ。アーサーは血にぬれた草にかくれていた石で頭を打ち、しばらく意識をうしなっていた。ディアミッドとアシーンはアーサーを引きずって戦場をあとにすると、後ろ手に縛りあげた。

「いったとおり、脚にかじりついて、ほかの人が来るまで押さえておいたでしょう?」オスカがいった。

それから一行はブランとスコローンの鎖を解いてやった。戦いのあいだ二頭は自分たちもくわわろうとさんざん暴れたが、どうしても鎖を切れなかったのだ。自由になると大きな二頭の猟犬は喜んで吠えたてながら一行のあいだを跳ねまわった。

「さあエリンにもどるとしよう。アーサーも体ごと連れて。そのほうが頭だけ持ってもどるよりフィンのお気にめすだろう」ディアミッドがいった。

するとひとつきりのタカのように鋭い眼であたりをうかがっていたゴル・マックモーナが口をはさんだ。「いや、ここにはまだほかにエリンが持ちかえるものがある」

人びとの目が、ゴルの見ている方向に集まった。いちばん大きな小屋のわきに二頭の馬がつながれていた。何人かがたき火の燃え残りをかき集め、ふたたび燃えたたせて明りをつくった。そのあいだにゴルとディアミッドが馬をつなぎ輪からほどいて、よく見えるよう火のそばへ連れだした。

一頭は雄、もう一頭は雌だった。エリンで見るどんな馬より丈《たけ》が高くがっしりして、気性も激しい。見知らぬ者の手がはづなにかかると、耳を後ろに引いて鼻嵐を吹き、脚をふりあげ、蹴りあげた。二頭をなだめてなんとか火のそばへ連れだすのにゴルとディアミッドは知るかぎりの手をすべて使った。

牡馬は葦毛《あしげ》でめずらしい模様がはいり、赤みがかった金の面懸《おもがい》とたてがみ飾りをつけ、牝馬のほうは鹿毛《かげ》で三度きたえた銀の面懸に黄金のはみをつけている。

「この二頭だけでも海を渡ったかいがある」ゴル・マックモーナがいって、大きく息をはいた。猟犬がきつい狩の一日のあとに餌を腹いっぱいつめこみ、火のそばで横になってため息をつくように。

かれらは殺した騎士の首をうちおとし、長い髪をベルトにゆわえてつるした。ひとりのフィアンナ騎士がそれぞれ三つの首をつるしたが、ゴル・マックモーナだけは四つだった。ゴルとディアミッドが鹿毛の牝馬と葦毛の牡馬に乗った。ブランとスコローンはうれしそうに先頭を駆け、捕虜となったアーサーをかこむようにして一行はガレー船を置いた海岸へもどった。そして船を浅瀬に押しだすと全員が乗りこんでエリンへむかった。

しかし航海はけっして楽なものではなかった。馬はどちらも気が立っておびえていた。あやうく船を転覆させて海神マナナーンが乗る白い馬の仲間になろう――しかも騎士たちを道づれにして――としたことも一度だけではなかった。ようやく無事エリンの海岸に到着すると、かれらはフィンが待つイーダ山へむかった。

「やっとまた会えたな」フィンはブランとスコローンの耳をなでてやりながらいった。二頭の猟犬はフィンの膝もとにうずくまり、あまえて鼻を鳴らしていた。

「追跡に長くかかりましたが」ゴルがいった。「この狩では思わぬ成果がありました」

騎士たちは持ち帰った首を騎士団長の足もとに放り投げた。オスカも最後にベルトから首をふりおとした。初陣《ういじん》の誇りが、蛾の羽にまつわる暗い光のようにオスカからたちのぼっていた。それからアーサーが押しだされ、後ろ手のままフィンのまえに立った。最後にゴルとディアミッドが二頭の馬を引いてきた。エリンではそれまでだれも見たことがないりっぱな馬だった。

フィンはこれらの戦果を喜んで受けとり、囚われの王子にむかっていった。「ブリットの息子アーサーよ、おまえはとんでもないことをしでかした。しかし、わたしは勇敢な戦士をむざむざうしないたくはない。その手のなわをほどいてやれば、フィアンナ騎士団の義務と規則をふたたび自分のものとする気持ちがあるか？　これまでのことをすべて忘れ、いま初めて誓いをたてるように、もう一度わたしに忠誠を誓えるか？」

「誓います。喜んでそういたします」アーサーは答えた。そしてふたたびフィン・マックールに忠誠を誓い、ふたりが死ぬときまで忠実にフィンに仕《つか》えた。

　フィンは牡馬と牝馬を手もとに置いて、この二頭に仔を産ませた。牝馬は何度も仔をはらみ、一度の出産でいつも八頭の元気な仔を産んだ。この仔馬たちや、さらにそのまた仔馬たちがフィアンナの軍馬となり、それまで騎馬兵がなかったフィアンナが「騎士団」となるのである。

第十章　ナナカマドの木の宿

むかしロホランに武彊《ぶきよう》（強く猛々しいこと）王の異名をとるコルガという王がいた。大きな権力をもつ、戦好きの王だった。ある日コルガはベアヴァにある王宮の広い緑の前庭に配下の族長を呼びあつめていった。「みなも知るとおり、わしはロホランと北の海の島々に住む四部族の王と呼ばれている。しかしわしの統治に従わない島がひとつある。緑の島エリンがそれだ。そこでこれから、追い風をとらえて軍船を海へ押しだし、エリンへ乗りこんでことを正そうと思う」

族長たちは賛成の声をあげ、手にした盾をたたいた。

コルガ王はロホラン全土に伝令を送り、軍団を召集した。かれらは軍船を波に乗りいれた。こぎ手たちはオールを握って必死にこぎ、初夏の海風が巨大な横帆をふくらませ、船をエリン征服に送りだした。こうしてついに、かれらはアルスター国の海岸に到着した。

エリンの上王コルマク・マッカートは海岸に置いた見張りの者から侵攻の報せを受けると、もっとも足の速いものをアルムの丘のフィンのもとへ使いに出した。報せを受けたフィンは各地へ伝令をとばした。全フィアンナ騎士団にアルスター国海岸のしかじかの場所で合流するよう命じ、みずからもレンスター・フィアンナを率いて北の合流点へむかった。

フィアンナ全軍はいっせいに、ロホラン軍が海岸に築いた堅固な陣地を襲撃した。緑の丘と白い砂浜のあいだで戦いがくりひろげられた。乱戦のさなか、コルガとアシーンの息子オスカが相対した。盾と盾、剣と剣、血走った眼と眼がせめぎあい、どちらも退こうとはしなかった。ついにふたりが離れたのは、踏み荒らされた浜辺の草にロホランの王が死んで倒れたときだった。ロホラン軍は王が倒れたのを見て意気消沈し、夕方までもちこたえたものの、ついに潰走《かいそう》して船に逃げこんだ。フィアンナ騎士団は猛烈な追撃をくわえ、逃げまどう敵を血祭りにあげた。このためロホランから緑の島エリンを征服しにやってきた男たちのうち、生き残ったのはコルガ王の末息子ミダクただひとりだった。ミダクは初陣《ういじん》で父に従ってきたのだった。

ミダクは捕虜としてフィンのまえに引きだされた。あまりに年若いミダクを見て、フィンは王子の命を助けることにした。「オオカミの仔でも、幼いうちに巣から離してし

まえば人になつくこともあるという。この子はわたしの手もとで育てることにしよう」とフィンはいった。死んだ者は埋められ、傷ついた者は白い城壁のアルムの砦に運ばれた。気性の激しい無口な少年も砦に引きとられた。フィンは少年に召使いを与え、教師をつけ、わが子のようにあつかった。ミダクが成長するとフィアンナ騎士団の一員にもしてやった。

ミダクはフィアンナの戦士たちとともに狩をし酒を飲み、戦闘のときはともに戦った。しかし無口で孤独を好み、だれとも打ち解けようとしなかった。

ある日コナン・マウルがフィンにいった。「騎士団長、人を信用するのもほどほどに、ということがありますぞ」

「なんのことだ?」フィンは軽く答えた。

「ロホランのミダクがあなたを愛する理由などない、と考えたことはないのですか?」

「わたしはミダクが捕虜となった日から、息子たちとまったく変わらぬあつかいをしてきている」

「しかしあなたの指揮のもとで、ミダクの父と味方の軍全員が死んでいるのですぞ。ロホランの男たちは憎しみをいつまでもたぎらせておく術《すべ》を知っているものです。ミダクはフィアンナのだれとも親しくならず、口もききません。それでいていつも、目と耳をしっかり開いています。エリン防衛にかかわるあらゆる知識を手にいれようとしているのです。そしてロホランには、多くの軍船を持ち、その船を満たすに充分な兵をかかえた強大な族長がまだまだいるのです。それゆえ申すのです、人を信用しすぎるのは禁物だと」

フィンはこの言葉をさほど深刻には受けとらなかった。騎士団の者ならだれでも知っているとおり、コナン・マウルはひとつでも悪口がいえるうちはけっしてほめ言葉など口にしない男だったからだ。しかしフィンはしばらく考えをめぐらすうちに、この太った騎士のいうことにも、ともかく一理はあると思えてきた。

「それでは、どうしろというのだ?」フィンは問いかえした。

「アルムから追放するのです」コナンが答えた。「とはいえ、やはり王子としての扱いをされるのがふさわしいでしょう。土地と牛と館と召使いを与えておやりなさい。しかしエリンのどこか遠い場所に移してしまうのです。そうすれば、ミダクも騎士団の動向すべてに耳をすませてはいられません」

フィンはその場を離れ、思いをめぐらした。若いロホランの王子のようすをながめ、さらに考えた。それから王子に迎えをやってそばに呼び、こういいきかせた。「ミダク、おまえは子どものころからこの砦で育った。わたしの息子たちと同様の教育も受けた。しかしもう、おまえも一人前の男だ。教えを受ける時期はすぎた。自分で土地を管理し、家をかまえるときがきたのだ。エリンじゅうでもっとも気にいった領地をふたつ選ぶがいい。そこを、おまえとおまえのあとを継ぐ子どもたちのものとして与えよう。おまえがその土地に館を建てたら、牛と奴隷はわたしが用意してやろう」

ミダクは冷たく黙りこんだまま騎士団長の言葉に耳をかたむけ、沈黙におとらず冷たい声で答えた。「フィアンナの騎士団長殿は心広いおかたでいらっしゃる。エリンじゅうの領地から自由に選ばせていただけるのでしたら、シャノン河ぞいのケンリ領と、河をへだてた北側にある『群島』領をいただきたい」

ミダクの答えは即座に返ってきたので、まえまえから考えぬいた結果だとわかった。選んだ理由も、フィンには見当がついた。このふたつの領地のあいだでシャノン河は広大な河口の入り江となる。そこは島もあれば人目にふれないちいさな入り江も数多く、ロホランの艦隊がそっくり隠れていられる場所だ。

しかしフィンは一度口にした言葉をたがえなかった。ミダクは望みの領地を手に入れ、牛と奴隷もわけ与えられて、館を建てた。十四年、かれはこの地で暮らした。そのあいだ上王もフィンもフィアンナ騎士のだれひとり、ミダクと会った者も便りを受けとった者もなかった。

ある日フィンとフィアンナの騎士たちはケンリ領にほど近い森へ狩に出かけた。狩の支度が整うと、フィンはときどきそうするように、野営地が設けられたノクフィアナの丘の上から狩猟隊の働きを見守ることにした。数名の側近が供《とも》に残り、あとの者たちは犬を連れてオオカミかイノシシを求めて散っていった。

まもなく丘の上の騎士たちは、背の高いすばらしい戦士が丘を登って近づいてくるのに気づいた。革に鉄の輪をぬいつけたロホランの環よろいを身にまとい、肩に盾をかけ、戦闘用の槍を二本、右手に握っている。戦士はフィンのまえに立つと、敬意をこめてあいさつした。「フィアンナの騎士団長フィン・マックール殿にごあいさつ申しあげます」

フィンも言葉を返した。「こちらもごあいさつ申しあげたいが、見知らぬ友よ、なんと呼べばいいか、教えてもらいたい」

そこへコナンが割ってはいった。「友でもなければ、見知らぬ者でもない、十四年もたてば、人は変わるものです。しかし、おわかりにならないのか、これはロホランのミダク、あなたがご自分の炉端で育てた者ですぞ」

「もちろん、わかっている」フィンは答えた。「それにその姿を見ると、エリンの五王国でも比類ないりっぱな戦士になったようだ。しかしこの十四年というもの、おまえからの便りは一度もなかった」

「そしてそのあいだ、こやつは一度も」コナンがますますいきりたって口をはさんだ。「あなたも旧い仲間のだれも、自分の館での食事に招こうともしなかった！」

ミダクはこれをほがらかに受け流した。「フィン殿と騎士の面々がわたしのもてなしを受けなかったのは、わたしの落ち度ではありません。いらしていただけば、いつでも歓迎いたしました」そしてほほえんで、空いている手をさしだした。「しかしきょうは、おいでいただけた。もてなしの用意もできております。わたしが客人をお泊めするのに建てたナナカマドの木の宿に、宴《うたげ》の用意をさせておきました。ここからは砦においでいただくより近いので。砦のほうは河口の小島のひとつに長年苦労してようやく築きあげました」

フィンは喜んでもてなしにあずかることにした。ミダクは宿への道を示すと、ひと足先に行って用意に手落ちがないか確かめるからといいおいて、去っていった。

ミダクが姿を消すと、丘の上の一同は相談をまとめた。アシーン、ディアミッド・オダイナ、フォトラとキールタ・マックローナン、フィンの年若い息子フィクナと乳兄弟《ちきょうだい》のインサの六人が残って、狩猟隊がもどったらことの次第を告げ、かれらを連れて宴の席へむかう。ゴル・マックモーナとコナンとあと数名はフィンとともに宿へむかう。さらにフィンが伝言を送って、どういうもてなしを受けたか知らせてよこすことも取り決められた。

フィンと側近たちは、ミダクがゆびさした方向へ歩きだし、たっぷり歩いたすえに、手のこんだ造りのすばらしい建物に行きあたった。それはなだらかな緑の草地のまんなかに、ナナカマドの木に囲まれて建っていた。枝には炎のように赤いナナカマドの実が房になって、明かりをともしたように見えた。すぐまえを小川が流れ、一本の小道がきりたった岩の斜面をくだって、歩いて渡れる浅瀬へつづいていた。

奇妙なことに、それだけの広さの美しい土地であるのに、生きものの姿がひとつもなかった。小川の流れとそよ風にゆれる赤いナナカマドの実のほかには動くものもない。フィンは危険をかぎつけた。ミダクに行くといっていなければ背をむけて帰ってしまうところだ。

宿の扉は大きく開かれていた。フィンが扉をくぐると、騎士たちもあとにつづいた。これほど豪華な広間はだれも見たことがなかった。ターラの王宮すら、この広間には及ばなかった。炉には火が大きな炎をあげていた。室内は明るく、煙もこもらず、甘い香りがただよっていた。壁には青やスミレ色や緋色のクモの糸で織りあげたような薄い布に、みごとな刺繍《ししゅう》をほどこした壁掛けがかかっていた。広間のぐるりに寝椅子が置かれ、目もあやな織物や毛足の長い上等な毛皮が投げかけてあった。しかしここにも生きものの姿はなく、動くものといっては炉の炎ばかりだった。

いぶかりながらも、めいめい寝椅子に腰をおろした。と同時に、奥へつづく扉のひとつが開いてミダクが戸口に立った。ひとことも口をきかず、一行をながめわたす。ひとりひとりに長々と目をあてていたが、くるりと背をむけ、後ろ手に扉を閉めて行ってしまった。

フィンと騎士たちは居心地わるい思いをつのらせながら、さらにしばらく待った。ついにフィンが口を開いた。「どうもようすがおかしい。宴に招かれたはずが、こんなに長いあいだ食べ物も飲み物も出さずにほうっておかれるとは」

「それよりもっとおかしなことがある」ゴル・マックモーナがいきなりいいだした。「炉の火が――われわれがはいってきたときにはくすぶりもせず燃えて咲きほこるサンザシのような香りがしていた。それがいま、汚れた黒煙が広間に満ちている！」そういうとゴルはせきこみはじめた。

変化はそればかりではなかった。美しい壁掛けが枯葉のようにはがれ落ち、腐った壁板があらわになった。やわらかな被《おお》いをかけた寝椅子が消えうせ、騎士たちは冬の最初の雪のように冷えびえとした、むきだしの黒土の上にすわっていた。館の奥へ通じていたはずのたくさんの扉も消え、かれらが通りぬけてきた正面の扉が残るだけとなった。その扉もはじめの半分ほどにちぢまり、ぴったりと閉ざされている。

フィンがいった。「出入り口がひとつしかない館に長居は禁物だ。だれか扉をやぶってくれ。この煙のたちこめたあなぐらから抜けだすのだ」

「おやすいご用だ」コナンが立ちあがろうともがき、しりもちをついて悲鳴をあげた。「助けてくれ！　この冷たい土の床から足が離れない。根がはえたみたいだ。ナナカマドの木に変わってしまったのか！」

コナンを助けに駆けよろうとしたとき、ほかの者もみな、同じように動けなくなっているのを知った。心臓が三つ拍《う》つほどのあいだ、かれらは衝撃のあまり凍ったように黙りこんだ。ゴルが吐きすてるようにいった。「われわれはまんまとミダクの罠にひっかかったのだ。フィン、早く、知恵の親指をくわえて。これはどういうことか、どうしたらこの罠から抜けだせるか、わかるかもしれない」

フィンは親指をくわえ、ことのわけを知った。腹の底から苦いうめきがもれた。「十四年のあいだロホランの王子ミダクは計略をめぐらしていた。そしていまミダクの計略は収穫のときを迎えたのだ。ここから逃れる道は見えない。島の砦にはすでにロホランの軍が集まって、フィアンナ騎士団をたたきつぶそうとしている。率いるのは北方世界の帝王で『軍神』の異名をとるシンサー、その息子の『偉丈夫』ボーバ。ほかにトレント島の三王がいる。三頭の竜のように猛々《たけだけ》しく魔法の技にすぐれた者たちだ。この三人が黒魔術をつかってわれわれをここに足止めしたのだ。そして三人全員の血がこの土の床にまきちらされないかぎり、われわれは自由にならないだろう。まもなくシンサーの配下の者たちが、われわれの始末をつけにここへ来る。われわれは翼を縛られた鳥も同然、身を守るすべもない」

コナン・マウルが怒りと悲しみにかられてわめきだした。思いおこせばかれは以前にもこんなふうに囚われの身となって、その事件を証拠だてる子羊の毛皮を背中にとどめているのだ。やがてフィンがコナンをたしなめていった。「死の影のなかにあろうとも、女のように泣きなげいたり満月の夜の犬のように吠えるのは戦士にふさわしくない。それよりはドード・フィアンを歌おう。戦いの歌が、死を目前にしたわれらに力と勇気を吹きこんでくれるかもしれない」

一同は声をそろえてドード・フィアンを歌った。これは戦いの歌と突撃の雄《お》たけびがいっしょになったものだ。歌声はゆっくり堂々と、凄《すご》みをおびて流れた。死が待つのみと知っていながら戦いに出ていく者たちのゆるぎない声だった。

アシーン以下、ノクフィアナの丘で待つ者たちは不安をつのらせていた。夕方になってもまだ、約束のフィンからの伝言がとどかなかったからだ。フィクナが立ちあがり、自分がナナカマドの木の宿まで行って父のようすを見てこようといった。乳兄弟のインサも腰をあげた。

夕闇がおちるころ、ふたりは宿にたどりついた。しかしあたりには灯《あか》りひとつ見えない。宿に近づくと、暗く荒れはててひと気もないように見える広間の内側から、ゆるやかなドード・フィアンの調べがはっきりと聞こえてきた。

「ともかくみんな、無事になかにいるらしいですね」インサがいった。

しかしフィクナは首をふった。「父がこれほどゆっくりと厳粛《げんしゅく》な調子でドード・フィアンを歌うのは、命の危険がさしせまっているときだけだ」

戦いの歌がしずまった。囚われのフィンが、少年たちのおしころしたささやきを聞きつけて、声をはりあげた。「フィクナか?」

「そうです、父上」

「それ以上近づくな。この宿には悪しき魔法がかけられている」フィンは切迫した声で、手短かにことの次第を語り、自分たちを解放できるのは三人の王の血だけであると話した。これを聞いてインサは声をあげて泣きだした。フィンが、だれがいっしょにいるのか問いただした。

「乳兄弟のインサです」

「では、ふたりとも去れ、まだ時間があるうちに。まもなく敵が剣をたずさえてこちらへやってくる!」

しかし少年たちはふたりとも、自分たちだけが助かろうとは思わなかった。フィクナがいった。「ぼくたちがここにいるあいだは、すくなくとも自由に動ける戦士がふたり、父上と敵のやつらをへだてることになるのですから」

フィンは重く深いため息をついた。「仕方がない。だれもが、おのれの運命を額にきざまれている……よく聞くのだ。ここまで来るには、敵は下の川を渡らなければならない。渡ってこられる浅瀬の部分は狭く、こちら岸はきりたった岩になっている。ひとりで大勢の敵を防ぐことも可能だ──長くはもつまいがな。さあ、行って渡し場の守りをかためろ。まだ望みはある。助けの軍勢がまにあうかもしれない」

　こうしてふたりの少年戦士は川の渡しへむかい、地形を調べた。フィクナがいった。

「まさに父がいったとおり、ここならひとりで大勢をふせぎとめるのも可能かもしれない。しばらくひとりでここを守ってくれないか。ぼくは島の砦へ行く。まだ手遅れでないなら、敵軍が出陣するまえにどうにかできないか、探ってみるつもりだ」

　フィクナは浅瀬を渡って夜のなかに消えた。あとに残ったインサは抜き身の剣を杖がわりに支えにして敵を待った。


　島の砦ではミダクが持ちかえったしらせを聞いて、前祝いの酒宴がおこなわれていた。北方世界の王シンサーに従ってきた族長のひとりが、兄の族長にささやいた。「宴がつづいているあいだに、わたしは席をはずしてナナカマドの木の宿へ行く。しかしすぐに、フィン・マックールの首をみやげにもどってくる。これでわたしの名もあがり、王のお引き立てをいただけるはずだ」

　族長は配下の騎士を集めて出発した。月もない闇夜だった。しかし川の渡しに着いたとき、水の上をすかして見た。むこう岸に戦士のような人影が見えたように思えた。そこで声をはりあげて「何者か」とただした。

「インサ、フィン・マックールの館の者だ」影が答えた。

族長は声をあげて笑った。「よいところで会ったな！　われらはフィン・マックールのもとへやってきた。やつの首をわれらの王のもとへ持ちかえるためにな。フィン・マックールのところへ案内してもらおうか」

「それは断る。わたしはいかなる者もこの浅瀬を通すなと命じられているのだ」

たちまち戦士たちは浅瀬に踏みこみ、川を渡って突撃した。守り手はたったひとりだが、攻せ手《よせて》のほうも一度にふたりがようやくだった。守り手が剣を右に左にふるうたびに、攻せ手の死体が倒れ、浅瀬に積み重なった。ついに数名を残すのみになると、戦士たちは戦いをやめて反対の岸へ退却した。岸の上では族長がじっと立ったまま、配下の兵の戦いぶりを見つめていた。族長は怒りに燃えていた。これほど多く部下を失いながら浅瀬ひとつ渡りかねているのだ。かれは剣と盾をつかんで川に躍りこむと、たったひとりでむこう岸を守る敵に突進した。族長は力にあふれていたが、インサは疲れて深傷《ふかで》を負っていた。インサの剣がねらいをはずれ、敵の族長の剣がインサの胸に突き刺さった。インサは喉《のど》がつまったような叫びをあげて、流れの速い川に転がり落ちた。族長は長くのばしたインサの髪をつかんで首を打ち、手にさげた。

族長は考えた。残った数人の戦士でナナカマドの木の宿を襲撃するのはこころもとない。ここはいったん引き返し、王にはインサの首をさしだそう。

もどり道で族長は、浅瀬へむかうフィクナと出会った。島の砦の方角から来たのを見て、味方のひとりと思いこんだ。そして誇らしげにこういった。「われわれはナナカマドの宿の下にある浅瀬から引き返してきた。年若い戦士に仲間をだいぶやられたので、人数をそろえにもどるところだ――しかし、手ぶらではないぞ。見てみろ、そいつの首をとってきた。ほんとうはフィン・マックールの首を持ちかえるはずだったのだが。まあ、みやげがひとつもないよりましだ」

族長はうちおとした首を球かなにかのようにフィクナに放り投げた。

フィクナは首を受けとめてじっと目を当て、いった。「ああ、むごいことを。夕闇のなかで、おまえの目は勇気に輝いていたのに」フィクナは首をわきに置き、両手を空けると、復讐に燃えて敵の族長にむかいあった。「わたしをだれと思って、この戦士の首を投げてよこした？」

「島の砦から来たのではないのか」怖れと疑いが族長の心にしのびよった。「シンサー王の戦士ではないのか？」

「ちがう」フィクナは答えた。「すぐにおまえも、そうしてやる」フィクナはすかさず槍をかまえて敵に躍りかかった。ヤマネコのようにすばやく獰猛《どうもう》な身のこなしだった。こうして族長は、殺された乳兄弟の復讐に燃えるフィクナの手でたおされた。フィクナは敵の首を打ち、髪をつかんで左手にさげると、インサの首は右腕にそっとかかえて道を進んだ。

浅瀬まで来るとフィクナは浅い墓を掘ってインサの体を横たえ、その上に首を置き、土の上にはもとどおり緑の芝草をのせて墓をおおった。それから敵の族長の首をたずさえて、ナナカマドの宿へもどっていった。

フィンはフィクナの足音を聞きわけて、不安そうに呼びかけた。「フィクナ、浅瀬から聞こえた闘いの物音はだれのものだ？　そして、どうなったのだ？」

「インサが浅瀬を守りました。川にはインサがたおした敵の死体が折り重なっています」

「そしてインサは？」

「持ち場を守って死にました」フィクナは答えた。

「おまえは、そばに立ってそれを見ていたのか？」

「ああ！　その場でインサと肩をならべて闘っていれば！」フィクナは喉も裂けんばかりに嘆いた。「べつの場所にいたのです。しかし、せめてものことに、インサの仇《かたき》はうちました。インサの命を奪った者にすぐあとで出会ったのです。ここにその男の首を持ってきています」

フィンは膝に顔をふせて涙を流した。「りっぱな息子たちだ。血のつながっている者も、いない者も」やがてフィンは気持ちをしずめた。「さあ、浅瀬の守りにつくがいい。おまえの剣に勝利を。まだ助けがやってくることを願おう」

そこでフィクナは浅瀬の守りにもどっていった。

いっぽう島の砦では、フィクナに討たれた族長の兄キロムが、弟が帰らないのをいぶかり、配下の戦士をあつめて捜索に出た。

浅瀬でかれらは積み重なった死体が流れをせきとめ、むこう岸に戦士の影がぽつんとひとつ立っているのを目にした。キロムは川をへだてて「何者だ？　だれがこれだけの兵を無惨《むざん》に殺したのか」とたずねた。

すると答えが返ってきた。「わたしはフィン・マックールの息子、フィクナだ。この者どもを手にかけたのはだれかだと？　そんなことをきくのはやめておけ、忠告だ。思いだすと、この身のうちから怒りがふつふつとわいてくる。わたしを怒らせると身のためにならんぞ。おまえたちが浅瀬を渡るつもりならな」

キロムと配下の戦士たちは浅瀬に殺到し、フィクナに襲いかかった。しかしフィクナはインサと同じように敵を討ち果たした。ただひとり生きのびた者が島の砦へ逃げ帰ってことの次第を告げた。そのころフィクナは血を流し疲れはてて堤にすわっていた。

逃げもどった戦士の報せを聞くと、ロホランのミダクは冷たい怒りをあらわに、ふたりの族長を非難した。あの者どもはみずからの手で、配下の戦士に死をもたらした、フィアンナの戦士に立ちむかうだけの力も闘志もないくせに、身のほどを知らぬにもほどがある。「だがこんどは」ミダクは言葉をつづけた。「わたしが、選りぬきの一隊を率いていこう。勇敢なロホランの男たちをな。浅瀬を守るのがだれであろうと、岸にあがってフィン・マックールと側近の者どもをこの手で斬り殺してやる」

ミダクは手勢をあつめて出発した。浅瀬までやってくると、むこう岸にはフィクナが守りについていた。

はじめミダクはおだやかに話をつけようとこころみた。「フィクナ、ふたたび会えて、心からうれしく思う。わたしがフィンのもとで暮らしていたころ、おまえはわたしに冷たく当たらなかったし、わたしの召使いや犬をなぐったりもしなかった」

「砦の者も、騎士団の者も、ひとりたりともそんなことはしなかった」フィクナがいい返した。「人間としての温かい情を、おまえはだれからも受けていた。ことに父のフィンからな。その父に報いるやり方がこれか！」

するとミダクは脅しにかかり、若いフィクナに浅瀬をあけわたすよう命じた。

フィクナは笑いとばした。「そちらは多勢、こちらはひとり。わたしひとりがおまえの通り道にいるくらい、なんということもあるまい！　さあ、こい、心からの熱い歓迎をさせてもらうぞ！」

それから起こったことはすべて、すでに浅瀬でくりひろげられた二度の戦いのくりかえしだった。キロムと同じように、ミダクは手勢があえなく討ち果たされるのを見ると怒りに燃えて盾を引きよせ、突進した。ただひとり浅瀬を守る戦士に一対一の闘いを挑んだのだ。配下の兵はだれひとり、フィクナの敵となりえなかったからだ。

ノクフィアナの丘ではアシーンが不安をつのらせていた。夜がふけ、明け方も近いというのに、フィクナとインサはもどらない。アシーンはディアミッド・オダイナにその不安をうちあけた。

「わたしも同じだ。ナナカマドの宿までいって、ようすを見てこようと思う」ディアミッドが答えた。

「わたしも行こう」フォトラがいった。ふたりは連れだってほかの者たちが進んだ道を進んでいった。しかしナナカマドの木が見えてくるよりさきに、前方から剣をうちあう響きが耳に聞こえてきた。

「フィクナだ」ディアミッドがいった。「あの闘いの雄たけびでわかる。しかもかなりの深傷を負っている」

ふたりはそろって駆《か》けだした。ゆるく起伏する野のさいごの高みまでくると、夜明けの灰色の光のなかに浅瀬が見おろせた。浅瀬には死体が積みあがっていた。フィクナとミダクが、腿まで水につかって闘っている。ひと目で、フィクナが追いつめられ深傷を負っているのが見てとれた。いまは盾をかかげて敵から身をかばい、じりじりと後退している。

フォトラは走りながら、心臓も破れそうな思いだった。かれは叫んだ。「ディアミッド、槍を！　このままでは間にあわない。槍の腕はあなたのほうが上だ――」

「この暗さでは――どちらに当たるか……」

「あなたのねらいははずれたことがない。やるしかない！」

そこでディアミッドは矢のように駆ける足もゆるめず、槍のなめらかな留め紐に指をかけて、投げた。槍はみごとに的をとらえ、ミダクのみぞおちに突き刺さった穂先が背中まで抜けた。しかしミダクは叫び声をあげながら、狩人《かりゅうど》の槍につらぬかれたイノシシのように猛然とまえへ突き進んだ。ディアミッドとフォトラが浅瀬へかけつけるより一瞬はやく、ミダクは最後に渾身《こんしん》の力で剣をふりおろした。すさまじい一撃にフィクナがたおれ、力をつかいはたしたミダクも、前のめりに若い戦士の体におりかさなってたおれた。

ディアミッドは川の浅瀬に横たわるフィクナの遺体を呆然《ぼうぜん》と見おろした。それから足さきでミダクをわきに転がした。ロホランの王子ミダクにはまだ最後の命の火が残っていた。ミダクはうめき声をあげた。

「死んでいたなら、見すごしてもやったろうが」ディアミッドがいった。「息があるとわかったからには、おまえの首を持ち帰る。息子を殺されたフィン・マックールには、わずかでも慰めとなるだろう」

　すばやい剣のひと撃ちでミダクの首が落ちた。

　ディアミッドはフォトラを浅瀬の守りに残して、岩の斜面を登り、ナナカマドの宿へむかった。手にはミダクの首を、髪をつかんでさげていた。宿のおもてまで来ると、ディアミッドは声をはりあげ、扉を力まかせに打ちたたいた。腹のうちにはまだ悲しみと憤りが熱く燃えていた。声でディアミッドとわかったフィンが呼びかけた。「近づくな。ここには悪しき魔法がかけられている。だが聞かせてくれ、さきほど浅瀬で戦ったのはだれだ。叫ぶ声と剣の音が聞こえたが、あとはなにもわからないのだ」

「あなたの息子フィクナが、たったひとりで一部隊を相手に闘ったのです」

「そしてフィクナはいまどうしている?」

「死にました」ディアミッドは答えた。「疲れきって深傷を負ったところを、ロホランのミダクの手にかかったのです。わたしの助けは間にあいませんでした。しかしフィクナの復讐は果たしました。ここにミダクの首を持ってきております」

　長いあいだフィンは言葉を発しなかった。ようやく口を開いたとき、その声は重い悲しみにしずんでいた。「ディアミッド、きみに勝利と力が与えられるように。これまで何度となくきみは、騎士団が危機にあるとき救い主となってくれた。しかし騎士団長たるわたしも、いまともにここにいる者たちも、これほどの危機に立たされたことはなかった。われわれはここに座したまま動けない。魔法にとらわれているのだ。われわれを解放できるのは、トレント島の三王の血だけだ。その血がまだ温かいうちに、われわれのまわりの地面にまかなければならない。それまでは、自分で身を守ることすらできない。唯一の頼みの綱は、日が昇るまできみがあの浅瀬を守ってくれることだ。朝になればほかの者たちも狩からもどって、加勢にきてくれるだろう」

「いまはフォトラが浅瀬を守っています」ディアミッドが答えた。「かれとふたりで力をあわせ、いかなる者が来ようともちこたえてみせます。必要とあればあと三度日が昇るまででも」ディアミッドが背をむけて浅瀬にもどろうとしたそのとき、コナンがうめき声をあげた。ディアミッドは足をとめた。

「ああ、ここに閉じこめられたときはぞっとしてしまったが、いまわたしを捕えているこの土の床の冷たいこと、海岸にはる氷のようだ。なににもましてつらいのは、こんなに長いあいだ食べるものも飲むものもないことだ。ついさきの島の砦では、敵がたっぷりと飲み食いしているんだろうに。なあ、ディアミッド、われわれフィアンナ騎士はみんな、かたい兄弟の誓いをしたんじゃないのか。砦から食べるものをかすめてきてくれ。空腹で腹がしめつけられる。これ以上がまんできない」

ディアミッドは槍の石突《いしづき》で地面をたたいた。「敵の軍団があなたの命を奪おうとしているのだぞ。そしてフィンと、そこにいる仲間の命を。対して浅瀬を守るのはフォトラとわたしのふたりのみ。それを、ふたりでは多すぎるというのか？　フォトラひとりに浅瀬を守らせ、わたしにはいらざる危険に首をつっこんで大喰いの騎士のために食物をとってこいというのか？」

「わたしが青い瞳と金色の髪の乙女なら、もっとちがった答えが返ってきただろうにな。ところがあんたはわたしを嫌っていて、わたしはこれまでにもずいぶんひどい仕打ちをされた。わたしがここで飢え死にすれば、あんたもさぞかし満足だろうよ！」

「もうそれ以上わめきちらすのはやめてくれ」ディアミッドがいった。「なんとか食べものを手にいれてやろう。その毒のある舌でまくしたてられて耳がつぶれるくらいなら、どんなことでもましだ」

ディアミッドはもどってフォトラに事態を説明し、しばらくひとりで守っていてくれるよう頼むと、島の砦へむかった。

引き潮で入り江には砂と小石が土手のように現われ、ディアミッドはほとんど足もぬらさず島へ渡ることができた。近づくにつれて酔った男たちの大声やおおいに盛りあがった宴《うたげ》の騒ぎが聞こえてきた。扉にしのびよってのぞきこむと、広間は戦士で埋まっていた。最上席には北方世界の王シンサーが息子を従えてすわり、大勢の召使が食物をのせた大皿や、いまにもブドウ酒があふれそうな角杯《つのさかずき》をささげて行ったり来たりしている。

ディアミッドはこっそりといくつかの扉を抜けると控えの間の暗がりに身をひそめた。

すぐ横には広間への内扉がある。剣に手をかけて待っていると、まもなく召使のひとりがそばを通った。水面に跳ねあがる鮭のようにすばやく、ディアミッドは召使の首をはね、たおれかかる男の手からブドウ酒の杯を奪った。酒は一滴もこぼれなかった。ディアミッドは剣を鞘《さや》におさめ、広間に歩みいった。そしてまっすぐ王のテーブルへむかい、料理を盛った大盆をひとつ持ちあげると、そのままおもての扉をぬけて、食物と酒を手にしたまま明け方の闇にまぎれた。飲んでうかれる人びとの騒ぎのおかげで、ディアミッドに気づいた者もいなければ、なにをしているかといぶかる者もいなかった。

ディアミッドが浅瀬までもどると、フォトラは堤のうえで眠りこんでいた。蹴って起こそうとしかけて、ディアミッドは思いとまった。若い騎士は心の痛みと警護の任務で疲れはてているのだ。かれはフォトラを眠らせたまま、コナンのために調達した食物をもってナナカマドの宿へと進んでいった。

のこる問題はいかにして太った騎士に食べものを手渡すかということだった。しかしその点も、腐った壁板のすきまからコナンのところまで少しずつちぎって投げてやることで解決がついた。コナンは最後のひとかけらまでオオカミのように飲みこんだ。騎士団長や仲間たちにひと口どうかと勧めることすらしなかった。それからディアミッドは屋根にのぼって崩れかけた草葺きに穴をあけ、囚われのコナンが床にすわりこんでいる真上から、ぽっかり開いている大口にむかって杯のブドウ酒を最後の一滴まで注ぎこんだ。

　こうしてディアミッドは浅瀬にもどった。あたりは静まりかえっていた。フォトラもまだ眠りこんでいる。ディアミッドは若い騎士のかたわらに腰をおろした。

　ミダクと部下たちの死が島の砦に伝わると、トレント島の三王は、ミダクが自分たちに黙ってフィンの首をとりにいったことに黒い怒りをわきたたせた。「われらの魔術で、あの者と側近たちをナナカマドの宿に閉じこめてあるのだ。あの者の首は、とうぜん、われらのものだ。ほかの族長がまた自分の槍をためそうなどと考えぬうちに、ここはわれらが出むいて首をとってしまおう！」

　そこで三王は選《え》りぬきの戦士をそろえて出発した。浅瀬に着くと、日の出の薄明かりをすかして、ひとりの戦士が対岸を守って立つ姿が見えた。三王は声をそろえて川をへだてた人影に何者かと問いただした。

　答えがもどってきた。「わたしはディアミッド・オダイナ。フィン・マックールの戦士のひとりだ。この浅瀬は、何者であろうと渡らせない」

　はじめ三王は言葉もおだやかに、浅瀬をあけわたせば見のがしてやろうと説得にかかった。しかしディアミッドは耳をかそうとはしなかった。「フィンと側近の者たちは日が昇るまでこの盾で守る。命のあるかぎり、わたしはこの場を一歩も動かぬ」

とたんに敵の先鋒がディアミッドに襲いかかった。しかしディアミッドはわきたつ海をむかえる巌のように立ちはだかり、やってくるそばから敵を斬りふせた。それでも新たな兵士がつぎつぎに突進してきたが、結局は死体となっておりかさなり、そのすきまをさらにほかの兵の死体が埋めた。戦いのさなかにフォトラははっと眠りから覚めた。目をいからせてあたりを見まわし、剣をつかむとディアミッドになぜ起こさなかったとどなった。しかしディアミッドは、その怒りは敵にむけろと答えた。フォトラは敵に打ちかかり、嵐の雹《ひょう》が実った大麦を打ちたおすように敵をなぎたおした。

配下の兵が右に左に斬りふせられるのを見た三王は、すさまじい叫び声をあげて浅瀬に躍りこんだ。ディアミッドがこれを迎え撃った。乱戦で盾は砕け、剣は折れ、鮮血がふきだした。ひとりまたひとりと、三王はディアミッドにたおされた。フォトラは残りの兵をひきうけて、ディアミッドに近寄せなかった。

すべてが終わった。ふたりの戦士はおおきく息をあえがせ、二十もの傷口から血を流していた。ディアミッドはフィンから聞かされた魔法を破る方法を思いだした。そこで三王の首を斬りおとし髪をくくりあわせると、フォトラを従えナナカマドの宿へもどっていった。

ふたりが近づいていくと、フィンが待ちきれずに声をはりあげ、戦いの首尾をたずねた。ディアミッドも声をはりあげて答えた。「フォトラとわたしは、みごと浅瀬を守りぬき、トレント島の三王をたおしました。盾をさかさにし、その上にまだ温い血を流している三つの首をのせて持ってきています。どうやって、そこまで運びましょうか？」

「勝利と力がふたりのものでありますよう！　エリンの全フィアンナ騎士団に、ふたりに優る戦士はこれまでもいなかった。まず扉に、その血をすこしかけてくれ」

ディアミッドは命じられたようにした。真紅の滴《しずく》が板にふりかかると、扉がきしりながら内側に開き、フィンと側近たちが床の上で動けなくなっている姿が現われた。ディアミッドは急いでかれらのまわりの土に血をまいていった。赤い滴は土に落ちるとしゅっと音をたてた。囚われの者たちはうめき声をあげ、もがきながら立ちあがろうとした。萎《な》えてすっかりかたくなっていた脚が、ようやく自由になった。かれらはフォトラとディアミッドを両腕で抱きしめて感謝した。しかし危機はすぎさったわけではない。魔法から逃れはしたものの、フィンと側近たちの脚はまだ、生まれて一時間しかたたない子牛のように頼りなかった。

「日が昇りきるまでには悪しき魔術のなごりも抜けおちて、剣をとる力ももどってくるだろう」フィンはうなるようにいった。「それまでは兄弟よ、浅瀬を守るのはまだきみたちの役目だ。日が昇るまで」たのむ。そうしたら今度こそ、役目から解放しよう」

そこでディアミッドとフォトラはふたたび浅瀬へもどっていった。

三王が殺されたあと、わずかな生き残りの兵が島の砦へ逃げ帰ってその報せを伝えると『偉丈夫』ボーバは憤然と立ちあがった。「トレント島には軟弱な戦士しか生まれないとみえる。ならばわたしが、手勢を率いて出むくとしよう。わが軍の兵が殺された返礼だ。かならずフィン・マックールの首を持ち帰って、父上の足もとにすえてみせます」敗戦の報を伝えた者たちは、フィンと側近たちがまだ力を回復していないとはいえ自由の身になったことを知らなかったのである。

ボーバはもっとも勇敢で技に優れた戦士を選りすぐって、浅瀬へやってきた。ディアミッドとフォトラはボーバの部隊が近づいてくるのに気づいた。黒くひしめく戦士の集団が、盾をかまえ槍の穂をとげのように生やして進軍してくる。かれらが近づくほどに地面がゆれ、これまでをはるかに上まわる軍勢だと知れた。浅瀬の戦いで初めてこれだけの大部隊を迎え撃つのだ。ディアミッドはかたわらに立つ年若いフォトラに口早に告げた。「今度は勇気よりも知恵と機転を使え。むこうが戦いをしかけてきても、相手をたおそうとむきになるな。剣をひいて盾の陰にかくれるようにするのだ。この場で時間かせぎをしていれば、それだけ勝利のみこみが大きくなる。東の空はすでに明るんでいる。日が昇ればフィンが救援にかけつけよう！」

こうしてふたりの戦士は浅瀬での持久戦を開始した。守りに徹するふたりの盾に、敵兵が黒い波のように押し寄せては押し返された。死んでたおれる兵もあった。しかしほとんどは槍をそらされただけに終わった。それでいながらディアミッドとフォトラは一歩も退かず浅瀬を守りぬいた。

空は次第に明るさを増し、ついに太陽が丘の上に姿を現わした。すると古いマントをぬぎすてるように、ナナカマドの木の根方にすわりこんでいた騎士たちから魔力がぬけ落ちていった。「ゆくぞ!」フィンが叫んだ。かれらは剣を抜き、太陽のように躍りあがった。もっとも足の速いものがノクフィアナのアシーンのもとへ救援をもとめに三月の風のように走り去るいっぽうで、残りの者たちは浅瀬へと駆けだしていった。

ディアミッドとフォトラはなおも浅瀬で守りの戦いに徹していた。背後から突撃の声と駆けてくる足音が聞こえた。フィンと仲間の騎士たちがやってきたのだ。おさえていた力が身のうちで一気にふくれあがり、ふたりは攻めに転じた。しかし敵もふるいたってこれを迎えた。大乱戦となり、血にぬれた刃が嵐のように渦《うず》をまいた。そのさなか、老練なゴル・マックモーナと『偉丈夫』ボーバが相対した。ゴルの心は戦いに猛《たけ》りたった。いかなる物も人も、もはやゴルの敵ではなかった。ついに猛烈な一撃がボーバの首を肩から打ち落とした。首は空を飛んで、子どもが池の水面に投げた石のように、川面をはねていった。

指揮官がたおれるのを目にすると、ボーバの兵は気力もうせて、おされ気味になった。なかのひとりが一目散に島の砦へ駆けもどり、『軍神』シンサーに声をふりしぼって王子の死を報告し、ボーバの部隊が自由になったフィンの猛攻を受けて退却をはじめたと訴えた。

北方世界の王は立ちあがって全軍に召集をかけた。息子の死を悲しむのはあとだ。いまは戦士をひとりのこらず引き連れて、復讐を胸に浅瀬へむかう。

フィンからの使者がノクフィアナの野営地にたどりついたとき、フィアンナの騎士たちはみな狩からもどってアシーンのもとにいた。使者は苦しい息の下からミダクの卑劣な企みを物語った。たちまち全員が武器を手にナナカマドの宿へ行軍を開始した。そして浅瀬を見おろす位置までやってきたときまさに、北方世界の王も川のむこう岸に進んできた。両軍は敵を認めると行軍を止めて戦列をととのえた。フィアンナ軍は五つの騎士団ごとに隊を組んだ。バスクナ一族の族長たるフィンはレンスター騎士団を指揮し、モーナ一族の長ゴル・マックモーナはコナハト騎士団を指揮した。どの騎士も長槍を手にし、剣は鞘にゆるくおさめていた。フィアンナ軍が前進をはじめると、シンサー王の軍勢も丘の斜面を黒くおおって前進した。

両軍が射程に入ると投げ槍の応酬がはじまった。切りあいになるよりさきに、両軍の戦列のそこここにおおきな裂け目ができた。剣を抜きはなち、突撃に移った両軍は浅瀬のなかほどでぶつかりあった。浅瀬の水が、兵士の足もとでわきかえった。フィンは一時にあらゆる場所に身を置いているかに見えた。かれの声は戦場の騒乱のなかで戦の角笛のように高く響きわたった。フィンの姿が見えると、味方の戦士はあたらしい力と勇気が湧きあがるのを感じ、まえへ押しだして敵を蹴ちらした。

しかし北方世界の王も、おなじように配下の兵を力づけ、絹の王旗が翻《ひるがえ》るところでは敵の側が力を盛りかえして、フィアンナ軍を攻めたてるのだった。

アシーンの息子、年若いオスカはほんのひと息、剣を休めた。すると王旗を先頭に敵の部隊が波のようにむかってくるのが目に入った。オスカの胸にたちまち炎が燃えあがった。雄たけびをあげて、オスカは王のまわりを固めた戦士たちに襲いかかっていった。『軍神』シンサーはオスカに気づくと、護衛の者に退がれと命じた。暗い喜びが王の胸に湧きあがった。フィンの孫息子をわが手で血祭りにあげてやれば、またとない復讐となるだろう。見ればオスカは体つきもきゃしゃで年も若く、復讐をとげるのは容易に思われた。シンサーはオスカを充分にひきつけると、相手が打ちかかろうとした瞬間をとらえてふところへ飛びこみ、一気に決着をつけようとした。不意をつかれたオスカは後ろへよろめいた。がすぐに体勢をたてなおして足を踏みしめ、互角に剣を戦わせた。ふたりの剣はぶつかりあい、その響きは浅瀬の谷間に鳴りわたった。ふいごにあおられる炎のように、火花が飛び散った。周囲で戦っていた戦士たちまでが手を止めてふたりの闘いを見守った。しばらくはオスカはシンサー王を攻めあぐねているように見えたが、心のうちに先祖から受けついだ武勇を呼びさまし、それを頼りに力をふりしぼって剣をふりあげ横ざまにふりおろした。渾身《こんしん》の一撃は盾と鎖かたびらをもろともに切り裂き、王の首を肩から打ち落とした。首は空を飛んで川に落ち、息子のあとを追うように流れていった。

これを見てフィアンナ軍は勝鬨《かちどき》をあげ、ふたたび大波のように敵に襲いかかった。勢いづいた騎士団の攻撃に敵軍はじりじりと後退させられ、ついに潮が引くように潰走《かいそう》をはじめた。フィアンナ軍の追撃によって、敗走のさなかにも多くの者が命をおとし、海岸にたどり着いたのは、ほんのひと握りだった。かれらは船に逃げこみ、王の死と侵略軍の全滅のしらせを故郷へ持ち帰ったのである。

第十一章　ディアミッドとグラーニア

これから話すこの物語のころ、フィンはすでに老年にさしかかっており、二度めの妻で黒膝のガラドの娘マーニサーはしばらくまえに亡くなっていた。フィンは三度めの妻を迎えたいと考えるようになった。そばに妻がいないと、アシーンの母サーバのことが強く思いだされてならないからだった。アシーンには父の気持ちがよくわかった。そこである日こんなふうに話をもちだした。「妻を迎える気持ちがおありなのに、なぜひとり身でいらっしゃるのですか？　父上の妻となるにふさわしい乙女《おとめ》で、父上から小指の先で指し示されただけで幸運と思わない者は、緑なすエリンにひとりもおりますまい」

するとと深い考えをもつディアリン・マクドバがいった。「あらゆる点であなたの妻にふさわしい乙女をひとり、ぞんじています」

「どういう乙女だ？」

「グラーニア、上王コルマクの娘で、エリンの乙女たちのなかでもっとも美しいおかたです」

「ではそなたとアシーンがターラへ出むき、その乙女をわが館の炉端に迎えたいと上王に申し出てみてくれ」フィンはそう命じたものの、あまり乗り気ではなさそうだった。

アシーンとディアリンはターラへむかい、上王コルマクの歓迎を受けた。しかしふたりが用向きを伝えると、コルマクはこう答えた。「エリンの小王国の王子や族長で、娘に結婚をもとめてやってこなかった者は、数えるほどしかいない。しかし娘はみんな断ってしまった。しかも表むきは、父のわたしが不服であるように見せかけて。娘のおかげでわたしは、ずいぶん敵をつくることになった。もうたくさんだ。それゆえ直接、娘と話してもらおう。そうすれば娘が断ってもわたしが責めを負わずにすむわけだ」

コルマクは王宮の日あたりのよい場所にある婦人部屋へふたりを案内した。ふたりが目にしたのは、背が高く、けぶるような黒髪に白い喉《のど》の、ジギタリスの花のような乙女だった。王女は長いすにすわり、まわりに侍女たちをはべらせて、黄色の琥珀《こはく》の珠を糸に通してベルトをつくっていた。ふたりがフィン・マックールの用向きを伝えるあいだも、王女は琥珀を糸に通す手を休めず、深く考えるようすもなく答えた。「そのかたが義理の息子にふさわしいとお父さまがお考えでしたら、わたくしもそのかたが夫として申し分ないかたと思います」

そこでアシーンとディアリンは白い城壁に囲まれたアルムの砦に帰り、フィンにむかって報告した。王女グラーニアが申し出をお受けなさいました、二週間後にタ－ラへ花嫁を迎えにいらっしゃってください。

二週間がすぎ、フィンはフィアンナ騎士団の族長や戦士を供《とも》に従えて、馬でタ－ラへむかった。これほど堂々としてりっぱな供をそろえて花嫁を迎えた男はいなかっただろう。

上王コルマクは丁重に一行を迎えた。その夜王宮の広間で祝いの宴《うたげ》がもよおされた。宴の席で王は玉座にすわり、王の左に王妃が、右にフィンがすわった。グラーニアは母である王妃のとなりにすわった。フィンはたびたびグラーニアに視線を送ったが、グラーニアのほうは、最初に引きあわせられたあとはほとんどフィンの顔を見ようともしなかった。フィンのドルイド僧のひとりで叙事詩にくわしいデアラがグラーニアのとなりにすわっていた。やがてグラーニアがデアラに話しかけた。

「父の広間にりっぱなかたがたがお集まりですが、アシーンさまをべつにすれば、わたくしはどなたもぞんじあげておりません。婦人部屋を出て宴席に連なってもよいとの許しを得てからまだ間がありませんので。ですからお教えいただきたいのですが、あの隻《せき》眼《がん》のいかめしい戦士はどなたですか?」

「あれはゴル・マックモーナ、『戦いの鬼』の異名をとるかたです」デアラは答えた。

「その右どなりのお若いかたは？」

「アシーンの息子オスカです」

「では、あのグレイハウンドのような体つきの、ごりっぱなかたは？」

「俊足のキールタ・マックローナンです」

グラーニアはふと口をつぐみ、そしてたずねた。「では、あの黒髪で色の白い、眉間《みけん》にほくろのある戦士は？　優しくも激しくもなれるかたのようにお見受けします。あのかたは、なんとおっしゃるのですか？」

「あれはディアミッド・オダイナ、愛のほくろのディアミッドです。あまりお見つめなさいませぬように。ディアミッドをそば近く見た婦人はみな、かれを愛するようになるといわれていますから」

しかしグラーニアはディアミッドから目をはなさなかった。やがて侍女のひとりを呼んでこう命じた。「わたくしの部屋から宝石をはめこんだ角杯《つのさかずき》をもっておいで」さらになにごとか侍女の耳にささやいたが、ほかの者の耳にははいらなかった。

侍女がもってきた杯の底には血のように紅い液体が数滴たらしてあったが、それを目にとめたのはグラーニアだけだった。グラーニアはテーブルの上にある桶を手に取ると杯の縁《ふち》までブドウ酒を満たし、侍女に渡して命じた。「これをフィン・マックールさまにお持ちして、わたくしが自分の杯からお飲みいただきたいと申しているとお伝えしなさい」

フィンは杯をとって飲み、グラーニアに会釈すると、上王に杯を渡した。上王もおなじように飲むと、王妃に杯を回した。それからグラーニアは侍女に命じて杯を兄である王子、リーフィのケアブリのもとへ運ばせた。このようにして王女がブドウ酒をすすめた者はみな、おなじ杯から飲んだ。しばらくするとおだやかで深い眠りがブドウ酒を飲んだ人びとを襲った。

グラーニアは席をたち、広間をまっすぐおりていって、ディアミッドのとなりにすべりこみ、瞳をのぞきこんだ。「ディアミッド・オダイナさま、わたくしの愛を捧げましたなら、かわりにあなたの愛をくださって、わたくしの胸にある空洞《うつろ》をふさいでいただけるでしょうか？」

ディアミッドはすわったままはっとして目を見開いた。これはあぶないと身がまえるより一瞬はやく、ディアミッドの心臓は喜びに躍り、胸のうちで小鳥のようにはばたいたのだ。しかしすぐに騎士団長への忠誠の誓いを思いだした。「フィン・マックールのものである女性が、ディアミッド・オダイナのものにはなれません」

グラーニアは白いまぶたをふせ、床を見つめた。しかし思いがけなく自分のうちに見いだした感情をあきらめようとはすこしも考えなかった。「そのお答えはあなたの忠誠心から出たもの。あなたのお心から出た答えではありません。でなければわたくしも、言葉を重ねはいたしません。でもどうか、わたくしの気持ちもお考えください。フィンさまはごりっぱな戦士ですし、あのかたから求められて名誉に思わない乙女はひとりもないでしょう。けれど父とおなじくらいのお年ではありませんか。わたくしはあのかたを愛してはいません。あなたはお若い、わたくしとおなじようにお若いのですから、きっとわたくしを哀れと思って、親身にお聞きくださるでしょう。どうかわたくしをお救いください。あのかたの妻にならずにすみますよう」

ディアミッドは苦しみ悩んだ。かれの愛は心を飛びだして、グラーニア王女のものとなっていたのだ。王女の訴えを耳にして、しかもそれを拒絶せざるをえないのは、傷口をナイフでえぐるようなものだった。それでもなおディアミッドは忠誠の誓いをかたく守り、冷たく答えた。「あなたはなににも縛られることなく、ご自分のご意思でこの結婚を決められたのではありませんか。ある男がべつの男より長い年月を戦士として闘いぬいてきたからといって、愛するに値しないなどということはありません。それがあなたはおわかりにならないらしいが、だからといって、わたしにまでおなじようにしろといわれてもこまります」そこまでいうとディアミッドは、堰《せき》がきれたように叫んだ。「そしてもしわたしが、フィンに対してあなたとおなじ裏切りをはたらき、あなたが望むままにことを運んだとしたら、このエリンのどこにも、フィンの怒りからわたしたちをかくまってくれる砦などなくなってしまう！」

「なるほど、わかりました」グラーニアはいった。「この方法がだめなら、べつの方法をためすとしましょう。わたくしはあなたを魔法で縛ることにします。いかなる戦士もこの呪縛を解いてみずからの名誉と魂を救うことはできません。よいですか、あなたはわたくしを連れてターラを出るのです、フィンさまとお供のかたがたが眠りから覚めるまえに」グラーニアは立ちあがった。「月の出の刻に、婦人部屋の庭から外へぬける小さな門でお待ちします。おいでにならないときは、わたくしひとりでターラを出ます。ただしあなたへの呪いはそのままに」

グラーニアはくるりと背をむけて広間から出ていった。

ディアミッドはわずかに残った数人の親友を見た。かれらは薬を盛った杯を与えられず、黙ってすわって、ことの成り行きを目と耳に入れていたのである。「アシーン、わたしはどうすればいい？」

アシーンは答えた。「このようなことを口にするのは気が重い。しかし呪縛を破ることはだれにもできない。父フィンとの忠誠の誓いを破るしかあるまい。だが父の復讐は覚悟しておくことだ」

ディアミッドはアシーンの息子オスカに目をむけた。年は若いが、武器の扱いにおとらず優れたかれの助言は、耳をかたむけるに値するからである。

「呪縛からのがれようとした戦士はおちぶれ、影のような生涯を送ることになる」

「キールタ・マックローナン、あなたはどう思われる？」

「王女に従うのだな」キールタは答えた。「あれではフィンの妻になっても、まずいことになるだけだ。だがすばやく逃亡するのだ。足をとめるな。ふりかえるな」

最後にディアミッドはいちばんの親友で、剣にかけて誓った義兄弟であるディアリンに目を移した。

「グラーニア王女とともに行けば、死ぬことになる」ディアリンはいった。その顔つきから、先を見通す力がかれに働いていることが、だれの目にもわかった。「しかしこのような呪縛からのがれようとする者は、そもそも生まれるに値しなかったことになる」

ディアミッドは立ちあがると、背後の壁にかけた剣を取り、剣吊り帯にかけた。成人して以来、親しい友としてすごしてきた男たちに別れを告げた。もうふたたびかれらと狩に出ることも、食事をともにすることも、肩をならべて敵と戦うこともないとわかっていた。それらはすべて終わったのだ。グラーニアのせいで。ディアミッドは広間を出て小さな門へむかった。

門の外で、グラーニアは黒いマントを巻きつけて待っていた。

「もどったほうがいい」ディアミッドはいった。「だれもまだ、さきほどのことは知りません。知っているのはわたしの友人の数人のみです。かれらはけっして口外しないでしょう。いまもどれば、ほかのだれにも知られずにすみます」

しかしグラーニアはうなずかなかった。「もどりません。あなたとともに参ります。わたくしの心はあなたのお胸のうちにあるのですから」

ディアミッドはそれ以上、押し問答をするのはあきらめた。「どうしてもそうするといわれるなら、わたしも心を決めましょう。こののち、いかなる男にもあなたは渡しません」

ふたりは西へ西へと進み、シャノン河の浅瀬に出た。ディアミッドはグラーニアをかかえあげて河を渡った。グラーニアは、足も、長く裾《すそ》をひいたマントのはしもぬらさずにむこう岸についた。一マイルほど河に沿って上流へむかい、南西に方向を転じてふたつ家《や》の森にたどりついた。深い森の奥までいくとディアミッドは剣を使って緑の枝を落とし、グラーニアのために枝編みの小屋を建てた。グラーニアがそこで体を休めるあいだにディアミッドは近くの泉から冑《かぶと》に水を汲んで運び、獣《けもの》をとらえて食事の用意をした。

つぎの朝早く、上王と王宮の者たちと客人たちが眠りから覚め、ディアミッドとグラーニアが姿を消したことを知った。フィンは激しい嫉妬にかられた。追跡を得意とするナヴァン一族の男たちに使いをやって呼びだし、ディアミッドの追跡を命じた。

ナヴァン一族の男たちはシャノン河の浅瀬から上流へさかのぼり、ディアミッドとグラーニアが南西に転じた地点までやってきた。そこで地面をかぎまわり、草の葉が踏まれたあとを調べ、黒い羊毛の糸が一本、野イバラの枝にひっかかっているのを見つけると、フィンに報告した。「わかりました。ここから先はまっすぐ、ふたつ家の森へむかっています」

フィンは追跡を続けるように命じ、フィアンナの騎士たちを率いてあとをついていった。ナヴァン一族の男たちは猟犬のように身を低くして先へと進んでいった。森に入り、樹木がとくに生いしげっている場所まで来ると、柵で囲まれた場所があった。ディアミッドが枝編み小屋のまわりを伐りひらき、すきまなく柵をめぐらして何者も侵入できないようにしたのである。柵には、森の七方にむかって、若木を編んだ幅のせまい扉が七つ取りつけてあった。

追跡者のひとりが木に登ってそのなかをのぞき、森の入り口で待っていたフィンのもとへもどって報告した。樹影の濃い場所に柵をめぐらした囲い地があり、なかにディアミッド・オダイナと黒髪の婦人がいることを。

「グラーニアだな、まちがいない」フィンはきびしい声でつぶやくと、騎士たちに前進を命じた。森の奥の囲い地までくると、散開してこれを包囲した。柵の内側では物音を聞きつけたグラーニアがひどくおびえて取り乱し、声をたてずに泣きだしていた。ディアミッドはグラーニアに三度くちづけして、怖れることはない、きっとなにもかもうまくゆくからといいきかせた。

ダナン族のひとり、最も博識で美しく魔法のわざにすぐれたアンガス・オグは、まえにも話したようにディアミッドの育ての親で、じつの息子のようにかれを愛していた。魔法でディアミッドの危機を知るや、アンガス・オグは妖精の国ボインから南風の翼にのって駆《か》けつけた。飛ぶ野生の白鳥をかたどった宝冠を額にのせ、とつぜん、ふたつ家の森の囲い地に姿を現わした。

育ての親の姿を見てディアミッドの心は喜びに躍り、両腕をひろげて抱きつこうとした。しかしアンガスは突きはなすように短くひと言たずねた。「なにがあったのだ、わが子よ?」

そこでディアミッドもできるだけ手短かにことのいきさつを話した。柵の外ではフィアンナの騎士たちが動きまわっていた。

ディアミッドが語りおえると、アンガスがいった。「不幸な話だ。そしておそらく、不幸な終わりを迎えるだろう。だがいまはまだ、そのときではない。ふたりともわたしのマントにくるまって、それぞれ端をにぎるがいい。だれにも知られずここから連れだしてやろう」

しかしディアミッドは首をふった。「グラーニアは、どうかお連れください。しかしわたしは自力できりぬけて、あとを追います。もしもわたしが殺されるようなことがありましたら、王女を父王のもとへ送りかえしてください。そして父王に、わたしを選んだからといって王女を責めることなく、以前とおなじようにあつかうようにと、おっしゃってください」

アンガスはマントをひろげてグラーニアをくるみこんだ。マントは夏の空色、あるいはニワゼキショウの花の瑠璃《るり》色を思わせた。アンガスはディアミッドに落ちあう場所を告げると、ふたたび風にとけて飛び去った。

ひとりになるとディアミッドは鋭い槍を手にとって、七つの扉のうち手近なひとつに歩みよって、外にいるのはだれかと聞いた。

「アシーンとオスカだ」答えが返ってきた。「ほかにいるのも、バスクナ一族の者だけだ。われわれのもとへ来い。だれも手出しはしない」

「好意にあまえて面倒にまきこむことはしたくない」ディアミッドは二番目の扉に近づいて同じように聞いた。

「キールタ・マックローナンとローナン一族の者たちだ。この扉から出ろ。ここにいるのは友人だけだ」

「友人の頭上に災難をもたらすようなことはしたくない」ディアミッドは三番めの扉に近づいた。

「グレイ・ラッシュのコナン、それにゴル・マックモーナの息子ファータイとモーナ一族の一党だ。フィンの旗印に従ってはいても、われわれはフィンの腹心ではないぞ」

ディアミッドは四番めの扉にいった。

「親しい仲間がここにいるぞ、マンスター・フィアンナのグワンだ。何度もともに遠出の狩をしてきた仲ではないか。必要とあらばわたしも、わたしの配下の者たちも、きみのために死ぬまで闘おう」

ディアミッドは五番めの扉へ進んだ。

「高声のグロアの息子フィンだ。ほかにアルスターの騎士たちがいっしょだ。ここへ出てこい。捕まえれば殺すことになっているが、見ぬふりをして通してやろう」

ディアミッドは六番めの扉へおもむいた。

「ナヴァン一族だ。ここでしっかり番をしているぞ。おまえは巣穴に追いつめられたネズミも同然。われらはフィンの手の者だからな。出てくるがいい。われらの槍先にかけてくれよう」

「わたしの槍は戦場で闘うためのもの。その槍を、裸足で犬のように地面をかぎまわる流れ者の血でけがしはしない！」ディアミッドは七番めの扉のまえに立って問うた。

「外にいるのはだれか？」

「トレンモー・オバスクナの息子クールの子フィン、ともにいるのはレンスター・フィアンナの騎士たちだ」ほかならぬフィンの声が返ってきた。「扉をひらいて、いますぐ出てこい。肉を筋からそぎ、筋を骨からこそげてやる！」

「これぞ望みの扉！」ディアミッドは叫ぶと槍をささえに低く身をかがめ、はずみをつけて跳びあがった。みごとな跳躍で柵をひと跳びに、待ちうけていた騎士たちの頭上を飛びこすと、つぎのひと跳びで武器もとどかないほど遠くへ身をかわした。

ディアミッドは南へ走りだした。すこしも休まず走りつづけ、リメリックにほど近い二本ヤナギの森へやってきた。

森ではアンガスとグラーニアが、温めた小屋のなかで待っていた。ハシバミの枝にさしたイノシシの肉がさかんに燃える炎にあぶられていた。ディアミッドが姿を見せると、グラーニアは喜びの叫びをあげて立ちあがった。駆けよって両腕ですがりつき、ディアミッドを抱きかかえるようにして火のそばへ連れていった。かれらはたっぷりと食べ、朝まで安らかに眠った。空がまだ薄緑色をした夜明けごろ、アンガスは小鳥の鳴きかわすなかで起きあがり、ふたりに別れを告げた。「フィンはけっして復讐を忘れはしまい。かれは年をとった。若い者に花嫁を奪われた老人のうらみは深い。だから、これからいうことを肝に銘じておくように。幹が一本しかない木に登ってはいけない。また出入り口がひとつしかない洞穴にはいってはいけない。料理に火を使った場所で食べてはいけない。食事をした場所で眠るのもいけない。今夜眠った場所で明日も眠ってはいけない」

アンガスが去ると、ディアミッドとグラーニアは西へむかい、チャンピオンズ川のほとりに出た。ふたりはここで足を休め、ディアミッドは槍で鮭を突いた。土手で火をたき、ハシバミの枝を串にして鮭をあぶった。火が通ると、ディアミッドは魚とグラーニアの両方をかかえてむこう岸へ渡り、そこで食事をした。食べおわってもすぐには眠らず、さらに西へ進んでから横になった。ふたりはアンガス・オグの忠告をよく覚えていたのだ。

このようにしてふたりは国じゅうをさすらっていった。フィンに追いつかれないよう、ひとつの場所に半日ととどまらなかった。ついにふたりはスライゴーのハイ・フィクナ領にあるドゥロスの森にやってきた。この森は『偏屈』シャーヴァンという巨人が番をしていた。『偏屈』シャーヴァンがドゥロスの森番となったのには、つぎのようないきさつがあった。

あるとき妖精ダナン族とフィアンナの騎士団がキラーニーの湖水地方でハーリーの試合をしたことがあった。試合は三日三晩つづいたが、どちらも、相手から一点もとれなかった。三日めの夜がすぎ、フィアンナ騎士を打ちまかすことができないとさとると、ダナン族は試合を投げ、一団となって北へ移っていった。

ダナン族は試合のあいだと旅の途中の食料として、明紅色の堅い木の実と、暗紅色のヤマモモの実と、鮮紅色のナナカマドの実をもってきていた。これらはダナン族が約束の地（常若の国、ティル・ナ・ヌォグのこと）から運んできたもので、ふしぎな力をそなえていた。ダナン族はこれらの木の実がひと粒たりとも、命はかない人間の世界であるエリンの土に触れないよう、たいへんな注意をはらっていた。ところがドゥロスの森を通ったとき、鮮紅色のナナカマドの実がひと粒、知らぬまに地面にこぼれた。

このひと粒が育って一本の巨木となり、妖精の国に育ったナナカマドの木をもしのぐ強い魔力を持つにいたった。というのもこの巨木の実は蜜のようにあまく、たとえ百六十年のときを生きた人間でも、ほんの三粒その実を口にすれば、たちどころに若者に返るのだ。

ダナン族はこのことを知ると、同族の巨人『偏屈』シャーヴァンを森へ送りこみ、命はかない人間がこの魔法の実を口にしないよう番をさせることにしたのである。

シャーヴァンはじつに頼もしい番人だった。大きくたくましく、見るも恐ろしい姿で、ひとつしかない火のように赤い目が額のまんなかについていた。魔法の技にもすぐれていたので、火であぶられても平気、水のなかでも溺れることはなく、刃物で傷つけることもできなかった。じっさいシャーヴァンが殺されるようなことがあるとすれば、その方法はただひとつ、シャーヴァン自身の持ちものである鉄を巻いた棍棒《こんぼう》で三度なぐることだけだった。昼間シャーヴァンはナナカマドの木の根元にすわり、夜はナナカマドの高い枝の上にこしらえた小屋で眠った。

この地ならば、フィンから逃れてグラーニアとふたり安全に暮らせることがディアミッドにはわかっていた。シャーヴァンは人間がドゥロスの森で狩をするのを許さなかったし、ことにフィアンナ騎士が森にはいるのをきらったからだ。そこでディアミッドはグラーニアを離れた場所にかくまい、ナナカマドの根元にすわるシャーヴァンの目のまえへひとり恐れることもなく出ていった。そしてドゥロスの森に住まい、自分と愛する婦人のために獣《けもの》を狩るのを許してほしいと頼んだ。

巨人はひとつきりの赤い目でディアミッドをじっと見ると、粗野で無愛想な口調で、どこで住もうと狩をしようとかまわないが、ナナカマドの実のひと粒にでも指を触れぬようにと答えた。

そこでディアミッドは狩の野営に使うような小屋を建て、ぐるりに柵をめぐらせた。この森でディアミッドとグラーニアは、しばしの平和と安息の日を得たのだった。

フィンはふたりの追跡をあきらめたわけではなかったが、しばらくはほうっておくことに決め、白い城壁に囲まれたアルムの砦へもどった。

ある日フィンのもとに、見るもすばらしい若い戦士がふたり訪れ、低く頭をたれた。なにを求めてアルムへ来たのかとたずねられると、年上のほうが答えていった。「わたしはアート・マックモーナの息子アンガス、横におりますのはアンダラ・マックモーナの息子エイです。わたしたちの父はどちらもクヌーハの戦いであなたの父上の敵となりました。のちにあなたはそれを理由にわたしたちの父の首を討ち、その息子であるわたしたちは追放の身となりました。この措置は正当とは申せません。考えてもごらんください。戦《いくさ》の当時わたしたちの父はまだ若く、わたしたち自身はといえば、戦ののち何年もすぎるまで生まれてすらいなかったのです。そこでわたしたちは、和睦と、父たちが騎士団で得ていた地位をふたたびたまわるようお願いしようと、やってまいりました」

「その願い、かなえてやろう」フィンは答えた。「しかしそのまえにまず、わたしの父の死に対する賠償金を支払ってもらう」

「できるものなら、喜んで支払いましょう」モーナの戦士たちはいった。「しかしわたしたちは金銀も牛も持ってはいません」

するとフィンがいった。「わたしが賠償として求めるのは、金でも銀でも牛でもない」

「では、なにをもって支払えというのですか、騎士団長殿？」

「わたしが求めるのは、ふたつのうちどちらかだ。ディアミッド・オダイナの首を取ってくるか、ドゥロスの森に育つ妖精のナナカマドの木の実を手のひら一杯分摘んでくるか！」

「あなたがたふたりに、忠告申しあげる」父であるフィンのかたわらに立っていたアシーンが口をはさんだ。声は心からの思いやりにあふれていた。「もと来た所へもどって、フィン・マックールとの和解と騎士団への復帰を求めてここへやってきたことは、きれいさっぱり忘れるがいい」

「騎士団長が要求される賠償を支払うために命を落とすほうがましです。試しもせずにあきらめて、もと来た所へ帰るよりは！」

　こうしてふたりは出発した。まず二本ヤナギの森をさぐりだし、そこからディアミッドらの放浪のあとをたどってドゥロスの森へたどりつき、ついに森の狩猟小屋をさぐりあてた。

　ディアミッドはグラーニアとともに小屋のなかにいた。ふたりの戦士の声を聞きつけると、すばやく槍を手にとって扉により、そこにいるのはだれかとたずねた。

「アート・マックモーナの息子アンガスと、アンダラ・マックモーナの息子エイだ。われらは白い城壁のアルムからやってきた。フィン・マックールのもとへ、ディアミッド・オダイナの首か、ドゥロスのナナカマドの実を手のひら一杯持ち帰るために。それこそフィンがわれらに求めた賠償なのだ。われらの父は、フィンの父の死の一端を担っているからだ」

　ディアミッドは苦い笑い声をもらした。「なんと！　わたしこそ、そのディアミッド・オダイナだ。しかし首をやるわけにはいかぬ。まだこの首には用があるからな。ナナカマドの実のほうも、わたしの首におとらず、やすやすと手に入らぬぞ。巨人のシャーヴァンと闘わねばならないからな。火も、水も、剣も平気な相手だ。とはいえ、どうしてもどちらかを手に入れなければならないというのなら、さきにどちらを試してみる？」

「ではまず、おまえの首だ」

そこで三人は戦いの準備にとりかかった。素手で戦うことになり、武器はわきに置かれた。マックモーナ一族のふたりが勝てばディアミッドの首をフィンのもとへ持ち帰り、ディアミッドが勝てばふたりの首は小屋の屋根の梁《はり》から吊りさげられることになると申し合わせができた。

戦いがはじまったが、すぐに勝負がついた。ディアミッドはふたりを同時に相手にしたが、たちまち押さえつけて動けなくしてしまった。

さて、だいぶ以前からグラーニアの心は、魔法のナナカマドの実を味わってみたいという望みでいっぱいになっていた。しかしこの日まで、その熱い望みを口に出したことはなかった。言葉にすればどんな災いがやってくるか、わかっていたからだ。しかし戦いが終わり、ふたりの若者がなすすべもなく縛りあげられてしまうと、グラーニアはディアミッドにナナカマドの実を食べてみたくてたまらない気持ちをうちあけた。そして「ひとりではむりでも、三人がかりなら、うまく巨人にうち勝てるかもしれません」とつけくわえた。

「あなたはご自分がなにをいっているか、おわかりではないのだ」ディアミッドは捕虜となった若者たちの上に立ちはだかったまま、グラーニアをさとした。「われらがここで安息の場所を得られるのも、シャーヴァンの好意あればこそなのです。かれが命をかけて守っている木の実を、たとえあなたのためとはいえ盗むようなことがあれば、わたしたちはふたりともおしまいです！」

「わかっています。だからこそ、わたくしは自分の気持ちをおさえてきたのです」グラーニアは訴えた。「でも、この気持ちは日ごとに強くなっていきます。このままあの実を味わうことがなければ、わたくしはやはり死んでしまうでしょう」

ディアミッドは悲しみと不吉な予感で胸がふさがった。しかしそれより恐ろしかったのは、ナナカマドの実を手に入れてやらなければほんとうにグラーニアはどうにかなってしまうかもしれない、ということだった。ついにディアミッドは折れた。「ならば、しかたがない。あの実をとってきてさしあげよう。しかし行くのはわたしひとりです」

若者たちはこれを聞くと地面に転がされたままわめいた。「縄をほどいてください、わたしたちもいっしょに行きます！」

「たいして助けにはなるまい」ディアミッドは答えた。「どのみち、これからしようとしているのは、わたし自身の闘いなのだ」

「ならば、そばで見るだけでも！」若者たちは頼みこんだ。「このような闘いは、われらが一度も目にしたことのないものとなるでしょうから」

ついにディアミッドも承知して、ふたりの縄を解いた。ふたりはディアミッドの背に隠れるようにしてナナカマドの木のもとへついていった。巨人は眠っていた。ディアミッドは剣のひらでたたいて巨人の目を覚ました。

シャーヴァンはひとつきりの赤い目でディアミッドをにらみつけた。「なんの用だ？わざわざ眠りを覚まさせるとは？」

「わが妻グラーニア王女は、あなたが守るナナカマドの実を味わいたいと切に望んでいる。望みがかなわなければ、死んでしまうだろう。それゆえ頼む、王女の命を救うため、その実をわけていただきたい」

「ひと粒たりとも、やらぬ。たとえいま目のまえで死にかけていようともな」巨人は不機嫌になった。

ディアミッドは一歩間合いを詰め、剣をうしろに引いた。「これまでよくしてもらったから、わざわざ起こして頼んだのだ。眠っているあいだに盗むこともできたのに。しかしこの場を去るまえに実はもらう。許しがあろうとなかろうとな」

巨人は跳びあがって棍棒をつかみ、ディアミッドめがけて力いっぱい三度ふりおろした。盾をかざしてふせぐのがやっと間にあうほどの、すばやい動きだった。ディアミッドは巨人が剣の攻撃を予測しているはずだと思い、剣も盾ももろともに投げすてた。そして棍棒の下をかいくぐり、巨人の体に腕をまわし、力をふりしぼって持ちあげ、肩越しに投げをくらわせた。巨人は地響きをたてて地面にぶつかった。ディアミッドはすかさず巨大な棍棒をとって力の限り三度ふりおろした。巨人の命はヤギ皮のふいごからもれる風のようにその体からとびさった。

ディアミッドは地面にすわりこんだ。力を使い果たし、心は傷ついて痛んだ。モーナの息子たちが喜びの声をあげて走りよってくると、かれらに命じて巨人の遺体をしげみのかげに運ばせ、そこに埋めさせた。

グラーニアがやってくると、ディアミッドは枝に手を伸ばして色づいたナナカマドの実の房を摘みとり、満足するまで食べさせてやった。それからさらにいく房か摘んで、モーナの息子たちに与えた。「これをフィンのもとへ持っていけ。かれには巨人シャーヴァンをたおしたのは自分たちだといえばいい」

「われらふたりの感謝を捧げます。ディアミッド・オダイナ殿」アンガスがいった。「われらふたりでは、とうていこの実を手にいれて賠償を支払うことはできませんでした。しかもわれわれの首はあなたのものでしたのに、寛大なお心のおかげでまだこのとおり、ここにくっついております」

こうして若者たちは帰っていった。

シャーヴァンが死に、安息の場所を失ったディアミッドとグラーニアは、狩猟小屋を出て巨人がナナカマドの木の上に建てた小屋に移り住んだ。そこなら地上から完全に身を隠していられたからである。

ふたりの若い戦士は白い城壁に囲まれたアルムの砦にもどり、赤く輝く実を両手にさげてフィンのまえに立った。「巨人シャーヴァンは死にました。ここにドゥロスの森のナナカマドの実を持ってまいりました。父上クール殿の死に対する賠償として命じられたものでございます」

フィンはナナカマドの実を手にとり、三度においをかいだ。「まさに魔法のナナカマドの実だ。しかしこの実はディアミッド・オダイナの手のなかにあったな。やつの手のにおいが、わたしにはわかる。シャーヴァンをたおし、この実を摘んだのは、おまえたちではなくディアミッドであろう」フィンの声は冷たく、厳しさを増した。「父の死の賠償を支払うにあたって、おまえたちは自らの力と知恵を使うどころかわたしの敵と親交をむすぶとは。わたしとの和解も、フィアンナ騎士団での地位も得られぬと思え！」

フィンはレンスター騎士団を召集し、ハイ・フィクナ領のドゥロスの森へ行軍した。一行はディアミッドのにおいをたどってナナカマドの木の根元まで来た。巨人がいないのをたしかめると、低い枝に実った房を摘んで、たっぷりと腹に詰めこんだ。

「長い道のりをやってきたし、そのうえ暑い」フィンがいった。「しばらくこの木蔭で休むとしよう。わたしにはよくわかっている。ディアミッドは頭上の枝のどこかに身を潜めているのだ。われらの囲みをといて逃げることはできるはずがない」

「父上は嫉妬のあまり、道理もわからなくおなりです」アシーンが口をはさんだ。「ディアミッドがぐずぐず待っているとでもお思いですか？　父上がかならずここまで追ってくるとわかっているのに！」

フィンは気にもとめずにチェス盤を持ってこさせると、アシーンに相手を命じた。勝負は進み、アシーンが自分の負けをみとめるところまできたが、フィンはこういった。

「わが息子アシーン、つぎの一手で、この勝負はおまえのものとなる。どの駒を動かせばよいか、じっくり考えてみるがいい」

アシーンは眉をよせて盤面を見つめた。しかし窮地をのがれる一手は見つからなかった。

ディアミッドは樹上の隠《かく》れ処《が》から枝をすかして勝負を見ていた。そしてこう考えた。

「わが剣の兄弟アシーン、これまでいく度もわたしを助けてくれたのだから、いまわたしが助けて悪いことがあろうか？」ナナカマドの実をひと粒摘んでほうった。実はねらいどおりアシーンの駒のひとつに当たり、ころがって盤上の桝目《ますめ》のひとつに止まった。アシーンはその駒を取って、ナナカマドの実が赤いサンゴの珠《たま》のように輝いている桝へ進めた。この一手で、勝負はアシーンのものとなった。

フィンとアシーンはつづけて二局めを戦った。そしてふたたびアシーンがほんの一手で形勢を逆転できるところにさしかかった。しかしアシーンにはいくら考えても、その一手がわからなかった。そこでディアミッドはふたたびナナカマドの実を落とした。実は駒のひとつに当たり、盤上のある桝目にころがった。アシーンはナナカマドの実が熱い火花のように赤く輝く桝目に駒を動かし、ふたたび勝負をわがものとした。

三局めもまったく同じ展開になった。ディアミッドがナナカマドの実を投げるとその実は駒に当たってころがり、アシーンは血のように赤いナナカマドの実が指し示す桝目に駒を進めて勝負に勝った。

「ずいぶん腕をあげたものだな」フィンがいった。「ディアミッド・オダイナに劣らぬ腕だ——それともディアミッドが上の枝から指南してくれたのか?」フィンは怒りに燃える顔をふりあげて叫んだ。「そこにいるのだな、ディアミッド・オダイナ?」

ディアミッドは呼びかけに応えた。長年仕《つか》えた騎士団長みずから問いかけられて沈黙を守るのは、名誉に反することだったからである。「ここにおります、フィン・マックール。わが妻、グラーニア王女もともに」

見あげれば、葉のしげった枝のすきまから見おろしているディアミッドがはっきりと見てとれた。

グラーニアはいよいよ追いつめられたことを知って、ふるえながら涙を流した。それも当然だった。フィンは騎士たちに命じてナナカマドの木を取り巻かせ、その外側にも、さらにその外側にも包囲の輪を作り、ついに木のまわりを厚い包囲の兵で埋めつくしていたのだ。騎士たちは手をとりあい、野ウサギの逃げるすきまもないほどくっついて立っていた。それからフィンは宣言した。ナナカマドの木に登ってディアミッド・オダイナの首をとってきた者に、みごとな鎧《よろい》と武器をひとそろい、さらに騎士団でいま得ているより高い地位を与えようと。

躍りでたのはクワ山脈のガーヴァだった。「わたしは、あなたの部下だ！　わたしの父はディアミッドの父親に殺された。いまこそ復讐のときだ！」そしてナナカマドの木に登りはじめた。

まさにこのとき、養い子が命の危機にあることを知ったブル・ナ・ボイナのアンガス・オグは、マントを広げ、秋の風にのって駆けつけた。ナナカマドの木を取りまいて厳しく目をひからせていたフィアンナ騎士たちには、野生の白鳥が頭上をよぎったとしか思われなかった。しかしディアミッドとグラーニアは、背の高いダナンの族長がふたりのあいだに現われたのを見て喜び、ほっとした。

ガーヴァが枝から枝へ近づくところをディアミッドは思いきり蹴り落とした。その瞬間、アンガス・オグがガーヴァをディアミッドの姿に変えた。フィアンナの騎士たちは落ちてきた体が地面に着くかつかないかのうちに、その首を切り落とした。

一瞬ののち、悲嘆と怒りの声が口々にあがった。真の姿が現れて、ほんとうはだれを

手にかけてしまったか騎士たちが知ったからだ。

二番手の戦士が木に登り、三番手、四番手がつづいた。どの戦士もディアミッドとアンガスの前に同じ最期をたどり、ついに首と胴のはなれた九つの死体がナナカマドの木の根元にころがった。フィンは悲しみと怒りに気も狂わんばかりだった。

アンガス・オグは、もうこんなことはたくさんだ、この危険な場所からふたりを連れだそうといった。しかしディアミッドは、ふたつ家《や》の森で答えたときと同じようにいった。「グラーニアはお連れください。しかしわたしは、闘って道を切りひらきます」それからグラーニアに優しくキスし、こういいきかせた。「夕方まで生きのびられれば、あなたのあとを追いましょう。だめなら、そのときは、わが養い親であるアンガスがあなたを無事にターラへ送りとどけてくれるでしょう」

アンガス・オグがマントをひるがえし、グラーニアをつつみこんで飛びあがった。フィアンナの騎士たちにはふたりが見えず、ただ一瞬野生の白鳥の羽ばたきが空に聞こえたと思っただけだった。こうしてアンガスはグラーニアを安全なブル・ナ・ボイナへ連れ去った。

ひとり残ったディアミッドは槍をとり、フィンにむかって叫んだ。「騎士団が危機にあるとき、わたしはつねにともに戦ってきた。戦では先陣をきり、最後まで戦場を去らなかった。ところがいまあなたは、わたしを討ちとるまでこの狩をやめようとされない。

しかしいつかかならず死ぬ身なら、きょうここで死ぬのを怖れる理由があろうか？　わたしはこの木から降りてゆく。だが警告しておくぞ、わたしは剣を合わせられるかぎりの騎士を討ちとってみせる――そうとも、素手になろうと死んでたおれるまで戦いぬく。さあ、望みどおりわたしの命をとるがいい――しかし、何人の騎士が犠牲となるか。代償は高くつくぞ」

するとと若いオスカが声を張りあげてフィンに訴えた。「ディアミッドのいうとおり、かれはこれまでフィアンナ騎士団でわれわれと危難をともにし、戦場においてりっぱな働きをしてきました。どうかかれにお許しを。ディアミッドの犯した罪は、望んだのではなく、強制されたもの。そして、そのためすでに多くの苦しみを受けているのです」

「和睦と許しなら与えてやろう、ディアミッドの首を討ったあとにな」フィンが答えた。

「ならば、このオスカがディアミッドの身を守ります。みなのもの、聞け、ディアミッド・オダイナには、このわたしが指一本触れさせはしない。もし、この言葉をまもれなかったときには、緑の大地よ、裂けてわたしをのみこめ、灰色の海よ、大波となってわたしを引きずりこめ、満天の星よ、落ちてきてまばゆい光の重さでわたしを押しつぶし、命を奪え」オスカは木の上に叫んだ。「降りてこい、ディアミッド。ふたりでともに、この場を切りぬけよう！」

ところがディアミッドは騎士たちが幹にはりつくようにかたまっている側を選んで、

重なりあった葉と実の蔭を太い枝づたいに先のほうへ進んでいった。やがて足の下で枝がしない、揺れはじめると、ディアミッドははずみをつけて大きく跳んだ。待ちうける戦士たちの頭上をこえて、遠く輪の外へ。地に足が着くや駆けだして、心臓が三つ拍《う》つあいだに槍もとどかないほど遠くへ駆け去っていた。心臓が七つ拍つころにオスカが追いすがってきた。オスカは一度だけ騎士たちをふりかえった。その形相のものすごさに、だれひとりあとを追おうとする者はなかった。

ふたりの勇士はそのまま休まずブル・ナ・ボイナをめざし、待っていたアンガスとグラーニアとおちあった。

フィンは怒りに青ざめてアルムの丘へもどると、もっとも脚の速い軍船の出航準備をするよう、また長い航海にそなえて準備を整えるよう命じた。

命じたとおりに用意が整うとフィンは船に乗りこんだ。それから約束の地（死者の住む常若《とこわか》の国）に着くまでのフィンの言動は伝わっていない。かの地にはフィンのふたりの育ての親が暮らしていた。フィンはそのひとり、もとはドイルド教の尼で、いまでは魔法と呼ばれている賢者の技にも通じた婦人を訪ね、すべてを話して助力を乞うた。

「なんといっても、人間の力と知恵をもってしては、ディアミッドをたおすのはとうてい不可能なのです」フィンは訴えた。「魔法をおいてほかに、あの者をどうにかできるものはありません」

「あなたが望むなら、どんなことでもいたしましょう。あなたが傷つけたいと望むなら、どんな相手でも傷つけてやりましょう、あなたのために」魔法の技を知る婦人はいった。「なぜなら、あなたはわたしの養い子。およそ女がじつの子を愛するよりもさらに、わたしがあなたをたいせつに思っていないわけがありません」

翌日、婦人はフィンとともにエリンへゆき、ブル・ナ・ボイナにむかった。妖精の国のだれひとり、ふたりがやってくるのに気づかなかった。婦人が、ドルイドの賢者がよく使う魔法の霧をつむぎだして姿を隠したからである。

たまたまその日、ディアミッドはひとりで森に狩に出ていた。オスカはディアミッドの身が安全なのを確かめるまで行動をともにしたが、そのあとすぐにフィアンナの騎士たちのもとへもどっていったからである。フィンの養い親はこれを知ると、スイレンの葉を一枚摘んで、魔法の歌を歌いかけた。すると葉は、中心に穴があいた薄くひらたい石うすになった。そしてこの石うすにすわってふわりと宙にうきあがり、木々のこずえの上をディアミッドの真上までただよっていった。そして石うすの上に立ちあがると、中心の穴からねらいをつけて小さな毒矢をつぎつぎに落とした。毒矢は、ディアミッドが身につけた狩猟用の革の衣服も軽い盾も、朽ちたカバの木の皮のように貫いた。矢の先端には抜けないように返しがついており、一本一本が百匹の怒り狂ったスズメバチに刺されるほどの激痛をもたらした。ディアミッドはあまりの苦痛に、敵をすぐにもたおさない限り、まちがいなく自分が殺されるとさとった。そこで愛用の槍、偉大なるガー・ダーグ（死者の歌）をつかみ、のけぞりざま、真上に投げた。必殺の槍はみごとに石うすの目をとおり、つぎの矢を投げようとかがみこんでいた女の体を貫いた。叫び声とともに、女は死んでディアミッドの足もとにころがった。

ディアミッドは女の長くもつれあった灰色の髪を手に巻いて首を打ち落とし、ブル・ナ・ボイナに持ち帰って、アンガスとグラーニアにことの次第を告げた。

アンガスは、フィン・マックールが和解に応じるときが、ついにやってきたと考えた。そこでつぎの朝、いよいよ腰をあげ、アルムの丘のフィアンナ騎士団長を訪れて、このうらみを葬《ほうむ》り去るつもりはないかとたずねた。

フィンは魔法の技をもってしてもディアミッドをたおすのは難しいことを思い、この不和のために多くの騎士が命を落とし、さらにいま養い親の首まで落とされたことを思った。老いがとつぜん重くのしかかり、孤独で疲れはてた気分だった。フィンは和解の申し出を受けいれた。

つぎにアンガスはターラの王コルマク・マッカートのもとを訪れてたずねた。ディアミッドに和睦を与え、グラーニア王女を連れ去ったことを許してもらえるか、と。コルマクはあごひげをひねりながら答えた。娘を正当な夫から奪って館から連れだした男と和を結ぶなど、とんでもない話だが、自分はそうすることにしよう、ただし自分の跡を継いで上王となるはずの息子ケアブリが承知なら、と。

　さてケアブリはまえまえから心のうちで、国内で力をふるうフィンを憎んでいた。このうえ妹を騎士団長に嫁がせればフィンの力はますます大きくなるだろうと、心の底で怒りを燃やしていた。そこでかれはこう答えた。「このいさかいは、わたしとはまったく無関係だ。そして義理の兄弟となるのなら、二十人のフィン・マックールよりもひとりのディアミッドを選ぶ。和睦も許しも与える必要はない。わたしはディアミッドと不和になったおぼえはないのだから。許すも許さぬもないではないか。ディアミッドに伝えてもらいたい、わたしの友情は昔どおり、深くも浅くもなっていない、と」

　アンガス・オグは養い子ディアミッドのもとへもどって告げた。「和平は戦いにまさる。フィン・マックールと上王コルマクからの和睦に応じ、コルマクのあとに上王となるケアブリの昔と同じ友情をいだいているという言葉を信じるか？」

「喜んで！」ディアミッドは答えた。「ただ、フィアンナ騎士でありグラーニア王女の夫である者にふさわしい条件をいくつか、受けいれてもらっていただきたいのです」

「その条件とは？」

「父からゆずりうけたオダイナ領から王と上王へ支払う地代や貢《みつ》ぎ物を免除していただきたい。レンスター国のダミース山領も。これはフィンからさずかった領地です。そしてフィンも騎士団のだれも、わたしの領地で許しなく狩をしないこと。そして上王からさらに、ケシュ・カロン領をグラーニア王女の持参金としていただきたい」

フィンとコルマクは条件に同意し、こうして和平が結ばれた。

ディアミッドとグラーニアはケシュ・カロンに館を建てた。王たちや勇者たちが集う土地からは、遠く離れた地である。この地でふたりは幸福に暮らし、グラーニアはディアミッドとのあいだに四人の息子をもうけた。ディアミッドは所有する牛の数も増え、おだやかな年月がすぎていった。

第十二章　黄金の髪のニーヴ

　ある日フィンとアシーンは数人の騎士と馬に乗り、キラーニーの湖水地帯へ狩に出かけた。狩の供《とも》に新しい顔ぶれが見える一方、なじみの顔がいくつか欠けていた。ゴル・マックモーナはタ一ラの城壁で新しい騎士団長を受けいれたあの朝以来、フィンに変わらぬ忠誠を尽くしてきたが、前の年の冬に亡くなっていた。いかめしい老いた独眼の戦士がフィンにはなつかしく思われた。ゴルがそばにいないと、狩の楽しみもややうすれるような気がするのだった。

　しかしこの日、夏の早朝の景色は常若《とこわか》の国の朝におとらずすばらしかった。草の葉にうすす青い露がおり、昇りかけた朝日をうけたところだけが虹のように輝いていた。野イバラは乳のように白く甘い香りの花をいっぱいにつけ、小鳥のさえずりは胸をしめつけるほど美しい。雄ジカがしげみから跳びだすと、猟犬たちがいっせいに吠えながら追跡をはじめた。犬たちがかなでる狩の音楽に、ようやくフィンの心にも喜びが目覚めた。

しかし狩がはじまって間もなく、西のほうから馬でやってくる人影が見えた。やや距離がせばまったところで、騎士たちは馬をとめて待ちうけた。やってきたのは丈《たけ》高い白馬に乗ったひとりの乙女《おとめ》だった。乙女は一行に近づくと、手綱をひいて馬をとめた。狩猟隊の者たちはみな、驚きに目をみひらいた。これほどの美しい女を、だれも目にしたことはなかったからである。乙女の黄色の髪はかきあげられ、みごとな細工の黄金の宝冠でおさえられていた。額は白いアネモネの花のよう。瞳は朝空のように青く、シダの葉に輝く朝露のように澄んでいた。満天の星さながらに金糸の縫いとりがほどこされた茶色の絹のマントは乙女の肩から地面をはくほど長くたっぷりと流れおちていた。白馬は濃いきいろの純金の蹄鉄《ていてつ》を打たれ、堂々たる首はいま崩れようとする波がしらのような弓形をえがいていた。そして乙女はキラーニーの湖水にうかぶ白鳥よりもたおやかに馬の背にすわっていた。

フィンはようやく気をとりなおし、丁重に頭をさげて話しかけた。「うるわしい姫君——かならずや高い身分のおかたとお見うけします。あなたのお名は？　そしてどちらからおいでですか？」

乙女が答える声は小さなクリスタルの鈴をふるように甘く響いた。「エリンのフィアンナ騎士団長フィン・マックールさま、わたくしの国は西の海のはるかかなたにございます。わたくしはティル・ナ・ヌォグの王の娘、黄金の髪のニーヴと呼ばれております」

「いかなるご用で、お国からこれほど遠くはなれたエリンへおいでになったのですか？」

「あなたのお子アシーンさまへの愛のために」乙女は答えた。「おりにふれてくりかえし、アシーンさまのすばらしさ、ごりっぱさ、お心の広さ、勇敢さを耳にするうち、わたくしは次第にアシーンさまをおしたいするようになりました。そのため、わたくしを妻にもとめておいでになる族長や王子をすべてお断りいたしました。そしていまアシーンさまのためにティル・ナ・ヌォグからはるかな旅路をやってきたのです」

乙女はそばに立つアシーンに顔をむけ、両手をさしだした。「わたくしとティル・ナ・ヌォグへ、老いることのない若さの国へいらしてください。木々は一年じゅう花と若葉と果実をいちどきに枝につけ、悲しみも苦しみも老いも味わうことのない国です。絹のローブを百着、それぞれに工夫をこらした金糸の縫いとりをして用意してございます。足の軽い馬を百頭、足が速く鼻の鋭い猟犬を百匹、さしあげます。数えきれないほどの牛と、金色の毛の羊の群れも、あなたのものです。どのような武器も貫けない武具ひとそろいと、けっしてねらいをあやまたない剣もさしあげましょう。百人の戦士がご命令に従い、百人の竪琴《たてごとひ》弾きが甘い調べでお耳を楽しませます。そしてわたくしは、変わらぬ愛と真心をささげる妻となるでしょう。ティル・ナ・ヌォグへおいでいただけたなら」

アシーンはそばにより、さしだされた手をとって馬上の乙女を見あげた。母ゆずりの不思議な表情をたたえた黒い瞳が、乙女にすえられていた。「いま約束された贈り物はなにひとついりません、ただ最後のひとつをのぞいては。あなたの変わらぬ愛と真心をいただけるなら、ともにまいりましょう、ティル・ナ・ヌォグのさらにかなたまでも」

騎士たちはたがいに顔を見あわせ、ふたたびアシーンに目をもどした。だれもが驚き悲しんで引きとめようとした。フィンが進みでて戦士らしい大きな手を息子の肩にかけ、黄金の髪のニーヴをひたすら見つめるアシーンをふりむかせた。「わが息子アシーン、行ってはならぬ！　妻を選ぶなら、エリンにも美しい乙女はいるではないか？」

「選ぶならこのかたです、たとえ世界じゅうのすべての女性をまえにしても」アシーンは答えた。

フィンにはわかった。アシーンが母から享《う》けた妖精族の血がいまや命はかない人間の血を凌駕《りょうが》して、そのためかれはニーヴのいざなう場所へともに行こうとしているのだ。

「ならば行くがよい。父の言葉も、息子の声も、手飼いの猟犬の吠え声も、おまえを引きとめることはできない。わたしには、それがわかる。だが、ああ、アシーン、わたしの心は重い。二度とおまえには会えまい」

「きっともどってまいります」アシーンはいった。「じきに、そしてたびたび、もどってまいります」父の両肩に腕を投げかけてきつく抱きしめ、それから友人たちひとりひとりに別れを告げた。ただ、その場にいないディアミッド・オダイナには別れを告げることができなかった。最後にアシーンは息子オスカを抱きしめた。このいとまごいのあいだ、乙女は白馬に乗ったまま待っていた。

それからアシーンは乙女のうしろにまたがった。乙女が手綱をゆるめると白馬は飛びたつように走りだし、たちまち西風のように速く絹のようになめらかな早駆けにうつった。黄金の蹄鉄を打った蹄《ひづめ》に踏まれて折れる草の葉もないと思えるほど軽い足どりで、馬は海岸に着き、浜の白砂にも蹄のあとを残さず、波打ち際によると、三度いなないて首をゆすった。たてがみが波のしぶきのようになびいた。馬は海に身を躍らせ、巣に帰るツバメのようにすらすらと波がしらをかすめるようにこえていった。その影は、ふたりの主を背に乗せてみるみる遠ざかり、やがて緑の丘で見送る人びとの目から消えさった。

さて、ここまでの話はアシーンの物語のほんの始まりで、結末はまたのちのこととなる。

アシーンの物語の終わりは、フィン・マックールとエリンのフィアンナ騎士団の長く不思議で入りくんだ物語の終わりでもあるのだ。

第十三章　ディアミッドの死

長い長い年月がすぎた。ケシュ・カロンの館で、ある日グラーニアがディアミッドにいった。「わたくしたち、ずいぶんゆったり暮らしており、牛の数も召使の数も多いというのに、よそのかたがたとまったくお付き合いがないというのは、いかがなものでしょう？　ことにエリンの上王である父についで大きな力を持つおかた、フィアンナ騎士団長フィン・マックールさまがわたくしどもの館で塩ひとつまみ、ブドウ酒一滴召しあがったことがないのは、どうかと思います」

「わたしの答えはわかっているはずだ」ディアミッドは答えた。「フィンとわたしのあいだにあるのは冷たい和解だ。親愛とはとてもいえない。だからこそわたしたちは遠くひきこもって暮らしているのだし、フィンもこの館の敷居をまたごうとはしなかったのだ」

しかしグラーニアはなおもいいはった。「あれからずいぶんになるではありませんか。古いうらみは消えてなくなってしまったはずです。そろそろ盛大な宴《うたげ》を催してあのかたをお招きし、くもりない親愛の情をまたわたくしどもにかけてくださるよう努めてみてもよろしいのでは？」

うなずきがたいことではあったが、ディアミッドは同意した。いつでも、結局はグラーニアの望みのままにことを運んでしまうのだった。

ふたりは大がかりな宴の準備にとりかかった。すっかり用意が整うと、使者を送ってフィン・マックールとフィアンナ騎士団の族長や戦士たちを招いた。

フィンは招きに応じ、戦士も側近も、馬も猟犬も引き連れてやってきた。客たちはディアミッド・オダイナの館に滞在し、狩と宴に日々をすごした。

ところがこの狩猟宴でかれらがけっしてねらわない獲物があった。それはイノシシだった。ディアミッドはイノシシを狩ってはならないことになっていたからである。

このようなことになった裏には、数奇な物語があった。それはこういう話である。

まえにものべたように、ディアミッドはブル・ナ・ボイナでアンガス・オグの養い子として育てられた。当時アンガス・オグは館をとりしきる執事を置いていた。ディアミッドの母は、ディアミッドの父親である夫に対してつねに貞節だったとはいえない女性で、この執事とのあいだにも息子をもうけていたのである。父がディアミッドをブル・

ナ・ボイナへ里子に出したとき、執事の子もアンガスの手もとで育っていた。ディアミッドには遊び相手ができたわけで、おかげでさびしさも感じずにすんだ。ふたりはアンガス・オグを養い親とする兄弟というばかりでなく、半分血のつながった兄弟でもあったのだ。ふたりとも同じ母から生まれ、ひとりは族長ドン・オダイナの息子、もうひとりはアンガス・オグの執事の息子というだけの違いだった。

ある日ドンが数人のフィアンナ騎士を引き連れてアンガス・オグを訪ねてきた。息子のようすを見るのも目的のひとつだった。その夜、人びとが夕食の席についていたとき、広間にいた犬たちのあいだではげしい噛みあいが起こった。女子どもは悲鳴をあげて逃げまどい、男たちは群がる犬をかきわけてけんかを止めにはいった。広間は騒ぎにのみこまれた。執事の息子は逃げ場をもとめて偶然、ドンの膝のあいだに跳びこんだ。ドンは子どもの母がだれであるか思いだしたとたん、憎しみが心に燃えあがり、両膝を力いっぱい閉じた。子どもはその場で死んだ。そのちいさな体を、ドンは犬たちの足もとに投げこんだ。だれも気づいた者はなかった。

争っていた犬たちが引きわけられると、子どもが死んでたおれているのが見つかった。執事は亡骸《なきがら》を床からさらいあげ、犬に子どもを殺された悲しみと怒りで声をあげて泣いた。ところがこのとき、フィン・マックールもその場にいた。フィンはまだ若く、フィアンナ騎士団長となったばかりだった。かれは執事に、子どもの受けた傷をあらためるよう命じた。調べてみると、子どもの体には犬の爪痕も歯の痕もなく、両の脇腹がつぶれて青黒くあざになっているだけだった。執事にはなにがあったか見当がついた。ディアミッドを自分の膝のあいだに立たせてみろ、同じ目にあわせてやるとののしった。

アンガス・オグはこれをきいて激怒し、ドンがいまにも執事の首を打ち落とそうとするのを、フィンが仲にはいってとめた。

執事は口をつぐんで広間を出ると、ハシバミの杖を手にしてもどってきた。杖で息子の亡骸《なきがら》をたたくと、たちまち死んだ子どもが消え、そこには巨大なイノシシが立っていた。耳も尾もない、まっくろなイノシシだった！

執事はハシバミの杖をつきだし、巨大な獣《けもの》に魔法の歌を歌いかけた。

耳をすませて聞き、従え。
おまえの上に、ディアミッドの上に
杖の魔力により定める。
母を同じくするふたり
同じ運命《さだめ》をうけるよう。
同じ長さのときを生き
ときを同じく死をむかえ

兄弟ふたり殺しあい
たがいの命の償《つぐな》いをたがいの命で払うよう
定められたるそのときに。

最後の言葉が口にされると、イノシシは猛然と走りだし、開け放たれた広間の扉をぬけて夜の闇に消えた。

恐怖にうたれて静まりかえった広間で、アンガスは残された子ども、ディアミッドを膝に抱きあげ、厳しくいいきかせた。けっしてイノシシを狩ってはならんぞ。なぜならおまえと黒いイノシシのあいだには兄弟の縁が結ばれているからだ。イノシシを手にかけなければ、執事が息子の復讐をしようとおまえにかけた呪わしい破滅の運命《さだめ》からのがれる望みが、わずかながらも生まれるだろう。

そんなわけでフィンと供《とも》の者たちがディアミッドの客としてすごすあいだ、オオカミとアナグマとアカシカの狩は催されたが、イノシシ狩は一度もなかったのだ。

さてある夜、人びとがみな床についてぐっすり眠りこんだころ、ディアミッドはふと目を覚ました。遠くで犬が一頭、かん高い声で吠えている。すぐ近くに獲物をかぎつけて追跡している声だ。ディアミッドはさっと片ひじをついて起きあがり耳をすませた。得体のしれない恐怖を感じたのだ。その気配にグラーニアも驚いてとびおき、すがりついてなにがあったのかとたずねた。

「犬が獲物を追っているらしい」ディアミッドは答えた。「こんな夜ふけに、どうもおかしい」

「あらゆるよきものが、あなたを危険からお守りくださいますよう！」グラーニアは急いでそう唱えると、悪運をそらすしるしに指を組んだ。「中庭の犬が狩の夢でもみたのでしょう。横になってお眠りください」

ディアミッドは横になって眠りについた。しかしふたたび犬の鳴き声で目を覚ました。とびおきて手さぐりでマントをつかむとようすを見にいこうとした。ところがまたグラーニアがかれを引きとめた。「館の犬でないのなら、こんな時間にうろつくのは妖精族の犬しかありません。乳のように白い猟犬たちが狩をするのに出くわすのはよくないといわれています。さあ、どうか横におなりください」

ディアミッドは横になり、深くたっぷり眠った。ところが開け放った扉から夜明けの先触れの灰色の光がしのびこむころ、犬の吠え声が三たびディアミッドの眠りを覚ました。

三度めもグラーニアはディアミッドを引きとめようとした。しかしディアミッドはすがりつくグラーニアの手をぬけて立ちあがり、マントをつかんで肩にはおると笑っていった。「ごらん、日の光は明るさを増している。妖精の白い犬たちは太陽が丘の上に昇ればもう狩はしない。あれは迷い犬が自分のために獲物を追っているのだ。さがして、館に連れもどしてこよう」

グラーニアは暗くのしかかる怖れを感じ、思わずこう口にしていた。「どうしてもおいでになるのなら、ガー・ダーグをお持ちください。アンガスから贈られたあのりっぱな槍を。うなじがざわざわします。危険のにおいがするのです」

しかしディアミッドは笑ってとりあわなかった。「犬がたった一匹で狩をしているだけなのに、なんの危険があろうか？　ガー・ダーグは戦闘用の槍。ガー・ボイを持っていこう。軽い槍だが、あなたも気が休まるだろう。それから、気にいりの犬マッカンケルも連れていこう」

ディアミッドは口笛をふいてマッカンケルを呼び、ときならぬ犬の吠え声が聞こえた方角へ歩きだした。とちゅうでまた吠え声が聞こえた。こんどはほかの犬たちの声もくわわっていた。どうやら迷い犬どころか、猟犬の一団がそっくり狩にでているらしい。ディアミッドは足を速めた。犬たちの吠え声は近づいたり遠ざかったりした。やがてかれはバルベン山のふもとに出た。草のはえた険《けわ》しい斜面を登り、バルベン山の丸い頂上までたどりつくと、そこにフィンがたったひとりで立っていた。

ディアミッドは他人が自分の領内で許しもなく狩をしているのにかっとなった。ろくにあいさつもせず、息をきらしながら、いったいだれが犬たちの紐をほどいたのかと激しい口調でたずねた。

「供の者が何人か、夜中に犬を連れだしたのだ。酒のせいで興奮して眠れなかったらしい」フィンはいいわけをした。「犬たちの一頭が、イノシシのにおいをかぎつけた。わたしが間に合うようにここに来ていれば、追跡はやめさせていたところだ。いまかれらが追っている獲物がなにか、わたしにはわかっているからな。バルベン山の大イノシシだ。あんな大物が相手では、狩られる者より狩る者のほうがはるかに危険だ。腕のいい狩人《かりゅうど》や猟犬がこれまでにずいぶん、あのイノシシの牙にかかって死んでいる」とつぜん、しゃべっていたフィンの目が大きく見ひらかれた。かれはディアミッドのはるか後ろを指さした。「見ろ、まただ――やつが隠れ場所からとびだしてきた。みんな逃げまどっている！　イノシシのほうが人間を狩っている！」

老いた騎士団長フィンが指さすほうをふりむくと、まさに言葉どおりのありさまだった。

しばらくふたりはすくんだように、ただ見ているばかりだった。と、フィンが声をはりあげた。「のぼってくるぞ――こちらへむかっている！　ここにじっとしていては命とりになるぞ！」

「たかが追いつめられたイノシシ一匹のために身をよけるなど、ごめんだ！」ディアミッドは槍をかたく握りなおした。

「やつはふつうのイノシシとはちがう、追いつめられているのは人間のほうだ！　それに忘れたのか、イノシシを狩ってはならないといういましめを！」

ディアミッドは狂気にとらわれたかのようだった。おそらくこのとき、幼いころに用意された破滅の運命がディアミッドをかりたてはじめていたのだ。かれは挑戦するように叫んだ。「イノシシなど怖れるものか！　いかなる獣もいかなるいましめも恐れはしない。おびえた犬のように尾を脚のあいだにはさんでこの場を逃げるなどごめんだ！」

フィンはひとり身をよけた。ふたつの感情が心のうちでせめぎあっていた。槍を空にむかって放りあげ心臓がやぶれるまで声をあげて笑いたいような、地に倒れ伏して、主人をなくした犬のように吠え、この世がはじまって以来のありとあらゆる悲しみを泣きなげきたいような、そんな奇妙な気持ちだった。

ディアミッドは丘の頂《いただ》きに犬だけを供に立ち、フィン・マックールを見送りながら心のなかで呼びかけた。「フィン、わたしがかつて仕《つか》えた騎士団長殿、あなたがこのイノシシを目覚めさせ、狩りださせたのか？　わたしが死ぬことを望んで。よろしい、ここで死ぬのがわたしの運命なら、この身を運命にまかせよう。だれも定められた死からのがれられはしないのだから」

ディアミッドは身がまえた。イノシシは地響きをたてて斜面を駆《か》けあがってきた。フィアンナの騎士たちは散り散りになりながらも、遠巻きに追ってくる。ディアミッドはイノシシが近づくのを待ってマッカンケルの綱を解いた。しかし恐れしらずの犬たちのなかでもとびぬけて勇敢だったこの犬も、邪悪な赤い目をした耳も尾もない獣をまえにすると、おびえた鳴き声をあげて逃げ去った。

ディアミッドはガー・ボイの絹編みの輪に指をかけ、ねらいを定めて投げた。槍はイノシシの眉間に命中したが、たちまち地面にふりおとされた。まっくろな剛毛におおわれた獣は、毛ほどの傷も受けていない。ディアミッドは自分をののしった。グラーニアの忠告を聞いて、ガー・ダーグを持ってくればよかった。短剣を鞘《さや》から引き抜くのとイノシシが襲いかかってきたのが同時だった。まっくろな首の、本来なら耳があるところのまうしろにナイフをたたきこむ。しかし刃は砕けて飛びちり、柄だけが手のなかに残った。イノシシの首にはかすり傷ひとつついていなかった。

ディアミッドはもはや身を守るすべもなく、横に跳びのいた。しかし巨大なイノシシは凶暴《きょうぼう》なうなり声をあげながらむきを変え、ディアミッドを地面に突き倒した。そしてブタが地中のドングリを鼻先でほりだすように、太く曲がった牙で倒れたディアミッドを地面からすくって放りあげた。ディアミッドの脇腹に見るもおそろしい傷が口をあけ、噴きだす血が草をそめた。イノシシはなおもうなりながら後ずさり、ふたたび突進してきた。しかしディアミッドも死力をふりしぼって短剣の柄《つか》をたたきつけた。柄はイノシシのひらたい頭蓋を打ち砕き、脳までとどいた。バルベン山の大イノシシは地面に頭をつっこみ、腹を見せて息絶えた。

フィンと狩に出てきていた部下たちがよってきた。ディアミッドの血まみれの傷口から命が流れだしていくのを、フィンは立ったまま見おろしていた。やがて冷たく耳ざわりな声でいいはなった。「愛のほくろのディアミッドも、これではかたなしだな」

ディアミッドはあえいだ。「フィン・マックール、あなたなら傷を癒せる。いまならまだ」

「どうかな?」フィンははぐらかした。

「だれでも知っている、あなたには死にかけた男すら癒す力があることを」

「たしかに」フィンは答えた。「だがな、エリンの数ある勇士のなかで、ディアミッド・オダイナの命を救ってやる義理などわたしにはない」

「わたしは何度もあなたの危機を救ってきた」ディアミッドはうめいた。傷の痛みと、長年の親愛が憎しみに変わってしまった悲しみにさいなまれていた。「忘れはしまい、ダーカ・ドナラの館に泊まった晩、それも食事のさいちゅうに、リーフィのケアブリがターラやミードやブレジアから援軍を集めて館を囲み、屋根に火をかけたことを。あなたがやつらの槍ぶすまのまえへとびだして、おそらくは命を落とすはずだったとき、このわたしは、あなたを席におしこんで最後まで食事をするよういった。そして配下の騎士と外に出て、火を消しとめ、あなたの敵をうちはらった。ケアブリは、わたしと敵対していたわけではなかったのに！　あの晩われらが手傷を負って広間にもどったとき、もしわたしがあなたの手にすくった水を飲ませてくれと頼んだら、喜んでそうしてくれただろう」

「あの晩ならな。だがいまはちがう」フィンは答えた。

「あなたがナナカマドの木の宿で囚われの身となったとき、わたしは浅瀬に守りに立った。身を守るすべのないあなたが敵の手におちぬよう。そして血のほとばしる三王の首をうらがえした盾の上にのせて運び、あなたを自由にしたではないか？　あの夜明けに水をもとめたら、わたしの願いを拒《こば》めただろうか？」

「いや。しかしいまは応じるつもりはない」

「ああ、どうか、いま！　あなたの手から水を！」その声は弱々しかった。「体が凍《こご》えそうだ。死がしのびよってくる。聞いてくれ、わたしには見える——殺戮《さつりく》と絶望の日がやってくる——その戦いを生きのびて、戦の結末を語ることのできるフィアンナ騎士はほとんどいまい。そのときこそ、これまでのいつにもまして、わたしの助けが必要になる。そしてあなたは苦い思いで考えるだろう、あの日、このバルベン山でわたしの命を救えたのに、そうしなかったと。あなたと肩をならべて戦うはずのわたしはいない。頼もしい味方がいたはずの場所はからっぽだ、と」

ディアミッドの頭を膝にのせて支えていたオスカがフィンにむかって口をきった。その声は細く、しゃがれて喉《のど》にからんだ。「出すぎたこととは知りながら、あえていわせていただきます。そしてどうぞお聞きとどけください！　ディアミッドに、水をすくって飲ませてやってください！　いますぐ、まだ間にあううちに！」

「たとえその気になったとしても、ここに水はない」

「いや」ディアミッドの声はほとんど聞きとれないくらいだった。「わかっているはずです、騎士団長殿、十歩と離れていない、あのイバラの藪の下に、清水がわいている」

フィンは泉へゆき、両手を合わせて水をすくった。しかしディアミッドのもとへ運ぶとちゅう、グラーニアの心変わりがまたも胸によみがえった。命の水はフィンの指のすきまからこぼれおちた。

「どうか、もう一度」オスカの声はますます細く、黒い眉はよりあってつながりそうに見えた。

フィンがふたたび泉にかがみ、両手にすくってディアミッドのもとへ歩いた。なかほどで、やはりグラーニアを思いだした。水は指からしたたりおちた。

「どうか」オスカの声がさらに細くなった。「わたしたちは祖父と孫、濃い血でつながっています。ですが、もし三度めも水をこぼしておしまいなら、生きてバルベン山を降りるのは、どちらかひとりになるでしょう！」

フィンはオスカが本気なのを見てとった。一騎打ちならオスカでも騎士団のだれが相手でも、まだ自分にかなう者などいないことはわかっていた。しかし、腹に冷たい恐怖がわきおこった。フィンは三たび泉へゆき、こんどはすばやく、一滴もこぼさずもどってきた。ところがフィンが脇に立ったちょうどそのとき、ディアミッドの頭ががっくりのけぞった。最後の息が長く吐きだされるのとともに、かれの命は消え去ってしまった。

騎士たちは遺骸《いがい》をとりかこむと、ディアミッド・オダイナの死をいたみ、長くひきずる哀悼《あいとう》の叫びを三度あげた。その声が消えると、オスカは血で汚れ踏み荒らされた草の上にディアミッドの頭をそっと横たえた。それからまっすぐフィンを見あげていいはなった。「あなたが、ディアミッドの代わりにここに横たわっていればよかったのだ！　騎士団のなかでもっとも勇ましく心広い戦士の心臓は止まってしまった」オスカは首をたれて涙を流した。「なぜ思いださなかったのだろう。ディアミッドの命は一頭のイノシシとつながっていたのだと。思いだしていれば、きょうの狩をやめさせる方法を考えついたはずなのに。そしてこんな悲しみのときを、しばらくなりとも先へ送れたはずなのに！」

一行は丘をくだっていった。フィンが、ディアミッドの愛犬マッカンケルの引き綱を握った。オスカとディアリンとマクルーアは駆けもどってそれぞれのマントでディアミッドの亡骸をおおい、ほかの者たちのあとを追った。

グラーニアは見晴らし台にすわり、ディアミッドの帰りを待ちわびていた。ようやく狩の一行が館への道をたどってくるのが見えた。先頭にはフィン・マックールが、ディアミッドの猟犬の引き綱を手に歩いている。しかしディアミッドの姿は、草の葉に落ちる影ひとつなかった。グラーニアははっとした。とたんに意識をなくして下の地面にころがりおちた。侍女たちが女主人のまわりでおろおろ泣きさわいだ。

グラーニアがわれにかえったとき、狩の一行は門を入っていた。ディアミッドがバルベン山の大イノシシのため死を迎えたとの報せが館をかけめぐった。館の者たちはみな声をそろえて哀悼の苦い叫びを三度あげた。嘆きの声は谷間にこだまし、ひと気のない荒野をわたって、空をゆく雲さえつきとおした。しかしグラーニアの嘆く声は、人びとの声よりさらに高く響いた。

ようやく平静にかえると、グラーニアは館の者をバルベン山へさしむけ、夫の遺骸を運んでくるよう命じた。それから、まだマッカンケルの引き綱を握ってそばに立っていたフィンに顔をむけた。「ここからお立ち退きください。いますぐに。あなたさまも、ここにおいでになりたいとは思われないでしょう。でも、夫の犬は置いていらしてください」

「あなたには猟犬は用がなかろう」フィンはいった。「犬のほうも女よりも男のそばにいるほうが幸福なはずだ」

するとオスカが、死んで横たわるディアミッドにおとらず血の気のない顔で進みでて引き綱をフィンの手からとり、グラーニアに渡した。

館の者たちがバルベン山の頂きに来てみると、アンガス・オグが悲しみにくれてディアミッドの遺骸の脇に立ちつくしていた。背後にはかれの一族がみな、つきしたがっていた。背の高いダナン族の戦士たちは、害意のないことを示すために盾の裏側を表にしていた。グラーニアの使いが近づくと、アンガスは頭を上げ、何用で来たかとたずねた。「グラーニアさまがご主人のご遺骸を運ぶよう、わたしどもをつかわしました」するとアンガスがいった。「生きているあいだは、ディアミッドはグラーニアのものだった。そしてグラーニアゆえにディアミッドは命をおとした。いま、かれが残したものはブル・ナ・ボイナに帰る。かの地こそディアミッドの故郷なのだから」

アンガスはディアミッドの亡骸を黄金の棺台にのせるよう命じた。その両脇にはアンガスの投槍が穂先を上にして結びつけられた。棺台はダナンの男たちの肩に支えられ、静かにブル・ナ・ボイナめざして運ばれていった。

それからしばらく、グラーニアはひとりで生きた。夫の死を嘆き、子どもたちには父を死に追いやったフィン・マックールを敵と教えた。しかしグラーニアの心は希望のない悲嘆だけを抱いて生きるようにはできていなかった。三度めの夏がめぐりくるまえに、悲しみはうすれはじめていた。そのころフィンがふたたびグラーニアを館に訪ねてきた。

はじめグラーニアは激しい軽蔑をあらわにフィンに対した。けれどフィンは待つことを知っていた。しかもしんぼうづよく待ち、ゆったりとかまえ愛情深い態度をくずさなかった。そのためやがて、グラーニアのフィンに対する気持ちも和らいでいった。そしてついに、グラーニアがディアミッドの子どもたちとフィンを和解させ、花嫁となって白い城壁のアルムへフィンにともなわれてゆく日がやってきた。

しかしフィンがグラーニアを門から導きいれたとき、フィアンナの騎士たちは蔑《さげす》みをこめて笑いあざけった。「フィン・マックールも割の悪い取り引きをしたものだ。ディアミッドは、こんな女百人ぶんの価値があったものを!」

ファーガス・フィンヴェルがいった。「その女は館の棟木《むなぎ》につないでおいたがよろしい。でないと、つぎに目を引く男が現われれば、また逃げられてしまいますぞ。その女には貞節というものが、かけらほどもないらしい」

このように気まずい出迎えの場面はあったものの、フィアンナ騎士たちはその後グラーニアをフィンの正当な妻と認めることにした。とはいえグラーニアとのあいだにはいつも冷ややかな空気が流れていた。騎士たちはディアミッドを忘れなかったからである。

ともあれグラーニアはフィンの妻として砦にとどまり、この世での最後の日までをここですごした。

第十四章　ガヴラの戦い

上王コルマク・マッカートが亡くなった。

コルマクの息子、リーフィのケアブリはタ一ラの王宮の中心に据えられた「戴冠の石」を片足に踏まえ、もう片足を赤く染めた牡牛の革に置いて、父のあとをついでエリンの上王の冠を受けた。フィンはフィアンナ騎士団に属する族長や戦士たちを従えて王の片側に立ち、もう片側には王の戦士たちがむかいあって立った。かれらは新上王を迎え、勝利の声を三度あげた。

しかしフィンの心は青銅の胸甲《よろい》の下で重くしずみ、心には暗い影が落ちていた。ケアブリが、自分とバスクナ一族をずっと憎んでいたことを知っていたからである。

さてケアブリにはスケヴ・ソリッシュと名づけられた娘がいた。スケヴ・ソリッシュとは陽の光という意味で、姫はまさに名のとおり、ようやく子どもの年頃をすぎたばかりでありながら、すでにエリンでいちばんの美女に成長し、グラーニアが同じ年頃だったときよりもさらに美しかった。多くの強大な族長や身分の高い男たち、さらには海のかなたの王たちまでが、結婚をもとめてやってきて、多くの者が失敗した――というのは、スケヴ・ソリッシュもやはりたいへん気むずかしい姫だったからである。そしてついに、王女とディシーズの王子の縁組が決まり、盛大な結婚の宴《うたげ》が用意された。

ターラの王族の姫が結婚するときには、上王からフィアンナ騎士団へ金の延べ棒二十本が贈られるしきたりがあった。その作法も決まっていた。九日つづく婚礼の宴がはじまるときにフィアンナの隊長たちは、騎士団にはいったばかりのいちばん年若い戦士を上王宮にさしむけて引き出物を受けとらせるのだ。一方隊長たちは王宮のまえに広がる草地の野営で使者の帰りを待つことになっていた。

しかしリーフィのケアブリは、ディアミッドのことでフィンとバスクナ一族を憎むばかりでなく、フィアンナ騎士団そのものも憎んでいた。フィンの指揮のもと、騎士団がエリンで強大な勢力を発揮するようになっていたからである。そのうち騎士団が上王をもしのぐ力を持つまでになるのではないかと、ケアブリはおそれており、長いこと騎士団をひねりつぶす機会を待っていた。そしていま、その機会がやってきたのだ……。

野営地の騎士たちは若いフェルディアが王宮の奴隷に黄金を運ばせてもどるのをいまかいまかと待ちわびていた。ようやく姿を現わしたとき、フェルディアは奴隷を従えて門から出てきたのではなかった。かれはひとり城壁の上に現われ、そのまま地面に落ちた。両手両足を投げだして、死人のように落下したのである。駆けよって取り巻いた騎士たちは、フェルディアが心臓に槍傷を受けているのを見た。そしてケアブリの使者の声が城壁の上から降ってきた。「エリンの上王のお言葉を聞け。『父王の代に騎士団は過大な要求をつきつけてきた。いま、上王ケアブリは、それらすべてに対する回答を与える』」

騎士たちは年若いフェルディアの遺骸《いがい》をフィンのもとへ運び、ケアブリ・マッコルマクの言葉を伝えた。

フィンは立ちあがると、強く激しい言葉で誓いをたてた。「上王の言葉はしかとこの胸にきざんだ。フィアンナ騎士団長フィン・マックールは、けっしてこれを忘れはしない。いまわたしは、父の首にかけて誓う、わたしが騎士団長であるかぎり、上王とエリンのフィアンナ騎士団のあいだにけっして和解はない！」

バスクナ一族の騎士たちは声を合わせて復讐を叫び、槍で盾をたたいた。いますぐタ－ラの王宮を強襲しようという声が多くあがった。しかしタ－ラとミードの騎士団長をつとめるファータイが立ちあがった。かれはゴル・マックモーナの一族から妻をむかえていた。そこでファータイは、モーナ一族を後ろ盾としてフィンのまえに立ちはだかり、騎士たちにむかってフィン・マックールの側でなく上王の側に立つよう呼びかけた。たちまちバスクナ一族とモーナ一族のあいだで戦いがはじまった。長いあいだ眠っていた昔のうらみが目覚め、山火事のように燃え広がった。

いっぽうケアブリはターラの城壁から騎士団の野営地で戦いが起こるのを見ていた。ふたつの部族の力は五分五分と思われた。ケアブリはモーナ一族の族長たちを失うわけにはいかないと考え、いちばん足の速い使者をやって、戦いをやめ王宮の城壁の内へ退却するよう伝えさせた。ファータイに率いられたモーナ一族の族長たちが退却をはじめると、城壁の上に陣どった王宮の戦士たちが雨あられと槍を投げてこれを援護した。

追撃するのはみずから危険にとびこむようなものだと思ったフィンは、角笛を鳴らして配下の騎士たちを呼びもどした。そしてその夕刻、野営の片づけもそのままに、フィンは騎士団に南への行軍を命じた。マンスター王フェルコブと合流するためである。フェルコブはフィン・マックールともケアブリとも姻戚《いんせき》関係にあったが、フィンとは親密な友人であり、肩をならべて戦うと誓いあった仲だ。

フィンは先に使者をフェルコブのもとへ走らせ、また行軍のとちゅう騎士団本隊に、マンスター国の集結地へ参じるよう触れていった。

おなじようにケアブリも騎士団と小王国の王たちに使者を走らせ、ターラの自分のもとへ集結するよう呼びかけた。モーナ一族とアルスター王、コナハト王、さらにフィン自身が属するレンスター王までがターラに集まった。しかしマンスター王フェルコブはフィンのために兵を召集し、バスクナ一族の者たちも合流した。

武具鍛冶《かじ》の鎚《つち》が鉄床《かなとこ》を打つ音がエリンのいたるところで鳴りひびいた。族長や騎士隊長の館の庭では武器を砥石《といし》でみがく音がとぎれることはなかった。ケアブリのもとへ、あるいはフィンのもとへむかう戦士たちの足音に大地も震えた。

戦《いくさ》がはじまった。鎚と鉄床の音は剣の刃が打ち合う響きにとってかわられた。両軍の小隊があちらこちらで会戦し、はげしい疾風《はやて》のような競り合いをくりひろげた。やがて細い流れが小川となりさらにいくつもの小川が合わさってシャノンの大河や強くゆるやかなボイン川の流れとなるように、各地の小部隊は合流して兵を増し、ついにふたつの軍団はさえぎるものなく日のふりそそぐガヴラの荒野で、最後の決戦にのぞむべくむかいあった。

決戦の前夜、両軍の野営の火は天の星が地上に降りて二本の幅ひろい光の帯となったかのように燃えたった。両軍をへだてる荒野は無人の闇にとざされていた。朝がくると、両軍は隊列を整えた。あいだの荒野はただ風と日にさらされ、蜂のうなりだけがつぶやくように聞こえていた。

上王ケアブリは絹の王旗のもとに立ち、その背後と両翼をかためるターラの軍団は、それぞれの族長が率いる部隊ごとに整列した。ファータイとその息子ファーリは、モーナ一族とターラ側についたフィアンナ騎士すべてを率いることになった。小王国の王はそれぞれの兵を指揮した。上王のすぐ近くにはターラの古くからの部族であるアーリュ一の五人の息子たちが控え、それぞれ上王の近衛である『ピラーズ』を一部隊ずつ率いていた。

これに対する軍は、大きく三つの部隊にわかれていた。中央ではマンスター王が王国の全軍を指揮し、両翼をバスクナ一族のフィアンナ騎士たちと応召《おうしょう》した騎士たちがかためた。左翼を指揮しているのはオスカ、あらゆる戦闘でもっとも大きな危険と名誉を担う右翼を指揮しているのは、フィン・マックールその人だった。

フィアンナ騎士団長はこのうえなく華麗な武装に身をかためていた。肌には絹のシャツをつけ、そのうえに薄い麻布地をいく層もかさねて蠟《ろう》でかためた戦闘用の衣をまとい、さらに膝までおおう目のつんだ鎖かたびらと、黄金で縁取りした胴よろいをつけた。腰のベルトには二頭の竜の首をかたどった黄金の留め金がついている。脇に剣を吊り、手には青い鋼の穂をつけたロホランの戦闘用の槍を握り、肩には緑の革の覆《おお》いをかけた円形の盾を負っている。盾の飾り鋲《びょう》は金銀銅の花で飾られていた。冑《かぶと》の額は青銅の帯を巻いて補強し、そこに金をかぶせて宝玉をはめこんであった。早朝の日をあびた宝玉が濃いきいろの光をはじき返す。フィンを囲むように、バスクナ一族の騎士たちは輝く槍の穂先の下で肩を接し、盾をすきまなく並べていた。

角笛が鳴り響き、両軍は敵めがけて襲いかかった。射程距離まで近づくと、投げ槍がうなりをあげて飛びかかった。ガヴラの荒野はすさまじい戦いに震え、両陣営からの戦闘の雄《お》たけびとドード・フィアンの声が大海の波のようにわきおこった。剣と槍の戦いがはじまると武器の相打つ響きはエリンの五王国全土にとどろき、冷たく広がる天空のかなたからこだまを返した。

つぎつぎに槍が折れ、つぎつぎに剣が血に染まって砕けちり、つぎつぎに盾や冑がまっぷたつに割れ、つぎつぎに戦士がおのれの流す血のなかにくずおれ、そしてその多くが天をあおいで死んでいった。ヒースの若葉はひと月も早く花どきを迎えたかのように、赤むらさきに染まった。

オスカはこの日、先頭に立って斬りこんだ。オスカの槍がむけられるところ、敵兵百人が倒れていくかのようだった。オスカのうしろには味方の兵がつづき、巨大な楔《くさび》を打ちこむようにわきかえるような戦闘の中心部へくいこんでいった。

自分の傷口からふきだす血にぬれながら、ついにオスカは、手勢の先頭をきって闘うケアブリと遭遇した。ケアブリはとびでてきてオスカに対した。まわりで乱戦のくりひろげられるなか、ケアブリとオスカは日に照らされたガヴラの高原でただふたり槍を交えるかのように闘った。たがいに何度か深傷を負ったが、力弱い相手なら三度は殺せたはずの傷も、ふたりは虫にかまれたほども気にとめなかった。そしてついに、オスカの強烈な突きがケアブリの腹をとらえた。槍はケアブリの胴よろいの上下の継ぎ目からはいり、きっさきが腰へぬけた。しかし上王が地面にくずおれるひょうしに、槍の柄がオスカの手からもぎとられた。上王は倒れざまにオスカめがけて槍を突きあげた。槍先はオスカの鎧《よろい》の下をくぐって腹から胸まで突きとおった。オスカの口に血があふれ、体がまえにかしぎ、上王とおりかさなるように倒れた。すでに末期《まつご》の苦痛がかれを襲っていた。

ケアブリの手勢が突進した。主人の亡骸《なきがら》を守り、主人を討った戦士の首をとるためだった。しかしオスカが率いていた兵もまえにとびだしていた。激烈な戦闘のすえ、かれらは若い指揮官を奪回し、まだ息のある体を後方の小高い丘に立って指揮をしていたフィンのもとへ運び、騎士団長フィンの足もとに横たえた。

オスカは末期の目をみひらいた。「ケアブリは、わたしがたおしました」

「あの者をこの手でたおし、おまえではなくわたしが、あの者から死の一撃をこうむればよかった」フィンは嘆いた。かれが涙を流すのは、これが生涯で二度めだった。

「そのように嘆くのは、おやめください」オスカがいった。「ここに横たえられたのがあなたで、わたしがそばに立っていたとして、おなじように涙を流すとお思いですか?」

「おまえがそうはしないことは、よくわかっている。われらのあいだには、ディアミッド・オダイナがいまでも立ちはだかっているからな」フィンは答えた。「だが、泣くのはわたしの勝手だ。泣きたいと思う者のために、わたしは泣くのだ!」

オスカは冗談をいいながら、悲しみにひたりながら、フィンの目のまえで息をひきとった。全身が、手幅ひとつぶんのすきまもなく傷におおわれていた。

「これこそ勇士の死だ」フィンはいった。

戦いの狂気がフィンの内で目覚めた――周囲の者はもちろん、フィン自身でさえ、老いて二度と味わうことはないと考えていた勇猛心が。フィンはわきかえるような戦場にとびこんでいった。側近の戦士たちが嵐のようにあとにつづいた。フィンの剣は稲妻のように右に左にひらめき、むかうところ自在に道をきりひらいた。額には勇者がいただく強烈な光が照りかがやいていた。いかなる敵もなすすべなくフィンの剣にかかり、おりかさなって死骸の山を築いた。フィンは若い牡牛が大麦の畑をなぎたおす勢いで斬りこみ、斬りふせていった。しかしフィンにつづく者たちも、ひとりまたひとりとたおされた。ディアリンが、キールタが、コイル・クローダが、フィンヴェルが、リガン・ルミナがたおれ、ついにフィンはただひとり敵軍のなかを進んでいった。ファータイの息子ファーリは、フィンが背後を守る味方もなく闘っているのを見てとると、抜き身の剣を手にせまっていった。フィンもファーリもとうに槍を失ってしまっていたのだ。ふたりは剣をまじえ、どちらも深い手傷を負った。しかしついに、フィンの渾身の一撃がファーリの首を横ざまに打ち落とした。首は地にころがり、いりみだれる戦士たちの足もとに見えなくなった。こうしてフィン・マックールは、ファーリとの闘いに勝利をおさめた。

しかし、ついでファータイが、息子の仇《あだ》を討たんととびだしてきた。

「大手柄だな、フィンよ！」ファータイはののしった。「年端もゆかぬ者を手にかけるとは、りっぱなことよ！」

「年端もゆかぬというほどではあるまい。それほど幼く頼りない息子と思うなら、なぜ父のおまえが後ろに隠れていたのだ？」フィンはあざけった。

「息子がおまえの息の根をとめることを望んだからだ。フィン・マックールを討ちとる栄誉と誇りを手にすることをな！」

フィンとファータイは、ファーリの首のない死体をはさんで闘った。膝と膝がこすれあい、盾と盾がぶつかりあった。盾ごしに血が飛びちり、鎧《よろい》の下から滴りおちた。最後にフィンは、息子とおなじく父親の首も打ち落とした。

フィンは父と子の遺骸のかたわらに立っていた。息ははずみ、疲労は深く、流れる血で目はなかばふさがっていた。アーリューの五人の息子たちが輪のようにフィンにせまってきていた。フィンはぐるりを見まわした。完全に囲まれ、かまえた槍がかれをねらっている。ついに終わりがきたことをフィンはさとった。フィンは盾を足もとに捨てた。五人を一度に相手にしては盾など役にたたないと知っていたからだ。フィンは石柱のように微動だにせず、胸をはって立った。

五本の槍が、フィンをとらえた。五つの傷がおおきく口をあけ、日の光をかき消した……。

第十五章　アシーンの帰還

いまダブリンがある場所から遠くないツグミ谷で、男たちが寄り集まり、村の長《おさ》が指図して、巨大な丸石を畑地からとりのけようとしていた。石は男たちが覚えているかぎり昔から、それどころか男たちのはるか先祖の時代からそこにあり、代々の男たちの文句の種になっていた。畑に犂《すき》をひくたびに石がじゃまになったからである。軽い気持ちで動かそうと試みる者もあるにはあったが、結局、石は丘の斜面になかば埋もれたまま、あいかわらず畑のじゃまになっていたのだ。

ようやくいま、かれらは本気で石をかたづける気になり、村の男が総出でこの仕事にかかっているというわけだ。

しかし男たちが力をあわせても、石を動かすにはとうてい足りそうもなかった。押す者引く者が、歯をくいしばり腰をいれ、顔をまっ赤にして汗をたらしても、巨大な丸石はもとの場所から指の幅一本ほども動かなかった。

男たちは力をふりしぼって仕事をつづけた。一瞬ごとにあきらめの気持ちがつのるころ、おそらくは目もあやな夢のなかでしか見たことがないようなすばらしい騎士が馬でやってくるのに気づいた。この世のどんな男より丈《たけ》高く、力にあふれ、波頭のように白い牡馬に乗ってくる。馬も乗り手も、この世のものとは思えないみごとな姿だった。騎士は不思議な黒い瞳に、太陽をとりまく炎のような金色の髪をなびかせていた。サフラン色の絹のマントをひるがえし、マントは黄金のブローチで両肩に留められていた。脇には黄金の柄《つか》の長剣をさげていた。

「ありゃあ、妖精の一族だ！」村の古老が左手の指二本で角の形をつくっていった。「天からつかわされた大天使さまだ！」若者のひとりが十字をきった。

人か妖精か天使か、美しい騎士は馬の歩調をゆるめ、鞍《くら》の上からとまどいと憐れみの表情で村人を見おろした。「これを動かそうとしていたのか？」

村の長が度胸をみせてまえへ進みでた。「さようです。ところが、わしらの手には負えないようなんで。いかがでしょう、力をお貸しねがえませんか？」

「よろしい」騎士は鞍から乗りだすと片手を石の下にかけ、力をこめた。丸石は地面から浮きあがり、シンティの球のように丘の斜面をころがっていった。村人たちはいっせいに、驚きほめそやした。しかしつぎの瞬間には、かれらの声は恐れととまどいのまじったものに変わっていた。

石に手をかけて力をいれたとたんに、鞍の腹帯が切れて騎士が頭から地面につっこんだからだ。白い牡馬は自由になったと知ると、三度いななないて飛びたつような速駆けで海岸めざして走り去った。遠ざかるにつれて馬は小さく縮むばかりか姿もうすれて形を失い、たき火の煙のように夏の大気にとけて消えてしまった。

そして美しい騎士が落馬したところには、たいへんな老人が横たわっていた。背丈は高いままだったが、白っぽいまばらなあごひげをはやし、目も白くにごってろくに見えず、絹のマントは継ぎだらけですりきれた粗い手織りの羊毛のマントに変わっていた。黄金の柄《つか》の長剣は粗削りのトネリコの杖になっていた。年とって目の見えなくなった物ごいが身をささえ足もとをさぐって世の中をわたるのにつかうような代物だ。老人は手をついたまま、あたりをすかして見た。そして狂ったような叫び声をあげると、地面に長々と倒れ伏して両腕で頭をかかえこんだ。

やがて自分たちの身にはなにひとつ恐ろしい変化がないのがわかると、村人のなかでも胆のすわった者たちが老人にすりよって助けおこし、いったい何者かとたずねた。

「フィン・マックールの息子アシーンだ」老人が答えた。

村人たちは顔を見あわせた。村の長が口をきった。「本気かい。本気だとすれば、あんたはどうかしてるんだ。ついさっき、わしらがあんたをなんだかわからんが、とにかくなにかとまちがえそうになったときに、どうかしてたのと同じくらいに、な」

「日がまぶしくて、見まちがえたのさ」村人のひとりがいった。

そしてかれらはふたたび、老人に何者かとたずねた。

「なぜ同じことをきくのだ。すでに答えたではないか。わたしはエリンのフィアンナ騎士団長フィン・マックールの息子、アシーンだ」

「帽子をかぶってないからかんかん照りで頭がいかれちまったんだな」村の長はしんぼうづよく相手をした。「フィン・マックールと勇敢な騎士たちのことなら、たしかに聞いたことがある。だがな、その連中は三百年もまえに死んじまったんだよ」

すると老人は黙りこんだ。ずいぶん長いこと両手に顔を埋めたまま口をきかなかった。そしてようやく、つぶやいた。「最期は、どんなふうだったのだ？」

「ガヴラの戦いで死んだのさ。ここからも、たいして遠くないよ。高原の古戦場のわきに緑の塚があってなあ、いつだったか、オスカって騎士の墓だと聞いたことがある。大きな合戦だったそうだ。戦いが終わったときには、エリンの男は子どもと年寄りしか残ってなかったらしい」

「だがアシーンが死んだのは、そのときじゃないぜ」べつの男が割ってはいった。「だれもアシーンの死んだときのことは知らないのさ。竪琴弾《たてごとひ》きはいまでも、アシーンがつくった歌を歌っているがね」

「といっても、パトリック上人《しょうにん》さまがエリンにおいでになって、たったひとりの神さまと、そのお子のキリストさまの話をしてくださってから、古い時代はすっかり終わっちまった。いまじゃ、古い時代の話は、半分忘れられた昔話みたいなもんさ」

老人は眉間に一発くらった者のように、なかば呆然《ぼうぜん》としていた。いちどだけ、息も詰まりそうな声で吐きだすようにいった。「そなたらの新しい神とやらは、なんとも尊大で情けしらずのおかただな！　フィンとオスカの思い出まで消しさったとあれば、その償いはずいぶんと高くつくはずだ！」

村人たちは怒りの声をあげた。「神さまをばかにするのか！」何人かは小石をひろって老人に投げつけようとした。しかし村の長は、パトリック上人さまが老人と会って処置を決めるまで待てと命じた。

そこでかれらは老人を当時パトリック上人が住居としていたドラム・ダーグの砦へ引きたてていった。

上人は村人の話に耳にかたむけた。老人が現われたときのようす、日ざしがまぶしかったせいで村人の目にははじめ若者と見えたこと、丸石を畑から動かす手助けを頼んだこと、そして、そのあとに起こったことまで。

すると上人は、むやみに背が高く目もよく見えない物ごいの老人をあわれに思い、寝る場所を与え、炉端にすわる場所を与え、キリスト教を信じる者のひとりとして扱った。

新しい神に仕《つか》える上人と、もとアシーンだった老人はしばしばふたりで話をした。アシーンはすばらしい物語をいくつも話してきかせた。ほとんどがこの本で語られた物語と、それに関連した多くの話だった。つまりフィンとフィアンナ騎士団の、輝かしくはるかにすぎさった日々の物語である。それらの物語を上人は写字僧のひとりにいいつけてまっ白な羊皮紙に書きとめさせた。すばらしい物語が忘れ去られないように。

時がすぎるうち、パトリック上人は老人がほんとうにフィン・マックールの息子アシーンだと信じるようになった。上人はある日、こうたずねた。「フィンとオスカとフィアンナ騎士団の精鋭がガヴラで亡くなったのは、三百年の時をさかのぼった昔のことです。あなたがご自分の時代をこえ、お仲間が生きた時代をこえて、こんなにも長いときを生きてきたのは、いったいどういうことなのですか?」

するとアシーンは、この最後の物語を語ってきかせた。ある夏の朝、騎士団の者たちとキラーニーの湖水地帯に狩に出たとき、西の国からやってきた黄金の髪のニーヴ王女から、ともにティル・ナ・ヌォグへ来てほしいといわれ、フィンとオスカと仲間たちに別れを告げて王女とともに白馬にまたがり、西の海岸へ、さらに海をこえて西へとむかい、フィアンナの騎士たちをエリンの岸に残していったことを。

物語が別れの場面にさしかかると、アシーンは両手に顔を埋めて、思いにしずんでしまったようだった。

上人はあらゆることに興味を感じる性格だった。そこでアシーンを物思いからよびさまそうと、声をかけた。「幸運と神の祝福がありますよう！　それからどんなことがあったか、話してください」

するとアシーンは顔をあげて、なかば見えなくなった目で炎の中心を見つめた。そして火のなかで昔のできごとがそっくりくりかえされているかのように、炎を見つめながら先をつづけた。

「白馬はエリンの緑の丘を駆《か》けるのと変わりない軽い足どりで、波をこえていきました。風が波を追いこし、わたしたちは風を追いこし、やがて金色の靄《もや》のなかに入りこみました。まるで靄に溶けこむようにぼんやりと、いくつもの島影が浮かびあがりました。どの島にも高台におおきな都があり、緑の色濃い庭園のあいだに宮殿があちこちにあるのがわかりました。ついで、雌ジカがわたしたちを追いぬいてにげてゆくのを目にしました。乳のように白く、片耳が血のように赤い猟犬があとを追っていました。また、鹿毛《かげ》の馬に乗った乙女《おとめ》が黄金のリンゴを手に逃げていくのも目にしました。乙女のすぐうしろには、白い馬にまたがった若い男が追いせまっていました。むらさきと真紅のマントを肩になびかせ、抜き身の剣を手に握って。

頭上の空が暗さを増し、風が起こって強く吹きあれ、波をさかだてました。波しぶきは白い鳥が飛ぶようにわたしたちの頭をこえ、稲妻が暗い空とさらに暗い海のあいだで踊り、雷鳴はうなるようにぶつかるように、そこかしこでとどろきわたりました。それでもわたしたちが乗った白馬は怖れるようすもなく、ついさきほどまで渡ってきたおだやかな夏の海をゆくのと変わらず、軽くなめらかに進んでいきました。やがて風がおち、黒雲は巻きあがって消え、太陽の光がうちよせる波を金色に染めました。前方の空は、天の湖かと思われるほど青く静まり、その下に、見たこともない美しい国がひろがっていたのです。緑の野からはるか遠くの丘にいたるまで蜂蜜を溶かしたような陽光にたっぷりとひたされて、目を転じればここにもあそこにも、湖や小川が日の光をはじいて輝いていました。岸近くに築かれた美しい宮殿の白壁も、日ざしをあびて金色に染まっていました。花々が咲きみだれ、蝶は空中を飛びかう炎かと思われました。その光景を目のあたりにしたとき、まさにティル・ナ・ヌォグ、常若《とこわか》の国にやってきたのだとわかりました。

白馬は波の上をぬうように岸へむかいました。白い砂の上に降りたつと、ニーヴはわたしを見あげ、やさしく両手をさしのべていったのです。『ここがわたくしの国です。お約束したものをすべて、ごらんにいれましょう。でも、なによりもまず、黄金の髪のニーヴの愛を』

するとこちらへ、宮殿から騎士の一団が出てまいりました。勇者も戦士も、盾の裏をむけ、敬意をしめしてやってきたのです。そのうしろには、かの国の王ご自身に率いられた美しく着飾った人びとの一団がつづきました。王はきいろい絹のローブをまとい、黄金の王冠が真夏の太陽のように頭上に輝いておりました。王のうしろには、見るもお美しい王妃が、百人の侍女に取りまかれておいでになりました。

王と王妃は喜びと慈《いつく》しみにあふれて、王女にキスをしました。王はわたしの手をとられ、こう申されました。『百の千倍の歓迎を申しあげる、勇敢なアシーン殿』そしてともに戦士たちにむかいあい、言葉をつづけられました。『はるかエリンの地から来られたアシーン殿だ。黄金の髪のニーヴの婿となるおかただ。みなも、余にならって歓迎のあいさつを申しあげるように』

すると全軍の身分ある勇者も戦士も、侍女たちも、声を揃えてわたしを歓迎してくれました。ニーヴとわたしは手をとりあい、みなと連れだって出迎えの戦士や侍女の列のまんなかを通って宮殿へむかいました。すでに盛大な宴《うたげ》の用意が整っておりました。

十日のあいだ、昼も夜もとおして、宴がつづきました。竪琴《たてごと》弾きは、この世のいかなる人間も耳にしたことのない甘い調べをかなでました。若いころは人間世界の竪琴弾きのひとりとして名を知られたわたし、アシーンが、かく申すのです。宴の広間には花のように色あざやかな小鳥が飛びかい、はばたいていました。こうして十日めの夜、ニーヴとわたしは夫婦となりました。

わたしは常若の国で三年すごしました――三年だと、自分では思っていたのです。これほどの幸福を知る人間はほかにいなかったでしょう。しかし三年めも終わりに近づくと、父と息子と、若いころからの仲間たちのことが気がかりになりはじめました。ときおり馬で狩に出ると、フィアンナ騎士団の狩の角笛が森にこだまするのが聞こえたような気がしたものです。ブランとスコローンの腹に響く吠え声が、乳のように白いダナンの猟犬の声にまじってはっきり聞きとれたと思ったこともありました。わたしは目覚めたままで夢のなかをさまようようになりました。ブルーム山脈の森で狩をし、白い城壁のアルムの砦で火を囲み、勇者たちが昔語りをする夢です。ついにはニーヴが、もう自分を愛していないのかとたずねるまでになりました。わたしは答えました。あなたはわたしの命の息そのものだ、しかしわたしは常若の国でずっと幸せにすごしてきたけれど、なにか落ちつかない気持ちがきざしてきた。わたしは父や友人たちに、いまいちど会いたくてたまらないのだ、と。

ニーヴはわたしにすがりついてキスをし、わたしの思いをそらそうと努めました。それでもなおわたしは、夜の夢のなかでフィアンナ騎士団の狩の角笛が眠りに溶けこみながらこだまするのを聞いていたのです。そしてついに、ニーヴと父君に、生まれた国をもういちど訪ねる許しを乞うたのです。

王は、喜んでとはいえませんが許してくれました。ニーヴは申しました。『あなたのお心がエリンにむいているというのに、お引き留めすることはかないません。ですから、お心のままに。とはいえ、わたしの心には影が落ちております。二度とお目にかかれないのではないかと、不安でならないのです』

わたしは答えました。『ばかなことを。長いあいだわたしをあなたから引き離しておけるものなど、どこにもありはしない。ただ、あの白馬を貸していただきたい。あの馬なら道を知っているから、わたしを無事にあなたのもとへ連れ帰ってくれるだろう』

するとニーヴが申しました。『あの馬はあなたにさしあげます。たしかにあれなら、道を知っておりますから。でも、よくお聞きください。そしてわたくしの言葉をしっかりと心に留めおいてください。人間の世界にいるあいだ、けっしてあの馬の背から降りてはなりません。そんなことをなされば、二度とわたくしのもとへお帰りになれなくなります。あなたの足がひとたびエリンの緑の草に触れれば、ティル・ナ・ヌォグへの帰り道は永久に閉ざされてしまうでしょう』

わたしは白い牡馬の背からけっして降りないと約束しました。ニーヴの言葉をかならず心に留めておく、と。しかしわたしの心からの誓いも、ニーヴの嘆きをすこしも軽くはしませんでした。ニーヴの嘆く姿を見てわたしの心は揺れうごきました。ほんの羽毛一枚ほどの重さがくわわれば、ニーヴの思いに負けてティル・ナ・ヌォグにずっととどまることにしていたでしょう。しかし白馬は出発の用意をしてすでに横に立っていました。そして父に会いたい、生まれた国をこの目で見たいという思いも、やはり強かったのです。

わたしが馬の背にまたがると、白馬は速駆《はやが》けで海岸へむかい、海に出ました。風が波を追いこし、その風を馬が追いこして、常若の国の岸は金色の靄にのみこまれ、わたしたちの背後に消えてゆきました。

またしても、あの幻影がわたしたちのまわりを流れすぎました。金色の靄が流れ、靄のなかに海上の都と高い塔がいくつも現われ、鹿毛馬に乗り黄金のリンゴを手にした乙女がむらさきのマントをなびかせて、抜き身の剣をさげた若い騎士にいまにも追いつかれそうになりながら走りすぎていきました。それから雌ジカが、片耳が血のように赤く、体は乳のように白い猟犬に追われて逃げてゆきました。

こうしてエリンの緑の岸にまでやってきました。

陸に上がると、わたしは喜びいさんで白い城壁のアルムに馬首をむけました。馬を進めるあいだも、見なれた景色やなつかしい顔をさがして目をさまよわせ、フィアンナの狩の角笛が聞こえまいかと耳をすませておりました。しかしあらゆるものが、見なれない姿に変わっているようでした。耳にも目にも、親しい仲間の気配すら感じとれません。大地を耕す者たちは背も低く力も弱く、とうていわたしの国人《くにびと》とは見えませんでした。

ようやく森をぬけ、アルムの丘をとりまく草地に出ました。丘はいまもそこにありました。しかし丈《たけ》の低い木やイバラのしげみにすっかりおおわれておりました。平らに広がる丘の頂《いただ》きには、かつて父の砦の白い城壁に囲まれて、小屋や納屋や武具鍛冶《かじ》の仕事場が建ちならび、婦人たちの暮らす建物があり、客人用の寝室も用意されていました。そして中央にはフィンの宴《うたげ》の広間の屋根が高々とそびえていたのです。ところがいまは、草のはえた小山にニワトコとリンボクと重たく花をつけた野イバラの枝が長くしなっているばかり。あとはいちめん、ヒースにおおわれているのです。

恐怖がのしかかってきました――とはいえ、そのときはまだ、砦はあるのにダナンの魔法でわたしの目から隠されているのだと思いこんでおりました。わたしは両腕をおおきく広げて、父のフィンと息子オスカの名を呼びました。つづいて騎士団の仲間の名を、キールタ、コナン、ディアリン、全員の名を呼んでいきました。ディアミッドの名前まで、恐怖にとらわれて叫んでいたのです。しかし、だれの声も返ってきません。ニワトコのしげみではばたくツグミのほかは動くものひとつありませんでした。それから、人間には聞こえなくとも、犬ならわたしの声を聞きつけてくれるかと、ブランとスコローンの名を呼んで、吠え声が返ってこないかと耳をすませました。しかし聞こえるものといえば、丘の頂きの草をゆらせて通るかすかな風の音ばかりでした。

恐怖が心をしめつけました。馬首をめぐらせてアルムをあとにし、エリンじゅうをめぐって友人を見つけるか、自分をとらえた魔法からぬけだす術をさがそうとしました。しかしどこへ行っても、出会うのは背の低い弱々しい人びとばかり。顔立ちまでちがっています。その異国の民が、驚きの目でわたしを見あげるのです。フィアンナ騎士の館はどこも、イバラが生いしげり、しげみには小鳥が巣をかけておりました。

最後にわたしはツグミ谷にやってきました。昔よく、フィンと狩をした場所です。ところが目のまえには耕した畑がひろがっていました。むかしは森しかなかった土地でした。

畑のはしに、例の背が低く力も弱い異国の民が、もつれあうように集まって、犂を引くじゃまになる大石をどかそうとしていました。近くまで馬を進めると、手を貸してくれと頼まれました。そのくらいは、たやすいことでしたから、わたしは鞍から身を乗りだして片手を石の下にいれ、斜面をころがしてやりました。ところが力をこめたとたんに鞍の腹帯が切れて、わたしは地面にころがり、エリンの緑の草を踏んでいたのです。

パトリック上人さま、そのあとのことは、村人からお聞きになっておいででしょう！」

THE HIGH DEEDS OF FINN MAC COOL by Rosemary Sutcliff, 1967

訳者あとがき

金原瑞人・灰島かり

ケルト神話の英雄、クーフリンとフィン・マックールの物語を、ローズマリー・サトクリフが語り直した。『炎の戦士クーフリン』（原著・一九六三年）と『黄金の騎士フィン・マックール』（原著・一九六七年）だ。ほるぷ出版から翻訳出版されていたが、今回、筑摩書房から一冊にまとめて出版されることになった。

独自の文化を持ち、独自の神話を持っていたケルト人の語り伝えてきたふたりの英雄の物語が、このような形で再び日本の読者の前に現れたことはとてもうれしい。

さて、まず、ケルト神話で最も有名な英雄クーフリンについて。

クーフリンは神と人間の間に生まれたとされている。ほっそりした、まるで少女のような美少年だが、いったん戦いとなると恐ろしい姿になり、狂戦士となり、荒ぶる神となり、無数の敵に突進していって、国を救う。ところが彼を最後に待ち受けているのは悲劇的な死だ。その点、日本神話のヤマトタケルやギリシア神話のアキレウスにも似てはいるが、クーフリンにはこのふたりにはない、美しく、妖しく、危うい魅力がある。

そんな古代の英雄クーフリンの物語は、運命が無慈悲な力を振るう、鮮血のほとばしる生と死の激しい物語だ。それは、クーフリンの武器として有名なガー・ボルグの特徴にもよく表れている。ガー・ボルグは穂先が怪魚の骨でできた巨大な槍だが、クーフリンがこれを使ったのは二度だけ。それも、親友を殺すときと、息子を殺すときだ。無敵の神槍ガー・ボルグは大いなる威力を持ちながらも、持ち主の愛する者を滅ぼす役にしか立っていない。

サトクリフの語る『炎の戦士クーフリン』は、ケルトの神話らしく、筋の運びはときに荒唐無稽なほど奔放だが、哀調を帯びており、光と闇を秘めた魅力を持っている。

一方、フィン・マックールのほうは神話というよりは民話に近い。サトクリフも『黄金の騎士フィン・マックール』の序文で、クーフリンと赤枝騎士団の物語は「あらあらしく激しい物語で、黒い火のような魔法が描かれ、登場する人々も現実味」がある叙事詩だが、フィン・マックールとフィアンナ騎士団の物語は時代が下り、「叙事詩というより、民話や妖精物語」といったほうがいいと書いている。

まったくそのとおりで、フィン・マックールのほうは、エピソードのスケールも小さいが、そのぶん人間的だ。人と妖精が入りまじってつむぎあげる、愛と死、知恵と力、忠誠と裏切り、戦いと策略、栄光と滅亡、夢と不思議の物語といったところ。それもときどきユーモラスに語られる。が、最後はやはりクーフリンと同じように、悲劇が待ちかまえている。

アイルランドが「エリン」と呼ばれていた昔、五つの王国に分かれていた頃のこと、各国に騎士団があり、フィン・マックールはそれを統括する騎士団長だった。そして未来や、遠くの出来事を知ることができたうえに、両手に水をすくって飲ませれば、瀕死の病人やけが人も元気になるという不思議な力を持っていたという。

そんなフィンの物語をサトクリフはじつに面白く、楽しく、迫力たっぷりに語ってくれる。

『炎の戦士クーフリン』も『黄金の騎士フィン・マックール』も、まさにサトクリフの語りの魅力を実感させてくれる。この文体、この口調、この語り、これこそサトクリフなのだと思う。

両作品において、なにより素晴らしいのは、凄惨きわまる戦いの場面でさえ詩のように美しく語ってみせるところだろう。とくに『クーフリン』も『フィン・マックール』も、その最後の戦いは、心が痛くなるくらい美しい。血で血を洗う凄絶な戦いが、これほど美しく語られたことがあっただろうか。

どちらもまぶしいほどに輝いている。しかしそれは朝日のまぶしさではなく、沈みゆく夕日のまぶしさだろう。

『第九軍団のワシ』から始まるローマン・ブリテン四部作とはまた違ったサトクリフの魅力をお楽しみください。

最後に、サトクリフのアイルランド神話・民話の英雄譚を一冊に仕上げてくださった編集者、喜入冬子さんに心からの感謝を!

二〇一二年十二月二十四日

解説　伝説の英雄から等身大の人間へ

井辻朱美

昨春、日本でも公開された映画『第九軍団のワシ』で、初めて児童文学者サトクリフの名を知った人もいるかもしれない。あの原作は、ローマがブリテン島を征服しつつあった紀元二世紀に生きた若者たちの姿を描く〈ローマン・ブリテン四部作〉の第一作で、おそらくもっともサトクリフが得意とする手法、すなわちゆるい史実の綱に緊密なディテールを与えることで、現代人の胸にも響く人物を造形してみせる、それに適した時代の物語だった。

だがその一方で彼女は、歴史よりも神話や叙事詩に大きく材を取った、オデュッセウスやアーサー王、トリスタンなど、伝説の光彩をまとった人物を取り上げることも多い。私自身『ベーオウルフ』と『トリスタンとイズー』の翻訳を手がけているが（いずれも沖積舎）、そのときつくづく感じたのは、神秘的な英雄を等身大の人間に切り縮めてくるそのプロセスのなだらかさであり、その時代の習俗や通念の中に彼らの事績を流しこんで、もとはさもあろうと思われる人物像を復元する直感力の確かさだった。

もちろん怪力乱神《かいりよくらんしん》の部分を語らないわけではない。水妖やドラゴンを退治するエピソードはきちんとおさめられているが、それも、伝説が生きていた時代のリアルな生活感の中に塗りこめられて、小説の手触りを持っているのである。いわば神話の霊妙な蜘蛛の巣を、ざっくりとしたホームスパンに織りかえ、光と香りでできた人物に血肉を与える、とでも言えようか。それがサトクリフの魅力であり、史料から魅惑的な伝記を立ち上げつつ両者を温存する児童文学者としてのスタンスであろう。

ところが、本書の二作品はサトクリフの世界の中ではもっとも神話的とも言え、明確な史料が実は存在していない。扱われるのは、ケルトの口承文芸の世界であり、それが文字に移されるのは種となったであろう史実の何世紀もあとだ。しかも口伝えに語られてゆくうちに、さらに荒唐無稽な昔話的世界に転化し、散文小説からは限りなく遠ざかっている。

この素材をサトクリフがどうさばくのか、これには大きな興味をかきたてられる。

少し背景に触れておくならば、ケルト民族はオガム文字のようなルーンを持ってはいたが、物語を書き記すことにはさほど興味がなかったようである。彼らの神話伝説群には突出して大きな二つの潮流があり、ひとつはアルスター神話群、もうひとつはフィン神話群、前者は一世紀ごろの英雄クー・フリン（クーフリン）を中心とする物語（七、八世紀ごろに書き留められた）、後者は三世紀ごろの上王コーマックの騎士団長フィン・マックールにまつわる逸話群（さらに遅れて十二世紀末から十三世紀初頭に記録）である。こちらは、トリスタン伝説の原型「ディアミッドとグラーニア」が含まれていることでも有名である。

サトクリフがこの二つをそれぞれ再話したのが、本書の内容だ。

これらの古文書群はゲール語であったためもあり、アーサー王伝説のように複数の個人作者が書き直し、洗練していく過程がなく、十八世紀になって突然ある部分が『マビノギオン』として編纂、英語に翻訳される。同じころには偽書とも言われる歌謡集『オシアンの歌』が広く欧州で人気を博し、のちにケルト復興運動として十九世紀末文芸の一端をになうことになった。妖精伝承を中心としたＷ・Ｂ・イェイツやＪ・Ｍ・シングの詩や劇、またフィオナ・マクラオド（ウィリアム・シャープ）の短編集『かなしき女王』などを現在、翻訳で読むことができるが、まだまだ生々しい素材感がのこっている世界だ。それだけに、小説に疲れた現代人の目を奪う鮮やかかつ豪宕《ごうとう》な世界に、歌舞伎の荒事のごとく破天荒な勇者たちが躍動していると言える。

サトクリフはそれをどれだけ「人間化」できたのだろうか。試みに狂戦士化したクー・フリンの変身描写を、キアラン・カーソンによる原写本からの翻訳『トーイン　クアルンゲの牛捕り』（二〇〇八）、および現代の語り部であるフランク・ディレイニーの『ケルトの神話・伝説』（一九八九）の中の描写と比べてみた。

「首を支える縄束のような筋肉は、生後一カ月の赤ん坊の頭ほどの大きさのこぶをいくつもこしらえ、それぞれのこぶを途方もない形へと次々に変化させながら、耳と首筋の間でぴくぴく波打った。

それから彼は、顔全面と造作のひとつひとつを真っ赤な大釜そっくりに変容させた。片方の目を内側から吸い込むように、頭蓋の奥深くまで落ちくぼませたので、乱暴な鶴がやってきて、眼窩から目をえぐり出そうとたくらんだとしても、くぼみの深さを探り当てることさえ難しかっただろう。もう一方の目は頬の上にぎゅーんと飛び出していた。」（髪の逆立つさらに凄まじい描写は省略）（『トーイン』栩木伸明訳、東京創元社）

「クー・フリンはこの世のものとは思われない不気味な怪物に変身した。肌の下の骨格は完全にねじまがり、首の神経はまるでロープの結び目がふくらんだようになった。目玉ははずれて片目は内側に、片目は外側に飛び出た。口は大きく赤く、のどの両側までぱっくりと裂けた。顎は獣を噛み殺せるほどに強力で、噛むたびにギシギシきしんだ。足の裏から逆立った髪の先まで激しく体を振るわせると、血しぶきが上がり、彼の周りに赤い霧が広がった。髪のそれぞれの房には電流が走り、尖った釘のように逆立っていた。立ち上がって二輪戦車に乗ろうとすると、赤黒い血の太い柱が王冠の中央から宙へと高く吹き上がった。」（『ケルトの神話・伝説』鶴岡真弓訳、創元社）

　この部分が本書では次のようになる。

「クーフリンの頭の先からつま先までが、流れの早い小川の蒲の葉のように震えだし、首の筋肉がのたうつヘビがとぐろを巻くように盛りあがる。片方の目は深く落ちくぼみ、もう片方の目は飛びだす。体から火炎を発し、口からは子羊の綿毛のような泡を吹く。心臓の音が、獲物に飛びかかるライオンの吠え声のようにあたりにとどろき、額からは閃光《せんこう》が出て、毛髪はサンザシの茂みのようにからみあう。そして頭のてっぺんからは黒い血が吹きだし、木の高さほど高々と上がってうずまく霧となり、クーフリンの姿を影でおおってしまうのだ。」

　いかがだろうか。この描写だけを読んでも、そんな荒唐無稽な、と思いたくなるが、もとの文書はさらにすさまじいデフォルメと哄笑に満ちている。サトクリフはそれをできるかぎり「比喩」としてリーズナブルにおさめてしまおうとするのだが、それを破ってあふれ出す言葉の勢いは、本作を他の「人間化」されたサトクリフの小説とはまたひと味違ったものにしている。

　時代のくだったフィン・マックールの物語のほうも似たような作業をへている。たとえばタラ（ターラ）の丘に毎年やってくる炎の精霊の老婆との戦いも、バーナード・エヴスリンの『フィン・マックールの冒険　アイルランド英雄伝説』（喜多元子訳、社会思想社）では、炎の髪の毛にからみつかれて苦戦したフィンが、竪琴《たてごと》を投げつけて老婆の首をちぎり飛ばして終わるのに対し、サトクリフの作品では精霊の死骸は、「アザミの綿毛と木くずと木の幹の北側に生えるキノコがひとやま、からまりあってどことなく人の形に見える、そんなふうだった」とおさめられる。

本書の二作品はそれぞれ一九六三年と一九六七年、つまり骨太な〈ローマン・ブリテン四部作〉に続く時期に書かれており、ブリテン島の歴史をさらに深くさかのぼろうとしたものであろう。その作業において、原典が持っている昔話的な人物の平面性、誇張、口承ならではの細部へのウェイトの置き方など、「小説以前」的なものをどう扱うかについては、サトクリフにも迷いがあったと思う。しかしながら、少年クー・フリンのエウェルへの求婚のときのういういしい行動から、斬られたはらわたをひろい集めて腹中に収め、柱に自らを縛りつけて立ったまま死ぬ壮絶な戦死まで、その生涯は、原写本を絵巻とすれば、浅浮き彫り《ローレリーフ》のように立体的に立ち上がり、ときどきはふと手をのばせば、そこにいる彼に触れられそうな気がしてくる。

また「黄金の騎士フィン・マックール」の主人公、フィンは晩年、妻に迎えるはずだった王女グラーニアを奪って逃げたディルミッド（ディアミッド）を、和解後も最後まで許すことがない。癒しの水を生む掌を持つフィンだが、その水をディルミッドに与えることがどうしてもできず、彼を死なせてしまう。そしてディルミッドとの間に四人も子をもうけたグラーニアは、彼の死後フィンの妃におさまるのである。その人間らしい身の処し方は、トリスタン伝説の悲恋よりも重たく、それゆえのけなげなぬくもりがある。サトクリフはそのあたりにさりげなく力点を置く。

ともあれケルトの野放図かつ絢爛《けんらん》たる叙事詩の世界を、サトクリフのこうした再話作業を通して小説として味わいなおせるのは嬉しい。口承《オーディオ》から文字文化（ひいてはヴィジュアル）への架橋を、独自の豪腕によってなしとげた本書の功績は決して小さくはないはずだ。

（いつじ・あけみ　ファンタジー文学）

『ケルト神話　炎の戦士クーフリン』『ケルト神話　黄金の騎士フィン・マックール』は、二〇〇三年三月、二月にほるぷ出版から刊行されました。

イラスト　オカヤイヅミ
扉デザイン　藤田知子

ちくま文庫

ケルト神話《しんわ》ファンタジー
炎《ほのお》の戦士《せんし》クーフリン／黄金《おうごん》の騎士《きし》フィン・マックール

二〇一三年二月十日　第一刷発行
二〇一九年十月二十日　第三刷発行

著　者　ローズマリー・サトクリフ
訳　者　灰島かり（はいじま・かり）
　　　　金原瑞人（かねはら・みずひと）
　　　　久慈美貴（くじ・みき）
発行者　喜入冬子
発行所　株式会社　筑摩書房
　　　　東京都台東区蔵前二―五―三　〒一一一―八七五五
　　　　電話番号　〇三―五六八七―二六〇一（代表）
装幀者　安野光雅
印刷所　株式会社加藤文明社
製本所　株式会社積信堂

ISBN978-4-480-43022-9 C0197